KB017870

모산 마을

금강

⑥

청맹과니의 노래

금강

제2부

한만수 대하장편소설

6

글누림

| 일러두기 |

1. **언어** : 충청북도 영동은 남으로는 경상북도 김천, 남서쪽으로는 전라북도 무주와 접해있다. 그래서 이 지역의 언어는 경북 사투리와 전라도 사투리가 혼용되어 있는 특징을 갖고 있다. 세월이 흐르면서 이 지역의 언어도 요즈음은 표준어에 가깝게 변화되어 가고 있지만, 리얼리즘을 살리기 위해 50~60년대는 토속적 사투리를 그대로 살렸다.

2. **시대사** : 한국 근·현대사를 사실 그대로 재현하여 주요 사건과 주요 인물을 그려냈다.

3. **물가** : 당시의 물가를 고증하여 실제적으로 적용했다.

4. **지리** : 지역과 지명은 있는 그대로 드러냈다.

5. **문화 및 풍속** : 시대적 흐름에 따라 변화하는 문화 및 풍속을 사실대로 묘사했다.

차례

제2부
●
청맹과니의 노래

외팔이

철용네는 철용이 불구가 된 것이 자신의 탓이라는 생각에 섧디 섧게 울었다.
영숙이도 구석에 쪼그려 앉아서 무릎에 얼굴을 묻고 훌쩍거렸다.
김춘섭은 평소처럼 여핀네가 복 나가게 울고 지랄이야,
라고 화를 내지 않았다.
숙연한 표정으로 한숨을 내쉬며 문을 향해 돌아앉았다.

둥구나무 가지에 잎이 돋아나기 시작하면 겨울 동안 잠들어 있던 모산 들판도 서서히 꿈틀거리기 시작한다. 들판을 가득 채우고 있는 보리는 쪽파 크기만큼이나 자라서 바람이 불 때마다, 여기가 논인지, 호수인지 분간이 안 갈 정도로 파도를 탔다. 마을은 지난겨울에 깔아 놓은 짚 사이로 손가락 크기만큼이나 얼굴을 디밀고, 지천으로 깔려 있는 양지의 쑥이며 냉이는 하루가 다르게 쑥쑥 키를 세운다.

황인술은 박평래로부터 내일 이동하가 모산에 들어온다는 정보를 입수했다. 공교롭게도 내일은 해가 바뀌고 처음으로 면사무소에서 이장단 회의가 있는 날이었다. 회의가 끝나면 돈을 얼마씩 추렴해서 태화루나 성주옥으로 몰려가 걸쭉하게 한잔 할 것이다. 회의에 참석을 해야 하느냐, 이동하를 만나느냐 갈등을 했다.

'송덕비를 세우겠다고 하믄 다믄 돈 천 원이라도 내놓겠지.'

한참 동안 갈등을 하다가 보릿고개는 다가오지, 먹을 양식은 부족하고, 농협조합 이자도 갚아야 하고 돈 쓸 일이 첩첩이라 이동하를 만나는 쪽으로 주사위를 던졌다.

이튿날이다.

황인술은 이동하가 도착할 무렵 저녁 먹고 마실 나가는 것처럼 슬슬 걸어서 둥구나무 거리로 갔다. 둥구나무 밑에는 아직 바람이 냉기를 품고 있는데도 순배 영감이며 변쌍출과 박평래가 앉아 있었다.

"구장은 내막을 잘 알고 있겠구먼. 아여! 구장, 평래 이 사람이 그라는데, 지난 스무사흘날 판문점에서 탈출을 한 이수근이라는 사람이 정부로부터 백만 원을 지급 받았다는 것이 대체 먼 말여."

"내 참, 사람 환장하겠구먼. 아까 내동 말했잖아유. 북한에서 우리나라로 넘어 오믄 정착금이라는 것을 주는데, 이수근 그 사람은 북한에서 워낙 높은 자리에 있던 사람이라서 최고치인 백만 원을 준다고 말여."

지난 3월 22일 북한 중앙통신사 부사장인 이수근이 판문점을 통해 월남을 했다. 판문점의 애드밴스 캠프 경비 책임자인 톰슨 중령이 탄 세단 앞자리에 이수근이 재빠르게 뛰어 들었다. 상황을 알아차린 톰슨 중령은 운전사에게 전속력으로 달리라고 했다. 북한측 경비병이 150여 발의 총알을 날렸으나 무사히 탈출을 했다. 정부에서는 북한에서 고위급인 중앙통신사 부사장의 월남 사실을 대대적으로 홍보를 하고 있었다. 라디오에서는 시간마다 이수근의 근황을 알리고 있었다. 박평래는 귀가 아프도록 들은 뉴스를 순배 영감하고 변쌍출에게 자랑스럽게 늘어놓

앉으나 순배 영감이며 변쌍출이 도무지 이해가 되지 않는다는 표정만 짓고 있어서 답답했다.

"저도 잘 몰라유. 어제 학산 삼거리에서 누가 하는 말을 들었는데, 머라드라? 그려, 그 사람이 북한에서 좀 배운 사람이래유. 우리 식으로 하믄 대학 졸업하고 잘 나가는 사람이라고 하데. 북한에서는 그릏게 많이 배운 사람들이 기를 못 피게 학대를 하는 머리 탈출을 했다고 하드만유."

"구장도 답답하구먼. 내가 듣고 싶은 말은, 북한에서 넘어온 사람한테 머 잘난 것이 있다고 일이만 원도 아니고 백만 원씩이나 주느냐 이거여. 차라리 그 돈이 있으믄 모산 사람들 집집마다 이만 원씩 농가 줘봐. 올 보릿고개는 부자가 뉘냐며 떵떵거리며 먹고살 수 있잖어."

변쌍출은 황인술이 공들여 하는 말은 오른쪽 귀로 들어서 왼쪽 귀로 날려 버리고 자기가 하고 싶은 말만 했다.

"거기까지는 라디오를 직접 들어보지 않아서 몰라유. 하지만 태수 아부지가 하시는 말씀을 들어 봉께, 간첩들이 자수를 하믄 정착금을 주는 거 하고 같은 이치 가텨유. 원래 간첩이 자수를 하믄 정착금으로 이십만 원에서 많게는 백만 원까지 준다고 하데유."

"내, 이런. 아 왜 빨갱이들한테 돈을 주냐 이거여. 내 말은?"

변쌍출이 답답하다는 얼굴로 가슴을 치며 물었다.

"내 참, 빨갱이라도 일단 자수를 하믄 그 시간부텀은 우리 편유. 그라고 간첩질을 할 때는 북한에서 공작금이라는 걸 보내 줬응께 먹고살 수 있었지만, 일단 자수를 하믄 먹고살 길이 막막하잖유, 그래서 형편이 필 때까지 먹고살 돈을 주는 거유. 그 돈이 바로 정착금이란 말유."

"난, 간첩을 신고하믄 이십만 원, 많게는 오십만 원까지 준다는 말은 들었어도 간첩이 자수를 해도 돈을 준다는 말은 첨 듣는구면."

변쌍출이 황인술이 아무리 말을 해도 이해가 되지 않는다는 목소리로 중얼거렸다.

"의원님 오시는구면."

방천길에서 검은색 승용차 한 대가 꼬리에 먼지를 달고 달려오고 있었다. 순배 영감이 중얼거리는 말에 박평래는 얼른 일어나서 방천길을 바라봤다.

이동하를 태운 승용차는 둥구나무 거리에서 멈추지 않고 곧장 언덕을 올라갔다. 박평래는 언덕으로 올라가는 승용차를 향해 허리를 굽혀 인사를 했다.

"언지 가신데유?"

황인술이 박평래 옆으로 다가가서 솟을대문을 바라보며 물었다.

"워낙 바쁘신 분잉게, 즘심 드시자마자 가시겄지. 송덕비 때문이라믄 시방 올라가 볼텨?"

"즘심 드시는데 말씀을 드릴 수 읎잖유. 이따가 올라가쥬, 머."

황인술은 박평래와 동행하고 싶지가 않았다. 또 무슨 말로 훼방을 놀지 모른다는 생각에 집을 향해 돌아섰다.

"그람 이따 와. 난 좀 올라가서 상의 할 일이 있응게."

박평래는 퉁명스럽게 중얼거리며 뒷짐을 지고 언덕을 향했다.

"어른 말씀대로 시방 가는 것이 낫겠구면유."

황인술은 박평래의 말이 자기가 올 때까지 이동하 집에서 머물겠다는 말로 들렸다. 혼자 이동하를 독대하는 것은 물 건너갔다는 생각에 집으로 향하던 걸음을 슬그머니 돌렸다.

"요새도 의원님은 그렇게 바쁘신가유?"

"내년이 선거 아녀. 선거는 내년부텀이지만 시방부터 준비를 해야 한다능 겨. 그렇게 서울서 정치하시랴, 영동에서 표 관리 하시랴 정신 읎으시지. 그란데 의원님이 송덕비 세우시는데 찬성을 하실지 몰라."

오는 말이 고와야 가는 말도 곱다. 황인술의 목소리가 평소와 다르게 살갑게 들려오자 박평래의 목소리도 한결 부드러웠다.

"딴 일도 아니고, 돌아가신 면장님 공덕을 치하하는 비문을 세우자는 건데 반대야 하시겄슈?"

"내 생각도 구장 생각하고 가텨. 솔직히 나로 말 할 거 같으믄 내 돈이라도 송덕비를 세우고 싶은 사람여. 하지만 열 질 물속은 알아도, 한 치도 안 되는 사람 속은 모른다고 의원님이 워떤 생각을 하고 계신지는 모르잖여."

"그랑께, 어르신이 잘 말씀드려서 송덕비를 세우는 방향으로 유도를 해보셔유. 솔직히 말이 나온 김에 하자면, 이 동리가 생기고 나서 돌아가신 분에 면장님만큼 큰 관직에 계셨던 분도 읎잖유."

"그려, 그만한 분도 안 계셨지……"

박평래는 갑자기 떠오른 이병호의 얼굴이 슬픔을 치밀어 올려서 눈물이 그렁하게 솟아올랐다. 황인술의 반대 방향으로 고개를 돌리며 슬쩍 눈물을 닦았다.

"어이구! 이거 내가 직접 찾아 뵈야 하는데 구장님이 직접 오셨구면."

이동하는 마침 점심을 먹지 않고 보은댁과 이야기를 나누고 있었다. 박평래와 황인술이 허리를 깊숙이 숙여 인사를 하자 웬일이냐고 묻지도 않았다. 활짝 웃는 얼굴로 벌떡 일어나서 습관처럼 악수를 청했다.

"마님은 요새 얼굴이 많이 좋아 뵈네유."

박평래가 보은댁을 향해 앉으며 말했다.

"나만 좋으믄 뭐해유. 영감님이 살아계셨으믄 우리 동하가 서울에서
……."

시덥지 않다는 얼굴로 구장을 바라보고 있던 보은댁이 금방이라도 눈
물을 흘릴 것처럼 목소리를 죽였다.

"어머, 하늘에 계셔도 지가 전국적인 정치인으로 활약하고 계시다는
걸 죄다 보고 계실규. 그랑께 너무 서운해 하지 마셔유. 이동하가 비록
학산 부면장 출신이지만 벌써 재선 국회의원유. 난중에, 장관도 해먹고,
국회의장까지 해먹지 말라는 법은 읎잖유. 그랑께 너무 서운해 하지 마
셔유."

"그람유, 그람유. 장관이 아니라 구……국무총리도 하셔야쥬."

이동하의 말이 끝나자마자 박평래가 감격에 겨워 눈물을 글썽거리며
말했다.

"고마워유. 그라고 그 뉘여, 요번에 충남대학교에 입학한 손자."

"지……진규 말씀하시는 가유?"

"진규가 장차 우리 동리의 큰 인물이 될거유. 진작 축하를 해 줘야 하
는데, 늦게나마 진심으로 축하해유. 그라고 이 돈 진규 학비에 보태 쓰
라고 하세유."

이동하는 마침 생각났다는 얼굴로 지갑을 꺼냈다. 오백 원짜리 두 장
을 박평래 앞으로 내밀었다.

"아뉴, 아녀유, 진규가 학산면에서 츰으로 충남대학교에 간 것도 죄다
의원님 덕분인데, 이런 돈까지 받을 수는 없슈, 참말이유."

"그냥 넣어 둬유. 의원님이 주시는 돈이니께 고맙습니다 하고 받으시는 것이 예윙께."

"참말로 고맙구만유. 진규가 내려오면 꼭 전해 주겄슈. 참말로 고마워유."

박평래는 보은댁이 점잖게 거들자 얼른 두 손으로 방바닥에 있는 돈을 끌어 당겼다.

"저! 의원님 이렇게 어렵게 의원님을 찾아뵌 것은 돌아가신 면장 어른 송덕비 문제 땜시 왔슈."

박평래를 부러운 표정으로 바라보고 있던 황인술은 이동하가 자신을 향해 시선을 돌리자 자세를 바로 잡았다. 무릎 꿇고 앉은 자세로 양손을 무릎 위에 얹고 침을 꿀꺽 삼키고 나서 입을 열었다.

"송덕비?"

"예, 의원님. 그래도 이 동리가 생기고 나서 면장님이 젤 높은 관직에 계셨잖유. 그라고 솔직히 이 동리 사람들이 그 질긴 목숨을 연명할 수 있었던 것도 면장 어른의 은공이잖아유. 그래서……돌아가신 면장 어른을 생각항께 눈물이 앞을 가려서……"

황인술이 막 입을 열려고 할 때였다. 박평래가 황인술보다 먼저 말을 하다가 제 슬픔을 이겨내지 못하고 눈물을 닦았다.

"상규 할아부지, 의원님이나 나나 며느리도 상규 할아부지가 우리 집안을 얼매나 끔찍이 생각하고 있는 걸 잘 알고 있슈. 상규 할아부지가 아니믄 농사도 짓지 못하잖유. 그래도 상규 할아부지가 내 일처럼 우리 논을 관리하는 머리, 가실이믄 한 집도 착오가 읎이 착착 도지도 들어오잖유. 우리도 다 알고 있응게 너무 그라지 말고 눈물을 닦고 어여 말해 봐유. 송덕비가 어쨌다는 거유?"

보은댁이 듣던 중 반가운 말이라는 얼굴로 박평래 앞으로 당겨 앉으며 재촉을 했다.

"그러니까 말유……"

박평래가 눈물을 닦느라 말을 못 잇는 사이에 황인술이 입을 열었다.

황인술이 말을 하려고 하니까

"아여, 구장 가만 있어봐. 내가 말씀을 드릴팅게."

박평래가 손을 내저으며 이동하를 향해 앉았다. 황인술은 내 이런 일이 일어날 줄 알았다는 얼굴로 입을 다물었다. 하지만 마음은 편치 않았다. 이 인간이 전생에 나하고 무슨 원수를 졌길래 사사건건 물고 늘어지는 거여. 이 늙은이를 그냥 확 내쳐 버릴 수도 읎고, 사람 환장 하겄구먼, 이라며 이를 바득바득 갈았다.

"솔직히 말씀 드려서 학산면에서 면장 어른만한 인물이 없는 거는 사실이잖유. 더구나 그 자제분은 서울서 떵떵거리는 국회의원님 이시잖유. 애비 읎는 자식 읎다고, 면장 어른이 의원님을 훌륭하게 가르치셨으니께, 오늘의 영광이 있는 거잖유……"

"그려, 그 말은 백번 맞는 말유. 영감이 읎었으면 어떻게 의원님이 있었고, 국회의원이 됐겄어. 그 말은 참말로 맞는 말유."

보은댁이 박평래의 말이 끝나기도 전에 눈물을 닦으며 말했다.

"저도 늘 그렇게 생각해유. 아부지 생전 꿈이 지가 국회의원이 되는 거 였잖유. 아부지가 아니믄 제가 워티게 국회의원이 될 수 있었겄슈. 저는 누가 머라고 해도 자신 있게 말을 할 수 있슈. 애비 은공을 모르는 자식은 암만 성공을 해도 순 후레아들 놈이라고 말유. 근데 말유, 우리 동리 사람들찌리 송덕비를 세운다는 건 좀 우습지 않을까유? 사정을 모르는 사람들은 내가 뒤에서 조종을 했다고 믿을 수도 있잖유."

이동하가 자신도 모르게 울컥 하는 기분에 눈물을 찔끔 흘리고 나서 황인술에게 조용히 물었다.

"의원님, 그렇게 생각하지 마시고……"

"아이구, 그런 생각은 아싸리 하지 마세유. 이 동리 사람이 앞장을 서서 송덕비를 세워야지, 면장님을 잘 모르는 저 범하리 사람들이나 무주 가는 데 있는 압치 사람들이 앞장서서 송덕비를 세우겄슈? 이 동리 사람들이 심을 모아서 송덕비를 세우는 거는 아주 당연한 일유."

박평래가 또 황인술의 말을 끊어 버리고 천부당만부당한 소리는 아예 하지 말라는 표정으로 손을 내저었다.

이! 이 늙은이를 기냥 숨통을 확 끊어 버리고, 난도 비봉산 방구에다 대가릴 마늘 찢듯이 찢어서 죽어 뻐려?

황인술은 말을 하려고 할 때마다 중간에서 톡 튀어 나와 말문을 닫게 만드는 박평래에게 노골적으로 화를 낼 수도 없고, 참고 있으려니까 엉덩이가 들썩들썩하는 것 같지만 어쩔 수가 없었다. 웃는 건지 우는 건지 애매한 표정으로 박평래의 말이 끝나기를 기다리고 있을 수밖에 없었다.

"그건 상규 할아부지 말이 맞는 말여. 모리에도 송덕비가 하나 서 있잖여. 옛날에 보통학교 교장을 하던 이 송덕비 말여. 그 송덕비를 동리 사람들이 집집마다 형편이 돌아가는 집은 돈을 얼매씩 내고, 들한 집은 나락이며 보리를 내서 세웠다고 하드라."

"좋아유, 비석 값이야 을매 하겄슈. 그 돈이야 몇 십만 원이 든다고 해도 자식 된 도리로 내가 내도 되는 겅께 그렇다 치고, 송덕비는 위티게 만든데유?"

"지가 잘 아는 돌쟁이가 있구먼유. 영동 사는 사람인데 어떤 군수 송덕비도 그 양반이 맨들었다고 하데유……"

"내 말은 그런 뜻이 아뉴. 송덕비를 맨드는 거야, 전국에서 최고라고 자부하는 돌쟁이한테 부탁을 해야쥬. 문제는 송덕비를 세운 사람들도 뒤에다 올려 줘야 하는데. 그게 좀……"

이동하가 황인술의 말을 끊어 버리고 박평래를 바라보며 말했다.

"구장이 송덕비를 동리 사람들 이름으로 맨들어야 한다는 말을 들었을 때 지는 겉으로는 말을 안 했지만 맘속으로 그기 아니라고 생각했슈. 그래도 명색이 학산 면장님을 하신 분인데, 면장님의 체면이 있지. 모산 구장이 앞장을 서서 일을 추진하믄 되겠슈? 최소한 현 학산 면장이 앞장을 서서 알릴 사람들한테는 알리고, 송덕비를 맨드는데 부조를 할 사람한테는 부조를 받고, 그렇게 해야 돌아가신 면장님의 위신도 서시고, 우리 의원님 낯도 슨다는 생각을 했슈."

박평래는 면장이 아니라 면서기들과도 말을 섞어 본 적이 별로 없다. 그러나 이병호하고 많은 시간을 보내다 보니, 이병호의 위치가 동네 사람들이 단순하게 생각하는 지주 이상이라는 점을 잘 알고 있었다. 이동하가 바로 그 점 때문에 망설이고 있을 것이라고 판단했다. 마치 처음부터 생각하고 있었다는 얼굴로 말했다.

"바로 그 말유. 상규 할아부지 참말로 고마워유. 얼매나 돌아가신 영감님을 생각하고 있었으믄, 생각하시는 것이 구장 머리 위에서 놀고 있겠슈. 말이야 바른 말이지만, 글자를 알아도 구장이 더 많이 알고, 눈으로 봐도 더 많은 것을 보고, 배운 사람을 만나도 더 많은 사람을 만났을 거잖유. 하지만 구장은 제우 동리 사람들 이름으로 송덕비를 세우자고 하는데, 태수 아부지가 얼매나 그 양반을 생각하고 있었으믄 감히 쳐다보기도 힘든 학산 면장이 앞장을 서야 한다는 생각을 하셨슈. 태수 아부지 참말로 고맙구만유. 아녀, 말로만 이럴 것이 아니라. 오신 김에 의원님도 계시고 함께 정종 한잔 드시고 가유. 야야, 며느리 거기 있냐?"

보은댁은 평소 박평래 알기를 머슴이나 심부름꾼 정도로 여겼다. 하지만 이병호를 생각하는 마음이 너무 끔찍하다는 생각에 자신도 모르게 박평래의 손을 잡고 눈물을 흘리다 옥천댁을 불렀다.

"지……지도 원래는 그렇게 생각하고 있었슈……"

황인술은 쥐구멍이라도 있으면 들어가고 싶었다. 너무 화가 나서 얼굴이 벌겋게 달아오르는 것을 느끼며 더듬거렸다.

"어이구, 벼……별말씀을 다 하시네유. 지……지는 그냥 제 본심 그대로 말씀을 드렸을 뿐인데……"

박평래는 황송하다는 얼굴로 보은댁이 잡은 손을 빼며 부끄럽게 웃었다.

"여기, 정종 좀 따뜻하게 데우고, 고기나 뭐 안주 될 거 있으면 같이 한 상 차려서 들여보내라. 내 오늘 참말로 상규 할아부지 때문에 너무 고마워서 춤이라도 출 기분잉께."

옥천댁이 조용히 방문을 열었다. 보은댁은 십 년 만에 사돈이 방문 했을 때보다 들뜬 목소리로 말했다.

"원래 탈상을 하는 작년에 세웠으면 딱 좋았는데, 제가 신경을 못 쓰는 머리 이렇게 됐구만유. 돌아오는 음력 오월 구일이 어르신 돌아가신 지 사주기 잖유. 그날 송덕비 제막식을 하면 하늘에 계신 어르신도 좋아

하실뀨."

박평래의 말에 황인술은 소리 안 나는 총이 있으면 쾅 쏴 죽이고 싶었다. 송덕비를 세우자고 회의를 하던 날 얼굴이라도 비쳤으면 그렇게 화가 나지는 않았을 것이다. 재주는 곰이 부리고 돈은 되놈이 벌어도 유분수다. 이놈은 마치 송덕비를 세울 계획을 저 혼자 만든 것처럼 뻔뻔스럽기가 짝이 없었다.

"저도 태수 아부지하고 생각이 가텨유. 그람, 그날로 맞춰서 추진하는 걸로 하고 학산 면장한테는 비서관 시켜서 전화를 느라고 할께유. 일단 시작을 할라믄 돈이 있어야 항께, 우신 경비로 만 원을 드릴께유. 그라고 그때그때 돈이 필요하믄 언제든 집사람한테나 어머한테 말씀을 드리믄 넉넉하게 드릴꺼유."

이동하는 진심으로 박평래가 고마웠다. 이병호가 애용하던 손금고를 열어서 은행에서 갓 찾아온 것처럼 빳빳한 오백 원짜리 스무 장을 박평래 앞으로 내밀었다.

"아뉴. 이 돈은 구장이 관리를 하는 것이 좋을 거 가튜. 암만해도 면사무소를 들락거려도, 지 보다 더 들락거릴 거고, 셈이 밝아도 지 보다는 훨씬 밝잖유. 그러다 보믄 돈이 들기 마련잉께, 구장이 관리를 하는 것이 좋을 거 가튜."

"저……저는 그냥, 어르신이……"

박평래에게 저주의 화살을 쏘아대고 있던 황인술이 이건 또 무슨 조화냐는 생각에 잔뜩 경계하는 눈초리로 바라봤다.

"어여, 받아!"

박평래가 마치 자기 주머닛돈을 주는 것처럼 생색을 냈다.

"예……예."

황인술은 박평래가 돈을 들어서 무릎 위에 얹는 통에 안 받을 수가 없었다. 엉거주춤 돈을 끌어 당겨서 두 손으로 쥐었다.

"느 아부지가 왜 상규 할아부지를 가까이 했는지 인제 알겠다. 저렇게 경우가 밝고, 분수를 아는 사람잉께 느 나부지가 상규 할아부지 말이라믄 팥으로 메주를 쓴다고 해도 믿었구먼."

보은댁이 보면 볼수록 기특해 죽겠다는 얼굴로 박평래를 바라보며 혀를 찼다.

"저도 태수 아부지를 한두 해 겪어 보는 것이 아니잖아유. 그렇게 농사일도 죄다 태수 아부지한테 멕기는 거잖유. 돈은 구장이 갖고 있드래도, 태수 아버지도 계속 수고 좀 해 줘유. 송덕비가 제막되고 나면 제가 다 생각하고 있는 것이 있응께유."

"당연하쥬. 돈은 구장이 갖고 있지만 학산 가서 누구 만나는데 얼매 썼다, 면장님 하고 즘심 먹었다, 영동에 먼 일 때문에 가느라 차비를 얼매 썼다고 지한테 그때그때 보고를 할 모양잉께유."

박평래의 말에 이동하가 만족한 미소를 지으며 황인술을 바라봤다.

"그……그람유. 이기 위떤 돈인데 단 일 전이라도 쓸데 없는 돈을 쓰겄슈."

박평래의 말에 돈을 확 뿌려 버리고 싶었던 황인술은 이동하와 시선이 마주치는 순간 자신도 모르게 돈을 조심스럽게 주머니에 넣었다.

관악산 기슭에 집채만한 바위를 비롯해서 크고 작은 바위들이 병풍처럼 서 있는 곳에 넓은 평지가 있었다. 노을을 받은 바위들이 검붉게 물들기 시작하면 평지에서 운동을 하는 사람들도 하나둘 산 아래로 내려가기 시작한다.

경훈과 철용은 노을이 허리에서 찰랑거려도 아랑곳하지 않고 계속 운동을 했다. 땀이 나도록 앞차기며 옆차기, 돌려차기, 이단 옆차기를 하던 경훈은 가쁜 숨을 내쉬며 가죽장갑을 벗었다.

'사람이 변하면 무섭다고 하드니, 꼭 저놈 짝이구먼.'

경훈은 바위에 걸터앉아서 얼굴과 목의 땀을 닦으며 철용을 지켜본다. 왼쪽 팔목에 갈고리를 끼운 철용은 단검을 휘두르는 것처럼 허공에 X자를 그으며 앞으로 나가다가 뒤로 물러서기를 반복하고 있다. 어느 때는 갈고리로 소나무를 찍어 당기기도 하고, 갈고리 뒷부분으로 소나무 가지를 내려치면 제법 굵은 나뭇가지들이 우지직 소리를 내며 부러지기도 했다. 노을을 받아서 붉게 타오르는 얼굴은 단순하게 싸움 연습을 하는 모습으로 보이지가 않았다. 보이지 않는 적과 필사의 대결이라도 하는 것처럼 꽉 다문 입술에 눈은 증오로 불타고 있다.

"김철용! 니가 배운 거시 있어! 돈이 있어! 아니면 빽이 있어! 넌 맨 몸뚱아리 하나 뿐여. 개다가 팔도 한 짝 뺵에 읎잖여! 니가 서울서 살아나갈 수 있는 힘은 깡다구하고 주먹여!"

철용은 갈고리에 소나무 살이 찍혀 나오는 걸 바라보았다. 이를 악물고 경훈이 주먹을 흔들어 보이며 해 주던 말이 생각났다.

'그려! 깡다구하고 주먹이 있어야 이 험한 세상에서 나 같은 놈이 살아갈 수 있는 거여!'

갈고리가 소나무에 박혔다. 너무 깊숙이 박혔는지 끔쩍도 하지 않았다. 갈고리를 빼려고 힘을 주니까 어깨에 단단하게 매단 밴드가 살을 파고들었다. 이를 꽉 물고 힘을 주었다. 갈고리 끝에 소나무살이 한 줌이나 걸려 나오는 것을 바라보며 어금니를 악물었다.

"우리 같은 촌놈이 서울에서 버텨낼라면 깡다구가 있어야 하능 겨. 깡다구만 있다고 서울바닥에서 살아 날 수 있는 거는 아녀. 주먹이 있어야 햐. 깡다구도 있고, 주먹도 있어야 우리 같은 촌놈이 서울에서 큰소리침서 살아갈 수가 있는 거여. 니가 팔목을 날려 버리고 보상금을 못 받은 것도 깡다구하고 주먹이 없어서 그런 겨. 솔직히 너 혼자 야매로 기계를 돌린 거는 아니잖여. 니덜 사장이 보상금을 못 주겠다고 하면 기술자들끼리라도 돈을 걷어서 보상금을 줬어야 하잖여. 근데도 너는 깡다구도 없고 주먹도 없응께 찍소리도 못하고 나온 거잖여."

철용은 싸움 연습을 하면서 힘이 들 때마다 경훈이 주먹을 흔들어 가며 하던 말을 생각하면 기운이 났다. 얼굴이며 목에 땀이 흥건하게 흐르도록 소나무를 찍어내고, 공중에 X자를 긋기도 하고 8자를 긋기도 하면서 가공의 적과 싸우는 연습을 했다.

경훈은 모산에 소문낸 것처럼 장사를 하거나 공사판에 다니면서 돈을 버는 것이 아니다. 포장마차를 하는 사람들이나, 봉천동 시장에서 장사를 하는 사람들, 혹은 식당이나 술장사를 하는 사람들이 건달들이나 동네 깡패들이 시비를 걸거나 돈을 요구할 때 해결을 해 주고 얼마씩의 수고비를 받는 걸로 생활을 했다. 경훈은 항상 자신은 깡패가 아니며 서울에서 돈 없고 빽 없는 사람들이 살아가는 방법 중의 하나일 뿐이라고 주장했다.

"철용아, 오늘은 그만 하자."

"난 좀 더 하고 싶은데……"

"오늘은 저녁 일찍 먹고 가 볼 때가 있으니까 그만 내려가자."

경훈은 목에 걸고 있던 수건을 뭉쳐서 철용에게 던졌다. 철용이 날아온 수건을 갈고리로 낚아채는 모습을 바라보며 동네를 향해 돌아섰다. 내려다보이는 난곡동의 집들은 판잣집이거나 흙벽돌로 쌓아 지은 움막들이다.

"오늘도 왕십리 쪽으로 갈 거여?"

경훈은 시간이 있을 때마다 시훈에게 사기를 치고 도망을 간 왕십리 박 사장을 찾아다니는 것이 일이다. 철용이 한 손으로 얼굴의 땀을 닦으며 물었다.

"아녀. 오늘은 누가 부탁한 거시 있어서 신림동 쪽으로 가야 햐."

"오랜만에 한 탕 하러 가는 거여?"

철용이 경훈의 앞을 가로 막으며 기대 된다는 목소리로 말했다.

"아직 몰라, 일단 가보면 먼 일인지 알겠지."

경훈은 어둑해진 산길을 내려갔다. 공중변소에서 똥 냄새가 바람에 실려 올라왔다. 공중변소 앞을 지나서 판잣집이 줄지어 서 있다. 판자촌 안으로 들어가서 산자락에 기대고 있는 집 앞에서 멈췄다. 서너 평 남짓한 마당이 있는 판잣집에는 모두 세 가구가 살고 있었다. 그중에서 문간 방이 경훈과 철용이 사는 방이다.

"총각들 아까 해 지기 전에 전보가 왔구먼."

포장마차를 하는 집주인 여자가 마당에서 마주친 경훈과 철용을 보고 부엌으로 들어갔다.

"누구한테 온 전보지?"

"내 생각에는 우리 집에서 온 전보 갸텨."

전보가 왔다면 누군가 위급하거나, 큰 사고가 났다는 내용일 것이다. 김춘섭은 장기팔보다 건강하고 젊다. 경훈은 철용이 묻는 말에 굳은 표정으로 대답했다.

"형! 어머가 엄청 아픈개벼."

주인 여자가 전보를 내밀었다. 경훈이 망설이는 사이에 철용이 전보를 받았다. 전보의 수신인은 철용이었다. '모친위독 급 래왕 요망'이라는 내용을 읽고 난 철용은 눈물이 핑 돌았다.

'어머! 그짓말이지!'

병원에서 퇴원을 하여 경훈이 혼자 살고 있는 난곡으로 거처를 옮긴 후 지금까지 모산에 내려가지 않았다. 장남이라는 놈이 명절 때도 꼴을 보이지 않아서 애를 태우던 끝에 병이 들었을지도 모른다는 생각이 들면서 눈물이 났다.

"철용아, 오늘은 늦었고 내일 새벽차로 내려가 봐. 그라고 안직 확실한 거는 모르니까 너무 앞질러 생각하지 마. 어쩌면 어머가 니가 보고 싶어서 그짓말로 전보를 띄웠는지도 모르잖아. 그러니까 우선 저녁이나 먹자. 오늘은 내가 저녁을 지을 테니까 너는 가서 물이나 길어 와라."

경훈은 방으로 들어가는 문을 열었다. 연탄아궁이와 살강이 있는 부엌은 쪼그려 앉으면 등이 벽에 닿을 정도로 좁았다. 창문이 없는 방은 장정 세 명이 누워 자면 딱 맞을 정도로 좁았다. 변변한 살림살이도 없고 앉은뱅이책상 위에 얹은 이불이며 요와 벽에 걸려 있는 여러 벌의 옷이 전부였다. 경훈은 윗도리를 벗어서 방 안에 던졌다.

"형 말대로 그짓말이면 좋겠구먼. 내일 집에 내려가믄 어머가 서울에서 머하냐고 물으면 머라고 대답하지?"

"장사를 한다고 햐. 어채피 돈을 모으면 장사를 시작할 거잖여."

"난, 그짓말 잘 못항께, 낼 집에 가면 뭐라고 해야 하는지 형이 잘 알켜줘."

철용은 부엌 판자틈에 박아 놓은 물표를 챙겼다. 우표 두 배 정도 크기 물표는 종이에 수도관리인의 도장이 찍혀 있는 것이 전부다. 2원짜리로 물 두 동이를 살 수 있다. 능숙하게 물지게를 지고 양쪽 갈고리에 물동이를 매달았다.

컴컴한 공동수도 앞에는 오십여 명이 물동이 두 개씩을 늘어놓고 줄을 서 있었다. 철용은 차례를 기다리지 않고 곧장 수도꼭지 앞으로 갔다. 초소처럼 지어 놓은 물 관리소 밖으로 뻗어 나온 수도꼭지에서 떨어지는 물줄기는 아랫동네처럼 세차지가 않다.

"누구여! 누가 새치기를 하는 거여! 순서를 지켜야 할 거 아녀?"

"난 삼십 분이나 기다렸는데 양심도 없는 사람이구먼."

"어떤 놈이 새치기를 하겠다는 거여!"

철용이 수도꼭지 앞에 물동이를 내려놓는 모습을 본 몇몇 사람들이 소리를 질렀다. 그중에서 덩치가 큰 남자가 줄에서 빠져 나와 철용이 앞으로 걸어왔다.

"순서는 지키는 것이 원칙이겠지. 하지만 목말라 죽겠단 말여. 내가 목말라서 뒈져버리면 당신들이 책임질 텨!"

철용은 자신보다 목 하나가 큰 남자를 향해 턱 버티고 섰다. 남자가 어깨를 으쓱거리며 손가락을 깍지 끼고 우두둑 소리가 나도록 관절을 풀었다. 철용은 희미하게 웃으며 옆으로 비켜섰다.

"저……저 사람이 그 유명한 난곡 외팔이 아녀?"

"맞구먼. 왼팔에 갈고리를 달았잖여!"

"저 이, 누군지 모르겠지만 오늘 임자를 잘못 만났구먼."

줄을 지어 있는 사람들 중에서 걱정스러운 목소리가 터져 나왔다. 덩치는 외팔이라는 말에 걸음을 멈추고 철용의 팔을 바라본다. 손바닥이 있어야 할 자리에 초저녁의 어둠 속에서도 번쩍번쩍 빛나는 갈고리가 매달려 있다.

'젠장, 이놈이 난곡의 외팔이란 말여?'

덩치를 보니까 그리 크지도 않았다. 운동을 많이 했는지 떡 벌어진 어깨하며 매서워 보이는 눈빛을 빼면 별 볼 일 없어 보였다.

"네놈이 그 난곡에서 이름깨나 날린다는 난곡 외팔이란 놈이냐?"

"그려, 내가 외팔이 되는데 네놈이 도와 준 거 있냐?"

경훈은 싸움을 가르칠 때마다 하루도 빠짐없이 주지시키는 말이 있다. 기선 제압을 하면 상대방을 이길 확률은 구십 프로 이상이다. 기선 제압에서 실패를 하면 이길 확률은 오대 오다. 철용은 대뜸 갈고리로 사내의 턱을 치켜 올리며 싸늘하게 웃었다.

"이……이게 뭐 하는 짓이야? 지금 날 죽이겠다는 거야!"

덩치는 강철의 싸늘한 감촉이 턱에 와 닿는 순간 숨이 턱 멎어 버리는 것 같았다. 덜덜 떨면서 갈고리를 잡았다.

"당신을 죽이겠다는 말이 아녀. 난 목이 말라서 빨리 물을 받고 싶을 뿐이란 말여."

철용은 싸늘하게 웃으며 갈고리를 내렸다. 덩치는 자신의 목 앞뒤를 매만지면서 진땀을 흘리며 제자리로 돌아갔다.

모산에서도 공동우물에서 물을 길어 와야 하지만 물을 아껴서 써야

할 정도는 아니다. 날씨가 포근하거나 여름에는 또랑에 나가서 씻으면
되고, 겨울에도 물이 아깝다는 생각을 해 본 적은 없었다. 하지만 난곡
에서는 물을 항상 재탕 삼탕으로 사용했다. 세수를 한 물을 모아 두었다
가 걸레를 빨거나 빨래를 할 때 사용했다. 빨래를 한 물도 버리지 않는
다. 이튿날 아침까지 그대로 두면 구정물이 가라앉아서 맑은 물만 위로
뜨게 된다. 그 물로 세수를 하거나 방을 닦는데 사용한다.

경훈과 철용은 번갈아 가며 머리를 감고 나서 간단하게 저녁을 먹었
다. 경훈은 가죽잠바에 가죽장갑을 꼈다. 철용은 허름한 잠바를 입은 차
림으로 판자촌을 내려갔다. 봉천동으로 내려가 걸어서 도착한 곳은 신
림동 대로변에 있는 설렁탕집이다. 경훈은 양철 간판에 '대전설렁탕집'
이라고 쓴 간판을 확인하고 나서 안으로 들어갔다.

"이 집에는 장사를 안 하나?"

시간 때로 봐서 저녁 손님을 받을 시간이다. 그런데도 식당 안에는 손
님 한 명 없이 썰렁하다. 주인의 모습도 보이지 않는다. 경훈이 어디엔
가 있을 주인이 들으라는 목소리로 말했다.

"형, 또 저녁을 먹을 거여?"

철용이 귓속말로 물었다.

"이 집 쥔을 좀 알거든."

경훈은 의자에 앉아서 주방 쪽을 바라보며 담배를 입에 물었다.

"오셨구먼. 손님이 없더라도 설렁탕 솥은 비워 둘 수가 없어서……"

주방에서 50대 중반의 이정섭이 앞치마에 손을 닦으며 나왔다.

"아무리 그래도 그렇지. 이 시간에 손님 한 명 없으면 오늘 장사 쫑
낸 거 아뉴? 그람 그 설렁탕 국물은 다 어티게 처리를 하는 거유?"

"돈이 들어가서 그렇지 소비하는 건 간단햐. 고아원에 퍼다 주든지, 저 위 판자촌 동네 사람들을 불러서 퍼 가라면 담배 한 개비 피울 사이에 빈 솥만 남을 걸."

"철용아 인사햐. 나 하고 잘 아는 분인데 건달 몇 놈들이 저녁마다 와서 행패를 부리는 통에 요새 미치고 환장하시겠다는구먼. 야는 나하고 같은 고향에 사는 김철용이라는 아유. 이래뵈도 봉천동에 가서 난곡 외팔이라고 하면 모르는 사람이 없을 정도로 날리는 동생유."

철용은 일어나서 정중하게 인사를 했다. 주인이 한 팔 뿐인 철용의 손을 잡고 흔들면서 젊은 사람이 대단하구먼, 이라며 칭찬을 했다. 철용은 멋쩍은 미소를 지으며 의자에 앉았다.

"어차피 자선사업 할 것이라면 우리도 한 그릇씩 주쇼."

"그놈들이 올 시간이 된 거 같은데?"

이정섭이 걱정스러운 얼굴로 밖을 바라보며 말했다.

"걱정 붙들어 매시고 어여 설렁탕이나 먹읍시다."

경훈은 잘게 웃으며 수저통에서 젓가락과 숟가락을 꺼내서 철용이 앞으로 내밀었다.

"내 말 잘 들어. 이따가 대여섯 놈이 깽판을 치러 여기로 올 거야. 육대 이로 싸우면 잘해야 본전이라구. 더구나 넌 내일 새벽차로 영동에 내려가야 하잖아. 얼굴에 기스 나면 안 된다는 말이지. 그러니까 일단 내가 한 놈을 골라서 죽통을 날려 버릴 테니까, 너는 두 번째로 달려드는 놈한테 본때를 보여 주란 말야. 확률적으로 볼 때 그 두 놈의 주먹이 가장 쎌 거여. 그 두 놈만 잡아 놓으면 남은 놈들은 저절로 무릎을 꿇게 된다는 거지. 내 말 무슨 말인지 잘 알아들었겠지?"

"걱정마 형. 그렇지 않아도 전보를 받고 나서 맘도 안 편하던 중인데 잘 됐구먼. 어떤 놈들인지 모르지만 어젯밤에 개한테 물리는 꿈을 꿨을 거여."

철용은 경훈이 속삭이는 말에 눈을 번뜩이며 바깥을 바라본다. 가끔 식당 앞으로 차가 지나갈 뿐 조용하다.

주인이 설렁탕과 깍두기를 가져왔다. 철용은 저녁을 먹었지만 구수한 설렁탕 냄새를 맡으니까 군침이 나왔다. 군침을 삼키며 경훈이처럼 먼저 깍두기 국물을 설렁탕에 탔다. 국수를 건져 먹으려고 하는데 거칠게 문이 열리는 소리가 들렸다. 대여섯 명의 건장한 청년들이 히죽히죽 웃으며 들어왔다.

"어이구! 오늘 이 집 장사 되게 잘되는구먼. 손님들 좀 봐 꽉 찼구먼. 어이, 주인장 여기 설렁탕 서른 그릇만 주쇼. 엊저녁부터 굶었더니 한 사람 앞에 서너 그릇씩은 먹어야 배가 찰 것 같으니까……"

식당 안에는 경훈과 철용이 앉아 있는 자리만 빼놓고 모두 비어 있다. 그런데도 사내들은 실실 웃으면서 경훈의 옆 테이블에 앉았다. 모두 여섯 명이 테이블 두 개를 차지하고 앉아서 왁자지껄 떠들었다. 그중에서 가죽잠바를 입은 사내가 수저가 부러지도록 테이블을 두들기며 각설이 타령을 하는 목소리로 말했다.

경훈과 철용은 그들이 떠들던 말든 못 들은 척 하는 표정으로 뜨거운 설렁탕을 맛있게 먹었다.

"설렁탕 첨 먹어 보는 촌놈들처럼 환장한 얼굴로 처먹고 있구먼."

가죽잠바가 빈정거리는 목소리에 철용이 고개를 번쩍 들었다. 경훈이 아직 때가 아니라는 눈짓을 보냈다.

"뭐야? 외팔이 아냐?"

"외팔이도 설렁탕 먹을 줄 아나?"

사내들이 비웃는 말에 철용은 벌떡 일어나서 갈고리로 입을 찢어버리고 싶었다. 경훈이 테이블 밑으로 철용의 발을 툭 차며 잠자코 먹고만 있으라는 신호를 보냈다.

주인은 주방에서 사내들과 경훈을 지켜보았다. 일단 숫자상으로는 경훈이 쪽이 훨씬 불리하다. 그런데도 경훈이와 철용은 대범하게 묵묵히 설렁탕을 먹고 있는 모습을 보니까 안심이 되기는 했지만 불안을 감출 수는 없었다.

"야! 너희들 벙어리냐?"

가죽잠바는 경훈과 철용이 소 닭 쳐다보듯 하고 있으니까 슬그머니 화가 났다. 일어서서 경훈의 옆자리에 앉았다. 손으로 깍두기를 집어서 한 입만 베어 먹고 경훈의 설렁탕 그릇에 던져 버렸다.

"한 놈은 외팔이고, 또 한 놈은 벙어리네. 야 임마들아 형님들 오늘 여기서 중요한 모임이 있으니까 어서 꺼져."

경훈은 잠자코 수저를 내려놓았다. 가죽잠바가 젓가락으로 경훈과 철용을 가리키며 이죽거렸다.

"존 말로 할 때 꺼지는 것이 장수에 지름길 일 거다."

가죽잠바 건너편에 앉았던 사내가 어깨를 으쓱거리며 일어섰다. 팔장을 끼고 경훈을 노려보았다. 경훈이 잠자코 바지 뒷주머니에서 가죽장갑을 꺼내 낀다.

"어이구, 한번 붙어 보시겠다. 이거군. 야! 너희들도 봤지. 분명히 이놈이 먼저 한번 붙어 보겠다는 뜻으로 꼴값을 떠느라 장갑 끼는 거 봤지?"

가죽잠바가 가소롭다는 얼굴로 동료들에게 시선을 돌리고 물었다. 동료들이 일제히 젓가락과 숟가락으로 테이블을 치며, 어차피 저승 갈 놈이니까 설렁탕이나 다 먹으라고 햐. 그려, 저승길이 멀다고 하니까 배라도 든든해야지. 촌놈들 같으니까 살살 다뤄, 라며 한마디씩 던졌다.

　경훈은 팔짱을 끼고 있는 사내를 바라보며 씩 웃었다. 팔짱을 낀 사내가 어이가 없다는 얼굴로 입을 턱 벌렸다. 순간 경훈은 가죽장갑을 낀 손으로 아직은 뜨거운 설렁탕 그릇을 들어서 가죽잠바의 머리에 뒤집어 씌웠다.

　"앗! 뜨거!"

　가죽잠바가 설렁탕 그릇을 뒤집어쓰고 팔짝 놀라며 일어선다는 것이 테이블에 무릎이 걸려서 의자와 함께 뒤로 나자빠졌다. 경훈은 잠시의 틈도 주지 않고 바닥에 나둥그러진 가죽잠바의 낭심을 픽! 소리가 나도록 차 버렸다. 가죽잠바는 억! 하는 비명과 함께 축 늘어지고 말았다.

　"이 새끼들이!"

　경훈이 가죽잠바에게 뜨거운 설렁탕 그릇을 뒤집어씌우고 낭심을 차 버리기까지는 거의 순간이었다. 훤칠한 키에 팔짱을 끼고 있던 사내가 이해를 할 수 없다는 얼굴로 눈만 끔벅끔벅거렸다. 뒤늦게 상황을 인식하고 경훈을 향해 주먹을 날리려는 순간이었다. 철용이 앉은 자리에서 옆차기로 사내의 가슴을 내갈겼다. 사내가 비틀거리는 순간을 놓치지 않고 갈고리로 어깨를 찍어버렸다. 사내의 어깨에서 흘러나온 피가 금방 상의를 빨갛게 적셨다.

　"다음은 어떤 놈여!"

　철용이 어깨를 부여잡고 주저앉은 사내의 목에 갈고리를 걸고 낮게 외쳤다. 사내의 동료들이 새파랗게 질린 얼굴로 의자에서 벌떡 일어났다. 몸이 얼어붙어서 움직이지도 못하고 덜덜 떨며 철용을 바라봤다.

"무릎 꿇어!"

경훈이 의자에 앉으며 무겁게 내뱉았다.

"형님! 잘못했습니다."

"죽여주십쇼."

사내들이 일제히 무릎을 꿇고 복창을 했다. 어깨에서 피가 철철 나오고 있는 사내는 목에 걸린 갈고리 때문에 천창을 향해 턱을 바짝 치켜들고 있었다. 공포에 질린 눈빛으로 달달 떨면서 철용을 바라봤다.

"우……우선 상처부터 싸매야지."

주인이 앞치마를 벗어서 달려와 사내의 상처를 싸매주었다. 그때서야 무릎을 꿇고 있던 사내 중의 한 명이 달려들어서 주인과 함께 더 이상 피가 흘러나오지 않도록 지혈을 했다.

"너 주방에 가서 찬물 한 주전자 떠 와라."

경훈은 일부러 사내들을 바라보지 않았다. 차갑게 웃으며 담배를 꺼내서 입에 물고 성냥을 켰다.

"이 자식 얼굴에 뿌려라."

사내가 주방에서 주전자에 물을 담아 가지고 왔다. 경훈의 명령이 떨어지자마자 가죽잠바의 얼굴에 주전자 물을 부었다. 기절해 있던 가죽잠바는 쏟아져 내리는 물에 얼굴을 흔들며 눈을 떴다. 경훈이 앉은 자세로 발을 뻗어서 가죽잠바의 목을 눌렀다. 가죽잠바는 머리카락에 국수가닥을 뒤집어 쓴 모습으로 캑캑 거리면서 싹싹 빌기 시작했다.

"너도 꿇어 이 자식아!"

경훈의 말이 떨어지자마자 가죽잠바가 고통스럽게 일어나서 무릎을 꿇었다. 그 옆에는 어깨를 묶은 앞치마에 피가 뻘겋게 배어 나온 사내가 무릎을 꿇고 앉았다. 다른 사내들은 테이블을 가운데 두고 양쪽에 앉아서 고개를 조아렸다.

"똑똑히 들어. 또 한 번 이 집에 와서 행패를 부리는 날에는 이쯤에서 끝내지 않고 아주 골로 갈 줄 알면 틀림없을 거여. 야, 이 자식들아! 새파랗게 어린놈들도 아니고 나이깨나 처먹은 놈들이 떼를 지어서 몰려다니며 건달 짓이나 하기에는 인생이 아깝지도 않냐?"

"형님, 잘못했습니다. 제가 애들을 데리고 있는 신림동 짱구라고 합니다. 이름은 김창재지만 짱구라면 이 바닥에서는 인정을 해 주는 놈입니다. 하지만 앞으로 형님으로 모시겠으니 거두어 주십시오."

가죽잠바가 눈앞을 가리는 국수가닥을 걷어내고 일본 야쿠자들처럼 두 손으로 바닥을 짚고 고개를 조아리며 말했다.

"난 너 같은 건달 놈을 동생으로 삼을 생각이 없구먼. 그러니까 내 말 명심하고 빨리 사라져."

"형님, 앞으로는 형님처럼 의로운 일에만 힘을 쓰고, 절대로 주먹 자랑을 하지 않고, 형님처럼 바른 주먹만 쓰겠습니다. 그러니 제발 거두어 주십시오."

짱구가 뒤에서 고개를 조아리고 있는 무리들에게 눈짓을 보내고 나서 다시 넙죽 엎드렸다. 가죽잠바의 말이 끝나자마자 다른 사내들도 일제히 형님 거두어주십시오, 라고 머리가 바닥에 닿도록 절을 하며 합창을 했다.

"약속 할 수 있어?"

경훈은 스스로를 짱구라고 하는 가죽잠바를 눈여겨봤다. 머리의 앞과 뒤가 유난히 튀어나와서 짱구라는 별명이 어울릴 만했다.

"느 아부지가 지어준 이름이 짱구여?"

철용이 의자에 앉아서 다리를 꼬고 앉으며 물었다.

"아닙니다. 아버지가 지어준 이름은 김창배라고 합니다."

"아부지가 지어준 이름을 드럽힐까봐 짱구라고 떠들고 댕기는 거여?"

철용이 볼 때 짱구의 나이는 스물다섯 살은 넘어 보였다. 철공소 다닐 때 객지 나이는 하도 거짓말하는 사람들이 많아서 원래 10살을 트고 지낸다는 말을 들었다. 마치 동생을 나무라는 목소리로 물었다.

"원래 고향이 경기도 이천입니다. 거기서 농사를 졌는데, 아버지 친구가 서울에서 장사를 하면 큰돈을 벌 수 있다고 해서 집하고 땅을 팔아서 올라왔습니다. 몽땅 사기를 당하고 염천교 밑에 살다가 신림동 판자촌으로 이사를 와서 학교도 못 다녔습니다."

"사기를 당했다고?"

경훈은 사기를 당하고 서독 광부로 간 시훈의 얼굴이 생각나서 짱구의 말이 예사롭게 들리지 않았다.

"예, 이천에 살 때는 머슴을 두고 살 정도로 잘 살았습니다. 하지만 자식들 공부를 가르칠려면 서울로 이사를 가야한다고 생각하던 중에, 아버지가 친구 꼬임에 넘어가서 스무 마지기 논 판 것 하고, 네 칸짜리 기와집 판 돈을 몽땅 사기 당했습니다. 그 일로 아버지는 쥐약을 먹고……"

짱구는 목에 메어 더 이상 말을 할 수가 없었다. 엎드린 자세로 한 손으로 바닥을 짚고, 다른 손으로 눈물을 닦았다.

"사장님, 여기 개과천선하겠다는 아들이 몇 명 있는데, 그냥 귀경만 하실 거유?"

경훈은 짱구가 눈물을 흘리는 모습을 보니까 가슴이 짠했다. 시훈이도 결혼만 안했다면, 아이만 낳지 않았다면 짱구의 아버지처럼 쥐약을 먹었을지도 모를 일이었다. 가슴이 처연해지는 것을 느끼며 구석에 서 있는 이정섭에게 말했다.

"왜 내가 구경만 하고 있겠어. 자, 모두 의자에 앉아요. 오늘은 내가 화끈하게 쏘지."

이정섭은 경훈과 철용이 너무 고마웠다. 내일부터는 편하게 장사를 하게 됐다는 생각에 경훈의 말이 떨어지기 무섭게 주방으로 갔다.

"뭐햐. 사장님이 의자에 앉으라고 하는 말 못 들었어?"

철용이 갈고리를 낀 팔을 흔들며 말했다.

"애들아, 뭐해. 형님께서 의자에 앉으시라고 하시잖아."

짱구가 벌떡 일어서서 말하며 의자에 앉았다. 어깨에 부상을 당한 사내도 경훈의 눈치를 살피며 의자에 앉았다.

"오늘 지독하게 재수가 없는 네놈은 이름이 머여?"

경훈이 앞치마로 어깨를 감싸고 앉아 있는 사내를 턱으로 가리켰다.

"이놈은 꺽다리라고 하는 놈인데, 고향은 저하고 같은 경기도지만 평택 놈입니다. 이놈은 집에서 농사를 짓다가 취직하겠다고 서울에 올라와서 취직을 못하고 빌빌 싸다가 저를 만났습니다. 이름은 박한식이라고 합니다. 저놈은 눈이 짝짝이라서 짝눈이라는 별명이 있습니다. 원래 이름은 소영식이라고 하는데 독립문 근처에 있는 무슨 잡화점에 배달원으로 근무를 했습니다. 그런데 월급 때가 되니까, 월급은 안 주고 물건이 많이 없어졌다며 경찰서로 끌려갔다고 합니다. 다행히 누명은 벗었지만 월급 한 푼 못 받고 쫓겨나서 길에서 자고 있는 놈을 제가 발견하고 데리고 있게 되었습니다."

짝눈은 나머지 세 명의 부하도 한 명, 한 명 소개를 했다. 서울 본토박이는 없고 시골에서 무작정 상경을 했거나, 서울로 이사 왔지만 단칸방에서 여섯 가족이 부대끼며 살다가 집을 나왔거나, 철용이처럼 기술을 배우려고 작은 공장에 취직을 했지만 기술은 가르쳐 주지 않고 심부름만 시켜서 그만 두고 거리를 떠돌다가 짱구를 만났다고 했다.

이정섭이 설렁탕을 가지고 왔다. 수육도 덤으로 가지고 오고 소주도 몇 병 가지고 왔다. 짱구 일행은 김이 모락모락 나는 설렁탕과 수육이며 술이 눈앞에 있지만 젓가락도 들지 않았다.

"느덜, 언지까지 이렇게 건달로 살 거여?"

경훈은 짱구를 비롯해서 한 명 한 명 얼굴을 뜯어 봤다. 처음 봤을 때는 하나같이 식당이나 포장마차 같은 곳을 돌아다니며 돈이나 뜯고, 못살게 구는 동네 깡패들로 보였다. 그러나 사정을 듣고 보니까 자신이나 철용과 다를 바 없이 인간성은 착하다는 생각이 들었다. 하지만 아직은 속마음을 보여서는 안 된다는 생각에 짱구를 날카롭게 노려보며 물었다.

"아까, 형님에게 맹세를 하지 않았습니까? 앞으로는 바른 주먹만 쓰면서 형님들처럼 살아가겠습니다."

"바르게 살아갈라믄 무슨 직업이 있어야 할 거잖여. 하다못해 재건대원들처럼 망태를 메고 휴지를 줍는 한이 있드래도 직업이 읆으면, 또 못된 짓을 하고 댕길거잖여."

철용이 한결 부드러운 목소리로 말을 하며 어서 먹자는 표정으로 젓가락을 들어 보였다.

"사실은 저희들도 봉천동에서 고물상을 하려고 터를 빌려서 천막도 쳐 놓고 준비를 해났습니다. 그런데 고물상이라는 것도 밑천이 없으면 못합니다. 우리 여섯 명이 돌아다니면서 고물을 주워와 봤자, 겨우 밥이나 먹고 지낼 정도입니다. 그래서 한 달쯤 고물을 줍다가 결국 포기를 하고 다시 이 짓을 하게 됐습니다."

"그래? 그럼 내일 한번 거길 가 보자구."

경훈은 고물상 정도라면 큰돈이 들어가지 않고도 시작을 할 수 있다는 생각이 번뜻 들었다. 집에서 저녁을 먹고 왔지만 한바탕 했더니 배가 고팠다. 아직까지 부동자세로 앉아 있는 짱구 일행에게 웃어 보이며 수저를 들었다.

이튿날 철용은 서울역에서 새벽기차를 타고 영동으로 향했다. 오후 11시쯤에 영동역에 도착해서 곧장 택시를 대절해서 모산으로 향했다.

멀리 둥구나무가 보였다. 둥구나무 밑에서 뛰어 놀던 때가 떠오르면서 눈물이 났다. 팔을 잃어버리고 나서 부모님이 돌아가시지 않는 이상 둥구나무를 보는 일은 없을 것이라고 생각했었다. 결국은 철용네가 위독하다는 전보를 받고 나서야 둥구나무를 다시 보게 된다는 생각도 들면서 눈물을 걷잡을 수 없을 만큼 흘렸다.

"누가 죽었수?"

"아……안직 몰라유."

운전수가 묻는 말에 철용은 하마터면 가슴이 미어지는 것 같아서 헉! 하고 울음소리를 터트릴 뻔했다.

택시가 동네 입구로 접어들었다. 철용은 얼른 눈물을 닦았다. 그래도 눈물이 그렁하게 솟아올랐다. 다시 눈물을 닦으며 둥구나무를 바라봤다. 오랜만에 바라보는 둥구나무는 여전히 우람하고 품 안이 넉넉했다.

그늘 밑 너럭바위에는 봄바람이 살랑거리고 있었다. 순배 영감이며 변쌍출과 박평래며 몇몇의 아낙네들은 모산으로 들어오는 택시를 보고 자신들도 모르게 일어섰다. 둥구나무 그늘 밑에 멈춘 택시문이 열리면서 고급 봄잠바를 입은 철용이 내리는 모습을 보고 놀란 입을 다물지 못했다.

"아여! 뭐 햐. 이 집 맏상제가 왔는데 시방 머하고 있는 거여?"

해룡네가 놀란 눈빛을 감출 사이도 없이 김춘섭의 집 방문 앞으로 뛰어가서 호들갑을 떨었다.

"어이구! 우리 철용이! 우리 철용이가 왔구면!"

방문이 열리면서 철용네가 맨발로 뛰어 나왔다. 동네 어른들에게 인사를 하고 있는 철용을 껴안으면서 울음을 터트렸다. 철용은 참았던 눈물이 왈칵 쏟았으나 소리 내어 울지는 않았다. 철용네가 슬픔을 이기지 못해 발을 동동 굴리면서 소리 내어 펑펑 우는 동안, 동네 사람들은 측은한 얼굴로 철용의 팔을 살폈다. 왼쪽 잠바 소매가 주머니에 들어가 있다. 그쪽 팔목이 잘렸다는 걸 알아차리고 난 후에야 아낙네들이 서로의 눈치를 살피며 치맛말기를 눈으로 가져갔다.

"큰오빠!"

철용네를 뒤따라 나온 영숙이도 눈물을 흘리며 철용이를 껴안았다. 이내 김춘섭에게 알려야겠다는 생각에 논으로 달려갔다.

"어머가 위급하다고 해서 전보를 받고 새벽차를 타고 내려 왔는데…

…"

"요새 하도 꿈자리가 사나워서 느 아부한테 서울로 데려다 달라고 사정을 했구먼. 그랬더니 너한테 전보를 쳤다고 하드라. 어이구! 이놈아 얼굴 좀 보자. 얼굴이 반쪽이 됐구먼. 그래서 어머가 죽을 먹든지 밥을 먹든지 고향으로 내려오자고 했잖여. 야, 이놈아! 다시는 서울 올라가지 말고 이 어머하고 살자. 아이구! 불쌍한 것! 워쩌다가 사지가 멀쩡하던 놈이 이 지경이 됐댜!"

철용네가 방으로 들어갈 생각을 하지 않고 철용의 잘려나간 팔목 소매를 잡고 통곡을 하는 사이에 여기저기 골목에서 사람들이 쏟아져 나왔다. 하나 같이 철용의 번듯한 외모에 놀랐고, 소매만 펄럭이고 있는 잘려진 팔목을 보고 내 자식이 그렇게 된 것처럼 눈물을 닦았다. 어떤 여자는 초상이라도 난 것처럼 엉엉 소리 내어 울기까지 했다.

"질바닥에서 이기 머여! 어여 집에 들어가지 않구선!"

논에 모 심을 물을 대고 있다가 철용이 왔다는 말을 듣고 단숨에 달려 온 김춘섭이 버럭 고함을 질렀다. 그때서야 철용네는 눈물을 뿌리며 한쪽 밖에 없는 철용의 손을 잡고 방으로 들어갔다.

"아부지, 어머니 절 받으셔유."

절을 할 때는 두 손을 배꼽 위로 모은다. 철용은 습관처럼 두 손을 가운데로 모으는데 왼손은 빈 소매만 펄럭인다. 그때서야 한쪽 팔목이 없다는 걸 알고 당황했으나 얼른 표정을 바꾸고 절 할 준비를 했다.

"절은 무슨 그냥 앉아."

김춘섭이 못 볼 것을 봤다는 얼굴로 옆으로 돌아앉았다.

"아녀, 자식이 객지에서 생활을 하다 집에 왔으면 으당 부모님한테 절을 해야 하능 겨. 어여 해라."

"그냥 앉아."

김춘섭이 눈치코치 없이 구는 철용네를 노려보며 화를 냈다. 철용은 김춘섭의 말을 못 들은 척 한 손으로 바닥을 짚고 절을 했다.

"그래 즘심은 먹웅 겨?"

철용네가 절을 하고 앉은 철용의 손을 잡아 문지르며 물었다.

"즘심 먹을 시간이 워딨어. 어머가 다 죽게 생겼다고 전보를 쳤는데."

철용은 철용네가 건강하다는 점에는 안심이 됐다. 기차를 타고 내려오는 동안 걱정이 돼서 목이 말라도 사이다 한 병 사먹지 않고 내려왔던 것을 생각하면 화가 났다. 화가 난 얼굴로 돌아앉으며 철용네를 흘끗 바라봤다.

"네놈이 사지가 멀쩡하다면 그런 전보를 왜 쳤겠어. 몸도 성하지 않는 놈이 그 넓은 서울바닥에서 워티게 먹고는 살고 있는지, 잠은 지대로 자고 있는지, 뭘 해서 돈은 벌고 있는지, 몸은 건강한지. 시간만 있으면 자나 깨나 네놈 걱정만 하다가 참말로 병이 들 거 같응께 전보를 친 거여. 그렁께 그 문제에 대해서는 더 이상 언급을 하지 마. 네놈이 편지라도 자주 보냈으면 전보도 안 보냈을 겅게."

김춘섭은 옆으로 돌아앉은 철용을 가만히 바라본다. 걱정했던 것처럼 몸이 마르지는 않았다. 오히려 어딘지 모르게 철공소 다닐 때보다 당당해 보이는 얼굴 표정을 바라보고 있으니까 안심이 된다.

"그래, 그동안 워티게 지낸 겨?"

철용은 흉물스러워 보일 것 같아서 갈고리를 빼놓고 왔다. 철용네가 뭉텅하게 잘려 나간 팔목을 문지르며 눈물 섞인 목소리로 물었다.

"내 걱정은 하지 마, 잘 있응께. 영숙이도 처녀 다 됐구먼. 이리 와 봐, 오빠가 얼굴 한번 만져 보자"

철용은 철용네의 대답을 피하며 영숙이에게 시선을 돌렸다. 영숙이 얼굴을 빨갛게 붉히면서도 철용에게 다가 앉았다. 철용은 햇볕에 그을려 얼굴이 까만 영숙의 손을 잡았다.

"큰오빠, 서울 가지 말고 집에서 살아. 어머가 맨날 큰오빠 땜시 운단말여."

"우리 영숙이 올게 몇 학년이지?"

철용은 이번에도 영숙이 묻는 말에 대답을 하지 않고 화제를 돌렸다.

"장남이라는 놈이 지 막내 동생이 시방 몇 학년인지도 모른다는 거시 말이나 되는 거여? 올게 이월 달에 졸업 했잖여. 지가 서울에 있는 무슨 봉제공장에 취직을 하러 간다고 하는 걸, 느 어머가 뜯어 말렸잖여."

김춘섭이 한심하다는 얼굴로 말했다.

"내 친구는 서울 성동구에 있는 봉제공장에 취직을 해서 한 달에 사천 원씩 받는댜. 난도 취직을 해서 집에 돈 부쳐주고 싶구먼. 근데 어머가 서울에는 오빠 하나만 있어도 된다고, 절대로 못 보내준다능 겨. 오빠, 나도 오빠 따라 서울 올라가믄 안 되능 겨?"

영숙이 하나 밖에 없는 철용의 손을 잡고 만지작거리며 바라봤다.

"너는 내년에 중학교 가. 오빠가 돈 부쳐 줄 모양잉께, 돈 걱정하지 말고 중학교 갈 생각햐. 어떤 집에는 대학교를 가니 머하니 하는데, 우리 집 형제들은 죄다 국민학교 졸업장만 있으믄 되겄어? 우리 영숙이는 오빠가 돈 많이 벌어서 어떤 일이 있드래도 대학교까지 보내줄 껴. 영숙이는 착하고 어머, 아부지 말을 잘 들어서 교육대학을 졸업하고 학교 선생님을 하면 참 잘 할겨."

"큰오빠 참말이지?"

"그람, 참말이고 말고 시방도 오빠가 그 정도는 벌고 있응게 우리 예쁜이는 공부만 열심히 하면 되능 겨."

"어이구, 말만 들어도 고맙구면. 그래, 서울에서 뭘 하고 있는 거여. 편지라도 자주 했으면 어떻게 사는지 알고나 있을 거잖여. 통 편지도 읎응게 하나부터 열까지 걱정 안 되는 거시 없잖여. 장남이 객지에서 그라고 있응게 내가 먼 재미로 세상을 살겄어."

철용네가 철용이에게 바짝 붙어 앉아서 얼굴이며 어깨를 쓰다듬으며 눈물을 글썽거렸다.

"이 돈 얼매 안 돼유."

철용이 잠바 안주머니에서 누런 봉투를 꺼내 김춘섭에게 외팔로 내밀었다.

"니가 먼 돈이 있다고?"

김춘섭은 믿어지지 않는다는 얼굴로 봉투를 받기만 했다. 철용네가 감격에 찬 눈물을 흘리며 김춘섭을 향해 돌아앉았다. 한눈으로 보기에도 봉투가 두둑해 보였다.

"오만 원이나 되잖여. 이 돈 워디서 난 겨?"

봉투 안에는 은행에서 금방 찾는 것 같은 오백 원짜리 한 뭉치가 들어있었다. 김춘섭이 놀란 얼굴로 물었다.

"은행에서 찾아 왔지 워디서 나유."

돈은 어젯밤에 신림동에 있는 대전설렁탕집 이정섭에게 수고비조로 받은 십만 원이다. 오만 원은 장기팔에게 갖다 주기로 하고 십만 원을 가지고 내려왔다. 철용은 경훈이 노점을 해서 십 원 벌면 오 원 저금하고, 백 원 벌면 구십 원 저금했다라고 시킨 말이 갑자기 생각이 나지 않아서 뒷머리를 긁적거렸다.

"머여! 은행에서 찾아 왔다면 은행에 저금을 했다는 말여? 우리 철용이가 은행에 돈을 저금했단 말여?"

철용네가 감격의 눈물을 닦아 내며 돈뭉치를 집어 들었다. 난생처음 만져 보는 거금에 손이 덜덜 떨리는 것을 느끼며 돈뭉치로 얼굴을 문댔다.

"똑바로 말햐. 저 돈 어디서 난 겨?"

김춘섭은 철용이 서울에서 건강하게 지낸 것만 해도 눈물이 날 지경으로 고마웠다. 서울이라는 땅에서 혼자 먹고살기도 힘이 들것이다. 그 어려운 상황에서 반짝반짝 빛이 날 정도로 빳빳한 오만 원 뭉치를 꺼내 놓으니까 더럭 겁이 났다.

'이 자식이, 또 엉뚱한 짓으로 돈을 버는 거는 아니겄지?'

철용이 철공소 사장 모르게 뒷돈을 벌 생각으로 일을 하다가 팔목을 잃어버렸다는 생각이 들어서 굳은 목소리로 물었다.

"아! 은행에서 찾아 왔다고 했잖유. 아무나 은행에 가믄 무조건 돈을 주는 거시 아니잖유. 일단 은행에 저금을 했응게 내주는 거지."

"내가 생각나는 거시 있어서 묻는 겅께. 철용이 너 내 눈 똑바로 쳐다보고 대답햐. 이 돈 워디서 낭 겨?"

김춘섭이 철용네가 들고 있는 돈뭉치를 낚아채서 철용이 눈앞에 흔들어 보였다.

"아부지, 이 팔 안 보여유. 나 팔병신유. 나 같은 팔병신이 서울서 할 거시 머가 있겄슈. 경훈이 형하고 밤마다 길거리에서, 겨울에는 털모자 같은 거 팔고 요새는 양말 팔아유. 양말 팔아서 십 원 남으면 오 원 저금하고, 백 원 벌면 구십 원 저금해서 지금까지 모은 돈유. 아부지 생각에 팔병신은 돈 벌면 안 되남유! 팔병신도 멀쩡한 사람유."

철용은 김춘섭이 돈을 흔들어 보이자 자신을 무시한다고 생각했다. 자신도 모르게 경훈의 시킨 말에 자신의 생각을 덧붙여서 말을 하며 대들었다.

"하여튼, 당신은 욱하는 승질 때문에 항상 문제유. 몸도 성하지 않은 자식이 먹고 싶은 것도 안 사 먹고, 입고 싶은 옷도 안 사 입고, 엄동설한에 벌벌 떨면서 길거리에서 털모자 팔아서 갱신히 모아온 돈을……"

철용네는 말을 잇지 못하고 치맛말기를 코로 가져가서 팽하니 코를 풀고 나서 눈물을 닦았다.

"그려, 몸이 성하지 않드래도 저 하기 나름이지. 영동 시장 초입에서 풀빵 장사를 하던 이도 소아마비여. 근데도 순전히 풀빵 팔아서 집도 사고 장가도 가고 해서 시방은 가게를 한다고 하드라. 너는 니 발로 걸어 댕길 수도 있고, 심도 쓸 수 있응께 열심히 살아 봐. 난도 여하튼 한 푼이라도 모아서 니가 장사를 한다면 장사 밑천이라도 맨들어 줄 모양잉께."

철용네는 철용이 불구가 된 것이 자신의 탓이라는 생각에 섧디 섧게 울었다. 영숙이도 구석에 쪼그려 앉아서 무릎에 얼굴을 묻고 훌쩍거렸다. 김춘섭은 평소처럼 암탉이 울면 집안이 망한다는데, 여핀네가 복 나가게 울고 지랄이야, 라며 쏘아 붙이지 않았다. 숙연한 표정으로 한숨을 내쉬며 문을 향해 돌아앉았다.

"어머, 어머 아들 김철용이는 팔목 한쪽이 아니라 다리 한쪽이 없어졌다 해도 얼매든지 서울 바닥에서 성공할 수 있어. 그랑께 그만 울어. 어머가 자꾸 그라면 내가 기분 좋게 서울로 올라갈 수가 읎잖어."

철용은 무릎걸음으로 철용네 앞으로 다가갔다. 오른팔로 철용네의 어깨를 감싸 안으며 젖은 목소리로 말했다.

"그만 그쳐! 철용이 말하는 거 들어 봉께 인제부터 걱정 덜어내도 되겠구먼. 외려 몸이 멀쩡한 다른 아들보다 더 소견이 들었구먼. 그랑께 어여 그치고, 해룡네 가서 탁주나 한 되 받아와. 철용이도 다 컸응께 둘이서 술 한잔 해야겄다."

김춘섭은 담배를 입에 물다 말고 철용이를 바라본다. 한쪽 소매는 펄렁거리고 멀쩡한 팔 하나로 철용네의 어깨를 감싸 안은 모습이 못내 불쌍하게 보여서 눈물이 왈칵 치밀어 올랐다. 큼! 눈물을 참으려고 잔기침을 하며 얼른 성냥을 그었다.

"철준이는 이발소 출근했을 거고 철재는 워디 갔슈?"

"상규네 논 갈아 주러 갔다."

철용네가 치맛말기로 눈물을 말끔히 닦아내고 코맹맹이 목소리로 대답했다.

"철재가 품 팔러 갔단 말유?"

"집에서 놀면 뭐햐. 그라고 철재는 철들었다. 니가 다치고 난 후로는 지가 열심히 일해야 너를 먹여 살 수 있다면서 단 하루도 안 쉬는구먼."

김춘섭은 방문 앞에 앉아서 묵묵히 담배만 피웠다. 철용네가 중학교도 못 보낸 철재도 생각만 하면 눈물이 나서 또 치맛말기로 눈물을 찍어내며 말했다.

"이따 내가 철재 들어오면 직접 말하겠지만 내 걱정은 하지 않아도 괜찮다고 해유. 외려, 저보다 많이 벌면 많이 벌지 짝게 벌지는 않응께."

"철재 오빠 품삯이 얼매씩인 줄 알아? 하루에 칠십 원씩이여, 근데 인자 언니 어머가 철재 오빠는 일을 열심히 한다고 백 원씩 쳐 줘. 삼십 원이면 여자들 하루 품삯이잖여."

눈물을 찍어 내고 있던 영숙이가 자랑스럽게 말했다.

"상규네는 돈 좀 벌었나 보쥬."

"그 집이야 살판났지. 상규 아부지가 영동 합동 정미소 소장으로 발령이 났잖여. 한 달 봉급만 쌀을 시 가마니나 받는다고 하드만. 거기다 면장들이 직접 부치던 땅 열 마지기를 넘겨 받았잖여. 그것 뿐여? 너도 오면서 봤겠지만 또랑가에 사과나무를 심은 과수원이 삼천 평이나 있응께 이 동리서 면장 댁 다음으로 부자라고 할 수 있지. 하긴, 상규네 팔자가 펴지는 바람에 우리도 덕 좀 봤구면. 상규네가 원래 부치던 땅 열 마지기를 우리가 물려 받았잖여. 그 대신 벌똥골 스 마지기하고, 들 베미 두 마지기는 도로 구장한테 돌려 줬잖여. 그런 걸 보믄 상규 어머는 좀 지독한 구석이 있기는 하지만 사람은 된 사람여. 솔직히 상규 어머 승질에 땅 스무 마지기를 못 부치겄어? 더구나 상규 할아부지나 상규 할머도 있고, 상머슴 값을 하는 진규까지 있잖여. 그란데도 옥천댁한테 야기해서 열 마지기를 우리한테 넘겼잖여."

"당신 눈에는 태수 처가 지독한 걸로 보이지만, 내 눈에는 당신이 물러 터졌어. 그랑께 어여 탁주나 받아 와."

"어머, 진규 오빠는 대학교 댕기잖여. 그랑께 빼야지."

김춘섭이 한심하다는 얼굴로 말을 하고 난 후였다. 철용네가 하는 말을 가만히 듣고 있던 영숙이가 나섰다.

"진규 그 자식이 대학교를 댕겨유?"

철용의 기억 속에 남아 있는 진규는 초등학교를 졸업하고 농사를 졌었다. 상규한테 진규가 고입 검정고시를 치려고 공부를 하고 있다는 말을 들은 것 같기도 하다. 대학교는 갈 턱이 없다는 얼굴로 물었다.

"갸가 대입검정고시에 합격했잖어. 그래서 대전에 있는 무슨 대학교에 합격을 해설랑, 향숙이네 집에서 먹고 자면서 대학교를 댕긴다고 하드라……워떤 집은 자식을 대학교까지 보내고 있는데 우리 집은 아들이 셋씩이나 있으면서 중학교 문턱을 밟아 본 아들이 없으니, 내가 먼 재미로 얼굴을 들고 댕기겄어."

"또……또, 삼천포로 빠진다. 아! 내가 집에서 팽팽 놀고 있는 거여? 구장처럼 사흘에 한 번씩 노름이라도 하러 댕기는 거여. 겨울에는 뼈가 무르도록 나무장사하랴, 눈 오는 날은 가마니 짜고 새끼를 꼰다. 손바닥에 물집이 생기도록 일을 해도 팔자가 요만큼 뻑에 되지 않는 걸 나보고 어쩌라는 거여?"

"철준이도 안직 나이가 어리잖유. 그 나이에 중학교 가기는 글렀고 이발소 끝내고 집에 오면 검정고시 공부를 하라고 하셔유. 고등학교 가기에는 안직 늦지 않았응께 합격만 하면 지가 어틱하든 학비를 보내 줄 모양이니께유"

"말만 들어도 고맙구먼. 순배 영감네 닭이 있을지 몰라. 닭이 있으면 한 마리 사와서 쌂아야겠슈."

철용네는 콧물이며 눈물을 닦아 내고 나서 일어섰다.

"어머, 그라지 말고 저녁에 동네 어른들 불러서 술 한 잔씩 돌려유. 요새 막걸리 한 말에 얼매씩 하는지 몰라도, 댓 말이면 한 잔씩 할 수 있잖유. 돼지고기나 열댓 근 사다가 안주 하고 해서 한 잔씩 해도 돈 만 원이면 안 되겠어?"

"탁주는 한 말에 삼백 원씩 해서 닷말 해 봤자 천오백 원, 돼지괴기 한 근에 백이십 원씩, 열근 해 봤자 천이백 원이면 떡을 치겠네. 하지만 난중에 돈 많이 벌면 하자……"

철용네는 철용이가 팔목을 잃어버린 후에 동네 아낙네들에게 동정어린 시선을 많이 받았었다. 이번 기회에 우리 철용이가 비록 팔목 한쪽이 없기는 하지만 정상인 못지않게 돈을 많이 벌고 있다는 사실을 자랑하면 좋을 것 같아서 김춘섭의 눈치를 살폈다.

"이 돈은 땟거리가 없어서 우리 식구들이 당장 굶어 죽게 되는 한이 있더래도 단 한 푼도 쓸 수 없어. 내일 아침 먹고 열 일을 제쳐 놓고 농협에 저금을 할 생각이여. 난중에 철용이가 장가라도 가게 되면 그때 집 칸이라도 얻는데 사용할 생각잉께 그리 알어."

김춘섭은 철용네가 굳이 막걸리며 돼지고기 가격을 거론하는 이유를 알 것 같았다. 돈뭉치를 들고 일어서서 면소재지에 나갈 때 입는 기성복 바지주머니에 넣었다.

"그려, 우리 철용이가 너무 장하다는 생각이 들어서 내가 잠깐 정신이 나갔었나벼. 그 돈이 위티게 번 돈인데 흥청망청 쓴댜. 당신 생각 참말로 잘했슈. 앞으로도 우리 철용이가 벌어 오는 돈은 단 한 푼도 쓰지 말고 저금해유."

철용네의 말이 끝나자마자 밖에서 여자의 기침소리가 들렸다. 일어서 있던 김춘섭이 문을 열었다.

"철용이 왔담서. 우리 경훈이 소식 좀 들을라고 왔구먼."

날망집이 황망한 얼굴로 댓돌 위에 올라서며 물었다.

"오셨구만유. 그렇지 않아도 막 올라가 볼 참이였슈. 경훈이 형이 전해 달라는 것이 있어서유."

"어여, 들어와유. 들어와서 야기 해유."

철용네는 철용이 경훈과 함께 살기 시작한 이후로 날망집과 형님 동생하며 각별하게 지내고 있다. 댓돌 위에 서 있는 날망집의 손목을 잡아서 방으로 안내했다.

"그래, 경훈이는 잘 있능 겨? 우선 그 야기부터 들어 보자. 장사 한다고 하든 거 같은데 먼 장사를 하능 겨? 장사해서 먹고살기는 하능 거여?"

김춘섭은 날망집에게 앉아서 놀다가라는 말을 남기고 밖으로 나갔다. 날망집은 철용이 대답할 틈도 주지 않고 봇물이 터지는 듯한 목소리로 물었다.

"우신 이 돈부터 받으셔유. 경훈이 형이 갖다가 드리라고 준 돈유."

철용은 잠바 주머니에서 오만 원 뭉치를 꺼내서 날망집 앞으로 내밀었다.

"이기 먼 돈여?"

"으머머!"

날망집과 철용네가 동시에 놀란 얼굴로 철용네를 바라봤다.

"우리 어머한테는 야기를 했지만 경훈이 형하고 밤마다 길거리에서 양말이나 털모자를 팔아유. 같이 장사를 함께 돈도 같이 모으거든유. 요번에 지가 모산에 내려간다고 함께 이 돈으로, 형수님하고 조카 옷이라도 한 벌씩 사 주라고 하드만유."

"어이구! 즈 형수는 독일에서 한 달에 만 원씩 착착 들어 와도, 며르치 한 번 안 사는 자린고비로 사는데, 경훈이는 그 험한 서울에서 몸 건강히 살아주는 것만 해도 고마운데 먼 돈이 있다고……”

“형님은 영호 에미를 서운하게 생각하면 안 되쥬. 그 며느리라고 맛있는 걸 모르겠슈. 아니면 고기 맛을 모르겠슈. 하지만 한국도 아니고 이억만리 독일 탄광에서 고생하고 있는 영호 아부지를 생각하면 새우젓 십 원어치도 못사겠데유. 그런 며느리를 기특하게 생각하지 않고 서운하게 생각하면 안 되쥬.”

철용네가 날망집에 돈뭉치를 껴안고 눈물짓는 모습을 바라보며 훈계조로 말했다.

“영호 할아부지도 그라데. 시훈이가 부쳐주는 돈은 일 원짜리 한 장도 써서는 안 된다고 말여. 하지만 경훈이가 이렇게 큰돈을 부쳐준 걸 봉께 한 달에 만 원씩 착착 송금 받는 며느리한테 야속한 생각이 안 들었어? 원래부터 속이 좁았던 것도 아녔잖여. 그전에는 얼매나 손이 컸는데……”

“허긴 형님 야기를 듣고 봉께 또 그렇기는 하므만유. 하지만 집에 있는 사람들이야 죽을 먹든지 밥을 먹든지 내 눈으로 확인을 할 수 있잖유. 그래서 걱정을 덜 수 있지만, 말도 통하지 않는 나라에서 죽어라 일만 하고 있는 시훈이를 생각하면 며느리 말이 맞기도 해유.”

“그려, 그려 죄가 있다면 자식들을 공부 갈키지 못한 부모한테 죄가 있는 거지. 자식들이야 먼 죄가 있겠어.”

날말집은 철용네의 말이 맞다는 얼굴로 치맛말기에 코를 팽하니 풀고 나서 눈물을 닦았다.

눈물의 송덕비

그려, 먼 일이든지 마무리를 완벽하게 해야 결과가 좋다고 했잖여.
이 정도 해 뒀응께 학산 같은 데 돌아 댕김서
아부지 송덕비를 세웠다고 손가락질하며 비웃지는 않겄지.
외려 아부지가 훌륭하신 분이라
당연히 송덕비를 세워야 된다고 변호를 하고 댕기겄지……

이동하는 이병호의 송덕비 제막식에 맞춰서 하루 전날 모산으로 들어 갔다. 집으로 올라가기 전에 둥구나무 거리에서 차를 세웠다. 신진자동 차에서 일본 도요타의 부품을 수입해서 조립 판매하는 83만 7천원짜리 코로나는 바로 어제 출시한 새 차다. 차가 새 차라서 바퀴가 흙 묻는 부 분을 제외하고는 구두약으로 닦아 놓은 것처럼 까맣게 윤이 났다.

둥구나무 밑에는 송덕비 제막식을 하루 앞두고 그동안 고생을 한 동 네 사람들을 위한 잔치가 벌어지고 있었다. 검은색 코로나가 멈추자 너 럭바위 밑에 있는 사람들이 우르르 몰려와서 코로나를 에워쌌다. 아이 들은 윤이 번쩍번쩍 나는 코로나를 만져보기도 하고 운전사 모르게 침 을 발라서 문질러 보기도 했다.

이동하가 내리기 전에 최광수 옆에 타고 있던 보좌관 차승태가 먼저 내려서 뒷문을 열어 주었다. 검은색 양복에 넥타이를 맨 정장 차림의 이동하가 차에서 내렸다. 동네 사람들이 앞을 다투어 인사를 했다.

"어이구, 오셨슈."

"의원님, 송덕비가 참말로 잘 맨들어 졌슈."

"벌써부텀 송덕비 귀경 오는 사람들이 있당게유."

동네 사람들은 예전과 다르게 진심어린 목소리로 인사를 했다. 거리가 가까워서 인사를 하지 못하는 이들은 손을 연신 비비며, 혹은 옆 사람을 바라보고 히죽히죽 웃으며 이동하의 귀향을 진심으로 반겼다. 그럴 수밖에 없는 것이 송덕비를 세우는 동안 이동하는 박평래에게 지시를 해서 모산 사람들 중에서 끼니를 거르는 사람들이 없도록 보리쌀을 배급하거나, 밀가루를 배급하는 자선을 베풀었기 때문이다.

하얀 옥양목으로 감싸져 있는 송덕비가 세워진 자리는 둥구나무 거리에서 방천으로 가는 길의 초입이다. 논 안쪽 열 평 정도에 축대를 쌓고 황토를 채운 다음에 잔디를 입히고 향나무를 심었다. 그 가운데 높이 2.4m의 검은색 대리석이 서 있었다. 비문을 새긴 비신(碑身)만 해도 1.3m로 영동군 내에서는 보기 드문 규격의 송덕비다.

이동하가 감격어린 시선으로 송덕비 앞으로 갔다. 이동하 옆에 바짝 붙어 서 있던 박평래가 재빠르게 앞서 가서 송덕비를 감싸고 있던 옥양목을 벗겨냈다. 때마침 하루의 햇볕이 가장 좋은 오후 3시경이다. 햇볕을 받아서 윤기가 번쩍번쩍 나는 송덕비에는 곡성 이씨 종친 중에 대한민국서예대전 대상을 받은 서예가가 직접 휘갈겨 쓴 송산이병호자선송덕비(松山李柄浩慈善頌德碑)란 글자가 깊게 음각되어 있었다. 송산(松山)은

이병호의 호다. 직접 지은 것이 아니고, 서울의 유명한 작명가한테 돈을 주고 지은 호로, 말 그대로 소나무산이라는 뜻이다. 소나무는 일 년 사철 푸르고, 수명이 천 년을 가는 나무다. 그런 소나무가 산을 이루었으니 자손만대 번영하라는 뜻도 숨어 있었다.

아부지, 아부지의 이름 석 자는 이 모산 동리가 읎어져도 천세만세 빛이 날 거유.

이동하는 속으로는 갈갈 웃고 싶지만 체면이 있었다. 입술을 꾹 다물고 한참 동안이나 정면을 바라보다가 옆으로 돌아섰다. 송덕비의 양쪽 옆에는 영동에 살고 있지만 전국적으로 이름을 날리는 김하림이라는 시인이 쓴 송덕시가 적혀 있었다. 뒷면에는 이병호의 일대기가 장황하게 적혀 있고, 하단에는 송덕비를 세우는데 부조를 한 국회의원 원갑룡 의원부터 시작해서, 박광호 의원과 내무위원회 소속 국회의원들의 이름이 적혀 있고 내무부장관이름도 적혀 있었다. 내무부장관도 부조를 했다는 보고를 받은 군수며 도지사까지 일조를 했다.

"의원님, 탁배기 한 잔 하시고 올라 가시쥬."

이동하가 송덕비를 한 바퀴 빙 돌고 제자리로 돌아갔을 때 박평래가 허리를 굽실거리며 말했다.

"그럴까유."

이동하의 말이 떨어지기 무섭게 박평래가 에워싸고 있는 사람들을 비집어 길을 터주었다.

"이……이쪽으로 오셔유."

너럭바위 위에는 순배 영감이며 변쌍출이나 장기팔과 박평래가 앉아 마시던 술이 있었다. 황인술이 재빠르게 너럭바위 앞으로 안내를 했다.

이동하보다 한 발 먼저 가서 빈 잔을 준비해서 내밀었다.

"영감님이 따라주는 술을 마시고 싶구만유."

황인술이 술을 따라주기 위하여 주전자를 들었다. 이동하가 점잖게 옆에 서 있던 순배 영감을 바라보았다.

"그……그러는 거시 좋겠구만유."

박평래가 얼른 황인술이 들고 있던 주전자를 빼앗아서 순배 영감의 손에 쥐어주었다. 순배 영감은 이동하가 너럭바위로 오는 것을 보고 일부러 두어 걸음 옆에 물러서 있다가 얼떨결에 술 주전자를 받았다. 주전자를 받아 놓고 그냥 내려놓을 수가 없어서 두 손으로 이동하의 잔에 술을 따랐다. 황인술은 닭 쫓다 지붕 쳐다보는 얼굴로 멍하니 박평래를 바라봤다.

"내일은 여기 서울에서 손님들이 많이 오실규. 오늘은 국회 내무위 상임위원장인 원갑룡 의원님과 박광호 위원님도 오시고 여러분이 오십니다. 저녁에는 아부지 지사라서 시간이 읎슈. 해서 하는 말인데 이따가 영감님하고 태수 아부지랑 구장도 같이 올라오셔유. 그동안 수고 많이 하셨웅께 술이라도 한잔 대접해 드려야쥬."

이동하가 막걸리 한 잔을 달게 들이키고 나서 안주도 먹지 않은 채 순배 영감과 황인술을 번갈아 보며 말했다.

"아뉴, 절대 아녀유. 당연히 해 드릴 것을 해 드린 건데 무슨 대접을 받아유. 즈희들은 괜찮은께, 의원님이나 푹 쉬셔유."

박평래가 한 손도 부족해 두 손으로 내저으며 천부당만부당하다는 얼굴로 사양을 했다.

"그럴 것이 아니라, 이따 저녁나절에는 손님들이 오실 거니까 지금 같이 올라가시쥬."

이동하가 그답지 않게 순배 영감의 손을 잡으며 살갑게 말했다.

"우린……그냥 할 일을 했을 뿐인데……"

"그러지 마시고 제 차 타시쥬."

이동하가 보좌관에게 눈짓을 했다.

"타시죠, 어르신."

차승태가 활짝 웃는 얼굴로 순배 영감의 손을 잡고 코로나 앞으로 데리고 갔다. 황인술은 순배 영감의 눈치를 보며 따라 나섰다.

"지는 앞에 탈게유."

황인술이 앞자리에 얼른 올라탔다. 뒷자리에는 순배 영감과 박평래와 이동하가 탔다. 차승태는 바깥에 서 있다가 차가 출발을 하자 천천히 걸어 올라갔다.

"의원님이 참말로 변했나벼."

"참말로 그전하고 달라, 그전에는 우리가 여기 있어도 본척만척하고 휑하니 문대기만 남기고 올라가셨잖어."

"그러게 말여. 상규 할아부지는 그렇다 치지만, 순배 영감님하고 구장 님은 출세했구먼. 국회의원 차를 다 타 보고 말여."

"누가 아니랴, 세상은 오래 살고 봐야 한다더니 바로 저런 걸 두고 하는 말이었구먼."

철용네며 모리댁과 봉산댁이 부러운 표정으로 말을 주고받는 사이에 코로나는 솟을대문 앞에 도착했다.

사랑방에는 이미 술상이 준비되어 있었다. 이동하가 들어서자 옥천댁이 곧바로 소갈비찜이며, 버섯볶음과 생선찜 등을 들고 들어왔다.

"자, 우선 한 잔씩 해유."

순배 영감과 박평래며 황인술은 쭈빗거리는 표정으로 술상을 둘러싸고 앉았다. 아랫목에 앉은 이동하가 순배 영감부터 시작해서 정종을 한 잔씩 따라주었다.

"의원님도 한잔 받으세유. 솔직히 이런 대접 받을라고 일을 한 거는 아닌데, 너무 송구스러워서 얼굴을 들 수가 없구만유."

이동하가 정종 주전자를 놓자마자 박평래가 얼른 무릎을 꿇고 앉으며 술 주전자를 들었다.

"그건, 태수 애비 말이 맞아유. 그래도 의원님이 서울에서 큰 정치를 하시고, 그 아버님 되시는 면장 어른 송덕비를 세우는데 한동리 사람으로 가만히 있을 수는 읎잖유. 여기 앉아 있는 구장이 앞장서서 죄다 돌아가신 면장님 생각함서 일을 도왔다고 생각하느만유."

"의원님 참말로 기분이 뿌듯하시겠슈. 자식 된 도리로 부모의 공덕을 널리 알리는 것만큼 큰 효도가 워디 있겠슈."

황인술은 순배 영감까지 한 마디 하니까 잠자코 있을 수가 없었다. 괜히 무릎을 쓱쓱 문지르면서 조심스럽게 말했다.

"구장님 말은 맞아유. 하지만 막상 송덕비를 세워 놓고 봉께, 괜한 짓을 한 거 같은 생각이 드네유. 아부지보다 더 훌륭하신 분들도 송덕비를 안 세웠는데……"

"에이, 그건 아니쥬. 솔직히 학산면에서 돌아가신 면장님보다 훌륭하신 분은 읎다고 봐유. 태수 아부지 지 말이 틀렸슈?"

황인술이 자신이 말을 하고 나서 이건 또 무슨 귀신 씻나락 까먹는 소리냐고 생각하면서도 천부당만부당하다는 얼굴로 박평래를 바라봤다.

"의원님, 하나를 알믄 열을 안다는 말이 있잖유. 만약에 말유, 송덕비를 세워서는 안 될 분 같았으면 국회의원님들이며, 내무부장관님이며, 도지사님이나 군수님이 성금을 냈겠슈?"

"태수 아부지 말씀을 듣고 봉께 지가 생각을 잘못한 거 가튜. 여기 앉아 계신 영감님이나 구장님도 잘 알고 계시겠지만 이번에 송덕비를 맨드는데 지 돈은 한 푼도 안 들어갔슈. 지가 젤 존경하는 원갑룡 의원님이 앞장을 스셔서 애를 써주신 덕분에, 내부부장관이며 도지사까지 성금을 내주신 덕택에 그래도 기본을 갖춘 송덕비를 세우게 된 거유."

이동하는 마음속으로는 회심의 미소를 지으면서도 박평래가 말을 할 때는 진지한 표정으로 고개를 끄덕거렸다.

"그릏지 않아도 구장이 하는 말이 면장님 송덕비를 세우는데 내무부장관님이 직접 성금을 냈다는 소문이 학산뿐만 아니라, 영동 어디까지 났다고 하데유. 그랑께 송덕비를 세운 건 챙피한 일이 아니라 자손대대로 자랑할 일유. 형님, 일본놈이 정치를 하기 전 같았으믄 내부부장관이 직분이 워티게 된데유?"

"이조판서라고 볼 수 있구먼."

순배 영감이 짤막하게 대답했다.

"의원님, 옛날로 치자믄 모산 산골의 원님 송덕비에 한양 남산골에 사는 이조판서가 성금을 내린 것과 같응께 이기 얼매나 영광이래유. 지는 참말로 면장님이 살아서 돌아오신 것츠름 기분이 좋구만유."

"태수 아부지가 하시는 말씀을 듣고 낭께, 내가 그동안 헛살았구면 하는 생각이 들었슈. 태수 아부지 참말로 고마워유. 아부지가 살아 계셨을 때도 그릏게 몸을 안 애끼시고 도와주시더니, 돌아가신 후에도 잊지 않으시고 이렇게 신경을 써 주시니게 얼매나 고마운지 모르겄슈. 솔직히 태수 아부지가 그렇게 신경을 써 주시니게 제가 집 걱정 안 하고 서울에서 맘 놓고 정치를 할 수 있능규, 참말로 이 은혜는 잊지 않겄슈."

이동하가 박평래의 빈 잔에 술을 따라주면서 진심어린 목소리로 말을 하자 박평래는 술잔을 받으면서 늙고 쪼글쪼글한 얼굴에 눈물을 흘렸다.

"영감님도 맘이 편하지 않았을 터인데도 송덕비의 향을 잡아주고, 조경을 하는데 앞장서서 애를 많이 쓰셨다는 말을 들었슈. 지 술 한잔 더 받으시고 인제부텀 과거는 과거에 묻어 버리시고 남은 여생을 맘 편하게 사시길 빌어유. 이건 국회의원 이동하가 드리는 말씀이 아니고 이병호씨의 아들 이동하로서 드리는 말씀이유."

"의원님, 다 늙은이가 세상을 살믄 얼매나 살겄슈. 지는 기냥 암 생각 읎이 면장님의 송덕비를 세우는데 일조를 하고 있다는 생각으로 도와드렸을 뿐유. 다 늙은이가 넘들츠름 꽹이질을 한 것도 아니고, 비봉산에서 지게로 황토를 떠 온 것도 아니잖유. 그랑께 맘 편히 잡수시고 나라를 위해 정사에 열심히 하셔유."

순배 영감은 그동안 알게 모르게 이병호에게 쌓여 있던 앙금이 조용히 가라앉는 것을 느끼며 천천히 정종 잔을 비웠다.

"광일이는 정식으로 근무를 한 지가 얼매나 됐슈?"

"그……글쎄유?"

황인술은 박평래에 이어 순배 영감에 대한 칭찬이 있었고, 나한테는 어떤 식으로 칭찬이 이루어지나 하고 숨죽이고 기다리고 있었다. 느닷없이 광일이가 정식으로 된 지 몇 년이나 됐느냐고 물으니까 옆집 사돈이 뜬금없이 나이를 물었을 때처럼 전혀 생각이 나지 않아서 박평래를 바라보며 고개를 갸웃거렸다.

"지가 면사무소에서 근무를 해 봐서 아는데, 광일이도 난중에 공무원 좀 했다는 말을 들을라믄 면사무소에서 근무를 하는 것 보담은 군청에서 근무를 하는 거시 좋아유. 그래서 하는 말인데 낼, 마치맞게 영동군수가 우리 집에 옹게, 내가 잘 말해서 내년 정월에는 군청으로 끌어 들이라고 할 팅께 그쯤만 알고 계셔유."

"아! 예. 어이구. 광일이를 관직에 넣어 주신 것만 해도 은혜가 백골난망한데, 군청 공무원이 되게 해 주시면이야 지는 시방 죽어도 원이 읎슈. 참말로 고마워유."

황인술은 작년 겨울에 소 뒷걸음치다 개구리를 밟는 식으로 노름방에서 사십만 원이 넘는 돈을 땄을 때도 이처럼 기쁘지가 않았다. 태화루 뒷방에서 봉산댁을 재미삼아 슬쩍 건드렸더니 스스로가 놀랄 정도로 뜨거운 한숨을 폭 내쉬며 가슴에 안겨 들었을 때도 이처럼 눈이 휘둥그레지도록 기쁘지는 않았다. 길을 가다가 누런 금덩어리를 주워도 이처럼 가슴이 벌렁벌렁 뛰도록 기쁘지는 않을 것 같았다. 자신도 모르게 벌떡 일어나서 두 손을 번쩍 쳐들었다가 넙죽 절을 하며 기쁨의 눈물을 흘렸다.

"그라고, 이건 제 성의로 드리는 돈잉께 암 말씀 마시고 받아 두세유. 동리 사람들한테 죄다 다믄 얼매씩이라도 디려야 하는데, 난중에 불법 선거운동 했다는 말을 들을께비 그릏게는 못하고 삼천 원씩 담았슈."

"의원님, 지발 그것만 거두어주세유."

"의원님 다 늙은이가 먼 돈이 필요하겠슈."

"의원님 우리 광일이를 군청으로 보내주시는 것만 해도 감지덕진데 돈까지 주시믄 제가 뭔 염치로 얼굴을 들고 댕기겠슈."

이동하가 미리 준비해 온 봉투를 한 장씩 건네자 세 명은 약속이나 한 것처럼 펄쩍 뛰면서 손사래를 쳤다.

"여러분들의 성의를 알겠지만. 그래도 지가 명색이 국회의원 아뉴. 그랑께 못이기는 척 받아 두세유."

이동하가 웃는 얼굴로 다시 권하자 황인술이 먼저 손을 내밀었다. 박평래가 순배 영감의 옆구리를 찔렀다. 박평래는 참말로, 이라시믄 안 되는데……라고 중얼거리며 눈물을 흘렸다.

"금방 손님들이 오실 거 같응게 지들은 이만 일어 날께유."

다시 한 번 술잔이 돌았다. 박평래가 얼른 술잔을 비우고 나서 옆자리에 앉은 황인술에게 눈짓을 했다.

"난중에 시간이 있을 때 새로 대접을 할 팅께 그쯤만 알고 계세유. 더 붙잡고 싶지만 원갑룡 의원님하고 박광호 의원님이 오늘 저녁 저의 집에서 유숙을 하기로 해서 못 붙잡겠네유."

이동하는 마루까지 따라 나와서 세 명을 배웅했다. 세 명은 몇 번씩이나 뒤로 돌아서서 인사를 한 후에 대문을 빠져 나갔다.

'그려, 먼 일이든지 마무리를 완벽하게 해야 결과가 좋다고 했잖여. 이 정도 해 뒀응게 학산 같은 데 돌아 댕김서 아부지 송덕비를 세웠다고 손가락질하며 비웃지는 않겠지. 외려 아부지가 훌륭하신 분이라 당연히 송덕비를 세워야 된다고 변호를 하고 댕기겄지……'

지난 보릿고개 때 동네에 보리쌀이며 밀가루를 푼 것도 작전의 하나였다. 송덕비를 세우는 동네에서 끼니를 거르는 집안이 있다면 좋은 소문이 안 날 것이라는 판단에서였다. 오늘 돈 봉투까지 안겨 줬으니 다른 사람이 욕을 해도 황인술이 앞장서서 칭찬을 할 것이다. 그것을 증명이라도 하듯 대문을 빠져 나간 세 명이 걸음을 멈추고 무슨 이야긴가 하고 있다. 하나 같이 들뜬 표정으로 봐서 기분이 들떠 있는 것 같았다. 오늘의 계획은 빈틈없이 성공했다는 생각이 들면서 웃음이 터져 나왔다.

대문 앞에 멈춰 선 황인술은 박평래의 손을 덥석 잡았다. 지금까지 박평래를 원망하는 것도 부족해서, 소리 안 나는 권총이 있었다면 쏴 죽이고 싶었던 증오가 봄눈 녹듯이 사라져 버렸다. 그 대신 내가 이렇게 좋은 분을 오해하고 있었구면, 오해를 해도 단단히 오해를 하고 있었다고 생각하니까 박평래를 등에 업고 덩실덩실 춤이라도 추고 싶었다.

"왜 이랴?"

"어르신 참말 고마워유. 어르신 땜시 우리 광일이가 군청공무원이 됐슈. 공무원이믄 다 같은 공무원이 아니잖유. 그래도 군청 정도는 댕기고 있어야 읍내 같은 데 나가서 우리 아들 공무원이라고 말 할 수 있잖유."

"구장이 그렇게 생각항께 나도 기분이 좋구면. 솔직히 나 구장한테 억하심정 같은 거 하나도 읎어. 외려, 내 자식 츠름 어뜿하면 구장이 잘 될 수 있을까, 요리 재 보고 조리 재 보는 사람여."

"그람, 내가 볼 때도 태수 애비는 뱁 읎이도 살 수 있는 사람여. 구장이 오해를 하고 있었으믄 오해를 했지, 태수 애비가 구장을 나쁘게 볼 리가 있남?"

"형님도 인제 모든 거 놓으시고 맘 편히 사셔유."

박평래가 순배 영감의 손을 잡고 눈물을 글썽이며 말했다.

"그랴, 아까 의원님이 하시는 말씀을 듣고 낭께 이렇게 맘이 개벼울 수가 읎구면."

"오늘 술은 지가 낸 술은 아니지만 지가 한 잔씩 올릴 팅께 어여 가유. 그리고 의원님한테 돈 받았다는 말은 절대로 하시믄 안 된다는 거 잘 알고 계시쥬?"

황인술이 아이들처럼 갑자기 목소리를 낮추고 벙글벙글 웃는 얼굴로 말했다. 암만! 순배 영감은 말이 없었고 박평래가 즐겁게 대답했다.

해질 무렵에 검은색 코로나 승용차가 둥구나무 거리에서 멈췄다. 둥구나무 밑에 있던 사람들은 일제히 일어서서 차에서 과연 누가 내리는지 지켜봤다. 조수석의 문이 열리면서 사십대 초반의 미끈하게 생긴 사내가 얼른 내렸다. 재빠르게 뒷문을 열어주자 적당하게 대머리가 벗겨진 사십대 중반의 남자가 느긋하게 내렸다.

"말씀 좀 묻겠습니다."

대머리는 박광호였다. 박광호가 동네 사람들에게 가깝게 다가가자 동네 사람들은 주춤 물러섰다. 하지만 가볍게 고개를 숙여 보이며 부드러운 목소리로 묻자 일제히 경계심을 풀며 한 걸음 앞으로 나섰다.

"의원님 댁은 저 위에 있는 대문 집유."

동네 사람들 틈에 섞여 있던 해룡네가 촐랑거리는 몸짓으로 이동하의 집을 손가락으로 가리켰다.

"아닙니다. 이 동네가 선녀보살님의 고향이라고 하든데, 혹시 아십니까?"

"선녀보살이라믄?"

변쌍출이 윤길동이 있는 쪽을 바라보며 중얼거렸다.

"혹시 대전에 사는 처녀보살을 말하는 거유?"

"네, 맞습니다. 대전 보문산 밑 동네에 사시고 계십니다."

"그람 향숙이를 말하는 개비구먼. 향숙이 아부지가 여기 있을 텐데, 맞아, 저기 계시네유. 향숙이 아부지 손님왔슈."

해룡네가 윤길동 앞으로 가서 그의 손목을 잡아끌고 박광호 앞으로 데려갔다.

"대사동에 계시는 보살님이 따님이십니까?"

"그……그란데유?"

윤길동은 박광호 뒤쪽으로 보이는 승용차를 바라봤다. 영동읍에서는 보지 못한 승용차가 햇살을 받아서 반짝반짝 빛을 튕겨내고 있다. 그 앞에는 신사복의 두 남자가 호위병처럼 턱 버티고 서 있다. 자신도 모르게 목소리가 떨려 나오는 것을 느끼며 반문했다.

"내 생각이 맞군. 댁이 어디십니까?"

"저, 골목 안에 있슈……"

"그럼 같이 갑시다. 이봐, 트렁크에 있는 물건 모두 꺼내서 들고 따라와."

박광호가 웃는 얼굴로 윤길동의 등을 떠밀면서 운전사와 비서에게는 엄숙하게 지시를 했다.

동네 사람들은 이게 무슨 일이냐는 얼굴로 서로를 쳐다보며 승용차 트렁크 쪽으로 우르르 몰려갔다.

트렁크 안에는 여러 개의 박스가 있었다. 맨 먼저 꺼낸 것은 맥주 한 박스였다. 양주도 세 병이나 있었다. 고급양복지와 한복지도 나왔다. 텔레비전이 나오자 숨을 죽이고 있던 동네 사람들은 야! 테……테레비네, 라며 감탄을 터트렸다. 금성라디오도 나오자 김춘섭이 얼른 달려들어서 맥주 박스를 불끈 들었다. 이어서 몇몇 남자들이 비서와 운전사가 꺼내

주는 물건들을 들고 윤길동의 집으로 향했다.

"대⋯⋯대관절 왜 그래유?"

윤길동도 마치 부잣집 혼수품이 따라 오는 것 같은 광경에 어리둥절한 얼굴로 물었다.

"댁에 가서 말씀을 드리겠습니다."

박광호는 사람 좋게 웃는 얼굴로 어리둥절해 하는 윤길동의 등을 밀며 골목 안으로 걸어 들어갔다.

"누⋯⋯누구?"

모리댁이 막 사립문을 나서려다 낯선 남자며, 그 뒤에 우르르 따라 오는 동네 사람들을 보고 놀란 얼굴로 물었다.

"그⋯⋯글씨, 내 생각에는 향숙이를 아는 사람 가텨."

"우, 우리 향숙이를?"

모리댁인 가슴이 덜컹 내려앉았다. 나이 어린 향숙이 무슨 사고를 쳤을리는 없고, 이게 무슨 일이냐는 생각에 얼른 달려가서 안방 문을 열어주었다.

"저는 국회의원 박광호라고 하는데 대전 사람입니다."

박광호는 방에 들어가자마자 윤길동부터 앉으라고 한 후에 따라서 앉았다. 모리댁이 방문을 닫고 박광호의 눈치를 살치며 주춤거리며 앉았다. 박광호가 명함 한 장을 꺼내 윤길동에게 내밀었다.

"그⋯⋯그라믄 향숙이한테 집을 사 주신⋯⋯그 장군님이셔유! 아이구 이 일을 어쨔, 난 이런 줄도 모르고 찬물 한 그릇도 대접을 못했네. 그런데 이 일을 어쩐댜, 집에 대접할 것이라고는 탁배기 뱃에 읎는데⋯⋯"

윤길동은 박광호의 말을 얼른 이해하지 못했다. 향숙이로부터 자세한 이야기를 들었던 모리댁이 깜짝 놀란 얼굴로 벌떡 일어나서 허둥거리다 다시 방바닥에 앉았다, 또 일어서서 허둥거리다 윤길동을 바라보며 어떡하면 좋겠냐는 표정을 지었다.

"아닙니다. 이따 이동하 의원댁에서 한잔 하기로 했습니다. 그것보다 보살님이 집안 걱정을 많이 하시는 것 같아서 이렇게 인사차 들렀습니다. 가지고 온 것이 별것은 아니지만 받아 주시기 바랍니다."

"장군님이시라믄 우리 향숙이 집을 사 주셨다는 그분이유?"

"보살님한테 은혜를 입은 것에 비하믄 별거 아닙니다."

"어이구, 그게 아니쥬. 우리 향숙이가 하는 일이 원래 그런 일이잖유. 그렇지 않아도 집을 사 주셨다고 하길래, 은제 만나서 인사라도 디려야 하는데 외려 이라시믄 우리가 몸 둘 바를 모르겠슈. 벼룩도 낯짝이 있다고 그 비싼 텔레비며 라디오를 워티게 받겠슈. 우린 그냥 우리 향숙이를 돌봐주시는 것만으로도 평생 그 은혜를 잊지 못할 규. 그랑께 텔레비랑 라디오는 그냥 갖고 가셨으면 좋겠슈."

"텔레비가 뭐래유?"

모리댁이 구름 위에 떠 있는 것처럼 진정을 못하고 있다가 놀란 얼굴로 물었다.

"아, 의원님이 텔레비랑 라디오를 갖고 오셨잖여."

"참말로 텔레비를 갖고 오셨다능 겨?"

"아, 마당에 시방 있잖여. 의원님 여긴 즌기도 안 들어오는데유, 텔레비 같은 거는 있어 봤자 소용이 읎슈. 그랑께 텔레비는 그냥 갖고 올라가셔유. 무슨 특별한 일을 한 것도 아니고, 향숙이 가가 밥 먹고 하는 일이 그런 일인데, 그걸 가지고 이렇게 엄청나게 선물을 갖고 오시믄 우린……"

"아닙니다. 선녀보살님이 아니시면 저는 지금 감옥에 있을 겁니다."

"가……감옥에라니유?"

윤길동이 깜짝 놀란 얼굴로 모리댁을 바라봤다. 텔레비전이 어떻게 생겼는지 궁금해서 밖으로 나갈 기회만 엿보고 있던 모리댁이 자신도 모르게 윤길동 옆에 앉으며 놀란 얼굴로 박광호를 바라봤다.

"저는 솔직히 지난 오일육 때 군대에 남아 있을 생각이었습니다. 그러나 돌아가는 낌새가 하도 이상해서 가만히 있을 수가 없었습니다. 그러던 중에 누가 선녀보살님을 찾아가면 도움이 될지도 모른다고 귀띔을 하길래 찾아갔습니다. 그랬니 선녀보살님께서 앞으로 유명한 정치인이 될 것이니까 모든 일에 자신을 가지고 행동을 하라고 말씀을 하시더군요. 그래서 선녀보살님만 믿고 오일육에 참여를 했습니다. 그랬더니 장군으로 승진도 했고 이렇게 국회의원이 됐습니다."

"사람은 분수껏 살아야 된다고 생각해유. 집을 사준 것만 해도 너무 황송해서 고개를 들 수가 없을 지경유."

윤길동은 향숙이를 점쟁이로 생각해 본 적이 없었다. 그러나 국회의원이라는 사람이 향숙이 때문에 감옥에 안 갔다는 말을 듣고 나니까 향숙이 딸이 아니라 엄청난 점쟁이처럼 여겨졌다. 가슴에 슬픔이 고여 오는 것을 느끼며 마른 목소리로 말했다.

"그것만 있는 것이 아닙니다. 집에 자식이 하나 있는데 솔직히 육사를 보내려고 했습니다. 그랬더니 보살님께서 아들 하나 있는 거 군대 보내 놓고 가슴 조이며 어떻게 살거냐며 서울대에 보내라고 하더군요. 그래서 서울대에 보낼 실력이 아니라고 했더니, 오늘 저녁에라도 집에 가서 육사 가지 말고 서울대에 가라고 하면 밤을 새워 공부를 할 것이라고 말씀을 하시더군요. 아! 그랬더니, 아! 이놈을 알고 보니, 네가 육사를 가라고 다그치니까 마음속으로는 싫어도 내색을 안 했던 것 같습니다. 밤을 낮 삼아 공부를 하더니 서울대 법대에 턱 하니 붙었지 뭡니까. 하하하! 이거 참 자식 자랑하고 마누라 자랑하면 팔불출이라고 하지만 우리 그놈을 생각하면 자꾸 웃음이 나오면서 자랑을 하고 싶습니다. 선녀보살님 부친 되시니까 드리는 말씀인데, 그놈 실력은 육사도 간신히 들어갈 수 있을 정도였습니다. 근데 그놈이 서울대, 그것도 법대에 턱 하니 붙어서 하는 말이 재학 중에 고등고시에 합격할 테니 두고 보시라며 큰 소리치는 겁니다. 하하하! 내 참 자식자랑하면 안 되는 건데……"

박광호는 처음 보는 윤길동 앞에서 체면이고 뭐고 생각이 나지 않았다. 자꾸 웃음이 나오는 걸 참아가며 자식 자랑을 하다 보니 윤길동이 한결 가깝게 느껴졌다.

"축하 드려유. 서울대 법대에 들어갔다는 것 하나만으로 출세가 보장된 것이나 다름없는데, 지가 판검사가 되겠다고 아부지한테 약속을 했다니 참말로 자랑을 안 하고 싶어도 안 할 수가 없겠슈."

"우리 동리에도 검정고시로 충남대에 들어간 아가 있슈. 요 앞의 둥구나무 거리에 사는 진규라는 아가 충남대에 들어갔슈."

윤길동의 말에 이어서 모리댁이 자랑삼아 말했다.

"검정고시로 충남대에 들어갔다니 대단하군요. 그리고 전기가 없어서 텔레비전을 못 보신다면 제가 발전기를 한 대 사서 보내드리겠습니다. 그리고 혹시 어디 취직하고 싶으신 생각은 없으십니까?"

"취직이라뉴?"

박광호의 뜬금없는 말에 윤길동이 모리댁을 한번 바라보고 나서 물었다.

"농사짓고 사시기는 힘이 드시니까, 신탄진에 있는 담배공장 같은 데 취직을 하시면 아무래도 농사를 짓는 것보다는 날 겁니다. 제가 지역구가 대전이라서 그런 데는 잘 알고 있습니다. 취직을 하고 싶으시면 아까 명함에 있는 전화로 연락을 주십시오. 하루에도 어디 취직을 시켜 달라, 무슨 관공서에 납품을 하게 해 달라, 소송에서 이기게 해 달라는 전화가 백 통 이상 와서 못 받을 수가 있습니다. 하지만 모산이라고 말씀하시면 바로 전화를 드리겠습니다. 그렇게 아시고 저는 이만 일어서겠습니다. 생각 같아서는 더 있고 싶지만 원갑룡 의원님이 도착할 시간이 돼 놔서 말입니다."

"아, 예, 예, 어여 가셔야쥬."

박광호가 일어서자 윤길동도 꿈을 꾸는 기분으로 일어섰다. 모리댁이 얼른 문을 열어 주었다. 마당에는 동네 사람들이 가득 차 있었다.

윤길동은 박광호를 이동하 집으로 올라가는 언덕까지 배웅을 해 주었다. 고개를 갸웃거리며 돌아서서 얼굴을 힘껏 꼬집어서 비틀었다. 아야! 아픈 것을 보니 꿈은 아니었다. 그래도 모른다며 변쌍출의 집 울타리에 있는 망개나무 가시를 한 개 떼서 손등을 찔러 봤다. 따끔거리며 피가 난다.

"길동이 시방 저기서 뭐 하는 거여?"

너럭바위에 앉아서 막걸리 잔을 들고 있던 변쌍출이 혼잣말로 물었다.

"꿈인지 생신지 싶것지."

순배 영감은 박광호가 윤길동과 함께 골목으로 들어가는 뒷모습을 바라볼 때부터 죽은 자식들이 생각났었다. 내림굿을 받고 무당으로 나선 향숙이는 성공해서 국회의원이 바리바리 선물을 사 들고 오는데, 죽은 자식들은 말이 없다는 생각이 들어서 술맛이 유난히 쓴 날이었다. 윤길동이 혀로 손등의 피를 빨아 먹는 모습을 보고 필경, 꿈을 꾸고 있는지 모른다는 생각이 나서 그럴 것이라고 생각했다.

"그 사람이 대체 뉘여?"

"국회의원이래유."

변쌍출이 묻는 말에 윤길동은 별일 아니라는 얼굴로 퉁명스럽게 말했다.

"국회의원? 워녕 그려. 비서로 보이는 사람이 문을 탁 열어 줄 때부터 알아 봤다니께. 근데 그 국회의원하고 일가여?"

"일가가 아니믄 그 귀한 텔레비며, 라디오며 맥주를 박스로 갖고 온 것도 부족해서 양주에 양복천을 끊어 왔겠어?"

순배 영감이 안 봐도 다 안다는 얼굴로 말했다.

"일가는 아뉴. 지도 오늘 츰 보는 사람유."

"츰 보는 사람이 선물을 한 차나 가지고 왔단 말여?"

변쌍출이 믿어지지 않는다는 얼굴로 물었다.

"우리 향숙이 땜시 국회의원이 된 사람이라나, 머라나……"

윤길동은 대수롭지 않다는 표정으로 말을 하며 하늘을 바라봤다. 이걸 웃어야 하나, 울어야 하나 하는 생각이 들면서 콧등이 시큰거렸다.

송덕비를 제막하는 시간은 순배 영감이 이병호의 사주에 맞춰서 오전

11시로 정했다. 10시부터 들이닥치기 시작한 도지사를 비롯한 충북경찰서장이 참석을 하니까 영동뿐 아니라 인근 옥천, 보은 군수며 경찰서장들이 총출동했다. 그 밑의 파출소장, 면장 등 행세깨나 한다는 유지들은 거의 의무적으로 달려왔다. 4년 전에 이병호의 장례식에도 모산이 들썩거릴 정도로 많은 문상객들이 왔었는데 오늘은 거의가 자동차를 몰고 올 정도의 재력이 있거나 관공서 장급들이었다. 자동차가 이동하 집 대문 앞에서부터 시작해서 둥구나무 거리를 지나 해룡네 집 앞을 지나 과수원 앞의 방천길에서도 한참 이어졌다.

해룡이는 처음 보는 광경에 손가락을 빨면서 방천길에서 대문 앞까지 몇 차례나 왕복을 하며 좋아했다.

"대관절 얼매나 대단한 송덕비길래 도지사까지 참석을 한다?"

"괴기랑 밥하고 술도 공짜로 준당게, 구경이나 가 보자."

"그려, 모도 심었응게 산뽀 삼아 슬슬 가 볼까?"

기관장들이나 유지급들만 참석을 한 것이 아니다. 인근 양산면이며 학산면까지 소문이 나서 호기심 많은 사람들도 삼삼오오 짝을 지어 일삼아 모산으로 몰려들었다. 그들은 방천까지 주차되어 있는 승용차들을 보고 기가 질려서 지레 돌아가기도 하고, 이왕 온 김에 송덕비가 어떻게 생겼는지 구경이나 해보자며 둥구나무 거리로 몰려갔다.

둥구나무 그늘 밑에는 학산면사무소라는 글씨가 박혀 있는 천막이 쳐졌다. 천막 밑에는 삼십여 개의 접이식 의자를 갖다 놓았다. 천막 양쪽에는 말뚝을 박아서 <축 이병호 자선 송덕비 제막식>이라는 현수막이 붙었다.

"학산면 전체가 아니라 영동군 전체를 따져 봐도 송덕비를 제막하는

데 이렇게 많은 손님이 참석하는 건 여기가 츰 일거여."

"저기 좀 봐유. 벌똥골 가는 쪽까지 차가 밀렸네유. 얼른 봐두 백 대는 넘을 거 가튜."

제막식을 하기에는 아직 이른 시간인데도 몇몇은 의자에 앉아 있었다. 오늘은 너럭바위를 차지하지 못하고 김춘섭네 마당에 쪼그려 앉은 순배 영감의 말에 변쌍출이 토를 달았다.

이동하 집 마당에는 잔칫날처럼 차일이 쳐졌고, 멍석 위에는 두레상이 길게 늘어섰다. 아직 제막식이 끝나서 음식을 먹는 사람들은 없었다. 그러나 동네 아낙네들이 부지런히 오가며 이따 제막식이 끝난 다음에 몰려올 손님들을 대비해서 반찬이며 떡이며, 부침이며 고기를 갖다 날랐다. 오늘 준비를 위해 이백 근짜리 돼지를 두 마리나 잡았다. 아낙네들은 분명히 고기가 푸짐하도록 남을 것이라는 생각에 발걸음이 가벼웠다.

평일인데도 과장으로 승진을 한 영동군청의 임상천과 옥천중학교에 다니는 정영일도 안방에서 음식상을 사이에 두고 앉아 있었다. 곁에는 보은댁이며 여순이와 천순이도 한복을 곱게 차려 입고 이런저런 이야기를 하고 있었다.

"정 서방이 대전으로 가고 싶단 말여?"

보은댁이 천순에게 물으며 정영일을 바라봤다.

"정 서방이 아니라, 농협에 댕기는 도련님이 대전으로 가고 싶데유. 그란데 대전하고 옥천하고는 서로 인사 교류가 안 되니까 무슨 방법을 쓸 수 없는지 오빠한테 알아봐 달라는 거유."

"집에서 댕기면 하숙비도 안 들어가고 차비도 안 들어갈 거인데, 왜 대전으로 나간댜?"

"거기, 사귀는 아가씨가 있데유."

"정 서방은 영동으로 올 생각 읎어?"

천순이 하는 말에 보은댁이 어이가 없다는 표정으로 정영일을 바라봤
다.

"영동으로 발령이 나믄 와야쥬. 근데 그건 왜유?"

"아! 사돈 총각은 색시 따라 대전 간다니께 하는 말이잖여."

"에이, 장모님두……"

정영일은 할 말이 없어서 뒤통수를 긁으면서 웃었다.

사랑방에는 어제 미리 내려 온 원갑룡 의원과 박광호 의원과 일찌감
치 도착한 도지사며 영동군수, 3개 군의 경찰서장과 농협조합장이 환담
을 나누고 있었다. 화제는 이동하의 집이 농촌이다 보니 요즘 문제가 되
고 있는 정부의 보리매수 쪽으로 흘러가고 있었다.

"지가 농사를 짓고 있고, 정미소를 운영하고 있잖유. 겉보리 한 가마
에 천오 원에 매수를 한다는 것은 참말로 말도 안 된다고 생각합니다.
이건 생산 원가도 못 건지는 말도 안 되는 가격이랑게유."

"그러니까 야당은 말 할 것도 없이 공화당에서도 국회 동의를 거치지
않은 보리 매수가는 무효라고 주장하는 거 아닙니까?"

이동하의 말이 끝나자마자 방 안에서 좌장인 원갑룡이 점잖게 한마디
했다.

"의원님, 농림부에서 산출한 최저 단가가 천팔십삼 원이라고 합니다.
농림부도 정부 아닙니까? 정부 공무원들이 산출한 단가보다 칠십팔 원
이나 싸게 매수를 하겠다는 것은 뭔가 잘못 되어가고 있다고 생각합니

다."

도지사도 한 마디 하지 않을 수 없다는 표정으로 한마디 했다.

"우리 집에서도 옛날에는 농사를 지었습니다. 농사를 짓지 않는 사람들은 그저 논에 모만 꽂았다하면 저절로 나락이 자라는 걸로 알고 있는데, 이동하 의원님도 잘 알고 계시겠지만, 비료도 뿌려야 하고, 잡초도 뽑아야 하고, 하는 일이 얼마나 많습니까? 그런 농민들한테 위로금을 주지는 못할망정 원가에 미치지도 않는 돈으로 매수를 한다는 것은 말도 안 된다고 생각합니다."

"지가 알기로는 매수가도 문제지만 매수량도 정해져서 수매를 하고 싶어도 못하는 경우가 많은 거 가튜. 도지사님이 뵈기에 우리 충북은 어떠유?"

"이 의원님이 참말로 우리 농촌 사정을 꿰뚫고 계십니다. 이번에 전국적으로 보리 매수량이 칠십이만 석 밖에 안된답니다. 우리 충청북도는 최소한 오만 석 이상을 수매해야 하는데, 정부에서 떨어진 매수량은 삼만 석 정도 밖에 안 됩니다. 의원님이 어떻게 힘 좀 써 주시면 고맙겠습니다."

"나도 도지사님이 말씀을 하시기 전에 쫌 알아 봤슈, 그랬드니 순수하게 매수량은 칠십이만 석이지만 농지세로 받아들일 보리가 십삼만 석이고, 비료하고 교환받을 보리가 또 육십오만이천 석이라고 하데유. 도합 백오십만이천 섬이라서 충청북도 매수량을 좀 늘리는 건 쉽지 않을 거 가텨유. 하지만 여기 원갑룡 의원님이 내무 위원장님이시니께 힘 좀 써 볼께유."

"도지사님하고 이렇게 만난 것도 큰 인연 아닙니까? 저도 힘 좀 써 볼 테니 너무 걱정하지 마십시오."

원갑룡과 박광호는 이동하에게 송덕비 제막식에 참석해 달라는 부탁과 함께 경비조로 이십만 원씩 받았다. 국회에서 특별하게 할 일도 없는데다 푸짐한 대접을 받으며 일박이일 동안 유람도 할 겸 어제 내려 왔다. 이동하의 말에 힘을 실어 주는 것도 큰 부조를 하는 것이라는 생각에 매끄럽게 말했다.

제막식이 시작됐다.

맨 앞줄에는 국회의원들과 도지사며 충북경찰청장이 앉았고, 뒷줄에는 각급 기관장이 앉았다. 모산에서는 마을 대표로 순배 영감이 앉았다. 황인술은 모산 구장의 자격으로 앉았고, 박평래는 고인의 충실한 지인이라는 명분으로 앉았다. 동네 사람들은 천막이 둥구나무 그늘 밑에 쳐져 있어서 땡볕에서 마치 국민학교 입학식이라도 하는 것처럼 오열로 줄을 지어 섰다.

송덕비 제막식에 앞서서 이동하의 보좌관 차승태가 고인의 공덕 내용에 대하여 낭독을 하기 시작했다.

들례와 예산보살은 파란색 대문이 있는 향숙의 집이 보이는 길에서 멈췄다. 들례는 손수건으로 땀을 닦으며 주변을 두리번거렸다. 무당 집이 있으면 삼색기나 오방기가 나부끼는 대나무가 보여야 하는데 보이지가 않았다.

"여기가 맞는 거여?"

"그려, 저기 구멍가게가 있잖여. 그 옆에 담배포가 있고 그람 이 근방이 맞는데?"

예산보살은 땀을 닦을 사이도 없이 사방을 둘러보았다. 눈을 씻고 찾아봐도 점집이나 무당집이라는 것을 알리는 깃발이 서 있는 집이 보이지 않았다. 깃발이 없으면 대문이나 담벼락에 붉은 글씨로 만(卍)자를 써 놓기 마련인데 그마저 보이지가 않았다.

"더운데 여기 서서 이라지 말고 저기 가게에 가서 션한 것이라도 마시면서 물어 보는 것이 좋을 거 가텨."

들례는 오랜만에 오랫동안 걸었더니 다리도 아프고 연신 땀이 나서 견딜 수가 없었다. 수건으로 턱밑에 흐르는 땀을 닦으며 구멍가게가 있는 곳으로 향했다.

"사이다 한 병 줘유."

"무슨 사이다유?"

구멍가게 앞 들마루에 앉아서 부채질을 하고 있던 오십대 주인이 들례를 바라봤다.

"무슨 사이다라뉴?"

"에스시 사이다는 사십사 원이고, 칠성사이다는 사십오 원유."

"어매매, 목척시장이나 여기나 똑같은 대전인데 워티게 십 원씩 더 비싸댜?"

십 원이면 국밥이 한 그릇이다. 들례가 예산보살을 바라보며 어이가 없다는 표정을 지었다.

"일 원짜리 아이스께끼나 한 개씩 사 먹어."

예산보살이 아이스케이크 통이 가게 안에 있는지 살펴보며 말했다.

"우린 아이스께끼 안 팔아유. 그리고 아줌마가 모르는 것 같아서 해 주는 말인데, 원래 얼음에 쟁여 놓은 냉장 사이다는 십 원씩 비싸유. 딴

데 가 봐도 마찬가지유."

"그런가? 그람 고뿌를 빌려주는 데는 싹을 안 봤쥬?"

들례는 비싸기는 하지만 물어볼 말이 있어서 한 병 사는 수밖에 없다고 생각했다.

"이, 아줌씨가 누굴 도둑놈으로 아나. 가게에서 사이다 따라 마실 고뿌를 빌려주는 데도 돈 받는 데가 있슈?"

주인은 부채질을 하며 가게 안으로 들어갔다. 얼음이 둥둥 떠 있는 양은 함지박에 담겨 있는 칠성 사이다와 유리컵 두 개를 들고 나왔다.

"근데, 이 근처에 유명한 선녀보살이 산다고 하든데 그 집이 워디유?"

예산보살은 사이다를 한 모금 마시는 순간 톡 쏘는 맛에 자지러지게 떠느라 말을 안했다. 사이다를 자주 마셔 본 경험이 있는 들례가 물었다.

"아, 점 보러 오신 분들이구먼. 근데 예약은 했슈?"

"예약이라니? 그건 또 무슨 말유?"

예산보살이 사이다를 아껴 마시며 물었다.

"나도 직접 들은 말은 아니지만 소문에 의하면 그 집은 최소한 열흘 전에 예약을 해야 점을 볼 수 있다고 합디다. 그것도 하루에 딱 다섯 명만."

"어메! 그릏게 용해유?"

들례가 놀란 얼굴로 물었다.

"나이도 어린데 보통은 넘는개뷰. 손님을 대나가나 받지 않고 예약 손님, 그것도 열흘 전에 예약한 손님만 받는다는 말이 그냥 생겨난 거는 아니 거 아뉴."

"거봐. 내가 그랬잖여. 이 동리 사는 선녀보살은 신 받은 지도 얼매

되지 않은데다 얼굴까지 엄청 이쁘댜. 그래서 손님들이 미어터진다고 했잖여."

"그렇게 잘 아는 사람이 예약 손님만 받는다는 말을 못 들었구먼."

들례는 여기까지 왔으니까 일단 선녀보살 집에는 들어가 봐야겠다고 생각하며 예산보살을 흘겨봤다.

"한 다리 건너서 말을 들었응께, 예약을 해야 볼 수 있다는 말을 못 들었잖여. 오늘은 물어 보기 틀렸응께 예약이나 하고 갈까?"

"근데 집이 워딘지 알아야 예약을 하든지 말든지 하지. 그 집이 워디유?"

들례가 사이다를 마신 빈 컵을 주인에게 돌려주며 물었다.

"저 골목 안에 있는 파란대문 집유."

"지대로 찾았구면."

들례는 예산보살에게 눈짓을 하고 향숙의 집이 있는 곳으로 향했다.

파란대문 집 앞에는 제법 넓은 공터가 있었다. 들례는 공터를 지나서 대문 문틈으로 마당 안을 살폈다. 십대 후반의 여자와 이십대 초반의 여자가 마루에 앉아서 봉숭아물을 들이고 있다. 인형처럼 예쁜 이십대 여자는 바람이 불면 날아가 버릴 것 같은 새하얀 한복을 입고 있었고, 십대 여자는 나일론 치마에 블라우스를 입고 있었다. 어찌 보면 자매 같기도 하고, 또 어찌 보면 식모와 주인 사이처럼 보이기도 했다.

"계셔유."

예산보살이 대문을 두들겨 보라고 눈짓을 보냈다. 들례가 주먹을 세워서 대문을 가볍게 두들겼다. 블라우스는 입은 여자가 손톱에 봉숭아 꽃잎을 감은 채 쪼르르 대문 앞으로 달려왔다.

"워티게 오셨슈? 여기 이걸 누르믄 되는데?"

영순이 대문을 열고 목만 삐죽이 내밀고 대문 기둥에 붙어 있는 까만색의 초인종 벨을 턱으로 가리켰다.

"문 좀 열어 봐유. 선녀보살님 좀 뵈러 왔구만유."

"이 시간에 올 손님은 읎는데, 예약 했슈?"

영순이 고개를 대문 안으로 빼고 금방이라도 대문을 잠글 기세로 물었다.

"예약은 안 했슈. 하지만 예약을 하드래도 일단 안에 들어가서 야기를 해야 할 거 아뉴?"

"안 돼유. 예약 안 했으믄 그냥 돌아가셔서 즌화로 예약한 담에 딴 날 오셔유."

"즌화번호를 모르는데 어떻게 예약을 하나······"

들례는 정승댁 청지기처럼 세도를 부리는 영순이를 밀어 버리고 대문 안으로 들어갔다. 마당 안에는 작은 텃밭이 있었다. 고추 이랑에는 상추가 자라고 있었고, 가장자리에는 봉숭아며 맨드라미, 꽈리 꽃 같은 꽃들이 줄지어 서 있었다. 바닥은 절간 마당처럼 깨끗했다.

"어! 이라면 안 되는데, 예약을 한 담에 오셔야 되는데······"

영순이 난처한 얼굴로 향숙이를 바라보면서 말꼬리를 흐렸다.

"다음에 예약을 하고 오셔유."

향숙이 양쪽 손가락 모두 봉숭아 꽃잎으로 감싸서 실로 묶은 손가락을 들고 부드럽게 말했다.

"시방 예약을 할게유. 그람 안 돼유?"

예산보살도 들례를 따라서 마당 안으로 들어갔다. 들례가 향숙이 아무리 선녀처럼 예뻐도 별 수 없는 무당에 불과하다는 생각에 턱을 치켜 올리며 물었다.

"올라가지도 못할 나무를 쳐다봄서 십 년을 헤매고도 안직 정신을 못 차렸구먼! 이런 데 오지 말고 시간 날 때마다 절에 가서 부처님 앞에 열심히 불공을 드려. 그람 찾고 싶은 사람이 저절로 나타날 팅게."

향숙의 하얀 얼굴에 오뚝 선 코하며 도톰한 입술이 무색하도록 서늘한 눈매의 꼬리가 살짝 치켜 올라가는가 했더니 싸늘하게 내뱉고 천천히 뒤로 돌아섰다.

"시……시방 머라고 하셨남유! 시방 머라고……"

들례는 아무 생각 없이 서 있다가 누군가에게 뒤통수를 픽! 소리가 나도록 언어맞은 것처럼 천지가 아늑해지는 것을 느끼며 비틀거렸다.

"왜! 왜 그랴?"

예산보살이 깜짝 놀라서 얼른 들례를 부축했다.

"그랑께 제가 머라고 했슈. 예약을 한 담에 오라고 했잖유."

영순이 깜짝 놀라서 얼른 부엌으로 뛰어 들어갔다. 물 한 대접을 들고 와서 입에 머금었다. 많이 해 본 익숙한 솜씨로 순식간에 하얗게 변한 들례의 얼굴에 뿜기 시작했다.

"괘……괜찮은 겨?"

영순이 찬물을 얼굴에 뿜어대자 들례는 눈을 뜨고 예산보살의 팔을 꼭 잡으며 중심을 잡았다.

"가……어여 가."

들례는 향숙이 들어간 마루를 바라 볼 수가 없었다. 얼른 고개를 돌리며 예산보살의 손을 잡고 부들부들 떨며 쫓기듯 대문 밖으로 나갔다.

빨간 넥타이

진규는 불과 한 시간 전에
땡볕 밑에서 한일회담을 무효화 하라고
목이 터져라 외쳤던 것이 생각났다.
껌을 내동댕이치고 싶었지만
쓰레기통에 버리면 그만이라고 생각하며 일어섰다.

대학가에서는 10년을 끌어 온 한일회담 반대 데모로 연일 뒤숭숭했다. 대학생들은 원칙적으로 한일회담 자체는 반대하지 않았다. 방법론에 있어서 굴욕적 외교로 흐르고 있어서 반드시 한국이 우위권을 가져야 한다는 것이다. 한일회담의 본질이 과거 36년간 국민들이 당한 정신적, 물질적, 역사적 피해에 대한 적절한 보상을 받은 후에, 과거사를 덮어버리자는 것이다. 당연히 피해자인 한국인으로서는 당한만큼의 보상을 받아야 하는데 일본 정부에 질질 끌려가고 있는 형편이니 대학생은 물론 종교계, 대학교수며 멀리는 재외교포들까지 굴욕적 회담을 반대 하지 않을 수가 없었다.

고현수는 날이 캄캄해진 후에 시간을 확인하며 무교동으로 갔다. 무교동 골목에 줄지어 서 있는 주점골목으로 들어갔다. 7월이라서 어느 집이나 모두 문을 활짝 열어 놓아서 안이 훤하게 보였다. 정국이 어둡거나 혼란스러우면 술집이 번창하는 법이다. 주점마다 시간이 8시 밖에 안됐는데도 빈자리가 보이지 않을 정도로 가득 찼다. 작고 큰 주점마다 손님들이 삼삼오오로 모여 앉아서 왁자지껄 떠들며 술을 마시고 있었다.

"현수야, 이쪽이다!"

고현수는 '강촌'이라는 낙지볶음집 안으로 들어갔다. 둥근 테이블을 가운데 두고 앉아 있는 사람들은 취기에 벌게진 얼굴로 시국을 논하거나, 직장 상사를 안주 삼아서 술을 마시고 있었다. 그중에서 문을 들어서는 고현수를 알아 본 학생이 손을 번쩍 들어 보였다.

"뒤따라오는 *끄*나풀들은 없었지?"

오늘 모임은 복학생과 휴학생들을 중심으로 한 모임이다. 복학을 한 후에 고현수처럼 졸업을 하였거나, 휴학 중인 학생들이어서 언뜻 보기에는 학생들처럼 보이지 않고 샐러리맨들의 모임처럼 보였다. 고현수가 잘 알고 있는 군용야전잠바가 속삭였다.

"야, 술 마시러 오는데 누가 따라 오냐?"

허준학이 말과 다르게 바깥을 살펴보며 고현수에게 손을 내밀었다.

"그동안 절에 가 있었다고?"

고현수는 허준학이 내미는 손을 힘주어 잡아 주고 나서 의자에 앉았다.

"다들 준학이가 포천 근처에 있는 절에 가 있는 줄 알고 있겠지. 하지만 계속 서울에 있었어. 준학이가 빠지면 누가 총지휘를 하냐."

군용잠바가 자랑스럽게 말했다.

"내가 언제 총지휘를 했냐? 난 요즘 고시 공부하느라 정신없다구……
너 앞으로도 절대로 그런 말 하지 마라. 우리 사이를 잘 모르는 사람들
이 들으면 정말로 내가 뒤에서 총지휘를 하는 것처럼 오해를 할 수도
있잖아."

허준학이 금방 얼굴 표정을 바꾸며 모두가 들으라는 표정으로 나직하
게 말했다. 그 말에 군용야전잠바가 큰 실수를 했다는 얼굴로 어색하게
웃었다. 허준학이 중요한 역할을 하면서도 중앙정보부나 정보과 형사들
에게 붙잡혀 가지 않는 이유는 철저하게 자신의 모습을 외부로 드러내
지 않고 있기 때문이다.

"오늘 신문을 읽어 보니까 일본이 북한 기술자들 입국을 허용했다고
하든데, 그 기사 읽어 봤냐?"

"한일회담이 성사가 되니까 숨겨두고 있던 본심을 드러내는 거지. 일
본은 원래 정치하고 경제는 분리해서 보는 정경분리정책을 쓰고 있잖아.
자기들은 원래 그래왔으니까 당연하다고 생각하지만, 우리가 볼 때는
드디어 여우의 꼬리를 보여주는 거라구."

"나도 신문을 읽었는데 정말 황당하더라. 원래 일본은 우리나라만 합
법적인 나라로 인정을 한다고 했었잖아. 근데, 이게 뭐야. 정말 뭐 주고
빰 맞는 거 같아서 기분이 더럽드라."

허준학은 동료들이 주고받는 말에 일체 관여를 하지 않았다. 제 삼자
처럼 묵묵히 듣고만 있으면서 조용히 술을 마셨다.

"현수, 너는 앞으로 어떡할 작정이냐?"

군용잠바가 고현수에게 소주잔을 돌리며 물었다.

"고시 공부는 포기했으니까 취직을 해야겠지. 여기저기 줄을 대고 있

는데 쉽지가 않네. 하긴 나처럼 시골에서 상경한 놈을 누가 받아 주겠냐. 그렇다고 집이 부자도 아니고, 가진 것이라고는 자존심 하나 밖에 없는 놈인데……"

고현수는 한숨을 내쉬며 소주를 단숨에 비웠다. 술을 더 따르라는 표정으로 빈 잔을 내밀었다.

"지난번에 가정교사로 있던 집의 주인이 이동하 국회의원이라고 했잖아. 민주공화당 국회의원이니까 빽이 있을 거잖아."

"그쪽에도 부탁을 해 놓기는 했지만 내가 실력이 없어서 그런지 쉽게 안 되네."

고현수는 야전잠바의 말에 애자의 얼굴이 떠올랐다. 백인경의 말에 의하면 중앙정보부에 끌려갔을 때 애자가 이동하에게 부탁을 했다고 했다. 그래서 인사차 애자를 만났었다. 오빠가 자랑스러워요. 나는 오빠처럼 용기가 없는 비겁한 여자에요. 애자는 뜻밖의 말을 해서 혼란스러웠었다. 애자의 얼굴이 사라지면서 결혼을 약속했던 첫사랑 여자 백인경의 얼굴이 떠올랐다. 그녀가 슬퍼하는 모습이 그려져서 지워버리려고 술을 마셨다.

"내가 실력이 없는 것이 아니고 이 사회가 인재를 몰라보는 거지. 너무 비관하지 마라, 여기저기 알아봐서 힘이 들면 지도교수님한테 부탁을 해보면 어떻겠니?"

군용잠바가 고현수에게 술을 따라 주며 물었다.

"휴학생 딱지까지 붙어 있는 놈 차례가 오겠냐? 방방한 재학생들도 취직을 못해서 목을 빼고 기다리고 있는데."

고현수는 자조적인 미소를 지으며 쭉 소리가 나도록 술을 비웠다. 빈 잔을 허준학에게 내밀었다. 허준학도 어지간히 술을 마셨는지 얼굴에 붉은 물결이 흐르고 있다.

"그럼 이대로 주저앉아야 하는 거냐? 준학이 네가 결론 좀 내 봐라."

"복학생이든 휴학생이든 제가 원하면 언제든 학교에 다닐 수 있잖아. 문제는 제적을 당하거나 퇴학을 당한 동지들이라구. 저 혼자 잘 먹고 잘 살자고 데모를 한 것도 아니잖아. 나라를 위해 데모를 한 거잖아. 정부의 뜻대로 한일회담을 하기로 했으면 감옥에 있는 동지들이나 제적당한 동지들도 복학을 시켜야 한다구. 강단을 떠나신 교수님들도 말야."

누군가 묻는 말에 허준학은 대답을 하지 않았다. 군용야전잠바가 목에 핏대가 돋아나는 목소리로 말했다.

"정부 측 입장은 나라를 위해서 데모를 한 것이 아니라. 범죄인이기 때문에 구제를 해 줄 수 없다는 거야. 그게 말이나 된다고 생각해. 다시 한번 일어서서 본때를 보여 줘여 한다구."

고현수는 군용잠바의 말에 보충설명을 하고 화장실에 가야 하다며 일어섰다. 화장실은 바깥으로 나가서 골목 안에 있다. 화장실에서 소변을 보고 나오는 길에 노타이 차림에 검은색 선글라스를 쓴 남자가 다가왔다.

"이쪽은 준비가 다 됐네. 빨간넥타이야! 자연스럽게 작전에 임하도록."

캄캄한데도 선글라스를 쓴 남자가 곁을 지나가면서 작은 목소리로 속삭였다. 고현수는 오늘 작전의 키를 쥐고 있는 요원일 것이라는 생각이 드는 순간 그대로 도망을 치고 싶었다. 하지만 도망을 치기에는 이미 너무 깊숙이 YTP에 너무 깊숙이 빠져 들어 있는 상황이라서 쓴웃음을 지으며 주점 안으로 들어갔다.

주점 천장에는 담배 연기가 자욱하게 떠 있었다. 그 밑의 테이블에는 삼삼오오로 앉아 있는 손님들이 매운 낙지볶음을 안주 삼아서 소주를 들이키며 웃고 떠들고 분노하고 있다. 요원이 말해준 빨간넥타이는 허준학과 등을 마주보고 앉아서 동료들과 술을 마시고 있다.

고현수는 빨간넥타이의 위치를 확인하고 나서 잠시 주춤거리다가 비틀거리는 걸음으로 걸어갔다.

"뭐야?"

고현수가 빨간넥타이 옆에 도달했을 때였다. 빨간넥타이가 일어서면서 고현수를 밀었다. 고현수는 비틀거리다가 허준학의 어깨를 잡으며 고함을 질렀다.

"얼씨구! 적반하장이 따로 없구먼. 너 이 새끼 오늘 임자 잘못 만났다. 감히 이게 뉘한테 시비를 거는 거야."

빨간넥타이가 고현수의 멱살을 다짜고짜 움켜잡으며 막 일어서려는 허준학 쪽으로 밀어 붙였다. 순간 주점 안에 있던 사람들의 시선이 일제히 빨간넥타이와 고현수 쪽으로 집중이 됐다.

"이 새끼라니! 야 이 새꺄! 취했으면 곱게 집에 갈 일이지 이게 어디다 시비야!"

고현수도 지지 않겠다는 얼굴로 빨간넥타이의 멱살을 움켜잡으며 고함을 질렀다.

"서로 실수를 한 모양인데, 이쯤에서 서로 사과를 하고 그만둡시다."

허준학이 달려들어서 빨간넥타이와 고현수을 양쪽으로 떼어내며 말했다.

"얼씨구! 이것들이 패거리로 달려드네. 야! 나 지금 집단폭행 당하고 있다고 어서 경찰서에 전화를 해라. 야 이 새끼들아! 패거리로 달려들면 내가 겁낼 줄 아냐?"

빨간넥타이는 양손으로 잡고 있던 고현수의 멱살을 한 손으로 잡았다. 다른 손으로 싸움을 말리고 있는 허준학의 멱살을 잡고 마구잡이로 흔들었다.

"이 손 놓으쇼!"

허준학은 사소한 일로 다투다가 경찰서에 끌려가면 좋을 것이 없다는 생각에 점잖게 말했다.

"어어! 이놈이 사람을 친다. 야, 너희들 내가 맞고 있는데 구경만 할 거냐!"

빨간넥타이의 말에 그의 동료 다섯 명이 우르르 일어서서 달려들었다. 군용잠바도 구경만 하고 있을 수가 없었다. 빨간넥타이 일행과 고현수의 동료들은 뒤섞여서 서로 멱살을 잡고 흔들거나 주먹질을 하거나 발길질을 하는 사이에 테이블이 넘어졌다. 두 명이 테이블에 깔려 넘어지면서 비명을 내 질렀다.

"야! 그만둬! 우리 이쯤에서 그만 합시다!"

고현수가 주점 홀 안에 있는 모든 사람들이 들으라는 목소리로 고함을 질렀다. 빨간넥타이 일행과 고현수의 동료들은 서로 엉켜서 주먹질을 하느라 정신이 없었다.

"동작 그만!"

"모두 손들어!"

갑자기 밖이 소란스러워 지면서 정복을 입은 순경 다섯 명이 들이닥쳤다. 순경들이 하나로 엉켜 있는 그들을 제압하고 나서야 소동은 가라앉았다.

"모두 수갑 채워서 서로 끌고 가!"

경사 계급장을 단 순경이 권총을 빼들고 날카롭게 외쳤다.

"우리가 뭘 잘못했다고 수갑을 찹니까?"

군용잠바가 수갑을 안 차려고 뒤로 물러서며 항의를 했다.

"야! 이 새끼들아 집단으로 패싸움 한 것은 죄가 아니냐. 너희들을 모두 집단 폭행혐의로 현장 구속한다. 그러니 순순히 수갑을 받는 것이 좋을 거야."

경사의 말에 빨간넥타이의 일행과 고현수의 동료들은 서로를 노려보며 하는 수 없이 두 손을 내밀었다.

열한 시쯤에 중부경찰서에서 풀려 난 고현수는 곧장 이동하의 집이 있는 종로로 갔다. 이동하의 집으로 들어가는 골목 어귀에 포장마차가 카바이드 불빛을 밝히고 있었다.

"소주 한 병 주슈."

"빨리 드셔야 허유."

포장마차는 통금을 염두에 두고 철수 준비를 하고 있었다. 중년의 포장마차 주인이 홍합국물과 소주 한 병을 내밀었다.

그래, 나중에……나중에 생각하기로 하자.

고현수는 맥주 컵을 달라고 했다. 맥주 컵 가득 따른 술을 냉수 마시는 것처럼 벌컥벌컥 마셨다. 경찰서에서 조서를 마친 허준학은 지금쯤 중앙정보부가 있는 석관동으로 달려가는 찝차에 실려 있을 것이다. 어쩌면 벌써 도착해서 알몸으로 물고문을 당하고 있을지도 모를 일이다.

내 잘못이 아냐. 이 시대가 잘못한 것이지. 절대로 내 잘못은 아냐.

단숨에 한 병을 비워 버리고 소주를 한 병 더 달라고 했다. 자꾸만 눈물이 나오려고 해서 급하게 소주를 비워 버리고 일어섰다. 골목 안으로 가로등의 불빛이 쓸쓸하게 내려앉고 있다. 아무도 없는 골목이 오늘따라 정겹게 다가오는 것 같아서 기어이 눈물이 주르르 흘러내린다.

영동에 홀로 있는 어머니의 얼굴이 떠올랐다.

조부가 조선 시대에 판서를 했다는 양반집 딸이다. 결혼을 하기 전에는 직접 손에 물을 묻히고 밥을 지어 본 적이 없다고 한다. 결혼 후에도 아버지가 갑작스러운 죽음을 맞기 전까지는 식모를 두고 작작유유(綽綽有裕) 세월을 보냈다.

"니가 성공하는 걸 보지 못하믄 난 아마 죽어서도 눈을 못 감을 껴. 그랑게 죽은 아부지를 생각해서라도 반드시 성공해야 혀. 알겄지"

어머니는 성공이라는 말을 입에 달고 살았다. 처음에는 그 말이 지겹기만 했지만, 어느 날 밤인가, 아버지의 사진을 쓰다듬으며 소리 죽여 우는 모습을 보고 공부를 열심히 해야겠다는 생각이 들었다.

"고시 패스를 하믄 어머도 맘 놓고 밖에 돌아 댕길 껴."

서울대학교에 합격했다는 통지를 받았을 때도 어머니의 꿈은 높은 곳에 있었다. 서울대학교는 조금만 공부를 열심히 하면 갈 수 있다. 그러나 판검사는 아니다. 판검사가 되어야 성공의 발판에 올라설 수 있으니 지금부터 시작이라는 생각으로 열심히 고시 공부를 하라고 말했다.

"아무리 공부를 잘해도 판검사가 되는 사람은 따로 있습니다. 공부 잘한다고 무조건 판검사가 된다면 얼마나 쉽겠어요. 관운이라는 것이 있어야 판검사가 될 수 있다구요"

"판검사가 된다는 것은 조선 시대로 치면 과거 급제를 한 거나 마찬가지여. 과거 급제는 하늘이 주시는 관복이란 말일씨. 하지만 참말로 하느님이 있다믄 너를 무시하지 않을거여. 암, 느 아부지가 제명에 못 살고 가셨는데 자식까지 매정하게 내치지는 않겠지. 나는 우리 아들을 믿어. 느 아부지도 널 믿고 있을 꺼. 그랑께 맘 굳게 먹고 열심히 해 봐."

잘 사는 집 자식 같았으면, 아니 아버지만 살아 계셨어도 서울대에 합격했다는 통지를 받고 나면 잔치를 벌였을 것이다. 그러나 축하는 해 주지 않고 인제부터 시작이라는 말에 화가 나서 말했더니 어머니는 얼굴색 하나 변하지 않고 어깨를 다독거렸다.

"아직은 하늘이 우리 편이 아닌개비다. 서울대학교 법대를 나왔다고 해서 니 말대로 죄다 판검사가 되라는 법도 아닌 것이 맞다. 하지만 서울대학교를 나왔으니 그 값은 해야 한다. 판검사 못지않게 출세를 하면 서울대학교 졸업한 값을 하는 거나 마찬가징께. 뭘를 하든 출세를 하면 어머는 그것으로 족하다."

고시 2차에 연거푸 낙방을 하고 나니까, 다시 고시공부를 하며 세월을 보낼 자신이 없었다. 어머니에게 고시를 포기하겠다고 하자 예상외로 담담한 표정으로 길은 얼마든지 있다는 식으로 격려를 했다.

"어머니! 출세를 하겠습니다. 어머니를 위해서 반드시 출세를 하겠습니다."

고현수는 마치 앞에 어머니인 서 여사가 눈앞에 있는 것처럼 큰 소리로 말을 하며 비틀비틀 걸었다. 골목 어귀에서 불과 백여 미터도 안 되는 거리를 비틀거리며 걷느라 몇 번이나 담벼락이나, 전신주, 혹은 쓰레기통에 걸터앉아 쉬면서 걷느라 거의 삼십 분이나 갈렸다. 옷은 흙먼지와 검댕이가 묻어서 땅바닥에서 뒹군 것처럼 엉망이었다.

이동하의 집 앞에 멈췄다. 이동하가 집에 있거나 없어도 상관없다고 생각하며 대문을 두들겼다. 대문 안에서 인기척이 들려온다고 생각하며 등을 기대고 섰다. 스르르 무너지면서 대문간에 길게 누워버렸다.

"어머, 선생님 아니셔유! 아가씨 어서 나와 모셔유. 선생님이 오셨슈."

춘임은 대문을 두들기는 소리에 이동하가 귀가했을 거라고 생각하며 뛰어 나가서 대문을 열었다. 대문 밖에는 아무도 없었다. 바람 소린가? 고개를 쭉 빼고 긴 골목을 두리번거리다 바닥에 길게 누워 있는 남자를 발견했다. 깜짝 놀라서 자세히 바라보니까 승철의 과외선생이었던 고현수다. 깜짝 놀라서 마당 안으로 뛰어 들어가서 애자를 불렀다.

애자는 막 잠이 들었다가 춘임의 다급한 목소리로 눈을 뜨고 밖으로 나갔다. 거실에서 마당을 내려다보니까 춘임이 대문간에서 누군가 부축을 하고 있다.

"선생님이셔유. 승철이 선생님!"

"그럴 리가?"

승철의 선생님이라면 고현수다. 고현수가 이 시간에 찾아 올 리도 없고, 대문간에서 쓰러져 있을 이유가 없었다. 애자는 불길한 엄습해 오는 것을 느끼며 바쁘게 마당으로 내려섰다.

"술을 엄청 마셨능개뷰."

애자의 말이 아니더라도 고현수의 몸에서 술 냄새가 물씬 풍겼다. 어디서 무엇을 하다 왔는지 모르지만 옷이 흙투성이다. 애자는 춘임과 함께 축 늘어져 있는 고현수를 부축해서 예전에 기거하던 방으로 데리고 갔다.

"승철이는?"

춘임이 담요를 깔았다. 애자는 고현수의 옷을 벗겨야 하는데 난감했다. 승철이가 옷을 벗기면 된다는 생각에 고개를 들고 춘임을 바라봤다.

"안 들어 왔슈. 워디 있다는 전화도 안 오고유."

"그럼, 물 좀 따뜻하게 데워서 꿀물 좀 만들어 와요."

애자는 하는 수 없다고 생각했다. 방바닥에 축 늘어져 있는 고현수의 잠바를 벗겨냈다. 바지를 벗겨야 하는데 쉽게 혁대에 손이 가지 않았다. 정신을 차리라고 어깨를 흔들었으나 혼절해 있는 사람처럼 눈을 뜨지 않았다.

'우셨나?'

전등불 밑으로 보이는 고현수의 얼굴을 자세히 보니까 눈물자국이 묻어 있었다. 순간 이유를 알 수 없는 슬픔 같은 것이 해일처럼 밀려오면서 가슴이 아렸다. 정신을 차릴 수 없을 정도로 술을 마셨을 때는 뭔가 이유가 있을 것이라는 생각이 들면서 자신도 모르게 혁대로 손이 갔다.

"꿀물 타 왔슈."

춘임이 꿀물을 타 가지고 들어 온 것은 러닝셔츠와 팬티차림의 고현수를 이불속에 눕히고 났을 때였다. 애자는 꿀물 대접이 있는 쟁반을 받아서 고현수의 머리맡에 내려놓았다.

"내가 알아서 할 테니까 그만 나가봐요."

애자는 춘임을 밖으로 내보내고 고현수 옆에 앉았다. 이 밤중에 술에 잔뜩 취해서 눈물을 흘리며 울었을 때는 이성적으로는 감당하지 못할 그 무슨 일이 있었을 것이라는 생각이 들었다.

무슨 일이 생긴 것이 틀림없어……

애자가 볼 때 고현수는 중앙정보부에 끌려갔다가 나온 이후에 사람이 변해 버린 것 같은 느낌이 들 때가 많았다. 중앙정보부에서 풀려 나와서 이동하에게 고맙다는 인사를 하러 왔다. 때마침 이동하는 영동에 내려 가고 없을 때였다.

"오랜만에 왔으니 차라도 한잔 하고 가요."

애자는 그냥 돌아서는 고현수의 손을 잡고 방으로 들어갔다.

"차 보다는 술이나 한잔 할까? 의원님 자주 마시는 시바스리걸 있지. 그거 한 잔 줄 수 있어?"

"오빠 덕분에 나도 한 잔 할까?"

애자는 대낮부터 술을 찾는, 그것도 독한 양주를 찾는 고현수가 이상 하게 보였다. 무언가 그만한 이유가 있을 것이라는 생각에 거실로 나가 서 술을 가져왔다.

"내가 이번에 느낀 것이 뭔 줄 아냐? 이 시대를 지배하는 것은 엘리트 층이 아냐. 경제를 이끌어가는 사업가도 아냐, 과거 사일구처럼 민족의 힘도 아니고 보이지 않는 권력이라구."

고현수는 시바스리걸을 서너 잔 마신 후에 허튼 웃음을 날리며 중얼 거렸다.

"보이지 않는 권력이 어디 있어요? 권력은 눈에 보이는 것이 아닌가 요. 요즘 우리나라의 정권을 쥐고 있는 민주공화당이 눈에 보이는 권력 이잖아요."

"눈에 보이는 권력은 껍데기일 뿐이지. 사과가 아무리 빛깔이 좋아도 껍질은 먹지 않잖아. 수박이 아무리 잘 익어도 껍데기는 그냥 버리고 먹 는단 말이지. 권력자가 되려면 껍데기가 되지 말고 알멩이가 되어야 하는 거야. 허름한 잠바에 운동화를 신고 다녀도 품에 권총을 품고 다니는 그런 힘 있는 자가 되어야 한다는 거지.”

“그런 권력자는 오빠가 가장 증오하고 싫어하는 권력자가 아닌가요?”

“인간이 동물하고 다른 점이 무슨 말인 줄 아나? 동물 중에서 유일하게 인간만 자기가 하기 싫은 일도 할 수 있다는 거야. 사자가 풀을 먹는다는 말을 들어 봤냐? 토끼나 양이 고기를 먹는 걸 봤냐고? 물론 동물도 곰이나 원숭이처럼 잡식 동물이 있지. 하지만 곰이나 원숭이들은 도시에서 살 수 없다는 거지. 곰이나 원숭이는 인간과 흡사하다는 점 때문에, 인간들이 같이 살려고 하지 않기 때문이지. 그러나 인간은 정글에서도 살 수 있고, 사막에서도 살 수 있지. 그게 바로 인간의 참모습이라구.”

“오빠답지 않은 말을 하네요. 하지만 그런 모습이 오히려 보기 좋네요. 전 솔직히 너무 고고한 척하는 남자들을 싫어하거든요.”

“내가 고고한 척 했던가? 그건 나를 모르고 하는 말이야. 난 고고하지도 않고 똑똑하지도 않고, 머리가 명석하지도 않아. 그냥 평범한 범인일 뿐이지.”

“오빠, 점점 내 맘에 드는 말만 골라서 하면, 나는 어쩌죠?”

애자는 농담 반 진담 반이 섞인 말을 하면서도 몰라보도록 변한 고현수의 모습에 의아해 했었다.

“오빠, 정신이 드세요?”

고현수가 몸을 뒤척거렸다. 애자는 생각에 잠겼다가 고현수의 가슴을 흔들며 빠르게 물었다.

“애자?”

고현수는 심한 갈증과 두통에 눈을 떴다. 곁에 앉아 있는 애자를 바라보고 나서 주변을 두리번거렸다. 어느 틈에 옷이 벗겨져 있다는 알고 민망한 표정으로 일어나려고 몸을 뒤척거렸다.

"그……그냥 누워 계세요."

"애자야!"

애자가 걱정스러운 얼굴로 고현수의 가슴을 누르며 말하는 순간이었다. 고현수가 애자를 끌어안으면서 잔뜩 목이 마른 목소리로 불렀다.

"오! 오빠."

애자는 엉겁결에 고현수의 품에 안겼다. 밖에서 춘임이 들을지도 모른다는 생각에 속삭이는 목소리로 부르며 놀란 얼굴로 바라봤다.

"애자야, 사랑해."

고현수는 애자를 껴안으며 올라탔다. 놀라움이 가시지 않은 얼굴로 두 눈을 동그랗게 뜨고 있는 애자의 입술을 거칠게 애무하기 시작했다.

무슨 일이 있었구나!

애자는 고현수의 입술을 거부 할 수가 없었다. 그토록 사랑하던 남자에게 입술이며 얼굴을 맡겼으면서도 막연한 불안감이 안개처럼 피어오르는 것을 느꼈다. 그것도 잠시 고현수의 거친 손이 티셔츠 속으로 파고들어와서 브래지어 속으로 들어가는 것을 느끼는 순간 두 눈을 꼭 감아버렸다.

충남대학교 문리과 앞에는 삼백여 명의 학생들이 모였다. 교복을 입은 학생들이 들고 있는 플래카드에는 검은색 붓글씨로 '매국국회해산촉진대회 및 한일협정준비문 무효 성토대회'라는 장문의 문장이 쓰여 있었다.

"우리 모두 우리 민족가요 반달을 불러 봅시다!"

매국국회 즉각 해산이라는 머리띠를 맨 진규가 단상에 올라가서 불끈 쥔 주먹으로 하늘을 찌르며 목이 터져라 외쳤다.

푸른 하늘 은하수 하얀 쪽배엔
계수나무 한 나무 토끼 한 마리
돛대도 아니 달고 삿대도 없이
가기도 잘도 간다 서쪽 나라로

진규의 선창이 끝나자마자 삼백여 명의 학생들이 일제히 반달 노래를 합창하기 시작했다. 바람 한 점 없는 팔월의 땡볕이 쏟아져 내리고 있었지만 어느 누구 하나 자리를 뜨려고 하지 않았다. 오히려 숙연하면서도 웅장한 반달 노래를 듣고 지나가던 학생들이 한 명 두 명 합류를 했다.

"자랑스러운 충남인 여러분! 오천 년 역사를 지난 우리 대한민국은 현재 주체성도 없고, 민족성도 없는 오욕의 역사를 장식하고 있습니다. 과거 삼십육 년 동안이나 일제에게 치욕적인 지배를 받은 것도 모자라서, 굴욕적인 한일회담을 성사 시켰습니다. 찬란한 오천 년의 역사를 지닌 대한민국의 역사에 또 다시 오점을 남기기 위해서는 한일협정은 반드시 무효처리 해야 합니다. 우리 자랑스러운 충남인을 비롯한 백만 학도들이여! 최후의 일각까지! 왜놈의 눈에 보이지 않는 침략을 분쇄하자! 저를 따라 해 주시기 바랍니다. 백만 학도들이여!"

"백만 학도들이여!"

땡볕을 녹여 버릴 정도로 진규의 찌렁찌렁한 목소리에 삼백여 명의 우렁찬 구호가 구름 한 점 없는 캠퍼스 하늘로 퍼져 올라갔다.

"최후의 일각까지!"

진규는 불끈 쥔 주먹으로 목이 터져라 외쳤다.

"최후의 일각까지!"

"왜놈의 침략을 분쇄하자!"

"왜놈의 침략을 분쇄하자!"

진규는 얼굴이 시뻘겋게 달아오르도록 구호를 외치고 나서 고개를 깊숙이 숙여 인사를 했다.

"박진규! 최고다!"

"충남대의 자랑 박진규!"

"빅토리 박진규!"

학생들이 연단에서 손을 흔드는 진규를 향해 약속이나 한 것처럼 일제히 함성을 질렀다.

"매국국회는 즉시 해산하라!"

진규는 학생들의 불꽃같은 함성을 그냥 외면할 수가 없었다. 연단을 내려가기 전에 연단위에 있는 확성기를 집어 들고 목이 터져라 외쳤다.

"매국국회는 즉시 해산하라!"

진규는 삼백여 명의 함성이 뜨거운 햇살을 자르는 소리를 들으며 연단을 내려갔다. 연단 밑에서 기다리고 있는 총학생회회장이며 학생회 선배들이 일제히 모여 들어서 손을 잡거나 어깨를 두들겨 주며 수고했다고 격려를 했다.

"오늘은 교문 앞까지만 행진한다!"

총학생회장의 지시에 따라서 교육부장이 연단 위로 올라갔다.

"우리 모두 반달노래를 합창하며 교문까지 행진 합시다!"

교육부장의 말이 끝나자마자 어느 누가 앞장서서 시키지도 않았는데도 학생들은 행진대열로 모였다.

"박진규 너는 빠져."

간부 중의 한 명이 대열에 합류하려는 진규를 제지했다.

"선배님 저도 앞장서서 데모하고 싶습니다."

"박진규 너는 앞으로 큰일을 할 놈이다. 지금부터 끄나풀들에게 찍혀서 좋은 것이 없어. 그리고 지금부터 힘을 쓰면 삼학년 때쯤이 되면 지칠 수도 있으니까 힘을 아껴 두는 것이 좋아. 그러니까 앞으로는 가능한 연단에 서는 것도 자제하는 것이 좋아. 선배들이 너를 항상 지켜보고 있다는 점을 잊지 말란 말야. 내 말이 무슨 뜻인지 알겠지?"

총학생회장이 진규를 한쪽으로 데리고 가서 어깨를 두들기며 조언을 했다.

"알겠습니다. 선배님의 뜻에 따르도록 하겠습니다."

진규는 총학생회장의 말을 따르는 것이 옳다는 생각에 대열에 합류를 하지 않고 느티나무 그늘 밑으로 들어갔다.

"국문과 일학년 박진규?"

진규는 벤치에 앉아서 땀을 식히며 아쉬운 표정으로 데모행렬을 지켜봤다. 한일협정을 무효화하라! 악질적인 정치방학! 악착같이 뿌리뽑자! 라고 구호를 외치며 교문 쪽으로 행진을 하고 있는 데모대의 뒷모습을 바라보고 있을 때였다. 긴 머리카락을 말총머리로 묶은 여학생이 진규에게 말을 걸었다.

"저는 국문과 이학년 이주희라고 해요. 제가 선배니까 말 놓아도 되죠?"

이주희는 진규가 벤치에서 엉거주춤 일어나서 왜 그러냐는 표정을 짓는 걸 보고 생긋 웃었다.

"아! 예, 선배님이시면 당연히 말을 놓으셔야쥬……."

하늘색 반팔 원피스를 입은 이주희는 도시에 사는 대학생답게 잡티 하나 없이 피부가 해맑았다. 진규는 이주희의 말을 듣고 나서 생각해 보니까 언젠가 강의실에서 본 것 같은 생각이 들었다. 국문과 전체를 통틀어서 가장 아름다운 여자라고 동기생이 속삭여 주던 말도 생각이 나서 자신도 모르게 뒤로 한 걸음 물러섰다.

"나이는 나하고 비슷한 거 같은데 말은 트고 지내자. 나 올해 스무 살이거든. 나하고 나이가 같거나 많으면 그냥 이 선배라고 불러."

"이 선배라고 불러야 되겠구만유."

"아까 연단에서 연설을 할 때는 독립투사 같더니 지금은 산골소년처럼 순진하게 보이네. 우리 어디 가서 커피 한잔 할까?"

"하실 말씀이 있으면 여기서 해유. 저녁에 약속이 있어서유."

오늘은 향숙이 생일이다. 진규는 향숙과 함께 저녁을 먹기로 한 것이 생각나서 벤치에 앉았다.

"아까 연단에서 연설하는 거 봤어. 대단하더군, 고등학교 다닐 때 웅변을 했었나 보지?"

이주희는 자연스럽게 진규 옆에 앉았다.

"대학입학자격 검정고시에 합격했슈. 국민학교를 졸업하고 계속 집에서 부모님을 도와 농사를 졌거든유."

"어머! 대단하다. 정말 대단해, 보통 일학년들은 기라성 같은 선배들 앞에서 주눅 들어 얼굴도 제대로 못들잖아. 하지만 진규 씨는 오히려 선배들이 박수를 치면서 진규 씨가 선창을 하면 구호를 따라서 하잖아."

이주희는 진규를 향해서 옆으로 비스듬히 앉았다. 그윽한 시선으로 진규를 바라보며 부드럽게 웃었다.

"대단한 거 까지는 없슈. 그래도 이 나라의 대학생들이라면 장차 이 나라를 책임지고 가야 할 일꾼들이잖유. 고등학생은 물론이고 중학생들까지 거리로 나서서 한일회담을 무효로 하라고 데모를 하는 판에 워티게 가만히 있을 수가 있겠슈. 피가 끓어서 참을 수가 없더라구유."

"그렇구나. 그런 사명감이 있으니까 그런 용기도 나올 수 있었겠구나
……"

이주희는 감동이 어린 눈빛으로 진규를 바라본다. 진규의 말이 아니더라도 대충 차려 입은 옷차림 하며 햇볕에 그을린 얼굴은 농사를 짓다가 대학에 입학을 한 것처럼 보였다. 감동을 받은 것은 진규 또래의 젊은 학생들에게서 쉽게 볼 수 없는 눈빛이었다. 진규의 눈빛은 데모대 선두에서 목이 쉬도록 구호를 외치는 학생들처럼 투지에 불타고 있는 것처럼은 보이지가 않았다. 수심이 깊은 물속을 바라보고 있으면 빨려 들어갈 것 같은 느낌이 든다. 진규의 눈도 그랬다. 맑고 고요하면서도 그 깊이를 쉽게 가늠 할 수 없어서 저절로 빨려 들어갈 것만 같은 눈빛이었다.

"사명감이라고 항께 내가 머 대단한 생각을 하고 있는 것 같구만유. 온 세상 사람들이 죄다 어떤 사명감 땜시 한일회담을 무효화해야 한다고 하는 건 아니잖유. 정상적인 사고방식을 가진 사람들이 생각하기에

는 그기 잘못 됐응께 반대를 하는 거지."

진규는 이주희가 바라보는 눈빛이 부담스러워서 일어났다. 느티나무 잎새를 하나 따서 반으로 접어서 잘근잘근 씹으며 하늘을 바라본다. 느티나무 가지 사이로 얼핏얼핏 드러나는 하늘이 참으로 맑다. 문득 모산의 둥구나무가 생각난다. 어머니는 햇볕 밑에 가만히 서 있기만 해도 더운 날씨인데도 과수원에서 뭔가를 하고 있을 것이다. 할아버지는 너럭바위에 앉아서 동네 어른들과 담소를 하고 있을 것이라는 생각이 들면서 모산이 그리워졌다. 주말에는 집에 가서 일을 도와주리라 생각했다.

"일학년이면서 나보다 더 세상을 잘 알고 있는 것 같네. 혹시 농촌에서 일을 하면서 농민 운동 같은 걸 했어? 요즘 농촌 청년들 중에 사에치클럽을 조직해서 농촌개혁운동을 많이 한다고 하든데……"

"이 선배 고향도 농촌이유?"

"난, 대전 토박이야. 아버지는 장사를 하시고……하지만 과 친구들 중에 농촌 출신들이 많거든."

이주희는 대전에서 유명한 충일병원 원장 이석균의 고명딸이다. 이주희는 굳이 진규에게 아버지의 직업을 말해 줄 필요가 없다는 생각에 거짓말을 했다.

"농촌에서 살다보면 이 나라 정책이 얼매나 잘못되었는지 누가 알켜주지 않아도 스스로 알 수 있슈. 일일이 얘기를 하자면 오늘 밤을 꼬박 세워도 부족할 게게. 딱 한 가지만 예를 들어 볼께유. 요새 일반 회사에 댕기는 사람들 봉급이 최소한 만오천 원은 받잖유. 요새 만오천 원이면 정부시세로 쳐도 쌀 한 가마니에 삼천사오백 원은 해유. 공판장이 아닌 야매로 파는 쌀을 사도 세 가마니는 넘게 살 수 있슈. 봄부터 가을까지

뼈 빠지게 농사지면 논 한 마지기에서 쌀 몇 가마니가 나오는 줄 아세유?"

"그걸 내가 어떻게 알아. 난 쌀이 논에서 나온다는 것 밖에 모르는 사람인데."

"쌀 두 가마니 나와유. 일반 회사원이 일 년에 벌어들이는 쌀이 한 달에 네 가마니씩만 쳐도 마흔여덟 가마니라는 결론이잖유. 농사로 치면 스물네 마지기를 농사 진다는 셈유. 그런데 세금은 얼매 나오는지 아셔유? 농사꾼의 십 분의 일도 안 된다는 것이 말이나 된다고 생각하셔유? 농민도 똑같이 이 나라 국민인데, 순전히 못 배우고 가난하다는 것 땜시 그렇게 차별을 받아야 되냐 이거유."

"정말 대단하네. 나는 고등학교 다닐 때까지도 사회 문제에 대해서는 관심이 없었거든. 진규 씨는 앞으로 큰 인물이 될 거 같아."

이주희는 핸드백을 열고 껌을 꺼내서 진규에게 한 개를 내밀었다.

"이거 일제 끔 아뉴?"

이주희가 내민 껌은 네 개들이 한 통에 20원씩 하는 바아부루라는 일제 껌이다. 진규는 일본어를 해독할 수는 없었다. 단순히 일본 글씨가 써 있는 걸로 보아서 일제 껌이라고 판단하고 물었다.

"롯데 껌보다는 향도 오랫동안 가고 상큼한 맛이 있거든. 한번 씹어 봐."

"이 선배 죄송하지만 약속 시간이 돼서 그만 가 봐야겠구만유."

진규는 불과 한 시간 전에 땡볕 밑에서 한일회담을 무효화 하라고 목이 터져라 외쳤던 것이 생각났다. 껌을 내동댕이치고 싶었지만 쓰레기 통에 버리면 그만이라고 생각하며 일어섰다.

"왜 갑자기 일어서는 거야?"

이주희가 껌을 입 안에 넣다 말고 당황한 얼굴로 일어섰다.

"이 선배하고 야기하다 보니 약속 시간이 지나뻐렸구만유. 그럼 담에 봐유."

진규는 이주희에게 손을 들어 보이고 나서 일방적으로 돌아섰다. 명색이 국문과 학생이라는 선배가 일본 끔이나 씹고 다닝게 나라가 요 모양 요 꼴이지. 생각 같아서는 한마디 해 주고 싶었지만 처음 만난 선배한테 그럴 수는 없다고 생각하며 걷기 시작했다.

"나도 같이 가. 집에 가는 길이었거든."

이주희가 껌을 씹으며 진규 옆으로 따라 붙었다.

멀리 교문 앞에서는 데모대들이 플래카드를 흔들면서 구호를 외치고 있다. 진규는 정문으로 나가려던 생각을 바꾸어 후문 쪽으로 향했다. 이주희도 정문 쪽을 잠깐 바라보고 나서 진규와 보폭을 맞춰서 걸었다.

진규는 후문으로 나가서 시내버스 정류소에 도착할 때까지 먼저 입을 열지 않았다. 이주희가 질문을 할 때마다 짤막짤막하게 대답을 해서 이주희를 혼란스럽게 만들었다.

진규는 시내버스를 타고 대사동에서 내려 곧장 향숙의 집으로 갔다.

영순이는 마루에 걸터앉아서 소쿠리에 부추를 다듬고 있었다. 뜨럭에 낯선 여자 구두 한 켤레가 있는 걸로 보아서 손님이 와 있다고 생각하며 거실 마루문턱에 걸터앉았다. 진규가 얼굴의 땀을 닦는 모습을 바라본 영순이 말없이 일어나서 냉장고 앞으로 갔다.

"오빠 땜시 올여름은 션하게 보네느만유."

영순이 컵에 보리차를 따르면서 말했다.

"왜 나 때문이여?"

"봄부터 냉장고를 사자고 했는데 오빠가 국산 냉장고가 팔월부터 나올 거니까 그때 사자, 일제 냉장고를 사는 것은 일본을 부자로 만드는 거다, 애국을 하는 것은 국산품을 애용하는 거다, 함서 일제 냉장고를 못 사게 했잖유. 보살님은 무조건 오빠 말이 맞다고 함서 당장 필요한 물건이 아닝께 담에 사자고 해서 제우 지난 초순에 냉장고를 들여 놨잖유."

"나 때문에 돈 벌었잖여. 금성 전기냉장고는 팔만오천 원 밖에 안하는데 일제는 십만 원이 훨씬 넘잖여. 그렇다고 성능이 훨씬 차이가 나는 것도 아니고 말여."

진규는 보리차를 시원하게 마시고 방으로 들어갔다. 아침에 학교 가기 전에 보이지 않던 금성 선풍기가 있었다. 선풍기 필요 없다고 그렇게 말했는데도 기어이 들여 놨구면. 팔월 들어서 향숙이 선풍기를 한 대 사 주겠다고 했었다. 누나, 시방까지 선풍기 없이 잘 살아 왔잖여. 나는 선풍기 없어도 공부 잘 할 수 없응께 걱정하지 마. 그래도 향숙은 내가 사 주고 싶어서 그라는겨께. 넌 누나 말만 듣고 있으면 되는 거여, 라고 고집을 꺾지 않더니 들여 놓은 것 같았다.

"누나 난 선풍기 필요 없다고 했잖여."

거실에는 손님을 보낸 향숙이 앉아 있었다. 진규는 향숙의 앞에 편하게 앉았다.

"그람 내 방에 있는 선풍기도 내다 버릴까?"

"누나는 더위를 많이 타는 체질잉께 선풍기가 있는 것이 좋잖여."

"그럼 너 혼자만 선풍기 바람을 쐬고, 나는 선풍기 없이 지내면 좋겠어?"

"하여튼 누나는 남 말 못하게 멘드는데 선수랑께. 누나 줄라고 선물 쪼만한 거 한 개 샀구먼."

진규가 부끄러운 얼굴로 주머니에서 금도금을 한 목걸이를 꺼냈다 목걸이에는 하트 모양의 메달이 달려 있었다.

"돈도 읎을텐데 이런 걸……"

향숙이 진규 못지않게 얼굴을 붉히며 말꼬리를 흐렸다.

"일루 와 봐. 내가 메 줄 팅게. 시방은 도금한 목걸이지만 난중에 돈 많이 벌면 누나한테 진짜 금으로 된 목걸이 해 줄 팅게 기대해도 좋을 꺼."

향숙은 다소곳하게 고개를 숙였다.

"보살님은 참말로 좋겠구먼. 생일날 목걸이 걸어주는 동생도 있고 난 생일날 미역국 한 그릇도 감지덕진데 말여."

목걸이를 걸어주는 향숙와 진규는 누가 보더라도 잘 어울리는 한 쌍의 연인처럼 보였다. 영순은 부추를 다듬다 말고 넋이 빠진 얼굴로 바라보며 마른침을 삼켰다.

비밀요정

제기랄! 왜 자꾸 들례라는 여자가 생각나는 거여.
그 여자가 생모라고 해도 나하고는 아무런 상관도 없잖아.
내가 클 때 미음 한 숟가락 먹여 준 적도 없고,
아플 때 밤을 새워 간호 한 번 해 준 적도 없는 여자가
왜 자꾸 생각나는지 환장하겠구먼.

능동에 있는 서울컨트리클럽은 원래 유강원터라고 부르는 순명황후 민씨의 능터였다. 지명을 능동이라고 부르게 된 연유도 그 점에 있다. 순명황후 민씨는 명성황후 민씨의 오라버니 민태호의 딸이며 민영익의 여동생이다. 황후의 능터에 18홀의 골프장이 들어서게 된 것은 일제 강점기다. 1941년 태평양 전쟁이 일어난 후에는 서울컨트리클럽뿐이 아니고 대구, 부산에 있는 골프장까지 비행장이나 군훈련장으로 바뀌었다.

이곳에 다시 골프장으로 변신하게 된 것은 광복 후에 정부수립 1주년이 베풀어졌을 때 이승만의 지시에서 비롯된다.

"휴일에는 어떻게 지내십니까?"

어느 날 주한미군 장군들과 담소를 하던 이승만 대통령이 물었다.

"한국에는 골프장이 없어서 군용기를 타고 일본이나 오키나와에 가서 골프를 치내며 보냅니다."

주한미군의 말을 들은 이승만 대통령의 명령으로 황후의 능터는 또 다시 한번 골프장으로 변신을 하게 된다. 일국의 황후 능터에 잔디를 깔고, 귀족스포츠라고 부르는 서울컨트리클럽에는 일반인들이 입장을 하고 싶어도 쉽지가 않았다. 서울 시내에서 떨어진 조용한 산속이라는 이점 때문에 정치인들이나 경제계 인사들의 은밀한 로비장소로 이용이 되고 있었다.

클럽하우스 안에는 조용한 피아노 선율이 흐리고 있었다. 창유리 밖으로는 양털을 깔아 놓은 것 같은 푸른색 잔디가 처녀의 아랫배처럼 부드러운 구릉을 이루고 있었다. 푸른 하늘에는 흰 구름 몇 점이 유유히 흘러가고 있어서 한국이 아닌 외국의 휴양지에 와 있는 것 같은 기분이 들 정도였다.

민주공화당 국회의원인 원갑룡과 이동하와 박광호는 골프를 치기 위하여 클럽에 들어온 것이 아니다. 서울 근교의 조용한 곳으로 바람이나 쐬러 가자는 이동하의 제의를 받고 각각 자신들의 승용차를 이용해서 클럽에 도착해서 담소를 나누고 있는 중이었다.

"지난 토요일 김기수 선수가 챔피언 되는 권투 시합 봤나?"

원갑룡이 유니폼을 입은 여종업원을 불렀다. 물을 한 잔 더 갖다 달라고 지시를 하고 나서 박광호에게 물었다.

"그날 각하도 장춘단체육관에 직접 참관을 하셨지 않았습니까. 각하께서는 얼마나 관심이 많으셨는지 한 시간 전부터 로열박스에 앉아 계셨습니다. 저도 로열박스 귀퉁이에 앉아서 구경을 했는데, 와! 김기수 선수 진짜로 잘하더군요"

박광호는 은근슬쩍 건너편에 앉아 있는 이동하를 바라봤다. 박정희대통령과 같이 관람을 했다는 말에 깜짝 놀라는 것 같았다.

"참말로 각하께서 직접 관람을 하셨다는 겁니까?"

"각하가 직접 관람을 하신다고 하니까 케이비에스에서 난리가 났잖아요. 문공부 차관이 직접 중계석에 나가서 진두지휘를 했다면 더 이상 말 필요 없는 것 아닙니까?"

"이 의원은 텔레비도 안 봤나 보군요. 텔레비전에서도 각하의 얼굴이 얼마나 많이 나왔었는데……나도 장춘단체육관으로 직접 갈라고 했지. 근데 그날이 토요일이잖아. 그래서 직접 장춘단체육관에는 가지 못하고 사무실에서 텔레비로 봤습니다. 문공부 차관이 직접 지휘를 했는데, 만약 김기수 선수가 벤베누티한테 졌으면 정말 큰일 날 뻔 했습니다. 자! 본론으로 들어가 봅시다. 이 의원은 내가 알기에 골프를 안 치는 걸로 알고 있는데 왜 이런 데서 만나자고 한 거요?"

원갑룡이 주머니에서 담배를 꺼내며 이동하에게 물었다.

"저는 원래 골프를 못쳐유, 박 의원님은 가끔 골프를 치시는 것 같든데……"

"나야 가끔 그린에 나가기는 하지만, 운전사가 이쪽 지리를 몰라서 뚝섬 쪽으로 들어갔다가 나왔어요"

박광호는 원갑룡처럼 창문 밖을 바라보고 있다가 잔기침을 하며 시선을 돌렸다.

"골프장에서 만나자고 한 이유가 있슈. 대단한 거는 아니지만 제가 두 분이 평소에 베풀어 주신 점에 대한 감사의 뜻으로 준비한 거유. 이왕이면 골프장 잔디가 한눈에 보이는 여기서 드리는 것이 좋을 것 같아서 바쁘신 줄 뻔히 알고 있음서, 염치도 없이 초청을 했구만유."

상체가 거의 잠길 정도로 푹신한 의자에 앉아 있는 이동하는 허리를 반듯하게 펴고 앉았다. 건너편 의자에 앉아 있는 원갑룡하고 박광호에게 봉투 한 장씩을 내밀었다. 재색 바탕에 꽃무늬가 각인되어 있는 고급 직사각형 봉투는 여러 겹의 비단실로 꼰 끈으로 묶여 있었다.

"이건 골프장 회원권 아니오?"

"이거 꽤 비쌀 텐데?"

원갑룡과 박광호가 느긋하게 봉투 안의 내용물을 확인할 때와 다르게 놀란 얼굴로 한마디씩 했다.

"선물 가격을 말하는 것은 예의가 아니라는 걸 모르는 건 아뉴. 허지만 두 분께서 금액을 알고 계시는 거시 여러모로 도움이 될 것 같아서 말씀을 드렸슈. 며칠 전에 삼십오만 원씩 주고 우리가 앉아 있는 이 컨트리클럽에 가입을 했슈. 딴 사람 같았으면 암만 돈이 많아도 가입하기가 힘이 든다고 하드만유. 하지만 나는 새라도 떨어트릴 민주공화당 국회의원이라면 충분히 자격이 있잖유."

"허, 난 서울컨트리클럽 회원권은 삼성물산의 이병철 사장이나 동양통신의 김성곤 사장이나 럭키의 구인회며 현대의 정주영 씨 쯤은 되야 가입할 수 있는 줄만 알았드니……"

원갑룡은 처음 보는 골프회원권이 신기하다는 얼굴로 앞뒤를 살펴보고 있었다. 박광호가 웃으며 말했다.

"아따! 의원님은 겸손도 하셔. 아, 천하의 박광호 의원님이 그런 장사꾼들보다 못한 거는 뭐가 있슈. 앞으로 내무부장관이 될지도 모르는 분인데……"

이동하는 요즘 잘 나가는 정치인들만 서울컨트리클럽을 이용하는 줄만 알았지, 이병철이나 정주영 같은 유명한 사업가들도 회원인 줄 몰랐었다. 갑자기 자신도 상류층의 대열에 합류한 것 같은 생각이 들어서 들뜬 목소리로 말했다.

"저는 요즘 같아서는 내무부 장관이 아니라 더 높은 관직을 줘도 난 싫어요 내무부 장관은 요즘 한일회담이 국회에서 통과한 것 때문에 대학생들하고 야당들이 공산당처럼 설치는 머리 수면제 없이는 잠을 못 잔다고 하잖유."

박광호가 다시 한 번 골프회원권의 앞뒤를 확인하고 나서 정성껏 봉투 안에 집어넣었다.

"간단하게 술 한잔 해야쥬?"

종업원이 주문서를 들고 왔다. 이동하가 원갑룡에게 물었다.

"오늘 좋은 선물도 받았고 하니까 술은 내가 사지. 각하가 좋아하시는 양주 이름이 뭐지?"

"시버스리걸 하나 하고 안주는 적당한 걸로 가져오게."

원갑룡이 묻는 말에 박광호가 주문을 했다.

"저는 야당 놈들은 순전히 쑈 하는 거라고 봐유. 아! 지덜이 한일회담 반대하는데 쪽수로 밀리면 분신자살을 하든지, 할복자살이라도 해서 애국심을 보여야 할 거 아뉴. 근데 한 놈도 아니고 예순한 명씩이나 의원직 사표를 내는 걸로 우리가 국회에서 할 수 있는 일은 다 끝났다, 하고 뒷구녁에서 철모르는 대학생들 선동이나 하고 있으면 되겄슈?"

이동하는 요즈음 신문은 빠짐없이 읽고 있다. 정치를 하려면 무엇보다 사회가 돌아가는 추세에 대해서 잘 알고 있어야 된다는 원갑룡의 충고를 받은 후부터이다. 새삼스럽게 생각해도 원갑룡은 훌륭한 스승이라고 생각하며 박광호에게 물었다.

"야당 놈들은 하나만 알고 둘은 모르는 짓을 하고 있습니다. 저도 필리핀은 일본 놈들한테 삼 년 정도만 통치를 당했는데도 육억 달라를 배상 받았다는 걸 알고 있소 이승만이 이십 억 달라는 요구했다는 것도 알고 있고, 장면 정부가 이십팔억오천만 달라를 한일회담 체결 조건으로 요구했다는 걸 잘 알고 있다 이거요. 우리는 뭐 돈이 넘쳐서 삼억 달라에 합의를 했습니까? 지금 일억 달라가 있으면 십 년 후에 백 억 달라를 만들 자신이 있으니까 협정에 체결을 한 거 아닙니까? 한마디로 배고플 때 한 끼 사 주는 사람이 평생 기억에 남은거지, 배부를 때 술 한잔 사주는 사람이 기억에 남겠냐 이거요. 그것도 모르는 사람들이 뒤에서 미국이 조정을 했네. 굴욕 외교네 하면서 입에 거품을 물며 데모를 하는 걸 보면 답답해서 미쳐 버릴 것 같습니다."

종업원이 시바스리걸과 과일 안주를 가져왔다. 박광호는 시바스리걸의 뚜껑을 따면서 한심하다는 얼굴로 코웃음을 쳤다.

"박 의원은 정확히 알고 있구먼. 사흘 굶은 놈 도둑질한다고 돈 한 푼 없는 나라에서 삼 억 달라가 아니고 일 억 달라라고 해도 고맙습니다, 하고 받을 일이지. 그라고 미국이 하루라도 빨리 체결을 하지 않으면 원조를 해 주지 않겠다고 윽박지르고 있는 판국에 똥오줌 가릴 사이가 어디 있어. 야당 놈들하고 대학생들은 한마디로 아무것도 모르면서 깨춤을 추는 거지."

원갑룡은 박광호가 따라주는 술을 들었다. 창문 앞으로 내밀어서 양주 고유의 빛깔을 확인하며 가소롭다는 얼굴로 말했다.

"그냥 깨춤만 추고 있다면 웃고 넘길 일이지만 문제는 그렇게 간단하게 볼 일이 아닐 수도 있습니다. 막말로 야당 국회의원 한 놈이 국회에서 한일협정은 반드시 무효화 되어야 한다면서 할복자살을 하거나, 대학생 한 명이 데모를 하는 도중에 분신자살이라도 하는 날에는 국민들이 가만히 있지 않을 겁니다. 지난 사일구도 왜 일어났습니까? 이승만 정권의 부정선거 때문에 국민이 일어난 겁니까? 천만의 말씀입니다. 김주열을 잘못 건드려서 사일구가 터진 거다 이겁니다."

박광호가 첫 잔에 시뻘겋게 달아 오른 얼굴로 참외 조각을 소리 나게 씹어 먹으면서 말했다.

"의원님 말씀도 틀린 말은 아녀유. 하지만 야당 의원 중에 할복자살을 할 정도로 용기 있는 의원이 있음 지 전 재산을 내놓겠슈. 제 생각에는 원래 우리 민족은 뜨거운 냄비 기질이라고 생각해유. 냄비는 금방 뜨거워졌다가 금방 식어 버리잖유. 그 이치와 마찬가지로 한일협정도 시방은 목숨 걸고 반대를 하지만 두고 봐유. 늦어도 일 년만 버티면 내가 언지 한일협정을 무효화하라고 벤또 싸들고 댕기면서 반대를 했냐 할 정도로다 잊어 뻐릴팅께유."

이동하는 정치 초년생인 박광호가 세상을 보는 눈이 예상외로 날카롭다는 점에 놀랐다. 그려, 아부지가 저승에서 앞길을 인도해 주고 계싱께 이런 분들을 하고 친분을 쌓게 되는 겨. 원갑룡은 오랜 야당 시절을 보낸 정치꾼이다. 박광호는 비록 초선의원이기는 하지만 세상을 보는 안목은 탁월하다. 원갑룡과 박광호와 친분을 쌓게 되면 거물 정치인으로 커나갈 수 있다는 생각에 소리 없이 웃으며 시바스리걸 병을 들었다. 박광호가 잔을 비우길 기다려서 두 손으로 정중하게 따랐다.

"야! 난 의원님을 오늘부터 다시 봐야겠구먼. 나는 의원님이 세상을 보는 눈이 밝다는 점을 몰랐다는 것은 아니지만……"

"매제 저도 의원입니다. 골치 아픈 정치 이야기는 그만하시고 건배하시죠."

박광호는 삼십오만 원짜리 골프회원권, 그것도 이 나라에서 기라성 같은 정치인들이나 사업가들만 가입할 수 있는 서울컨트리클럽 회원권을 받고 난 후여서 술이 빨리 취했다. 원갑룡의 말을 끊어 버리고 술잔을 들어서 건배를 하자는 표정을 지으며 큰 소리로 웃었다.

"원 의원님이 영동 촌놈인 저를 그렇게 봐주싱게 지가 가만히 있을 수가 없구만유."

"피를 나누지는 않았지만 아무리 형제 이상으로 지내는 사이라고 하지만 이렇게 받기만 하니까 미안하군요. 나도 뭔 선물이라도 해 주고 싶은데 받고 싶은 것이 있습니까?"

원갑룡이 웃음을 감추지 못하고 물었다.

"박 의원님이 지난번에 석관동에 있는 아를 풀어 주신 적이 있잔유?"

이동하가 기회가 왔다는 얼굴로 박광호에게 시선을 돌렸다.

"이 의원님 가정교사를 했다던 고군 말입니까?"

"예, 그놈을 워디 적당한 데 취직을 시켰으믄 합니다. 어디, 한국은행이나 석유공사 같은 데 월급이 많다고 하든데……"

"그 친구 서울대 나왔다고 하지 않았습니까?"

"재학 중에 고시 공부를 했슈. 일차는 몇 번 합격을 했는데 운이 읎어서 그런지 이차에서 몇 번 떨어지더니 포기를 했슈. 시방은 워디 일자리를 알아보는 중인데 마땅치 않아서……"

"그럼 나한테 맡겨 두세요. 제가 생각하고 있는 데가 있으니까 그쪽으로 알아보고 연락드리겠습니다."

"아이구, 고마워유. 오늘 저녁 스케줄이 워티게 되유?"

이동하는 고현수와 애자를 결혼 시킬 생각이었다. 고현수는 서울대를 졸업했다, 그 점을 알고 있는 박광호가 소개를 한다면 보통 자리는 아닐 것이다. 고현수의 취직을 부탁한 애자가 이 사실을 알면 얼마나 좋아할까를 상상하니까 저절로 웃음이 나왔다.

"오늘은 구청장 모친 칠순 잔치를 하는 날이라서 거기 얼굴 좀 보여 줘야 할 일이 있기는 한데……"

원갑룡은 말꼬리를 흐리며 기대가 된다는 얼굴로 이동하를 바라봤다.

"에이, 앞으로 이 나라의 국회를 책임지실 분이 그까짓 구청장 모친 칠순 잔치에 신경을 쓰시면 되겠슈. 그런데는 보좌관 보내고 오늘은 저하고 요정 한번 가시쥬."

이동하가 얼른하게 취기가 밀려오는 것을 느끼며 너스레를 떨었다.

"각하께서 요즘 국민들의 생활이 어려우니까 공무원들이 솔선수범해서 근면절약을 해야 한다고 외치고 계시지 않습니까? 요즘 요정 출입하다 걸리면 신문에 이름 석 자 나는 건 식은 죽 먹기보다 쉽습니다."

박광호도 말과 다르게 기대가 된다는 표정으로 이동하를 바라보며 웃었다.

"아따, 선운각이나 청운각 같은 데는 중앙정보부 직원들이 어떤 놈이 출입을 하는지 명단을 적고 있을 거유. 하지만 청진동이나 인사동에 가면 비밀 요정이 한두 군데가 아뉴. 외려 그런 데가 화끈해유. 기생들이

홀딱 벗고 앉아서 시중을 든다면 더 이상 말이 필요 없는 거 아뉴?"

클럽하우스 안에는 다른 손님이 없었다. 카운터에 앉아 있는 종업원과 손님들이 부르기를 대기하고 서 있는 두 명의 종업원 밖에 없었다. 이동하는 그런데도 목소리를 죽이며 발정난 수캐처럼 두 눈을 번뜻거렸다.

"에이, 난 비밀요정에 가면 기생들이 허가난 요정의 기생들보다 서비스를 잘해준다는 말은 들어 봤어도⋯⋯."

원갑룡이 은근히 구미가 당긴다는 얼굴로 박광호의 눈치를 살폈다.

"처남이 동생한테 안 일러 준다면이야 저는 뭐⋯⋯."

박광호와 원갑룡은 처남 매부 사이다. 처남 매부가 기생파티에 간다는 것이 좀 민망하기는 하지만 어떠냐는 얼굴로 술잔을 들었다.

"원 의원님. 우리는 놀러 가는 것이 아니유. 요새 정국도 시끄럽고 항께 오늘 화끈하게 한번 마셔 보쥬. 쉽게 말해서 머리를 식히러 가자는 겁니다."

이동하는 원갑룡과 박광호가 서로 눈치만 보고 있다는 생각에 종업원을 불러서 계산서를 가져 오라고 했다.

"그렇다면 당연히 가야죠. 스트레스를 확 풀어 버리고 맑은 정신으로 정국에 임하는 것도 나쁠 것이 없다고 생각합니다."

"군대에서는 밑에 것들이 다 알아서 스트레스를 풀어 주는데, 국회의원은 보좌관들이 안 풀어 줍니까?"

원갑룡이 찬성을 하면 나도 못갈 이유가 없다는 얼굴로 박광호는 일어섰다.

"그 대신 여기 이동하가 있잖아유. 앞으로 이동하가 책임지고 스트레스를 풀어 드릴 팅께 어여 갑시다."

그들이 타고 온 차는 신진자동차에서 일본 도요타로부터 부품을 수입해 조립 판매하는 코로나다. 각각 자기 차에 탑승해서 산길을 달려서 서울 시내로 진입을 했다. 선도차인 이동하의 코로나가 멈춘 곳은 인사동에 있는 조용한 주택가다.

"여긴 그냥 주택이잖아?"

대문 밖에서 보이는 이층집은 고위 공무원이나 기업체의 사장이 살고 있는 것으로 보일만큼 평수가 컸다. 담 너머로는 손질이 잘 된 정원수들이 보이고 이층 창문은 모두 커튼이 쳐져 있다. 원갑룡이 이층을 올려다보며 혼잣말로 중얼거렸다.

"중앙정보부 파견대에 간판 붙어 있는 것 보셨슈?"

이동하는 히죽 웃으며 초인종을 눌렀다. 얼마 후에 한복을 곱게 차려입은 사십대 초반의 여자가 대문을 열었다.

"어머, 의원님 오셨네요. 어서 들어오세요."

곱게 차려 입은 한복에 머리는 고데를 한 마담이 이동하의 얼굴을 보고 반겼다.

"이분들은 공화당의 유명한 의원님들이싱께 이 집에서 최고로 어리고 이쁜 것들로 데리고 와."

"어머, 그러세요 안녕하세요 저는 홍 마담이라고 합니다. 오늘 마침 착하고 예쁜 신참이 세 명 들어 왔거든요 그 애들한테 특별히 당부를 해서 들여보내겠어요."

홍마담은 고혹적인 미소로 원갑룡과 박광호를 번갈아 보며 인사를 하고 앞장을 섰다.

"이 방이 우리 집에서 제일 크고 좋은 방이에요."

"이왕이면 이층 방은 없나?"

홍 마담이 문을 열어 준 방은 일층의 안방이다. 윗목에 서 있는 16폭 병풍이며 문갑에 장롱 등 누가 보더라도 잘 사는 집 안방처럼 보였다. 박광호가 내키지 않다는 얼굴로 말했다.

"의원님 요즈음 단속이 심하답니다. 이런 말씀 드리기 황송하지만요 만약을 위해서 여기가 가장 좋은 곳이 여기에요."

"마담이 지금 하는 말이 뭔 말입니까?"

박광호가 고개를 갸웃거리며 이동하에게 귓속말로 물었다.

"별거 아뉴. 요세 비밀요정 단속이 굉장하잖유. 만에 하나 단속이 있게 되면……머, 그런 거 있잖유."

이동하는 도망가기 제일 쉬운 장소라는 말은 민망해서 할 수가 없었다. 말을 하다 말고 얼버무리며 안방으로 들어갔다.

"편하게 옷들 벗으세요 그래야 이쁜 아가씨들이 좋아 한답니다."

이동하는 자기 집에 온 것처럼 양복 윗저고리를 벗어서 옷걸이에 걸었다. 마담이 원갑룡과 박광호에게 애교가 넘치는 목소리로 말했다.

"육천 원짜리로 하지."

이동하는 대수롭지도 않다는 표정으로 주문했다. 요정은 비어홀이나 바처럼 술과 안주 값을 따로 내지 않는다. 1인당 최하 3천원에서 최고 6천원까지다. 세 명이니까 만팔천 원을 내면, 맥주며 양주에다 신선로 등 상다리가 휘어질 만큼 안주가 들어온다. 기생들에 대한 팁 천 원에서 이천 원까지는 별도다.

나비넥타이를 멘 남자 종업원이 음식이 차려진 교자상 두 개를 들고 들어왔다. 방문이 조용히 열리면서 불면 날아갈 것 같은 매미 허물처럼 얇은 한복 차림의 기생 세 명이 홍 마담의 안내로 들어왔다.

"신참들이라서 좀 서툰 점이 있더라도 귀엽게 봐 주세요. 인사들 드려라."

기생들은 홍마담의 말에 기생들은 일정한 간격을 두고 자세를 잡았다. 그녀들은 마치 첫날밤 신랑에게 인사라도 하는 것처럼 양팔을 어깨 높이로 올렸다. 다소곳하게 고개를 숙이며 겹쳐진 손바닥등을 이마에 붙였다. 엎드려 절을 하는데 뽀얗고 가는 목 뒤로 등이 살짝 드러난다.

날로 씹어 먹어도 비린내가 안 나겠구먼.

원갑룡은 배를 슬슬 문지르며 입 안에 뜨거운 침이 가득 고여 오는 것을 느꼈다.

"신참들이니까, 너무 험하게 대하지 마시고 살살 다뤄 주세요. 필요한 것이 있으면 언제든 부르시고."

홍 마담은 이동하에게 한쪽 눈을 살짝 찡그려 보이고 기생들이 어떻게 앉는지 지켜보기 시작했다.

오늘 것들은 참하게 생겼구먼.

이동하는 말없이 원갑룡의 빈 잔에 술을 따르면서 기생들을 지켜본다. 어디, 예절 학교 같은 곳에서 정식으로 절하는 법을 배웠는지 왼쪽 무릎을 먼저 꿇는 것하며, 오른쪽 무릎과 왼 무릎을 가지런히 꿇는 것이며, 오른발이 앞이 되게 하여 발등을 포개는 법 하며, 뒤꿈치를 벌리고 엉덩이를 내려 깊이 앉는 모습을 볼 때는 사타구니가 뻐근해져 왔다.

비밀요정을 단속해야 할 것이 아니고 장려를 해야 겠구먼. 신문에 난 것처럼 일본인 관광객들이 저 모양으로 절하는 모습을 보면 환장하겠구면.

박광호는 조용히 술을 마시고 나서 안주로 나온 신선로에서 전복 한 점을 소리 나지 않게 씹으며 세 명의 기생 중 가운데 여자를 유심히 바라본다. 눈은 큰데 눈매가 서늘해 보인다. 광대뼈가 살짝 튀어 나온 데다 인중은 깊고 입술이 도톰하다. 작신 찍어 누르면 고 도톰한 입술이 턱 벌어질 것을 생각하니 예비 행사는 때려치우고 곧장 본 행사로 직행하고 싶은 생각이 간절하다.

"너는 이쪽으로 와라."

기생들이 절을 끝내자 마담이 배당을 해 주기 시작했다. 화류계 이십 년이다. 기생들을 바라보는 눈빛만 봐도 지금 머릿속으로 무엇을 생각하는지 훤히 알 수 있다. 마담은 가운데에서 절을 한 기생을 박광호 파트너로 앉혔다. 원갑룡과 이동하는 덩치가 있는 편이므로 야리야리한 여자들을 좋아할 것이라는 생각에 비교적 살이 없는 나머지 두 명을 배당했다.

"이분들은 우리나라에서 유명한 분들이시니까 특별히 잘 모셔야 한다. 저! 죄송한 말씀이지만 만약 저 방문 위에 있는 벨이 요란하게 울리시면 요 문으로 나가시면 됩니다."

홍 마담이 이동하 옆에 찰싹 붙어 앉아서 길고 가느다란 손으로 술을 한 잔씩 쳐 준다. 이동하가 따라주는 술을 한 잔 받아 마시고 나서 귓속말로 비상시 대처 방법까지 알려 준 다음에 방을 나갔다.

"의원님 올 크리스마스에는 일본 온천으로 모시겠슈. 나고야 쪽에 수질이 좋은 온천이 많다고 하든데 지가 비행기 표를 예약해 놓을 게유."

"어머! 의원님이시면 병원 원장님이세요?"

이동하의 말에 옆자리 파트너가 젓가락으로 버섯 요리를 먹여주다가 놀란 얼굴로 물었다.

"그려, 이분은 박 원장님이시고, 나는 김 원장이고, 요짝에 계신 분은 송 원장님이셔. 느덜 아플 때 공짜로 봐 줄 모냥잉께 잘 모셔라."

"어이구, 의원님은 이런 데만 잘 아시는 줄 알았더니 농담도 잘 하시는군요."

박광호는 파트너의 치마 속으로 손을 집어넣었다. 부지런히 손을 놀리는 통에 파트너는 그의 손길을 피하느라 엉덩이를 요쪽 저쪽으로 옮기느라 안주를 먹지 못할 지경이었다.

"그랍시다. 크리스마스 날에 온천 가서 푹 쉬었다 오는 것도 좋지. 넌 몇 살이나 먹었냐?"

원갑룡은 파트너의 하체는 비워두고 상체만 집중적으로 공격을 했다. 그 덕분에 건너편에 앉아 있는 이동하는 원하지 않더라도 저고리가 들썩거릴 때마다 원갑룡의 굵은 손가락이 연하디 연해 보이는 뽀얀 젖가슴을 주무르는 모습을 자주 감상했다.

"자, 우리 이럴 것이 아니라 화끈하게 놀아 봐유. 야들아 너희들도 옷을 벗어라."

이동하는 이미 서울컨트리클럽 하우스에서 시바스리걸 한 병을 비운 뒤였다. 거기에다 점잖게 마시느라 정종을 섞어 마셨더니 금방 취기가 돌았다.

"의원 체면이 있지, 어떻게 이런 데서 옷을 벗습니까?"

원갑룡이 매제의 눈치를 살피며 뜸을 들였다.

"저는 아직 군인정신이 남아 있으니까 과감하게 벗겠습니다."

박광호가 벌떡 일어섰다. 군대에서 겨울에 단체로 냉수마찰이라도 하는 것처럼 와이셔츠를 훌렁 벗어 버리고 바지까지 벗어 버렸다.

"너는 뭐 하능 겨? 어여 벗지 않고?"

이동하도 러닝셔츠와 줄무늬 팬티 차림이 됐다. 국방부 마크가 선명한 군용 팬티를 입은 박광호는 날씬한데 이동하는 살이 쪄서 배도 불룩 튀어 나오고 팔뚝은 마른 여자 허벅지 정도는 되어 보일 정도로 굵었다.

"저희들도 벗어야 하나요?"

"그람, 우리가 느덜한테 서비스 해 주랴?"

이동하가 따귀라고 올려 버리겠다는 얼굴로 파트너를 노려봤다.

기생들이 서로 눈짓을 보내며 매미허물 같은 치마와 저고리를 벗었다. 치마 안에는 고쟁이를 입지 않고 팬티를 입었다. 속치마 속으로 보이는 팬티가 빨갛고 하얗다.

"자, 너는 여기 앉아 봐라."

원갑룡은 여자들이 요즘 유행적으로 입은 빨간색 팬티를 입었다. 마누라가 이걸 입어야 출세를 한다고 해서…… 라고 처음에는 민망한 표정을 짓더니 이내 아무렇지도 않게 파트너를 무릎에 앉혔다.

"노래 한번 불러 봐라."

이동하의 말에 기생 두 명이 옆방으로 가서 가야금과 장구를 들고 왔다. 한명은 가야금을 뜯고, 다른 한 명은 장구를 치면서 창부타령을 부르기 시작한다.

모진 간장 불에 탄들 어느 물로 꺼주려나
뒷동산 두견성은 귀촉도

나의 설음을 몰라주고

옛날 옛적 진시황이 만권시서(萬卷詩書)를 불 사를 제

이별 두자를 못살랐건만 천하장사 초패왕

장중(帳中)에 눈물을 짓고

우미인 이별을 당했건만

부모같이 중한 분은 세상천지 또 없건마는

임을 그리워 애타는 간장 어느 누가 알아주리

얼씨구나 좋다 지화자 좋네 아니 노지는 못하리라

이동하와 박광호는 누가 시키지도 않았는데도 술잔을 들고 일어서서 가여금과 장구소리에 맞춰서 덩실덩실 춤을 추기 시작한다. 기생을 무릎에 앉혀 놓고 볼을 비비고 있던 원갑룡도 흥이 나서 견딜 수 없다는 얼굴로 술잔을 들고 일어서서 덩치와 키에 어울리지 않게 아리랑 춤을 췄다.

"의원님, 오늘 그냥 스트레스 팍팍 풀고 가셔야 하는 거유. 이동하가 끝까지 책음질 팅께 질펀하게 한번 놀아 봐유."

이동하가 술병을 들고 와서 원갑룡에게 술을 따라주고 있을 때였다. 문 위에 있는 벨이 방정맞을 정도로 요란스럽게 울었다.

"이기 먼 소린가?"

"다……단속 나왔어요. 어서 저 문으로 피하여야 해요."

속치마 바람의 여자들이 자신의 치마를 찾아서 허둥거렸다. 원갑룡은 빨간 팬티 바람으로 턱 버티고 섰다. 국회의원이 골치 아픈 것 좀 식히려고 술 한잔 한다는데 뭔 놈의 단속이냐, 는 얼굴로 문을 노려보았다.

"처남, 시방 여기서 자존심 차릴 때가 아닙니다. 요즘 각하가 연일 비밀요정 단속하라고 대단하십니다."

문 밖에서 누군가 와당탕탕 거리며 뛰어 가는 소리가 들려왔다. 기생들로 보이는 여자들의 비명소리로 들렸다. 원갑룡은 박광호의 말을 듣고 보니 자존심이고 체면이고 찾을 때가 아니란 걸 알았다. 이동하가 급하게 바지를 꿰입느라 허둥거리고 있는 것이 보였다.

"옷을 입을 시간이 없습니다. 어서 나갑시다."

박광호가 술이 확 깨버린 얼굴로 양복을 챙겨 들고 뒷문으로 나갔다. 뒷문으로 나가려던 한때의 손님과 기생들이 되돌아오고 있는 모습이 보였다. 박광호의 파트너가 달려와서 뒷문에도 경찰들이 지키고 있다며 자신을 따라오라고 말했다..

이동하와 원갑룡과 박광호는 구두도 신지 못하고 기생을 따라갔다. 기생이 들어간 곳은 연탄광이라 부르는 연탄창고다.

"이 뒤로 들어오세요"

연탄 창고는 얼핏 보면 연탄이 가득찬 것처럼 보이지만 뒤에 공간이 있었다. 속치마바람에 치마와 저고리를 움켜쥔 기생을 따라서 연탄 뒤로 숨어 들어갔다.

"한 놈도 놓치지 말고, 확실하게 지켜!"

"다락방에 있는 분들 빨리 안 나오면 개망신 당할 겁니다."

"거기, 부엌에 아궁이 안에 얼굴만 박고 있으면 안 보일 줄 압니까? 빨리 나오세요."

"이 잡듯이 찾아내란 말여. 개미새끼 한 마리 빠져 나가지 못하도록 확실히 지키고"

경찰은 한두 명이 아니다. 일개 소대는 왔는지 군화 발자국 소리가 어지럽게 왔다 갔다 하는 사이에 지휘관의 날카로운 목소리가 퍼져 나왔다.

개망신은 내가 당하고 있구먼.

연탄창고 안은 서늘했다. 연탄은 돌덩이처럼 차가웠고 캄캄했다. 누군가 문을 열고 안을 살펴보는 기척에 이동하는 눈을 질끈 감았다. 옆에 앉아 있는 기생의 따뜻한 살의 감촉을 느낄 겨를도 없었다.

젠장, 이래서 허가 난 요정에서 먹어야 하는 건데…….

박광호는 팬티와 러닝셔츠 차림으로 밖의 동정에 귀를 기울였다. 어떤 놈인지 모르지만 창고 문을 열어 놓고 사라졌는지 가을 찬바람이 불어왔다. 대간첩침투작전을 하는 것도 아니다. 명색이 이 나라 입법을 책임지고 있는 국회의원이라는 작자가 기생하고 연탄창고에 숨어 있는 것이 창피하지는 않았다. 그보다는 허가 난 요정에 가지 않은 것이 원통할 뿐이었다.

제기랄, 이왕 올 바에는 다 끝난 다음에나 오지.

원갑룡은 옆에 와 닿는 엉덩이를 슬쩍 더듬어 본다. 부드럽고 탄력이 있는 것이 남자의 엉덩이는 아니다. 연탄광으로 안내를 한 기생의 엉덩이라는 생각이 들면서 화가 치밀어 올랐다.

승철은 눈썹이 보이지 않도록 눌러쓰고 있던 교복 모자를 뒤통수에 걸치고 하늘을 바라본다. 흐린 하늘을 바라보니까 괜히 짜증이 난다. 학교 있어 봤자 1년 후배들보다 공부를 못하니까, 자존심이 상해서 공부가 더 안 된다. 집에 가봐야 공부 하라고 잔소리나 할 것이고 만화방에는 신간도 없으니까 재미도 없고⋯⋯습관처럼 침을 찍 내갈기고 건들거리는 걸음으로 걸었다.

"담배 있냐?"

승철이처럼 팔자걸음으로 걷던 재오가 따분하다는 얼굴로 물었다.

"담배도 떨어지고, 만화방에 신간도 떨어지고⋯⋯공부하기는 싫고⋯⋯뭐 재미있는 일 없냐?"

"너희 집에 가서 텔레비전이나 보자."

"텔레비전은 여섯 시부터 하는 거 모르냐? 그리고 애자 누나 있으면 텔레비전 못 본다는 거 잘 알잖아. 재미있는 프로도 없고⋯⋯"

승철은 집으로 들어가는 골목 입구의 담배 가게 앞에서 걸음을 멈췄다. 지갑에서 백 원짜리를 꺼내 투입구로 집어넣었다.

"누구 심부름이냐?"

담배 가게 노인은 교모를 뒤통수에 걸치고 있는 승철을 바라본다. 학생이 오십 원짜리 담배를 사 피우지는 않을 것이라는 생각에 물었다.

"고등학생은 신탄진 피우면 안 된다는 법이라도 있능개비지."

승철의 말에 노인은 싸가지 없는 놈하고는 더 이상 말 섞을 필요가 없다는 얼굴로 고개를 돌렸다.

승철과 재오는 말없이 골목 안으로 들어갔다. 공터 안에는 거지들이 밤에 들어가서 누워 잘 수 있을 정도로 큰 토관이 늘어서 있다. 둘은 누가 뭐라고 할 것도 없이 토관에 올라앉았다. 승철이 말없이 담배 한 가치를 꺼내서 내밀었다.

"아부지가 딴 거는 다 해도 만화가는 죽어도 안 된다고 하지. 공부는 하기 싫지. 대학은 가야 하지. 야! 꼭 대학을 졸업해야 잘 살 수 있는 거냐?"

승철이 흐린 하늘을 바라보며 한숨 섞인 목소리로 물었다.

"대학에 갈라고 재수 한 거 아니냐?"

"나도 재수를 하면 공부 좀 될 줄 알았구먼. 하지만 더 못하겠어. 넌 안 그러냐?"

"나는 친구 따라 강남 간다고, 네가 재수를 혼자는 못하겠다고 해서 따라서 재수를 하고 있는 거 아니냐?"

"근데, 이건 아닌 거 같다. 와우! 가슴이 답답해서 참말로 사람 미치겠다."

"야! 국회의원 아버지 뒀겠다. 국회의원 빽이며 군대도 안 가는데 그까짓 대학이 대수냐? 너만 원한다면 뒷구멍으로 얼마든지 들어갈 수 있잖아. 작년에만 해도 웬만한 대학은 모두 정원보다 많이 뽑았다고 하더라. 일단 들어가기만 하면 정원초과 학생이라고 해서 내쫓지는 않잖아."

"둘은 모르고 하나만 알고 있는 소리 하고 있네. 네 말대로 아버지 빽으로 대학에 들어갔다고 쳐. 낙제를 안 당하려면 공부를 해야 하잖아. 내가 생각해도 고등학교를 졸업하는 것만 해도 대단해. 근데 또 사년을 해야 한단 말여? 어휴, 난 생각만 해도 끔찍하다. 끔찍햐."

"너야 말로 하나만 알고 둘은 모르는 말하고 있네. 요새 유행하는 먹고 대학이라는 말도 못 들어 봤냐? 야, 뒷구멍으로 들어간 놈들이 영어를 잘 하냐 수학을 잘 하냐? 그냥 밥이나 먹고 왔다 갔다 해도 다 학사 졸업장 주게 되어 있어. 아무리 청강생이라고 하지만 사년 동안 등록금 꼬박꼬박 바쳤는데 졸업장 안 주면 그게 대학교나 도둑놈 집단이지. 그래서 먹고 대학이라는 거야. 그러니까 개소리 하지 말고 아버지가 대학

가라면 대학 가고, 졸업한 다음에 취직하라면 취직 하고, 결혼하라면 결혼하면 되잖아. 내가 볼 때 너는 말 그대로 앞길이 탄탄대로 아니냐. 걱정은 내가 걱정이다. 재수까지 한 놈을 회사에서 받아 주겠냐? 그렇다고 고등학교나 졸업한 놈이 노가다를 할 수는 없고, 공장에 들어간다는 것도 쪽 팔리는 노릇이잖아. 그래서 졸업하면 해병대나 갈 생각이다. 해병대 지원해서 월남에나 갈 생각이다. 내 주제에 평생 외국 나갈 기회는 없을 것 같고, 정부밥 먹으면서 월남 구경 좀 해보지 뭐."

"야! 그거 좋은 생각이구면. 우리 같이 해병대 지원하자. 언젠가 서울역에서 보니까 해병대 진짜 멋있더라. 선글라스 턱 쓰고 바지 각 칼날처럼 세우고, 바지 끝에는 쇠구슬을 집어넣었는지 찰랑찰랑거리며 걷는 모습이 참말로 끝내주더라."

"나는 집에서 내놓은 놈이라 해병대를 지원하든지 월남을 가든지 말릴 사람 없지만 너는 안 된다. 월남 같은 곳은 개죽음 당해도 찍소리 못할 집 자식이나 가고, 너처럼 빽 있는 집안 자식은 가고 싶어도 못가는 곳이다. 그냥 집에 들어가기 밋밋하니까 당구 한 게임 치고 갈까?"

"그래 당구 한 게임하고 중국집에 가서 고량주나 빨다가 니덜 집에 가서 자자. 난 우리 누나 잔소리 하는 게 딱 질색인 사람여."

승철은 손가락 끝으로 담배꽁초를 허공으로 튕겨 버렸다. 몸이 근질근질거려서 참을 수가 없었다. 토관에서 가볍게 뛰어 내려서 권투선수처럼 워밍업을 했다.

"한판 붙을까?"

재오가 가방을 토관 위에 올려놓고 승철에게 가볍게 잽을 넣으며 스텝을 밟았다.

"조오치"

둘은 서로를 응시하며 상대방의 빈틈을 찾아서 가볍게 잽을 넣으면 상대방이 요리조리 피하면서 맴을 돌았다.

"학생들 말 좀 물어 보자."

승철과 재오는 사십대 중반의 남자가 다가와서 묻는 말에 주먹을 내리고 시선을 돌렸다.

"어, 학생이 이승철인가?"

사십대 중반의 남자는 영동에서 올라온 유진표다. 유진표는 오랜 기간 정보과 형사로 근무한 경험으로 본능적으로 고등학생들의 이름표를 읽었다. 그중에 이승철이라는 이름을 확인하고 물었다.

"반갑구먼. 집이 영동이지?"

"그런데유?"

"잘 만났네. 학생은 이름이 뭐지? 박재오, 박재오 학생은 잠깐 자리 좀 피해 주겠나?"

유진표는 승철이와 재오의 옷차림을 확인했다. 한눈에 보기에도 껄렁한 차림이 공부하고는 거리가 멀어 보였다. 불량학생일수록 강하게 나가야 한다. 재오의 어깨를 툭툭 치면서 학교 훈육주임처럼 당당하게 말했다.

"아저씨는 누군데?"

재오도 나름대로는 학교에서 노는 쪽에 속한다고 자부하고 있었다. 유진표의 기세에 기가 죽기는 했지만 승철이 보는 앞에서 자존심은 세워야 한다는 생각에 껄렁하게 물었다.

"너한테까지 신분을 밝혀야 할 만큼 한가한 사람 아니니까 빨리 저

쪽에 가 있어.”

유진표는 재오를 차갑게 노려보고 나서 승철을 향해 돌아섰다.

“어디 빵집 같은 곳에 가서 이야기 하는 것이 좋을 것 같은데.”

“뭔 야기를 할라고요?”

“아버지에 관한 야기니까 잠깐 자리 좀 옮기자. 큰길 쪽 양복점 옆에 빵집이 하나 있던 것 같은데 그쪽으로 갈까.”

기선을 제압했다고 생각한 유진표는 승철의 의사를 묻지 않고 앞장서서 걸었다. 승철은 재오에게 당구장에 가 있으라고 한 다음에 유진표를 따라갔다.

제과점에 들어간 유진표는 사이다를 시켰다. 주문한 사이다가 올 때까지 말을 하지 않고 담배를 물었다.

“우리 아부지를 워티게 아는지……”

“우선 목이 마를 테니 사이다부터 마시지.”

“저는 목이 안 마르거든요.”

“내 말을 듣고 충격을 받을지도 모르니까 마셔 두는 것이 좋을 거야.”

유진표의 목소리는 작았지만 힘이 있었다. 승철은 유진표의 목소리에 거역할 수 없는 힘이 들어가 있는 것을 느끼며 자신도 모르게 사이다를 한 모금 마셨다.

“학산에 살 때 들례라는 여자와 함께 살았지?”

“들례라는 여자가 누군지 잘 모르겠는데요.”

“이름을 모를 수도 있겠군. 학산에서 같이 산 여자 중에 식모의 이름은 춘임이었고, 또 다른 여자의 이름이 들례였는데 나이가 어렸으니까 이름을 모를 수도 있었겠군.”

"그래서요."

승철은 갑자기 목이 말랐다. 그 여자의 이름이 들례였구먼. 춘임은 식모니까 식모처럼 굴었다. 때가 되면 밥상을 차려오고, 반찬을 만들고, 옷을 빨고, 방 청소를 하고, 감자를 쪄 와라, 고구마를 쪄 와라 심부름을 하는 식모라는 것을 분명히 알고 있었다. 그러나 처음으로 이름을 들어보는 들례라는 여자는 왜 같이 살았는지 기억이 불분명했다. 억지로나마 기억을 간추려 본다면 아무것도 아닌 여자가, 틈만 나면 살갑게 굴지 못해서 안달이 난 여자라는 기억 밖에 나지 않았다. 그런데도 처음 보는 남자가 들례 운운하니까 괜히 화가 나서 사이다를 한 모금 더 마시고 유진표의 얼굴을 응시했다.

"그 여자가 누구라고 생각하나?"

"그야……"

승철은 유진표가 갑자기 묻는 말에 또 혼란스러웠다. 식몬가? 아녀. 식모는 춘임이잖여. 그럼 누구지? 아버지의 여잔가? 이동하는 학산에서 잘 때면 항상 들례와 같이 잠을 잤다. 어릴 때는 몰랐지만 커서 생각해 보니 들례는 아버지의 공인된 세컨드였다. 하지만 그뿐이었다. 한 지붕 밑에서 살 때도 그랬고, 지금도 그랬고 들례라는 여자가 왜 같이 살아야 했는지, 그녀의 존재가 무엇인지 심각하게 생각해 본 적도 없었고 생각해 볼 필요가 없었다. 그런데도 유진표가 갑자기 물으니까 혼란스럽다 못해 당혹스러웠다.

"모르는 건 당연하겠지. 그럼 들례가 왜 부면장님하고 학산집에서 살고 있었다고 생각하나?"

유진표가 사이다를 천천히 마시면서도 시선은 승철의 얼굴에서 옮기지 않았다.

"원래 학산에서 살았슈. 그라고 그 여자가 학산에서 살았든 아니면 어디에서 살았든지 왜 묻는 겁니까?"

승철은 오히려 왜 들례가 같이 살아야 했는지 유진표에게 묻고 싶은 심정이었다.

"아주 중요하지. 그 여자가 승철이 어머니니까."

유진표는 담배 연기를 내뿜으면서 가늘게 웃었다.

"시방 머라고 했슈?"

승철은 갑자기 온 시야가 하얗게 변해 버리는 것을 느꼈다. 눈을 깜빡깜빡거려서 하얗게 변한 세상을 지우며 어이가 없다는 얼굴로 물었다.

"똑똑히 말해 주지. 들례라는 여자는 승철이를 낳아 준 생모야. 내 말을 믿지 않아도 좋아. 현재 서울에서 승철이와 같이 살고 있는 이애자라는 대학생도 그 사실을 알고 있으니까. 아니지 골치 아프게 생각하지 말고 모산에 있는 옥천댁한테 물어 보면 알겠군. 설마 옥천댁도 누군지 모른다는 말을 하지는 않겠지. 옥천댁이 말을 해 주지 않는다면 모산 사람들에게 물어 봐. 모산 사는 사람들도 다 알고 있는 사실이니까."

유진표는 승철이 자신의 말을 쉽게 믿지는 않을 것이라고 생각했다. 네놈이 인정하기 싫어도 진실을 거부할 수는 없지. 담뱃재를 재떨이에 천천히 털면서 회심의 미소를 지었다.

"할 말이 그것뿐이라면 일어서야겠네요. 더 이상 듣고 싶지도 않으니까."

승철은 옥천댁의 얼굴이 떠올랐다. 기억 속에 잠재되어 있는 옥천댁은 언제든 힘이 들고 지쳤을 때 돌아가서 위로 받고 편히 쉴 수 있는 영

혼의 안식처이자 어머니다. 설령 유진표의 말대로 들례가 생모라고 해
도 옥천댁과 자신의 사이를 비집고 들어올 틈이 없다는 생각에 벌떡 일
어서서 유진표를 노려보았다.

"내가 겨우 그 정도 말만 전해 줄라고 여기까지 왔는지 아나? 자네 생
모가 어디로 팔려갔는지 알고 있나?"

"개나 소나 팔려가지 사람이 어디로 팔려 간데유?"

승철은 코웃음을 치면서도 자신도 모르게 국민학교 때 본 '엄마 찾아
삼만리'라는 만화가 생각났다. 김종래가 그린 '엄마 찾아 삼만리'는 조
선 시대를 배경으로 술과 노름으로 방탕한 생활을 하는 아버지 탓에 팔
려간 엄마를 찾아 전국을 떠도는 아들의 눈물겨운 이야기를 그린 작품
이다.

"내가 알기로는 흑산도로 팔아 버린 걸로 알고 있으니까 춘임이한테
물어 봐."

"듣고 싶지 않구만유."

승철은 유진표의 말을 무시해 버리고 책가방을 옆구리에 꼈다. 흑산
도라는 말이 가슴속에 무거운 앙금으로 가라앉는 것을 느끼며 홱 돌아
섰다.

"아가씨 여기 사이다 시원한 걸로 다시 가져 와."

동물도 제 어미에 대한 그리움을 안고 사는 법이다. 유진표는 승철을
따라가지 않았다. 승철도 인간인 이상 가족들에게 들례에 대해서 물어
볼 것이다. 가족들은 더 이상 숨길 이유가 없을 것이라는 생각에 출생의
비밀을 알려 줄 것이다. 교복을 입고 있는 승철의 모습을 보아하니 공부
하고는 거리가 멀어 보인다. 반항기가 있다는 점으로 분석 할 수 있다.

19년 동안이나 길러준 옥천댁을 생모로 알고 있다가, 이동하가 흑산도로 내쳐 버린 들례가 생모라는 사실을 승철은 쉽게 받아들일 수가 없을 것이다. 그것은 현실이다. 이성은 한 지붕 밑에 살면서도 엄마라는 사실을 숨기고 살았던 들례를 거부 할 것이다. 혼란스러운 현실과 차가운 이성이 부닥치면 분열이 일어날 수밖에 없다.

설마, 제 피를 이어 받은 자식을 내치지는 않겠지.

피는 물보다 진한 법, 승철을 잘만 요리하면 이동하에게 치명적인 타격을 줄 수 있을 것이다. 여종업원이 얼음이 떠 있는 사이다를 가져왔다. 시원하게 들이키고 나니까 여자 생각이 난다. 경비는 두둑하게 받았겠다. 오랜만에 종로 삼가에 가서 창녀를 사야겠다고 생각하며 일어섰다.

승철은 유진표의 말을 바람에 날려 버리며 당구장으로 갔다. 재오는 다른 학교 학생하고 이미 당구를 치고 있었다.

"야, 기분도 안 좋은데 나가자."

승철은 창문턱에 걸터앉아서 교복 상의를 벗어젖힌 재오가 큐대를 잡은 모습을 지켜봤다. 흑산도라는 말이 떠올랐다. 흑산도를 가 본 적도 없고 어디쯤 있는지 알지도 못했다. 섬이라는 것만 알고 있을 뿐이다. 담배를 한쪽 입으로 지그시 물고 각도를 재던 재오가 시선이 마주치는 순간 윙크를 해보인다.

"야, 내기 게임 아니면 나가자. 기분도 꿀꿀한데 한잔 빨아야겠다."

승철은 창문턱에서 폴짝 뛰어 내렸다. 벤치에 있던 가방을 옆구리에 끼고 재오 옆으로 갔다.

승철은 재오와 함께 곧장 중국요리점으로 들어갔다. 주인이 말을 하지 않아도 골방으로 안내를 했다.

"아까, 그 꼰대하고 뭔 일 있었냐?"

"아부지에 대해서 뭣 좀 묻더라. 별거 아녀."

승철은 평소의 주량과 다르게 고량주를 두 도꼬리를 주문했다. 재오가 웬일이냐고 표정으로 물었으나 대답을 하지 않고 단무지만 씹어 먹었다.

"재오야, 너는 엄마가 진짜 엄마냐?"

승철과 재오는 짬뽕이 오기 전에 단무지를 안주 삼아서 고량주를 모두 비워 버렸다. 시뻘겋게 달아 오른 얼굴로 벽에 기대어 손바닥만 한 크기의 창문을 바라보고 있던 승철이 생각하고 있지도 않은 질문을 했다.

"엄마가 가짜 엄마도 있고 진짜 엄마도 있냐?"

승철이처럼 벽에 기대어 앉아 있던 재오가 물을 먹기 위해 상 앞으로 당겨 앉으며 의아한 표정을 지었다.

"술 취한 거 가텨. 헛소리를 지껄이는 걸 봉게."

승철은 이내 후회를 하며 쓰게 웃었다. 짬뽕이 들어 왔다. 취기도 오르겠다, 이 시간쯤이면 배가 출출할 시간이기도 하다. 곱빼기로 시킨 짬뽕이라도 국물 한 방울 남기지 않고 깨끗하게 비워버릴 수 있다. 그런데도 해물을 돼지기름에 볶았는지 비릿하게 돼지기름 냄새가 났다. 술잔을 들고 벽에 기대어 재오를 바라봤다. 재오는 배가 고픈지 허겁지겁 먹고 있다.

제기랄! 왜 자꾸 들례라는 여자가 생각나는 거여. 그 여자가 생모라고 해도 나하고는 아무런 상관도 없잖아. 내가 클 때 미음 한 숟가락 먹여

준 적도 없고, 아플 때 밤을 새워 간호 한 번 해 준 적도 없는 여자가 왜 자꾸 생각나는지 환장하겠구먼. 이러다 사람 미쳐 버리는 거 아니지 모르겠구면.

그 남자의 말대로 들례가 생모라고 해도 변하는 것은 하나도 없다. 국민학교에 입학하기 전에 모산에서 살 때 옥천댁의 팔을 베고 잠이 들고, 더울 때는 옥천댁이 목욕을 시켜줬다. 아플 때는 동네 순배 영감을 불러서 침을 놓게 하고, 밤이 새도록 옆에 지키고 앉아서 물수건을 이마에 얹어가며 간호를 했다. 들례, 그 여자는 허구한 날 집에서 손가락 끝에 물 하나 묻히지 않고 편하게 살면서 춘임이를 상대로 화투나 치거나, 기생들처럼 예쁜 옷이나 입고, 여름이면 얼음을 사다가 수박화채나 만들어 먹는, 말 그대로 이동하의 기생충 같은 여자일 뿐이었다. 그런데도 바람을 잔뜩 불어 넣은 고무풍선을 물에 집어넣으면 어느 한쪽이 자꾸 물 밖으로 튀어 오르는 것처럼 들례 얼굴이 자꾸 생각나서 너무 화가 났다.

금순이 구출 작전

금순이 세코날에 취한 목소리로 반문했다.
세코날은 1정에 10원씩이다.
세코날을 먹게 되면 몸을 팔고 있다는 수치심이나 부끄러움이 사라진다.
남자와 성교를 하는데도 흥분이 돼서
흥분제라는 또 다른 이름으로 팔리는 약이다.

땅거미가 내려앉기 시작하면서 영동고물상은 아연 활기를 띠기 시작했다. 본 바닥인 봉천동이며 인근 신림동 멀리는 대방동이며 신길동까지 나갔던 리어카꾼들이 귀가를 하는 시간이기 때문이다.

미군들의 막사로 사용하는 텐트 출입문이 걷어 올라가고 나무 책상 앞에는 신림동짱구가 자리를 차지하고 앉아 있었다. 그 옆에는 짱구의 부하들인 꺽다리와 짝눈이 버티고 섰다. 다른 부하들은 고물을 분리하고 있거나, 고물상 안으로 들어오는 리어카들을 안내하거나, 멀쩡히 서서 담배를 피고 있기도 했다.

"야! 김씨 오늘 많이 거뒀구먼."

리어카꾼들은 고물상 안에 도착하는 순서대로 줄을 지어 섰다. 턱수염이 텁수룩한 김씨가 리어카 위에 걸치고 있던 엿판을 들어냈다. 리어카 안에는 떨어진 고무신, 깨진 유리, 공병, 녹슨 못, 쇳조각, 드럼통조각, 신문지나 헌책들이 종류별로 분류가 되어 있었다.

"오늘 구로동까지 갔다 왔는 걸."

"멀리 갔다 온 보람이 있네."

꺽다리는 고물을 종류별로 저울 위에 올려놓았다. 옆에 서 있는 짝눈이 눈금을 확인했다.

"무쇠 한 관 반에 육십 원, 신문지 반 관에 이십오 원, 사이다병 다섯 개에 오 원하고 소주병 세 개에 삼 원. 고무 한 관……"

짝눈이 눈금을 확인하며 금액을 부르면 짱구는 장부에 품목과 금액을 적어 나갔다.

"김씨 오늘 총 금액이 이백삼십팔 원 이구먼. 이 돈 또 홀랑 화투판에 밀어 넣지 말고 저금하라구."

이십대의 짱구는 오십대 김씨에게 선심을 쓰는 얼굴로 계산을 해 줬다.

텐트 가운데는 아직은 실내에서는 난로를 피우지 않아도 되는 계절인데도 무쇠난로가 벌겋게 달아오르도록 나무들이 타고 있다. 연통을 천장 밖으로 빼 놔서 후끈한 열기에 한여름처럼 러닝셔츠만 입고 있어도 괜찮다. 근처에 있는 연탄가게에서 끌어온 알전구가 텐트 안을 밝히고 있고, 경훈이 사용하는 책상 위에는 전화기까지 설치되어 있어서 사무실 분위기를 풍겼다.

"슬슬 가 볼까?"

짱구와 부하들이 잠을 자는 군용 침대에 걸터앉아 있던 경훈이 어깨를 흔들며 벌떡 일어섰다.

"구장님이 편지에서 하신 말씀처럼 첨부터 세게 나가야 될 거여."

"철용아, 선수만 믿고 넌 내가 시키는 대로 하기만 하면 되는 거여."

경훈은 가죽장갑을 확인하며 짱구 옆에서 멈췄다. 저울 뒤로는 리어카가 다섯 대쯤 밀려 있다. 오늘 들어 온 분량은 무쇠나 종이, 고무종류 등이 어제보다 많아 보였다.

경상도 박씨라고 부르는 오십대 남자가 다리를 절룩거리며 다가왔다. 그는 고물로 산 박격포탄을 분해하다가 운 좋게 목숨은 구하고 다리만 중상을 당했다.

"내사 먹고살라꼬 다리병신이 엿장사를 하지만 말입니더. 별 개똥같은 것이 시비를 걸더라 이거 아잉교."

"누가 시비를 걸었슈?"

경훈이 잘게 웃으며 물었다.

"재건대에서 넝마를 줍는 양아치들이지 누군교? 아까, 여기로 오는 길에 포장마차에서 술 한잔 안 했능교. 옆에 앉아서 국수를 처먹던 넝마주이 두 놈이 하는 말이, 조만간 사장님이 개피 보는 날이 있다고 합디더."

"어떤 놈이 개피를 보는지는 두고 볼 일이쥬. 멋땜시 개피를 본다는 거유?"

"머락카더라. 아! 맞다. 굴러온 돌이 박힌 돌을 빼는 머리 자기네 수입이 삼분의 일로 줄어들었다캅니더."

"웃끼는 놈들이구먼. 지덜은 걸어지들처럼 주서다 파는 놈들이고, 우리는 엄연히 엿하고 고물을 바꾸거나 돈 주고 사는 장사꾼들인데 같은 족보로 생각하고 있는 모양이구먼."

경훈은 이미 봉천동 재건대에서 언젠가 시비를 걸어 올 것이라는 점을 염두에 두고 있었다. 그래서 짱구를 시켜서 봉천동 재건대의 중대장에 대한 신상정보와 그가 단검을 잘 쓴다는 점까지 파악을 해뒀다. 가소롭다는 표정으로 코웃음만 치며 대꾸를 안했다. 철용이 싱긋이 웃는 표정으로 나섰다.

"우리 고물상하고 거래하는 분들한테 손끝만 대도 내가 가만 안 있을 규. 충청도 양반이라 말은 늘어터지지만 주먹은 서울 놈들보다 빠릉께 걱정 놓으셔유."

경훈은 경상도 박씨의 어깨를 두들겨 주며 밖으로 나갔다. 대기하고 있는 리어카꾼들에게 모두 인사를 했다.

경훈과 철용이 을지로 근처에 있는 평화전당포에 도착한 시간은 8시쯤이다.

바람은 차지만 거리를 걷는 행인들의 모습은 하나같이 추위와 거리가 멀어 보였다. 경훈은 전당포에 들어가기 전에 문이 닫혀 있는 한복 수선집 처마 밑으로 들어갔다. 미리 계획을 한 대로 철용이 어깨를 으쓱거리며 거리낌 없이 전당포 문을 열고 안으로 들어갔다.

"어떻게 오셨나?"

"요새 금 시세가 얼마나 갈란지 모르겠네."

철용은 전등불빛에 대머리를 번쩍거리며 앉아 있는 남자가 사장인지 확인해 보려고 손님을 가장했다.

"물건을 봐야 알지."

김우성은 갈고리를 카운터 위에 턱 얹고 서있는 철용의 표정을 살폈다. 목소리나 말투는 촌놈인데 눈빛은 살아 있다.

"순금 반지유."

"요새 시세가 이천 원씩 하는데 여기서는 사할 공제하고 천이백 원까지 잡아 줍니다."

"도둑 놈 패잡네. 이천 원씩 하는 걸 팔백 원이나 깐단 말여?"

"젊은 사람이 말 한번 걸쭉하게 하는구먼. 맘에 안 들면 딴 데 가 보슈. 내가 도둑놈인지, 딴 전당포가 도둑놈인지 금방 알 수 있으니께."

김우성은 더 이상 상대할 가치가 없다는 표정으로 텔레비전 쪽으로 시선을 돌렸다. 텔레비전에서는 위크엔드쇼가 방영되고 있었다. 위크엔드쇼가 방영되고 있는 걸 보니 오늘은 토요일이다.

"돈 많이 벌어서 배가 부르다 이거구먼."

위크엔드쇼에서 이미자가 '흑산도아가씨'라는 노래를 부르고 있었다. 철용이 밖으로 나가서 한복집 처마 밑에 있는 경훈에게 신호를 보내고 다시 전당포로 들어갔다.

"검게 타버린, 검게 타버린 흑산도 아가씨……"

경훈이 검게 타버린 흑산도 아가씨를 따라 부르며 문을 열고 들어왔다.

"이거, 몇 년 만에 보는 거유?"

철용이 얼른 경훈의 뒤로 가서 출입문을 잠갔다.

"당신들 뭐야?"

김우성은 출입문이 딸깍하고 잠기는 소리에 고개를 돌렸다. 언젠가 금순을 찾아 왔던 적이 있는 사내가 가죽장갑 낀 손을 깍지 껴서 관절을 풀면서 차갑게 웃었다. 상황이 심각하다는 걸 인식하고 비상벨을 누르기 위해 카운터 앞으로 갔다.

"파출소하고 연결이 된 비상벨을 누를라고 하시나? 그전에 황금순이 라고 기억하는지 모르겠구먼. 우린 금순이가 보내서 온 사람들여."

철용이 갈고리로 카운터를 톡톡 치면서 능글맞게 웃었다.

"내비 둬. 여기서 해결하는 것보다는 경찰서에 가서 해결하는 거시 더 빠를 수도 있응께."

경훈이 김우성의 눈빛을 살피며 말했다.

"다……당신들 도대체 무슨 말을 하고 있는 거야?"

김우성은 금순이가 보내서 왔다는 말을 듣는 순간 얼굴이 창백해졌 다. 자신도 모르게 더듬거리며 경훈을 노려봤다.

"이봐, 내 얼굴 똑바로 보라구. 반공청년단에 있을 때 금순이를 찾으 러 왔었잖여. 기억 안 나나?"

"그……금순이가 어디 있길래 당신들을 보냈다는 거야?"

"여기서 이러고 있을 것이 아니라. 경찰서로 가자구."

경훈은 김우성의 얼굴이 창백해지는 걸로 보아서 뭔가 지은 죄가 있 다고 판단했다.

"형님, 경찰서 끌고 가 봐야 수갑 찰 일 밖에 없잖유. 여기서 반쯤 죽 여 놓고 경찰서에 신고를 해도 안 늦잖여."

철용도 눈치가 늘어서 경훈의 말에 바람을 잡았다.

"지……지금 금순이가 어디 있다는 겁니까?"

"철용아, 아무래도 안되겠다. 밖으로 나가면 안채로 들어가는 대문이 있어. 그 안으로 들어가서 저 자식 마누라를 불러와. 어차피 경찰서에 끌려가면 안직은 문 닫을 시간이 아닝께 누군가 전당포를 봐야 하잖여"

"장사는 장사고, 수갑 차는 거는 수갑 차는 거다 이 말이구먼."

철용은 김우성의 표정을 살폈다. 경훈의 말에 입 안이 바짝바짝 타는지 안절부절못하고 있다. 계획했던 대로 일이 착착 진행되어 가고 있다는 생각에 싸늘하게 웃으며 돌아섰다.

"자……잠깐만! 잠깐만!"

김우성의 아내는 그렇지 않아도 착한 금순이가 인사도 안 하고 나가 버린 것이 이상하다고 시시때때로 고개를 갸웃거리고 있는 중이다. 김우성은 만약 놈들이 아내에게 고자질을 하면 의심에 불을 지르는 결과를 초래할 것이라는 생각에 애가 탔다. 앞뒤 헤아려 볼 틈이 없었다. 방에서 철장 밖으로 나가는 통로 문을 열고 나갔다.

"우리 우선 어디로 가서 이야기 합시다."

"무슨 야기를 하자는 거유?"

경훈이 작전대로 되어 간다는 생각에 철용에게 눈짓을 보냈다.

"잠깐만 기다리슈. 안채에 가서 당신 마누라 데리고 올 테니까."

철용이 금방이라도 밖으로 나갈 것 같은 표정으로 말했다.

"어허! 남자끼리 이야기 합시다. 남자끼리……"

김우성은 철용의 소매를 잡아서 세웠다. 경훈의 등을 떠밀어 밖으로 내보낸 후에 전당포 안의 전등스위치를 내렸다.

"나도 남자요, 남자끼리 요 앞에 있는 백조 다방으로 가서 조용히 이야기 좀 합시다."

김우성은 큰길로 나올 때까지 말이 없었다. 경훈이 여기서 이야기 하라고 버티고 섰다. 김우성이 경훈의 등을 떠밀며 백조 다방으로 올라갔다. 경훈은 못이기는 척 따라갔다.

다방 안에는 밤이 늦은 시간이라 손님들이 몇 명밖에 없었다. 김우성은 무조건 구석 자리로 갔다.

"내 말 똑바로 들어. 이 순간부터 금순이가 나한테 했던 말 하고 단 한마디만 틀려도 작살날 줄 알라구."

경훈은 김우성이 금순이 행방불명 된 열쇠를 쥐고 있다고 판단했다. 의자에 앉자마자 이가 갈리는 목소리로 말하며 김우성을 노려봤다.

철용은 계획했던 대로 김우성의 옆자리에 앉았다. 일부러 갈고리에 담배를 끼워서 피우며 김우성을 차갑게 노려본다.

"지⋯⋯지금 금순이는 어디 있소?"

김우성은 경훈보다는 갈고리에 담배를 끼워서 피우고 있는 철용이 더 두려웠다. 걸려도 지독하게 걸렸다고 생각하면서도 갈 데까지 가보자는 생각으로 물었다.

"이 새끼! 이거 나이깨나 처먹은 것 같아서 신사적으로 해결할라고 했더니 안되겠구먼. 갈고리로 심장을 확 찍어버려!"

레지가 커피를 들고 왔다. 경훈의 눈짓을 받은 철용이 갈고리로 커피 잔을 툭툭 쳤다. 강철이 도자기 잔을 치는 소리가 맑고도 음산하게 퍼져 나왔다.

"자⋯⋯잘못했습니다. 원하는 대로 보상을 해 드리겠습니다. 그러니 제발 경찰에 신고만 하지 말아 주십시오. 제발 부탁합니다."

"이 새끼!"

김우성이 모든 걸 포기했다는 얼굴로 고개를 푹 숙였을 때였다. 옆자리에 앉아 있던 철용은 순간 금순의 얼굴이 떠오르면서 가슴이 터져 나가 버릴 것 같은 분노를 치밀어 올랐다. 갈고리를 측면으로 세워서 김우성의 등짝을 퍽 소리가 나도록 내갈겼다.

"제……제발! 한 번만 용서해 주십시오."

김우성이 의자와 함께 옆으로 나동그라졌다. 손님들이 한가롭게 대화를 나누다가 놀란 얼굴로 바라봤다. 김우성은 벌떡 일어나서 손님들을 향해 아무것도 아니라는 얼굴로 손을 흔들어 보이고 나서 의자를 일으켜 세웠다. 철용보다는 경훈을 향해 쩔쩔매는 얼굴로 두 손을 들어 싹싹 빌었다.

"다시 한번 묻겠어. 처음부터 단 한마디도 빼트리지 말고 똑바로 말햐. 만약 한마디라도 틀린 거시 있으면 이 자리에서 죽을 줄 알아."

경훈이 커피를 한 모금 마신 후에 의식적으로 커피 잔을 커피가 쏟아지도록 탁 소리가 나도록 내려놨다.

"이……이…… 자리에서 하느님한테 맹세를 하지만 처음부터 팔아먹을 생각을 했다면 내가 죽일 놈입니다. 그……금순이한테 물어 보면 알겠지만 처음에는 그냥 낙태수술을 한 뒤라서 몸조리를 시킬 생각으로 그 여관에 드……들어갔습니다."

"이런 새끼 말은 더 이상 들어 볼 필요도 없어. 그냥 콱!"

철용은 금순을 팔아먹었다는 말만 들어도 피가 역류하는 것 같았다. 낙태까지 시켰다는 말을 듣고 나니까 숨이 막혀서 가만히 앉아 있을 수가 없었다. 벌떡 일어서서 갈고리를 치켜들었다.

"철용아 앉아. 이 형이 다 생각이 있응게 어여 앉아."

경훈이도 철용이 못지않게 분노가 치밀어 올랐지만 침착하게 제지를 했다.

"고……고정 하십시오. 형씨 말대로 한마디도 빼트리지 않고 그때 상황 그대로 말씀 드리는 겁니다. 몸조리를 시킬라고 신설동에 있는 한일여관에를 갔는데 그 집 주인인…… 영등포아줌마라는 년이 돈 오만 환을 찔러 주면서 금순이를 그냥 놓고 가라고 하길래……"

"금순이가 말하는 거 하고 틀린데?"

"하, 하늘을 두고 맹세 합니다. 분명히 영등포아줌마라는 년한테 오만 환밖에 안 받았습니다."

"형, 이런 새끼는 말이 필요 읎어. 당장 끝장을 봐야 한단 말여."

"영등포아줌마라는 년한테 오만 환을 받고 팔아먹었단 말이지?"

철용이 또 벌떡 일어서려는 것을 제지한 경훈이 이가 갈리는 소리가 나직하게 물었다.

"주……죽을죄를 졌습니다. 시키는 대로 뭐든 할 테니까 제발 경찰에 신고만 하지 말아 주시기 바랍니다. 제발 부탁합니다."

김우성은 손이 발이 되도록 비는 수밖에 없다고 생각했다. 입술은 바짝바짝 타 들어가고 머릿속은 아무것도 생각나지 않았다. 어서 이 위기를 벗어나야 한다는 생각에 나이로 치면 자식뻘 정도 밖에 안 되어 보이는 경훈과 철용을 번갈아 보면서 연신 굽실 거렸다.

"너 같은 놈은 뜨거운 맛을 봐야 햐."

경훈은 다 식어 빠진 커피를 천천히 마시면서 김우성을 노려봤다.

때려죽일 수도 없는 노릇이고, 경찰서에 신고를 해 봤자 징역만 몇 년 살다가 나오겠지.

영등포아줌마라는 여자에게 팔아먹었다. 여자를 팔아먹었다는 말은 그 다음 말을 듣지 않아도 알쪼다. 색시집이나 포주에게 팔아먹었다는 뜻일 것이다. 생각 같아서는 앞뒤 안 가리고 우선 묵사발을 만들어 버리고 싶었다. 하지만 아직 금순이를 찾지 못했다. 금순이를 찾으려면 좀 더 냉정해야 할 필요가 있다는 생각에 레지를 불렀다.

"여기다 부르는 대로 써."

경훈은 레지를 불러서 종이와 볼펜을 가져오라고 했다. 연신 경훈의 테이블을 주시하고 있던 레지가 발 빠르게 종이와 볼펜을 들고 왔다. 그것을 김우성 앞으로 내밀었다.

"내일이 며칠이여?"

"시……시월 팔일입니다."

"내일 중으로 돈 백만 원을 주겠다는 각서를 써. 만약 돈을 주지 안 줄 경우에는 딸년을 대신 내주겠다고 써."

"저는 오……오만 환 밖에 안 받았습니다. 요새 돈으로 오천 원……"

"그럼 현금 오천 원하고 딸년을 내주겠다고 써. 내가 창신동이나 종로 삼가에 데리고 가서 팔아 버릴 팅께"

철용이 분노가 이글거리는 얼굴로 노려보고 있다가 갈고리로 종이를 콱 찍어 버렸다.

"아……아닙니다. 쓰겠습니다. 하지만 내일은 공일입니다."

"전당포 하는 놈이 현금 백만 원을 못 구한다면 말이 안 되지. 정확히 내일 열두 시 정각까지 현금 백만 원을 주겠다고 써. 황금순을 팔아먹은 대가로 주는 보상금이라는 말을 꼭 쓰고"

"만약 열두 시까지 안 주면 재건대 넝마주이들을 동원시켜서 느덜 집을 쑥밭으로 맨들어 버릴 팅께 알아서 햐."

경훈의 말이 끝나자마자 철용이 갈고리로 김우성의 어깨를 지그시 누르며 이빨을 바드득거리는 소리가 나도록 갈았다.

"아……알겠습니다."

김우성은 뾰족한 갈고리가 어깨를 찍어 누르는 통증에 얼굴을 찡그릴 사이도 없었다. 넝마주이들을 동원시킨다면 아내와 자식들도 알게 될 것이라는 생각에 떨리는 손으로 각서를 썼다.

　"내일 열두 시 정각에 받으러 갈 팅게 준비해 둬. 앞장 서."

　경훈은 김우성이 써서 내민 각서를 읽어 보았다. 내일 12시까지 황금 순을 영등포아줌마에게 팔아먹은 보상으로 현금 1백만 원을 틀림없이 지급한다는 내용이 적혀있었다. 각서를 접어서 품 안에 간직하며 일어 섰다.

　"어, 어딜 갑니까?"

　"영등포아줌만가 그년한테 가."

　"그, 그 집을 모릅니까?"

　김우성이 놀란 얼굴로 물었다.

　"금순이는 시방 딴 데 있어. 그 집에 가는 동안 딴짓하면 니놈 집으로 달려가서 개판을 맨들어 버릴 팅게 알아서 햐."

　김우성이 흙빛으로 힘없이 일어서려고 비틀거리다가 테이블을 잡았 다. 철용이 갈고리로 김우성의 뒷덜미를 일으켜 세우며 낮게 내뱉었다.

　김우성은 마른 침을 삼키면서 앞장을 섰다. 밤이 늦어서 빈 택시가 많 았다. 철용이 먼저 올라탔다. 경훈은 김우성을 가운데로 밀어 쳐놓고 옆 에 앉았다.

　경훈은 다방 안에서와 다르게 이상하도록 화가 가라앉는 것을 느꼈 다. 대전설렁탕집 이정섭의 부탁을 받았을 때처럼, 혹은 누군가가 건달 을 족쳐 달라는 부탁을 받았을 때처럼 나하고는 아무런 인과관계가 없 는 일을 해결하러 가는 기분이 들었다. 옆자리에 앉아 있는 김우성을 바라본다. 덜덜 떨고 있는 김우성은 연신 침이 마르는지 마른침을 꿀꺽꿀꺽 삼키고 있다. 팔뚝으로 와 닿는 살이 덜덜 떨고 있는 것을 느낄 수 있을 정도였다.

철용은 이미 여자 경험이 있었다. 철공소에 있을 때는 기술자들이 창녀촌에 데리고 가서 여자를 붙여줬다. 경훈과 동거를 시작하고 나서는 경훈을 따라서 창신동이며 파고다 공원 뒷골목의 낙원동에 있는 창녀를 사 본 적이 있었다. 파리한 전등불 아래 누워 있는 여자의 풀기 없는 얼굴에 금순의 얼굴이 겹쳐지면서 주먹이 부르르 떨렸다. 서울에서는 영동군에 사는 사람만 봐도 반갑다. 금순은 같은 동네, 그것도 친구의 누나다. 내 누나와 같은 존재가 파리한 전등불 밑에서 뭇 남자들에게 몸을 팔고 있을 것이라는 그림이 그려지면서 너무 분해 눈물이 났다.

영등포아줌마가 운영하는 한일여관까지는 기본요금 거리 밖에 되지 않았다. 경훈이 먼저 내렸다. 죄인처럼 엉기적거리며 내리는 김우성의 모습을 보는 순간 곧 금순을 만나게 될 것 같다는 생각이 들었다. 이어서 고요하리만큼 주저앉았던 내면에서 소용돌이가 거칠게 몰아치기 시작했다.

"개새끼!"

철용이 내리고 나서 택시가 출발했다. 경훈은 소용돌이치던 가슴에서 분노가 치밀어 오르면서 눈물이 핑 도는 순간 주먹으로 김우성의 복부를 내질렀다. 김우성이 외마디 비명을 내지르며 희미한 가로등 밑으로 쓰려졌다. 사정 보지 않고 다시 복부를 발로 내질렀다. 김우성은 비명을 참으며 뒤로 벌렁 나자빠졌다. 달려들어서 숨이 찰 때까지 마구잡이로 발길질을 했다. 발길질을 견디다 못해 축 늘어진 김우성의 목을 콱 밟으며 피가 곤두서는 것 같은 눈빛으로 노려봤다.

"형, 참아. 이런 새끼는 때릴 필요도 없어."

다방 안에서와 다르게 철용이 외팔로 감싸 안으며 눈물 젖은 목소리로 말렸다.

"앞장 서 새꺄!"

김우성이 저만큼 까지 엉금엉금 기어가서 간신히 몸을 추스렸다. 철용이 갈고리를 번뜩 거리며 외쳤다.

한일여관은 문이 닫혀 있었고 현관에 매달린 전등에서 창백한 불빛이 거리를 밝히고 있었다. 이층 창문에 불이 켜진 곳이 많았다. 불이 꺼진 창문 앞은 바닥이 보이지 않는 수렁처럼 캄캄했다. 김우성이 여관 앞에서 주춤거리며 경훈의 눈치를 살폈다.

"잠깐만."

경훈은 군대 가기 전부터 창녀를 사 본 경험이 많았다. 무작정 들이닥쳐서 금순을 찾는다면 주인이 빼돌릴 염려가 있다고 판단했다. 철용을 불러서 김우성과 함께 전봇대 뒤에서 잠깐 기다리라고 말했다.

"긴 밤은 얼매유?"

경훈은 심호흡을 하고 여관 안으로 들어갔다. 내실 창문 앞으로 가서 안을 살폈다. 금순은 보이지 않았다. 몸을 파는 것으로 보이는 이십대 여자 두 명이 텔레비전을 보고 있다. 러닝셔츠를 입은 남자는 코를 골며 자고 있었고, 봄 스웨터를 입은 뚱뚱한 여자가 일어섰다.

"여관비 이백삼십 원 하고 화대 삼백 원 해서 오백삼십 원만 내슈."

"머, 이리 비싸. 딴 데는 오백 원이면 뒤집어쓰던데."

경훈은 여자를 많이 사 본 경험이 있다는 점을 암시하기 위해서 배짱을 부렸다.

"이 근처 여관은 협정 가격유. 못 믿으면 그쪽으로 가시던지."

"젠장, 지난번에 써비스를 잘해 주던 여자가 생각나서 동대문에서 여기까지 일부러 왔더니 딴 데로 가야겠구면."

경훈은 담뱃불을 붙이면서 방 안에 있는 여자들을 살폈다.

"내는 첨보는 아자씬데?"

경훈의 말에 순미가 영미를 바라보며 말했다.

"이름은 가명이 분명할 테고 충청도 사투리를 쓰는 여자던데."

경훈은 금순의 얼굴이 생각나면서 갑자기 목이 말랐다. 담배 연기가 마른 목을 통과하면서 기침이 나왔다.

"충청도 사투리를 쓴다모, 금순이 가를 말하나 보네. 가, 변소에 갔으니께 방에 가서 쪼매만 기다리시소"

순미가 별일도 다 있다는 얼굴로 말했다.

"음머! 금순이 써비스 좋다는 말은 머리털 나고 첨 듣는 말이네."

영미도 내일은 해가 서산에서 뜨겠다는 목소리로 거들었다.

"좀 깎아 주면 안 되나?"

"아침에 해장국 사 잡수시라고 십 원 빼줄 수는 있어요 나도 땅 파서 장사하는 거 아니니까 그 이상은 안 되고"

"좋수다. 빨리 아가씨나 불러 줘유."

"이층 이백오호로 올라가요 내가 금방 따라 갈 테니."

"아랫층은 방이 없수? 우린 이층은 안 좋아하는 승질이라서."

"아래층이야 방이 쎘지. 요 앞에 있는 백삼호 문 열려 있어요"

"그럼 내가 나가서 맥주 두어 병 사가지고 올 테니까 그 방으로 아가씨 좀 넣어 줘유."

"저 아자씨 신사네. 소주도 아니고 맥주만 찾는 걸 보니."

경훈은 내실 안에서 영미가 부럽다는 얼굴로 중얼거리는 말을 뒤로 하고 밖으로 나갔다.

"너 이 새끼 똑바로 말햐. 참말로 그짓말 한 거 없어?"

"그……그년이 저 편한 대로 말한 것 같은데, 사……삼자대면 해 봅시다. 내가 틀린 말을 했는지?"

여관에서 나온 경훈이 쏘아붙이는 말에 김우성이 떨리는 목소리로 결백을 주장했다.

"좋아. 삼자대면 해 보자구."

경훈은 우선 담배부터 입에 물었다. 오늘 따라 밤하늘이 모산에서 향숙이 굿을 하던 날 봤던 하늘처럼 맑았다. 맑은 밤하늘이 더 분노를 불태우는 것을 느끼며 길게 심호흡을 했다.

"들어가자."

경훈은 철용에게 눈짓을 보내고 여관문 앞으로 갔다. 문을 열어 둔 채 곧장 103호 앞으로 갔다. 방문을 열었으나 금순이는 보이지 않았다. 무언가 잘못되어가고 있는지 모른다는 생각에 내실 쪽으로 날카롭게 돌아서는데 어두운 복도 안쪽에서 바가지만한 소쿠리에 수건을 담아 가지고 오는 여자가 보였다.

"뉘……뉘여!"

금순이 먼저 103호 방에서 빠져 나오는 불빛을 받고 있는 경훈을 발견하고 비틀거리며 벽을 집었다.

"나여, 경훈이!"

경훈은 비명 같은 목소리를 토해내며 금순에게 달려갔다. 금순의 허리를 껴안고 내실 앞으로 갔다.

"경훈이?"

금순이 세코날에 취한 목소리로 반문했다. 세코날은 1정에 10원씩이다. 세코날을 먹게 되면 몸을 팔고 있다는 수치심이나 부끄러움이 사라진다. 남자와 성교를 하는데도 흥분이 돼서 흥분제라는 또 다른 이름으로 팔리는 약이다. 약에 중독에 되면 나중에는 20알 정도를 먹어야 효과를 볼 수 있다. 금순이도 하루 10개는 먹어야 정상적인 영업을 할 수 있을 정도로 중독이 됐다.

"나 몰라? 모산 사는 경훈이 오빠여?"

경훈은 금순의 눈이 이상했다. 열에 들떠 있는 것 같기도 하고, 초점이 없이 흐리멍덩해 보이기도 했다. 창녀들이 많이 먹는다는 세코날에 중독되어 있을 거라는 생각에 어깨를 잡고 흔들며 물었다.

"당신 뭐야!"

뒤늦게 내실에서 물주전자를 든 쟁반과 숙박계를 들고 나온 영등포아줌마가 낌새가 수상하다는 걸 눈치 챘다. 물 주전자와 숙박계를 내실에 내려놓고 경훈 앞을 가로 막았다.

"똑바로 들어. 나, 여기 서 있는 황금순 오빠 되는 사람여. 그라고 야는 동생여. 그랑께 개소리 말고 조용히 물러 서."

경훈은 금순을 자신의 등 뒤로 보냈다. 가죽장갑을 끼면서 영등포아줌마를 싸늘하게 노려보았다.

"흥! 오빠고 동생이면 잘됐구먼. 데리고 가려면 그년이 빚진 돈이나 내놓고 가. 그년이 나한테 진 빚이 얼마나 되는지 알아? 오십만 원여. 오십만 원에서 일 원짜리 한 장 빼놓지 않고 당장 내놓으면 그년을 데리고 갈 수 있어. 안 그러면 여기서 한 발자국도 못 나가. 여보! 어서 석찬이 패거리를 불러. 여기 날강도 같은 놈 와 있으니까 번개처럼 달려오라고 해."

영등포아줌마는 내실 안을 향해 외치다가 철용이와 김우성을 발견했다. 당황한 끝이라 김우성이 금순을 팔아먹은 남자라는 걸 기억하지 못했다. 외팔이한테 붙들려서 겁에 질려 있는 남자는 인절미 콩고물 묻힌 것처럼 흙바닥에서 뒹군 것 같은 모습으로 서 있었다.

"뭐……뭐야!"

김우성은 경훈의 등 뒤에서 떨고 있는 금순과 시선이 마주치는 순간 자신이 속았다는 걸 알았다. 이것들이 날! 가지고 놀았어. 금순이 들고 있는 소쿠리에 수건이 담겨져 있다. 아직 한일여관에서 몸을 팔고 있다는 증거라고 볼 수 있다. 무엇보다 금순을 등 뒤로 숨기고 있는 경훈의 차가운 미소가 무얼 뜻하는지 알 것 같았다. 자신의 어리석음을 후회라며 뒷걸음을 쳤다.

"아까 뭐라고 했어? 오만 환에 팔아먹었다고 했나?"

"그……그랬습니다."

김우성은 자신도 모르게 뒷걸음을 치다가 뒷목에 와 닿는 강철의 차가운 감촉이 뱀처럼 와 닿은 것을 느끼며 앞으로 나갔다.

"빨리 와. 여기 웬 조무래기 두 명이 와서 여자를 빼갈라고 한다구."

순미와 영미가 흔들어 깨우는 통에 일어선 러닝셔츠 차림의 양 사장이 수화기를 들고 고함을 질렀다.

"오만 환이라면?"

영등포아줌마는 오만 환이라는 말에 김우성의 얼굴을 자세히 쳐다봤다. 금순이를 인계하고 오만 환을 받아 간 남자다. 뭔가 뒤틀려 간다는 생각에 정훈을 바라본다. 가죽장갑을 끼고 있는 모습이 금순이처럼 영동 촌놈은 아니다. 뒷골목에서 주먹깨나 쓰는 모습으로 보였다. 다시 김우성을 향해 고개를 돌렸다. 그러고 보니 김우성의 옷차림이 흙이며 먼지로 범벅이 되어 있는 모습하며, 잔뜩 겁에 질려 있는 얼굴을 보니 놈들에게 떡이 되도록 얻어터진 모양이다.

"인제서야 똥인지 된장인지 구분이 가는 모양이구먼. 계산은 저놈하고 둘이 앉아서 수판을 두들겨 봐. 우린 갈 길이 먼 사람들이라서 갈 테니께."

경훈은 혼란스러운 표정을 짓고 있는 영등포아줌마를 일부러 거칠게 옆으로 밀어붙였다. 금순의 허리를 껴안으며 가자, 라고 짤막하게 말했다.

"우리 조용히 끝내자고 내일 열두 시 정각잉게 알아서 햐."

철용이 김우성의 얼굴을 홱 잡아 돌렸다. 갈고리로 콧잔등을 쿡쿡 찌르며 싸늘하게 내뱉었다.

"웬 송사리들이여!"

"어떤 놈들이 감히 우리 지역에 와서 깨춤을 춘다냐?"

여관 밖에서 대여섯 명이 우르르 달려오는 소리가 들려왔다. 이어서 건장한 사내 여섯 명이 앞을 다퉈서 여관 안으로 뛰어 들었다. 그들은 금순은 바라보지도 않았다. 경훈과 철용을 번갈아 보고 나서 자기네끼리 서로를 바라봤다. 상대가 너무 약하다는 생각에 어이가 없다는 표정을 지었다.

"나, 봉천동 재건대 중대장이여. 뒤에 있는 쥔하고는 거래가 끝났으니까 물러서. 안 그러면 재건대 대원들을 동원해서 이 여관은 물론이고 네 놈들 근거지를 쑥밭으로 만들어 버릴 팅게."

경훈은 뒤로 물러서지 않았다. 금순을 뒤로 밀어내고 앞으로 두 걸음 정도 나가서 턱 버티고 섰다. 고물상에서 경상도 박씨가 재건대 운운했던 말이 생각이 났다. 봉천동 재건대 중대장이라는 날치가 자신하고 나이가 비슷하다는 점이 생각나서 이가 갈리는 목소리로 말했다.

"저놈이 지금 뭐라고 하는 거냐?"

"봉천동 재건대 중대장이라고 하잖아."

"저렇게 어린 놈이?"

"내 나이에 빽써서 중대장을 했는 줄 알아? 화투판에서 끗발 보기로 중대장이 된 것이 아니란 말여. 네놈들이 한꺼번에 달려들면 딱 두 놈 정도는 골로 보낼 실력이 있지. 나한테 걸린 놈은 손가락으로 눈깔을 파내고, 귀를 아작아작 씹어 먹고, 또 한 놈은 평생 여자 근처에 얼씬도 못하게 만들 자신이 있지. 어때? 한번 붙어 볼까?"

경훈의 목소리는 조용했다. 사내들은 조용한 목소리가 소름이 짝짝 끼치는 목소리로 들려와서 동요하기 시작했다.

"그 양반들은 계산 끝났어. 이 양반하고만 계산하면 되니까 그냥 보내 줘."

영등포아줌마는 경훈의 말도 소름끼치게 들여왔지만 재건대 대원들을 동원시켜 동네를 쑥밭으로 만들어 놓는다는 말이 두려웠다. 재건대 대원들은 근본도 없거나, 근본이 있어도 철저하게 숨기고 사는 넝마주이들이다. 근본을 철저하게 숨기고 사는 만큼 겁도 없었다. 대낮에 주인이 보는데도 빨랫줄에 걸려 있는 옷을 제멋대로 대나무집게로 걷어 가거나, 새 고무신을 대나무 망태 안에 휙 던져 넣거나, 수틀리면 떼로 몰려와서 소란을 피울 때는 순경들도 혀를 찰 정도다. 김우성을 붙잡아 두면 금순이 앞으로 되어 있는 빚을 받아내는 데는 지장이 없을 것이라는 생각에 손을 내저었다.

"워디로 가능거여? 나……나는 집에 못 가."

금순은 택시를 탈 때까지는 말이 없었다. 경훈의 손에 잡혀서 연신 뒤를 돌아다보며 쫓기는 듯이 걸었다. 택시를 타고 나서야 멀어져 가는 신설동을 바라보고 있다가 잊고 있었다는 얼굴로 간신히 말했다.

"난도 알고 있구먼. 일단 우리 집으로 가서 오늘은 푹 자고 내일 야기하자."

"누나, 누나가 여관에 있었다는 거 아는 사람 아무도 없어. 나도 모르고 경훈이형도 몰라. 그랑께 암 걱정하지 말고 누나 맘 풀릴 때까지 우리하고 같이 살아."

"그려, 철용이 말대로 자리 잡을 때까지 같이 살자. 내가 볼 때 몇 개월 동안은 암것도 하지 말고 편하게 셔야 할 거 가텨."

"고마워, 참말로 고맙구먼."

경훈과 철용이 양쪽에 앉아서 번갈아 부드럽게 속삭이는 말에 금순은 비로소 한일여관에서 탈출하고 있다는 것이 실감났다. 한일여관에서 머물고 있던 시간에는 가족도 없었다. 고향도 없었고 미래도 없었다. 당연히 젊음도 없었고 꿈도 없었다. 드디어 정지되어 있던 시간에서 벗어난다는 생각이 눈물을 터트리며 양손으로 얼굴을 감쌌다.

경훈과 철용은 금순이 마음껏 울도록 내버려 두었다. 택시 운전사가 연신 뒤를 돌아다 봤다.

"신경 끄고 운전이나 하쇼."

경훈이 나직하게 내뱉은 말에 사십대 중반의 운전사는 더 이상 뒤를 돌아다보지 않았다.

"형, 방이 한 칸이라서 금순이 누나를 집으로 데리고 갈 수는 없잖여."

운전사 옆자리에 타고 있던 철용이 뒤로 돌아 앉으며 경훈에게 속삭였다.

"난도 그렇게 생각했다. 우선 여관이나 여인숙 같은 곳으로 갈 생각이구먼."

경훈은 철용에게 속삭이고 나서 숨죽여 울며 어깨를 들썩이고 있는 금순을 바라봤다. 아무리 생각해도 지독하게 운이 없었다. 하지만 억울하게 감옥을 갔다가 온 시훈도 독일 가서 돈을 잘 벌고 있다. 중요한 것은 과거가 아니라 미래라는 생각이 들었다. 내일 전당포에 가서 백만 원을 받아오면 금순에게도 새로운 길이 열릴 거라고 생각하며 얼굴을 가리고 있는 금순의 손을 잡았다.

"암만 생각해 봐도 당장은 집에 편지를 못 쓸 거 가텨."

금순이 얼굴 가득 눈물이 번들거리는 얼굴로 경훈을 바라봤다.

"내 생각도 그려. 모산에 계신 구장님이나 아줌마도 당장 며칠 내로 편지가 올 것이라는 생각은 안 하고 계실 겨. 오늘 저녁은 시간이 늦었응께 우선 여관에서 자. 그라고 낼 날이 새면 병원부팀 가 보자. 내가 볼 때 암만해도 니 얼굴이 안 좋아 뵈여."

"세코날을 먹어서 그럴 거여."

금순이 또 다시 서러움을 참을 수가 없어서 눈물을 토해내며 얼굴을 가렸다.

"세코날이 머여?"

철용이 놀란 얼굴로 경훈에게 물었다.

"병원에서 들은 야긴데, 맘을 진정시키는 약이랴. 그 약을 먹으믄 술을 잔뜩 먹은 거처럼 정신이 몽롱하댜. 남부끄러운 줄도 모르고……."

철용이 울고 있는 금순을 바라보며 동정 섞인 목소리로 말했다.

"그 말이 맞는 말입니다. 언젠가 신문을 보니까 십대 어린이들을 납치해다가 세코날을 먹여서 명동이나 남대문 같은 데서 구걸을 시킨 나쁜 놈들이 붙잡혔다는 걸 본 적이 있습니다. 하루에 백오십 원을 채우지 못하면 벌겋게 불에 달군 쇠꼬챙이로 생살을 지지고 그랬다데요."

운전사가 금순이 울고 있는 이유를 대충 짐작할 수 있다는 표정으로 말했다.

"좌우지간 낼 약속을 지키지 못하면 전당포 사장은 죽었다고 곡소리 해야 할 거구먼."

경훈은 차마 금순을 바라볼 수가 없어서 창문 쪽으로 고개를 돌렸다. 집안을 돕겠다며 어린 나이에 서울에 올라온 금순이는 몸과 마음이 갈기갈기 찢겨서 울고 있는데 서울의 야경은 아름답기만 하다.

이튿날이다.

경훈과 철용은 정확하게 열두 시 정각에 평화전당포 앞에 도착했다. 하지만 문이 굳게 닫혀 있었다. 문에는 금일휴업(今日休業)이라는 팻말도 붙어있지가 않았다.

"허! 한번 해보자 이거구먼."

경훈은 바지 뒷주머니에 박아 두었던 가죽장갑을 꼈다.

"형, 차라리 경찰에 신고를 하는 거시 어뗘?"

경훈이 전당포 앞을 떠나서 대문 쪽으로 걸어갔다. 철용이 옆에서 걷다가 걸음을 멈추고 경훈을 가로막았다.

"신고를 하면?"

"인신매매죄로 감옥에 가게 될 거잖여."

"감옥에 가 봤자, 몇 년 후면 풀려 나와. 그걸로 그놈이 지은 죄는 읎어지는 거여. 하지만 금순이는 워틱햐. 어젯밤에 들어봤잖여. 금순이는 평생 애기도 못 난댜. 그건 멀로 보상을 받는데? 또, 당장 오늘이라도 여기 있는 놈한테 돈을 받으면 세코날 중독된 것 땜시 요양원 같은 데 입원을 하라고 했잖여."

"내 말은 이 집에 들어가 봤자. 그놈이 읎을 거란 말이지. 우리가 오늘 열두 시에 온다는 걸 뻔히 알고 있으면서 팔자 좋게 집에서 기다리고 있었어? 금순이 누나도 그랬잖여. 사장 놈이 마누라 앞에서는 고양이 앞의 쥐라고 말여. 그런 놈이 집에서 우리를 기다리고 있겄난 말여."

"철용아, 니가 무슨 뜻으로 하는 말인 줄 잘 알겄는데. 이 서울 바닥에서 살아남을라면 순리대로는 못 살아. 우리가 당한 것에 이자는 붙여서 받지는 못할망정 말여. 최소한 본전은 찾아야 하능 겨. 넌 이 형이 워티게 하는지 그냥 구경만 하고 있음 되는 겨. 따라와."

경훈은 가죽장갑을 낀 손으로 철용의 어깨를 툭 쳐주고 나서 골목 모퉁이로 돌아갔다. 한복집 옆에 있는 대문은 삐죽이 열려 있었다.

"계십니까?"

"누군데, 남의 집에 함부로 들어오는 거예요?"

마당 안에는 펌프식 수도가 있고 작은 화단이 있었다. 경훈이 마당 가운데 턱 버티고 서서 주인을 부르자마자 안에서 누군가 오기를 기다리고 있었다는 것처럼 거실 문이 열렸다. 오십대 초반의 안경을 쓴 여자가 대뜸 경훈을 노려보았다.

"전당포 사장님 좀 만나러 왔슈."

"사장님 지금 집에 없으니까 어서 나가세요"

김우성의 아내가 거실에서 내려와 턱 버티고 서서 대문을 손가락으로 가리켰다.

"어디 갔슈?"

경훈은 상황을 짐작할 수 있었다. 돈 백만 원이 적은 돈은 아니다. 김우성이 모든 것을 아내에게 털어 놓고 잠적을 했을 수도 있다. 김우성의 아내 역시 남편의 잘잘못은 두 번째고 돈을 내줘서는 안 된다는 쪽으로 마음을 굳히고 있는 것처럼 보였다. 일단 김우성의 아내가 어느 정도까지 알고 있느냐에 따라서 상황을 판단해야 된다고 생각하며 비웃는 얼굴로 물었다.

"몰라요. 모르니까, 어서 나가요."

김우성의 아내가 경훈을 떠밀어 버릴 것처럼 거칠게 말했다.

"아줌마, 시방 먼가 엄청난 착각을 하고 계신 거 같은데. 이건 그 개보다 못한 아줌마 남편이 며칠 숨어 있는다고 해결 될 문제가 아뉴. 당신네 가족이 풍비박산 나느냐, 아니면 조용히 넘어갈 수 있느냐하는 문제라구."

"난, 도대체 당신이 무슨 말을 하는지 이해를 할 수 없어. 나하고는 아무런 상관이 없는 문제를 가지고 왈가불가 할 필요 없으니 어서 나가요. 안 나가면 무단가택침입죄로 경찰을 부를 테니까."

김우성의 아내는 김우성하고 계획한 대로 무조건 모르쇠 작전으로 나갔다.

"경찰? 그려. 어여 경찰을 불러. 경찰을 불러서 집안에 다문 얼매라도 보태주었다고 식모살이를 하고 있는 순진한 처녀를, 도둑으로 몰아서 강간하고! 그것도 부족해서 임신을 하니께 강제로 낙태를 시켜서! 자궁까지 긁어내게 만들어 더 이상 아도 못 낳게 만들고! 위자료는 주지 못할망정 포주한테 팔아먹은 죄가 얼매나 큰지 따져 봐유."

철용이 갈고리로 삿대질을 하며 발악을 했다.

"뭐라고? 자궁을 긁어내?"

김우성의 아내가 새파랗게 질린 얼굴로 반문했다.

"당신 딸내미를 강간하고 자궁을 긁어내게 한 것도 부족해서 창녀로 팔아먹었으면 좋겠슈!"

철용이 김우성 아내 앞으로 한 걸음 다가가서 발악을 하다못해 비통에 잠긴 얼굴로 노려보았다.

"난, 몰라. 난 모르는 일이니까 그 인간 만나서 해결해."

한복집에서 마당으로 통하는 문이 열리면서 한복을 입은 여자 두 명이 놀란 얼굴로 뛰어 나왔다. 마당에서 발악을 하는 외팔이와 깡패처럼 생긴 남자를 번갈아 보며 주춤 뒷걸음을 쳤다. 김우성의 아내는 금순이 더 이상 아기를 낳을 수 없다는 지경에 이르렀다는 말을 듣고 나니까 눈앞이 캄캄했다. 까닥 방심했다가는 정말로 집안이 풍비박산 날지도 모른다는 생각에 거실문턱에 털썩 주저앉았다.

"김우성이가 얼마나 돈이 많은지 모르지만, 돈 백만 원을 준다고 했을 때 그 정도는 눈치 채고 있었을 거 아녀."

"난 모른다고 했잖아! 경찰을 부르기 전에 어서 나가!"

김우성의 아내는 김우성에 대한 배신감과 너무나 엄청난 사건을 감당할 수가 없었다. 벌떡 일어서서 울부짖는 목소리로 대문을 가리켰다.

"갈 때는 가더라도 김우성이가 모든 것을 책임지고 백만 원을 지불하겠다는 각서를 보여주고 가야겠구먼. 그래야 법원에 재산 압류 신청 하더라도 덜 서운 할 거 아녀."

경훈이 말과 다르게 재킷 주머니에 넣고 온 각서는 꺼낼 생각도 안하면서 김우성의 아내를 싸늘하게 노려보았다.

김우성이 백만 원을 지불하겠다는 각서를 써주었다는 말에 한복집 여자들이 놀란 얼굴로 서로의 얼굴을 바라보며 손을 맞잡았다.

"재산 압류?"

김우성의 아내가 휘청거리다 간신히 거실문을 잡고 문턱에 앉았다.

"그려! 재산 압류! 충청도 깡촌에 살다 온 놈들이라고 각서만 있으면 법원에 재산 압류 신청을 할 수 있다는 점 같은 거는 모르는 줄 알고 있었능개비지?"

경훈이 큰소리치는 말에 철용은 마음속으로 적이 놀랐다. 서울에서 오래 살면 형처럼 똑똑해지는개비구먼, 이라고 마음속으로 중얼거리며 김우성 아내 앞으로 갔다.

"나는 재산 압류 같은 거 필요읎어. 황금순이가 누군지 알아? 내 친구 누나여. 내 누나나 마찬가지란 말여. 내 누나 인생을 흙탕물로 맨들어 버렸응게 반드시 원수는 갚을 껴. 웬 줄 알아? 왜 금순이 누나처럼 촌에서 올라온 사람들은 피해만 입어야 하능 겨? 워디 입이 있으면 말을 해 보고, 생각이 있으믄 생각을 해 봐!"

철용이 갈고리를 세워 금방이라도 김우성의 아내 턱을 낚아 올릴 것처럼 다그쳤다.

"도……돈 배……백만 원이 어린애 이름인지 아세요?"

김우성의 아내는 놀라지 않았다. 모든 것을 체념한 얼굴로 철용의 눈을 바라봤다.

"그람, 금순이 누나가 저렇게 된 거는 장난이란 말여?"

철용은 김우성 아내가 갑자기 약하게 나오니까 자신도 모르게 목소리를 줄였다.

"나도 금순이를 딸처럼 생각했어요. 내가 금순이를 얼마나 딸처럼 생각했는지, 내 말이 거짓말처럼 들린다면 금순이에게 직접 물어 보세요 그런 금순이가 짐승 같은 놈한테 당하고, 그 인간 말대로 낙태수술을 했다는 말은 어제 알았어요 하지만 자궁을 긁어냈다는 말은 금시초문이라구요 그 다음 말은 너무 엄청난 말이라서 내 입으로 옮기지도 못하겠어요 하지만 돈……돈이 없는데 어떡해요 우리가 전당포를 하고 있으니까 돈이 많은 줄 생각하고 있는 모양인데, 전당포해서 떼부자 된 사람 있으면 어디 내 앞으로 데리고 와 봐요 전당포도 큰돈을 들여야 많은 돈을 벌 수 있는 거지, 돈 십만 원 가지고 영업하다보면 겨우 밥 먹고 애들 공부 갈키는 것 정도 밖에 안돼요 돈만 있으면 백만 원이 아니라 천만 원이라도 당장 내놓겠어요 그러니 오늘은 제발 그냥 돌아가 주세요 어떡하든 제가 백만 원 전부는 마련하지 못하더라도 금순이한테 서운하게 하지는 않을 테니, 제발 돌아가 주세요 제가 무릎 꿇고 앉아 빌라면 이렇게 무릎을 꿇고 싹싹 빌게요."

김우성의 아내가 마당으로 내려가서 경훈 앞에 무릎을 착 꿇었다. 눈물을 흘리면서 두 손으로 싹싹 빌기 시작했다.

"똑똑히 들어. 딱 사흘간 시간 주겠어. 사흘 후에 이 시간에 올 때까지는 이 집을 파는 한이 있더래도 백만 원은 준비해 둬여 할 껴. 만약 그때도 김우성 그때도 낯짝을 보여주지 않으면, 돈도 필요 읎어. 나도 생각하고 있는 것이 있응게. 철용아 가자."

경훈은 김우성의 아내가 무릎을 꿇고 사정을 하니까 마음이 약해졌다. 더구나 금순이를 딸처럼 생각하고 있었다는 말을 들으니까 그녀도 김우성에게 배신을 당한 피해자라는 생각에 오늘은 일단 물러나는 수밖에 없다고 생각했다.

코드네임 김 과장

하긴, 가만히 서 있기만 해도 콧등이 날아가 버릴 것 같은
겨울에도 자갈을 주서 내서 완전히 복구 했잖여.
그라고 이태 전에는 사과나무가 죄다 얼어 죽어도
눈물 한 방울 흘리지 않고 암 일도 읎었던 것츠름
꼿꼿이 걸어서 집으로 갔다능 겨…….

저녁 먹을 시간이 되자 순배 영감이 먼저 일어섰다. 혼자 끼니를 만들
어 먹어야 하는 입장이라서 된장찌개 한 가지에 밥을 먹어도 상을 차려
야 하는 까닭이다. 변쌍출은 이 시간에 집에 들어가 봐야, 아직 저녁상
을 차릴 시간이 아니라서 박평래와 이런저런 말을 주고받으며 시간을
보냈다.

"이 시간에 먼 제무시가 우리 동리로 들어 온댜?"

변쌍출은 마른 하품을 하다가 아련하게 트럭이 달려오는 소리를 들었
다. 입을 쩝쩝 다시며 뒤로 돌아 앉았다. 저녁노을을 받고 있는 방천길
에서 트럭 한 대가 뿌연 먼지를 꼬리에 달고 달려오는 것이 보였다.

"저녁 드시러 오셔유."

박평래는 변쌍출이 중얼거리는 말은 듣지 못하고 상규네가 정지 앞에서 부르는 소리에 일어섰다.

"저 제무시가 뉘 집에 가는 제무시여?"

"제무시?"

박평래는 변쌍출이 묻는 말에 집으로 가는 걸음을 멈추고 뒤로 돌아섰다. 트럭 한 대가 막 동네 쪽으로 커브를 틀고 있었다.

"의원님 댁에 들어가는 제무시 일테지."

박평래는 면장 댁으로 가는 트럭이라면 내가 참관을 해야 한다는 생각에 너럭바위에 앉아서 트럭이 가까이 다가오길 기다렸다. 해룡네가 해룡이와 함께 트럭을 따라 왔다. 철용네며, 몇몇 사람들이 트럭 엔진 소리를 듣고 슬슬 둥구나무 거리로 몰려들었다.

"어려? 저 차가 왜 우리 집 마당에서 슨댜?"

트럭은 언덕으로 올라가지 않고 박태수의 집 마당에서 멈췄다. 트럭에는 넓이와 높이를 포함해서 한 평 정도 되는 나무박스가 실려 있었다.

"뭔 일이데유?"

운전사가 트럭에서 내려 곧장 박태수 집 앞으로 갔다. 정지에서 상규네가 물 묻은 손을 치마에 닦으며 나왔다. 이어서 진규가 방에서 방문을 열고 마당을 내려다보다가 무슨 일이냐는 얼굴로 뜰팡에 내려섰다.

"이 집에 박상규라는 군인이 있쥬? 월남에 간 군인 말유."

"우……우리 상규가 죽기라도 했단 말여?"

사랑방에서 나온 청산댁이 낯선 운전사가 하는 말에 하얗게 질린 얼굴로 물었다.

"사……상규한테 무슨 일이 일어 났슈?"

진규가 얼른 청산댁을 부축했다. 놀란 얼굴을 추스르지 못하고 있는데 상규네가 그녀답지 않게 떨리는 목소리로 물었다. 그 사이에 김춘섭네 마당에 있는 동네 사람들이 한 명 두 명씩 모여 들었다.

"그기, 아니고 저 귀국 박스가 왔슈?"

"귀국 박스라믄, 우리 형이 제대를 한단 말유?"

진규가 뒤늦게 트럭에 실린 나무상자를 바라보며 물었다. 송판으로 짠 나무 상자는 제법 컸다.

"월남에 간 군인들이 제대를 할 때쯤 되면 거기서 모은 돈으로 이것저것 사서 부치는 것이 귀국 박스라고 하는 거유."

운전사는 트럭 적재함의 뒷문을 열었다. 이어서 능숙하게 두께가 한 뼘이 넘는 사각형의 각목 세 개를 트럭과 땅바닥에 비스듬히 놓았다. 트럭 위로 냉큼 올라가서 김춘섭이며 윤길동을 손짓으로 올라갔다.

"영차!"

"우쌰!"

"영차!"

"우쌰!"

몇몇의 건강한 남자들이 나무상자를 밀고 끌어서 트럭 아래로 내렸다. 운전사가 몇 명이 들면 들릴 수 있다며 같이 들자고 했다. 사람들이 우르르 몰려들어서 상자를 박태수의 집 뜰팡 앞까지 끌고 갔다.

"자, 그럼 수고들 하슈. 난 갈 길이 바빠서 얼릉 가 봐야겠슈."

박평래는 트럭이 왔던 길을 되돌아 갈 때까지 말 한마디 안 했다. 어느 틈에 초겨울의 짧은 해가 허리를 서산에 걸치고 있었다. 마치 남의 집에 온 상자를 구경하는 얼굴로 변쌍출 옆에서 뒷짐을 지고 바라봤다.

"어여, 뜯어 봐. 안에 머가 들었는지?"

해룡네가 궁금해서 견딜 수 없다는 얼굴로 상규네 옆구리를 찔렀다.

"어머, 내가 뜯어볼게."

진규가 얼른 헛간으로 가서 상자를 뜯어 볼만한 도구를 찾았으나 적당한 것이 눈에 보이지 않았다. 도끼가 눈에 띄었으나 상규가 보낸 상자를 도끼로 부스고 싶지가 않아서 그냥 나왔다.

"우리 집에 빠루가 있구먼."

목수 뒷모도를 하는 김춘섭이 잽싼 걸음으로 집에 가서 대못을 뺄 때 사용하는 노루발못뽑이를 이용해서 상자를 뜯었다.

"이기 머여?"

상자를 뜯으니까 안에 들어 있는 물건들이 흔들리거나 움직이지 않도록 야자수잎으로 덮어 놓았다. 그것들을 다 걷어내니까 군인들이 먹는 C-레이션 박스들이며 미제 흑백텔레비전, 라디오 등이 나왔다. 탄일이며 포탄 탄피도 지게 바지게로 한 바지게는 넘게 나왔다. 라디오에는 할아버지용이라는 글씨가 붙어 있었다.

"할아부지, 형이 할아부지 라디오 사서 보냈슈."

"허! 우리 같은 이는 평생 가야 라디오 한 대 귀경 못하는데 누구는 짝은손자 큰손자 경쟁을 하듯 라디오를 사 주는구먼."

박평래는 진규의 말에 감격을 주체하지 못해 뭐라고 대꾸를 못했다. 변쌍출이 한탄을 하는 목소리로 말했다.

"근데, 저 탄피 쪼가리는 다 머하능 겨?"

"저기 다 신주 아녀. 요새 고물상에 가믄 신주 한 관에 천 원씩은 준다고 하데."

누군가 묻는 말에 황인술이 침을 꿀꺽 삼키며 수북이 쌓여 있는 포탄 탄피며, 탄환 탄피무더기를 바라봤다.

"누가 그라는데, 강원도나 경기도 파주나 일산 같은 데서는 저걸 주서다 팔 욕심으로 폭탄을 분해하다 죽는 사람이 한둘이 아니라고 하드만."

윤길동은 갑자기 향숙의 얼굴과 박광수의 얼굴이 동시에 떠올랐다. 텔레비전은 박스에 그대로 보관하고 있고, 라디오는 모리댁 혼자 독차지하고 있다. 라디오를 보면 자꾸 향숙이 얼굴이 떠올라서 일부러 외면하고 있기 때문이다.

"진규, 이거 다시 상자에 담아라. 아부지가 오시믄 동리 사람들하고 노놔 먹어야지. 아부지도 읎는데 이 귀한 걸 우리 맘대로 노놔 줄 수는 읎는 거 아니냐."

"그려, 그래야지. 암 그래야 하고말고."

박평래는 군대 가기 전에만 해도 철부지 같던 상규가 그 먼 월남까지 가서 목숨을 걸고 베트콩과 싸우고 있다는 걸 생각만 해도 밤잠이 오지 않았었다. 그런 상규가 그 전쟁 통에 집에 한 푼이라도 보태려고 고물더미를 이국만리 고향까지 보냈다는 걸 생각하니까 눈물이 자꾸 흘러서 말을 할 수가 없었다. 청산댁이 서둘러 포탄이며 탄피조각을 상자 안에 집어넣기 시작했다.

"죄송해유, 이 상자 안에 들어 있는 것이 군인들이 먹는 거인 모냥인데, 낼이라고 상규 애비 오믄 집집마다 다른 얼매씩이라도 맛을 뵈어 줄께유. 그랑께 그릏게들 알고 돌아들 가셔유."

상규네는 가슴이 미어지는 것 같아서 어디 아무도 없는 곳에 가서 퍼질러 앉아 손바닥이 아프도록 땅을 치며 펑펑 울고 싶었다. 박평래가 아무 말 없이 슬그머니 돌아서는 것도 눈물을 감추기 위해서 인 것처럼 보여서 숨을 길게 내쉰 후에 차분한 목소리로 말했다.

동네 사람들이 모두 돌아간 뒤에 박평래는 청산댁하고 안방으로 들어갔다. 상규네는 습관처럼 아랫목을 걸레로 닦고 박평래가 앉기를 권했다. 청산댁은 박평래 옆에 앉아서 진규의 손을 잡고 끌어 당겼다.

상규네가 말없이 등잔불을 붙이기 위해 성냥통에 성냥개비를 그었다. 다른 사람들은 묵묵히 상규네가 등잔불 붙이는 모습을 가만히 지켜봤다. 청산댁이 쪼글쪼글한 얼굴로 맑은 눈물 한 방울을 또르르 굴러 내리며 진규의 등을 쓰다듬었다.

"상규가 참말로 군대 가서 철이 들긴 들었는개벼."

박평래가 감격어린 목소리로 말하며 오른 손으로 무릎을 문질렀다.

"저 상자 안에 물건을 채울라고 상규가 못 먹고 못 쓴 생각을 하믄 차라리 철이 안 드는 편이 나유. 즈덜 동기들은 월급 탔다고 뭘 사 먹고 했을 거 아뉴. 상규만 그 뜨겁다는 월남 땅에서도 집 생각만 하고 있었는 생각을 항께……"

"그람, 에미 말은 우리 상규가 새로 물에 물 탄 듯 술에 탄 거츠름 살았으면 좋겠다. 이 말이여?"

"허허, 개떡같이 말을 해도 찰떡같이 알아들으라는 말도 못 들어 봤남? 에미 말은 우리 상규도 인제 다 컸다 이런 뜻으로 한 말이잖아."

박평래가 내 이럴 줄 알았다는 얼굴로 청산댁을 노려봤다.

"낼 아침에 양산우체국가서 전화를 늘까?"

진규가 상규네를 바라보며 물었다.

"그려, 동네 사람들도 상규가 보낸 거시 먼지 굉장히 궁금해 하는 거 같드라. 빨리 아부지가 와서 상자 안에 머가 들었는지 풀어보고 노놔 줘도 노놔 줘야지."

"의원님 댁도 잊지 말고 한 개 보내줘야 햐."

"아이구, 의원님 집에서는 그런 거 보내줘도 쳐다 보도 안 해유. 의원님 집에는 시도 때도 읎이 인삼차다, 그 뭐여, 커……커 뭔가 하든데. 딴 나라에서 온 건데 물을 끓여서 타 먹는 머가 있다고 하든데, 진규야 새카맣게 생긴 그 커……커하는 그거시 머여?"

"할머, 그건 커피라고 하능 겨. 내 생각에는 형이 보내준 씨레이션박스 안에 커피도 들어 있을 겨. 껌하고, 비스킷, 홍차 그런 것도 들어 있다고 하든데?"

"진규야 그람, 그 상자 안에 들어 있는 거시 씨……씨레 먼가 그거라는 걸 너는 알고 있었냐?"

상규네가 놀란 얼굴로 물었다.

"거기 영어로 써 있드만, 씨레이션이라고 그라고 씨레이션이 먼가 하면, 미군들이 먹는 전투식량여. 전쟁을 하면서 야전에서 먹는 식량이기 때문에 그 사람들이 평소에 먹는 커피랑, 비스킷 같은 거랑, 쇠고기 통조림이며 그런 것들이 들어 있는 거여."

"어이구, 나는 진규가 하는 말이 먼 말인지 모르겄지만, 대학생이라 먼가 틀려도 틀리구먼. 그람, 좌우지간 그 안에 커……먼가 하는 그것이 들어 있다는 말이지?"

"당신은 상규가 그 전쟁 통에 다믄 집에 얼매라도 도움이 될지 모른다는 생각에 포탄껍데기, 탄알 깍지 같은 거를 보낸 거는 하나도 안 궁금하고 커피가 들어 있는지 안 들어 있는지만 궁금한개비구먼."

청산댁이 하는 말에 박평래가 한심하다는 표정으로 노려봤다.

"아까, 얼른 봉께 편지 같은 거는 안 들어 있는 거 같더라구유. 원래 편지는 그 안에 못 넣게 되있는가 모르지만, 언지쯤 올 거라고 편지래도 써 넣으면 여간 좋았겠슈? 이달 삼십 일이믄 딱 삼 년을 채우는 날인데……"

상규네가 박평래를 바라보며 물었다.

"아까, 제무시 운전사가 그랬잖여. 월남 간 군인들이 제대 할 때가 되면 마당에 있는 저런 걸 보낸다고 말여. 시방쯤 월남에서 우리나라로 오고 있는 줄도 모르겄지."

박평래가 노려보던 말던 마른입을 짭짭 다시고 있던 청산댁이 말했다.

"제대를 하고 나면 면사무소는 고만 댕기게 하고 어디 대전 같은 데 검정고시 학원에라도 보내서 공부를 더 시켜야겄슈. 지 동생은 대핵교를 졸업하는데 형이라는 사람이 제우 중핵교를 댕기다 말았으면 되겄슈. 당장 난중에 장가를 가도 며느리들찌리 학력차이가 너무 나믄 사이가 안 좋아유."

"그려, 생각 잘했구먼. 상규도 제대를 하믄 그전하고 틀릴 겨. 생각하는 거시 깊은 앙께 공부를 하겄다고 달려들 껴. 상규가 진규처름 검정고시를 봐서 대학에 들어간다믄 난 오늘 죽어도 여한이 읎겄다."

상규네를 바라보고 있던 박평래가 무릎을 슬슬 쓰다듬고 있다가 듣던 중 반가운 말이라는 얼굴로 무릎을 쳤다.

"할아부지, 향숙이 누나 집에서 나하고 같이 있으면 됭께. 또 모르는 거는 내가 갈쳐 주면 좋잖아. 향숙이 누나도 좋아할 껴."

"그건 난중에 생각해 보자. 그라고 날이 춰지기 전에 사과나무를 짚으로 싸줘야겠슈. 내년 부텀은 다른 몇 개씩이라도 사과가 열릴거잖유."

상규네는 어느 정도 먹고 살만한 형편에 아들 형제를 향숙이에게 기숙을 시키는 문제는 깊게 판단 해 봐야 한다는 생각에 여운을 남겼다.

"그려, 다 키워서 군불 나무로 사용 할 수는 읎지. 타작도 끝냈으니께 조만간 지붕을 해야 하잖여. 지붕을 할 때 거름걸이가 많이 나올 거 잖여. 거름도 줌서 단도리를 잘 해야지."

"아니구, 사과나무를 심어서 비가 오믄 장마가 질깨비 걱정하고, 바람이 많으면 태풍이 올깨비 걱정하고, 날이 추우면 얼어 죽을깨비 걱정하는 것 보다 그냥 편하게 강냉이나 심고 보리나 심는 것이 좋다고 및 번씩이나 말을 해도 쇠귀에 경 읽기라서, 난 몰라."

"당신한테 과수원에 거름 주고 지프래기로 묶으라고 안 할팅께 마음 놔. 그릏다고 내년에 사과가 열리믄 못 먹게 하지도 않을 팅게."

박평래는 드디어 내년이면 사과가 열릴 것이라고 생각하니까 벌써부터 가슴이 두근두근 거릴 정도로 기분이 좋았다. 청산댁이 빈정거리는 말까지 기분 좋게 받아들이며 턱을 쓰다듬었다.

가을걷이가 끝난 들판은 한낮에도 고즈넉하다. 가끔 남쪽으로 날아가는 백로 떼가 한가롭게 습지에 앉아 쉬었다가 날아가면 빈 들판에 부는 바람이 지푸라기며 마른 풀잎을 하늘 높이 날아 올렸다가 허허롭게 내려 앉혔다. 방천길이며 밭둑에 심은 호박 줄기 틈에 있는 누런 호박이 힘없이 주저앉은 호박잎 사이에서 모습을 드러내면 본격적으로 초가지붕 이엉을 하는 시기다.

강원도의 너와집, 제주도의 억새지붕은 한 해 걸어, 두 해에 한 번씩,

때로는 삼 년에 한 번씩 지붕 갈이를 하지만 내륙에는 이엉을 해마다 새것으로 얹는 지방이 많다.

모산도 늦가을이 되면 지붕의 이엉을 새것으로 바꾸어야 비로소 한 해 농사를 마감했다는 생각이 든다.

이엉은 볏짚으로 만드는데 조상의 지혜가 훌륭하게 엿보이는 재료다. 볏짚은 속이 비었기 때문에 그 안의 공기가 여름철에는 내리쬐는 햇볕을 감소시킨다. 상대적으로 겨울철에는 집 안의 온기(溫氣)가 밖으로 빠져나가는 것을 막아준다. 폭설이 내리는 한겨울이면 오히려 보온효과가 더해지기도 한다. 그리고 겉이 비교적 매끄러워서 두껍게 덮지 않아도 빗물이 스며들지 않고, 눈이 녹아도 바로 흘러내려 언제나 건조한 상태를 유지하기도 한다.

지붕의 이엉을 새로 얹는 날은 모내기를 하는 날처럼 음식에 특별히 신경을 쓴다. 돼지고기와 두부를 넣고, 대파를 듬성듬성 썰고, 마늘을 콩콩 찧고, 김치를 넣은 김치찌개나, 고등어를 굽고, 멸치를 볶고, 여름에 따서 말린 호박무침이나, 무말랭이 등 최선을 다하여 밥을 내놓는다. 이엉을 엮는 틈틈이 마실 막걸리도 충분히 준비해 놓고, 새참으로 먹을 국수까지 넉넉히 끓여 내야 한다.

모산 사람들은 지붕 이엉을 얹는 작업도 모내기처럼 품앗이로 돌아가면서 한다. 오늘은 순배 영감네, 내일은 변쌍출이며 장기팔, 황인술 등의 집이 새 지붕으로 변하다 둥구나무 거리에 있는 김춘섭 집까지 내려왔다.

둥구나무 밑에는 짚단 수백 단이 널려있다. 겨울에 새끼를 꼬거나, 가마니를 짤 때 사용하기 위하여 마당에 차곡차곡 쌓아 놓은 것이 아니다. 오히려 논에서 끌고 오기 전에는 차곡차곡 쌓아 놓았던 짚단을 아무렇게나 던져 놓는다. 그 사이 사이로 바람이 들어가서 볏짚에 묻어 있는 습기를 말리기 위해서이다.

아이들에게 농촌은 놀만한 공간이 많지가 않다. 그래서 골목이며 들이며 야산으로 돌아다니며 놀아도 매일매일이 눈에 익은 풍경이라서 따분할 때가 많다. 마당 앞에 산더미처럼 쌓아 놓은 볏짚 더미는 오랜만에 보는 재미있는 놀이공간이다. 마구잡이로 던져 놓은 볏짚 속으로 비집고 들어가 숨바꼭질을 하거나, 짚단을 사각형으로 쌓아서 본부를 짓기도 하며 놀 수 있기 때문이다.

품앗이꾼으로 나선 윤길동이며 오씨며 황인술은 집에서 아침을 먹지 않고 둥구나무 그늘 밑에 자리를 차지하고 앉았다. 짚단을 수십 단씩 가져다 옆에 차곡차곡 쌓아 놓고 자리를 잡고 앉았다.

초가지붕에 이엉을 얹는 작업은 먼저 이엉과 용마루를 만드는 것으로부터 시작이 된다. 이엉이 바람에 날아가지 않도록 지붕에 엮을 새끼줄은 집 주인이 며칠 전부터 틈틈이 꼬아 두거나 학산에 있는 농협조합에 가서 사다가 준비를 해 둔다.

"목부터 축이고 하셔유!"

황인술과 오씨가 이엉을 반 마름 정도 엮었을 무렵이다. 철용네가 정지에서 개다리소반에 막걸리와 안주를 얹어서 들고 나왔다.

"구장님, 해장 한 잔 하고 해유."

집주인인 김춘섭과 철재는 품앗이꾼들이 쉽게 이엉을 엮을 수 있도록 짚단을 날라 주는 뒷모도 담당이다. 짚단을 한아름 안아서 오씨 옆에 갖다 놓으며 황인술을 불렀다.

"낼은 태수네 지붕을 하는 날인가?"

어차피 조금 있으면 아침을 먹는다. 안주는 특별할 것도 없는 김치다. 김춘섭이 대접 가득 막걸리를 따라주었다. 황인술이 술을 마시기 전에 젓가락 끝을 맞추기 위하여 손바닥에 탁탁 치며 물었다.

"철용이 어머가 그라는데, 태수도 오늘 저녁에 내려 온데유."

"그나저나, 태수 처는 참말로 대단햐. 우리 같은 이들 두세 명을 갖다 부쳐도 태수 어머 못 이길 겨."

김춘섭이 오씨며 윤길동의 잔을 채우는 동안 먼저 잔을 비워 버린 황인술은 입술에 묻는 막걸리를 닦았다.

"먼 말을 하고 싶어서?"

윤길동이 술대접을 들고 황인술을 바라봤다.

"생각해 봐, 지난 사라호 태풍 때 과수원이 쑥대밭이 됐잖여. 외려, 또랑 쪽보다 자갈이며 돌짝이 더 많이 쌓였잖여, 만약 우리 과수원이 그렇게 됐다믄, 광일이 어머 같은 여자는 겁이 나서 돌짝 한 개 들어내기는 커녕 석 달 열흘은 방구들 신세질 겨……"

"솔직히 그때는 그기 과수원여? 돌밭이지. 우리 같으면 질려서 쳐다볼 심도 읎을 껴. 하지만 태수 처는 당장 흙탕물 빠징께, 삼태미 들고 나가서 돌멩이 주서 내기 시작했잖여. 원래 태풍이 지나간 다음에는 땡볕이잖여. 그런데도 온 동리 사람들이 제정신이 아니라고 수군대든 말든, 그 땡볕 밑에서 진규하고 둘이서 새로 시작했잖여. 그 며느리에 시아부지라고, 태수 아부지도 보통은 넘다고 봐. 그 나이에 지치지도 않는지 웬 종일 과수원에서 살았잖여."

김춘섭이 김치를 우걱우걱 씹으면서 황인술의 말을 거들었다.

"난 또 먼 말을 한다고? 아까 봉께 진규가 지게에 바지게를 얹고 삼태기며 괭이에 곡괭이를 얹어 가는 걸 봉께 또 제방 보수하러 가능개벼. 진규 가도 보통은 넘어. 반공일이면 내려 와서 꼭 일을 해 주고 공일날 저녁이면 올라 가잖여. 오늘 같은 날도 날씨가 차서 돌짝이 무쇠덩어리 같을 거잖여……"

도둑놈이 제 발 저린다는 말처럼 황인술은 지금도 사과나무 얼어 죽은 것을 생각하면 설날 자신이 퍼부운 저주 때문에 그렇게 된 것 같아서 양심이 찔렸다.

"솔직히 이런 날 바위며 돌맹이 골라내는 것은 둔너서 떡 먹기잖여. 손가락이 돌짝에 짝짝 달라붙는 한겨울에 비해 봐."

오씨가 황인술의 말을 끊으며 별일도 아니라는 얼굴로 술잔을 가볍게 비웠다.

"하긴, 가만히 서 있기만 해도 콧등이 날아가 버릴 것 같은 겨울에도 자갈을 주서 내서 완전히 복구 했잖여. 그라고 일전에 사과나무가 죄다 얼어 죽어도 눈물 한 방울 흘리지 않고 암 일도 읎었던 것츠름 꼿꼿이 걸어서 집으로 갔다능 겨……"

윤길동은 목에 걸어 두었던 수건을 반으로 접어서 어깨며 팔뚝에 묻는 지푸라기를 툭툭 털었다.

"사과나무가 어링께 얼어 죽을게비 돌짝 한 개라도 더 골라내서 둑을 쌓은다잖여……그라고 봉께, 으런들한테 아침 자시러 오라는 말을 안했구면. 아여!"

김춘섭은 두런두런 말을 하며 황인술의 잔에 술을 채우다 말고 정지에 있는 철용네를 불렀다.

"왜유?"

새벽부터 내려 온 봉산댁하고 아침을 짓고 있던 철용네가 정지에서 상체만 내밀고 물었다.

"순배 영감하고, 팔봉이 아부지나, 태수 아부지며 아침 자시로 오라고 소리를 했남?"

"엊지녁에 죄다 소리를 했응께 쪼끔……저기 순배 영감님은 내려 오시네유."

김춘섭은 철용네가 손짓을 하는 곳으로 시선을 돌렸다. 순배 영감이 구부정한 허리로 천천히 내려오고 있는 모습이 보였다.

"오늘, 지붕 하기는 딱 좋은 날이구면. 우리 집 지붕을 하는 날은 바람이 하도 불어서 다들 애 먹었지?"

순배 영감은 개다리소반이 있는 마당 앞으로 가지 않고 너럭바위에 앉아서 먼 하늘을 바라봤다.

"가을 날씨 삐치는 거는 하느님 뺵에 모른다잖유. 아침은 다 된 모양유. 우선 해장 한 잔 하셔유."

김춘섭이 막걸리 주전자와 빈 대접을 들고 순배 영감 앞으로 가며 말했다.

"일하는 사람들부터 줘야지."

"우린 한 잔씩 했슈."

황인술은 김치 씹는 소리를 쩝쩝 내며 자기 자리로 가서 앉았다. 아침을 먹기 전에 한 단이라도 더 엮을 요량으로 짚을 엄지와 둘째손가락 사이에 들어갈 만큼의 분량을 짚어서 이엉에 갖다 부치고, 다른 쪽 짚을 당겨서 교차를 시키는 방법으로 이엉을 엮어 나갔다.

철재는 뒤늦게 혼자 막걸리를 따라서 뒤로 돌아마셨다. 김치를 우걱

우적 씹으며 짚단이 있는 곳으로 갔다.

박평래가 담배를 피우며 사랑방에서 나왔다. 때를 맞춰서 변쌍출이 쿨럭쿨럭! 기침을 해 대며 사립문을 나와서 둥구나무 거리로 내려갔다.

철용네는 밥을 고봉으로 푸고, 돼지고기 찌개도 넉넉히 담은 밥상을 차려서 마당 앞에 내놓고 둥구나무 밑에 있는 사람들을 불렀다.

"춘섭이 처, 음식 솜씨는 여전하구먼. 이런 데서 썩히기는 아까운 솜씨여. 영동 읍내 같은 데나, 학산 쇠전 같은 곳에서 밥장사를 하믄 큰돈 벌었어."

순배 영감은 해장술에 광대뼈 부분에만 가을홍시처럼 빨갛게 물이 들었다. 김치찌개를 한 수저 떠먹고 나서 바로 이 맛이라는 얼굴로 고개를 끄덕 끄덕거렸다.

"참말유? 나는 맨날 먹어서 그런지 그기 그거 같은 맛인데?"

김춘섭이 너털거리며 웃는 목소리로 말했다.

"참말여, 나는 구장단 회의다, 면사무소 회의다 해서 여기저기서 밥을 사 먹을 때가 많잖여. 내 입이 유난하거나 고급스럽지도 않는데 딱이 입맛을 잡는 음식점은 드물어. 제수씨 정도면 면소재지에서 장날만 밥집을 해도 재미가 쏠쏠할 겨. 이왕 말 나온 김에 장터에 가게 하나 읃어서 아싸리 밥집을 내지. 쇠전 가는데 보믄 국수며 국밥을 파는 집이 여러 집 있잖여. 그 가운데 한 칸이 비어있드만."

"그 집이 무주댁이라는 여자가 국수를 말아 팔던 집이잖여. 근데 그 여자가 위떤 소장수하고 눈이 맞아서 서울로 토꼈대잖여. 그래서 비었을 거 아마."

황인술이 하는 말에 윤길동이 무슨 말을 하고 있는지 알만 하다는 얼굴로 말했다.

"그런 사연이 있었구먼. 어뗘 춘셉이? 내가 학산 구장한테 좀 알아 봐 줄까?"

황인술은 무주댁이 바람이 나서 소장수하고 도망갔다는 말에 자신도 모르게 봉산댁을 바라봤다. 봉산댁이 보이지 않는다.

"에이, 다들 해장술을 한 잔씩 하셔서 그릏지, 이 동리서 음식 잘하기로 치자믄 상규 어머하고 봉산댁 따라 갈 여자는 읎슈. 면장 댁에 무슨 손님이 오면 노상 상규 어머나 봉산댁이 올라가는 걸 봐서도 알잖유."

철용네가 숭늉그릇을 들고 방에 들어 왔다가 황인술이 하는 말에 싱겁게 웃으며 말했다.

"대관절 태수 처가 못하는 것이 머여?"

황인술은 윤길동에게 건성으로 물으면서 시선은 은근슬쩍 정지 안에 있는 봉산댁을 찾아봤다. 정지문 안으로 보이는 봉산댁은 허리를 숙이고 있어서 엉덩이만 보인다. 해장부터 막걸리도 얼큰하게 먹어서 그런지 작년 겨울에 읍내에 있는 여관에서 뜨겁게 보냈던 시간이 떠오르면서 아랫도리가 뻐근해진다.

"일 그만 하시고, 어서들 오셔서 아침 자셔유. 겅거니가 입에 맞을란가 모르겄네."

봉산댁이 돼지고기를 설렁설렁 썰고 무를 넣어 끓인 고깃국을 가지고 나왔다. 철용네가 그것을 밥상 위에 올려놓으며 남정네들을 불렀다.

남정네들은 깔고 앉을 짚단을 한 단씩 들고 밥상 앞으로 가서 둥글게 둘러앉았다.

"내 생각에는 태수 질들이는 거 빼놓고는 못 하는 것이 읎는 거 가텨."

윤길동이 밥을 듬뿍 퍼서 국에 말면서 말했다.

"그라고 보니, 참말이네."

황인술이 생각 없이 웃다가 느낌이 이상해서 고개를 들었다. 박평래가 밥을 먹다 말고 기가 막힌다는 표정을 짓고 있다.

"이상하게 생각하지 말아유, 으런이 생각해 봐도, 며느리가 대단하잖유. 대단해도 남자 못지않게 대단해서 기냥 해 본 말유. 어여, 진지나 드셔유."

황인술은 지나간 유월에 이동하의 송덕비를 세운 이후로 박평래에게 대하는 것이 옛날하고 눈에 보이도록 변했다. 허허 웃는 얼굴로 능구렁이 담 넘어가듯 말했다.

"내가 구장 말을 곧이곧대로 듣고 이 자리에서는 암말 안 하겠어. 하지만 앞으로는 일절 내가 보는 앞에서 며느리가 워떠니, 저떠니 이러쿵저러쿵 말들을 안 했으믄 좋겠어."

"내가 볼 때 태수 처도 보통은 넘지만, 태수 애비도 보통은 넘다고 봐. 며느리 머리가 아무리 비상하다고 하지만 집 안에서 반대를 하믄 말짱 도루묵이잖여. 그래도 태수 애비가 며느리 말이라믄 무조건 옳다고 생각하며 새벽부터 바지게를 지고 또랑으로 나가니까 일이 되는 것이잖여. 내 말이 틀렸는감?"

순배 영감이 돼지고기를 오물오물 씹다가 꿀꺽 삼키고 나서 박평래를 바라봤다.

"형님이나, 저나 다 늙은 나이에 뭘 할 것슈. 한 가지 틀림없는 것은, 이날 이쩍까지 우리 집 며느리가 저건 저렇게 하믄 안 되는데, 하는 짓을 본 적이 단 한 븐도 없다는 거유. 하다못해 손자들 고무신을 사도 암 생각 읎이 발에 딱 맞는 거 안 사유. 아들은 우후죽순처럼 자란다며 꼭 한 치수 큰 거를 상께, 손자들이 츰에는 주둥이가 댓 발씩 나왔다가 난 중에는 역시 우리 어머라고 생각한다니께유. 그러니 내가 워찌 며느리를 미워 하겄슈. 그라고 라디오만 해도 그래유. 우리 진규가 할아부지 긴 겨울밤 동안 심심항께 라디오를 한 대 사 드려야해유, 라고 말항께 두말도 안 하고, 그려 내가 왜 그걸 생각 못했을까. 당장 오늘 읍내 나가서 사오니라 했잖유.”

박평래는 상규네와 진규 자랑이라면 밤을 꼬박 새우며 해도 부족했다. 다른 사람들은 오랜만의 성찬에 코를 밥그릇에 묻고 밥 먹느라 정신이 없는데 수저를 내려놓고 신이 난 목소리로 말했다.

“허긴, 요새 그 머서, 다이안지 타이안지, 고무신 안에 다이아가 그려져 있는 우리들이 신는 이 고무신은 너무 안 떨어져서 고무신 공장 망하게 생겼다는 말도 있잖여.”

박평래가 말을 하는 동안 연신 고개를 끄덕끄덕하고 있던 변쌍출은 박평래가 너무 부러웠다. 팔봉이 놈은 서울 생활을 그렇게 오래하면서도 라디오 한 대 사주지 못하는 팔불출이라는 생각에, 라디오 말은 짤라버리고 고무신 이야기만 했다.

“타이어표 고무신 재료가 원래 헌 타이어라잖유. 타이어가 뭐유? 자동차 발통이잖유. 자동차 발통이 여간 억세유. 그걸 녹여서 고무신을 만들었응께 얼마나 찔기겄슈.”

다른 사람들보다 일찍 밥그릇을 비운 김춘섭이 막걸리 주전자를 들었다. 누구 술잔이 비었는지 요리조리 살피다가 오씨의 잔에 막걸리를 따르며 말했다.

"용마루는 내가 짤 모냥잉께, 신경들 쓰지마. 난도 밥을 읃어 먹었으니께 밥값을 해야 할 거 아녀."

초가에 지붕 이엉이 지붕 꼭대기에서 삼각형으로 맞닿는 부분을 감싸는 부분에 얹는 이엉을 용마루하고 한다. 용마루는 비가 스며들지 않도록 고기비늘처럼 겹쳐서 얹는다. 이엉은 일자형으로 엮어가기만 하면 되지만, 용마루는 짚을 꼬는 부분을 사각형으로 모양을 내가며 엮어야 하기 때문에 손기술이 필요하다. 변쌍출이 길게 트림을 하고 나서 담배를 입에 물며 말했다.

"우리 동리서 용마루 엮는 솜씨하고, 행상 나갈 때 생여소리로 치자믄 팔봉이 아부지 벡에 읎잖유. 올게도 부탁 좀 드려유."

김춘섭이 배를 슬슬 문지르며 밥상에서 물러 나 앉은 변쌍출의 빈 잔에 술을 채워주며 말했다.

남정네들이 막걸리를 반주 삼아서 배가 부르도록 밥을 먹었다. 나이가 많은 축은 담배를 입에 물고, 너럭바위로 갔다. 너럭바위에는 해룡네며, 광일네며 봉산댁, 날망집 등이 와서 이런저런 이야기를 하며 기다리고 있었다.

"배고프지. 어여 와."

철용네가 한꺼번에 푼 밥과 빈 밥그릇을 양손에 들고 불렀다.

"구장님은 아침부터 한 잔 하셨나벼?"

봉산댁이 시뻘겋게 달아 오른 얼굴로 스스, 거리며 이빨에 낀 찌꺼기를 빼내고 있는 황인술에게 눈웃음을 쳤다.

"어……어여 들어가 봐. 돼지고기 찌개가 둘이 먹다 한 명이 죽어도 모를 만큼 엄청 맛있구먼."

황인술은 술도 알맞게 오르겠다. 배도 부르겠다. 오늘 따라 봉산댁의 얼굴이 뽀얗게 보인다. 자신도 모르게 젖통을 주무르고 싶은 생각에 온몸이 오싹 떨리는 것을 참느라 애매하게 웃었다.

"저, 냥반은 생전 마누라한테는 안 하던 말을 왜 봉산댁한테만 한댜?"

광일네가 혼잣말로 중얼거리며 황인술을 보며 입술을 삐죽거린다.

"어따, 오늘 날 한븐 좋다."

황인술은 광일네가 하는 말을 못 들은 척하는 표정으로 하늘을 바라봤다.

"상규 어머는 왜 안 와유?"

김춘섭이 대충 밥상을 치우느라 늦게 나온 봉산댁에게 물었다.

"상규 어머는 또랑에서 일 하느라 증신 없어."

해룡네가 입맛을 다시며 촉새처럼 말했다.

"내가 가서 보내야겠구먼."

너럭바위에 앉아서 느긋하게 담배를 피우던 박평래는 그냥 있을 수가 없었다. 면장 댁의 반찬만큼은 아니지만 포식할 수 있는 기회다. 일을 열심히 하려면 밥도 많이 먹어야 된다는 생각에 뒷짐 지고 방천을 향해 슬슬 걸었다.

저저! 저러다 몸이라도 상할라믄 어쩔라고?

방천위로 올라선 박평래는 과수원이 있던 곳을 바라봤다. 햇볕이 따뜻해서 방천 때문에 이늑한 둥구나무 거리는 추운 줄 몰랐다. 방천에서는 또랑이며 들판에서 불어오는 바람이 차다. 수건을 동여맨 상규네는 삼태기로 자갈을 주워다 둑을 보강하고 있었다. 오늘이 일요일이라서 어제 내려온 진규는 예전과 다르게 바지게로 돌을 져 나르고 있다.

"좀 셨다 하지, 그러냐. 철용네가 아침 먹으러 오라고 항께 어여 가봐. 진규 너도 어머하고 철용이네 집에 가서 밥 좀 먹고 오니라."

박평래는 담뱃불을 끄고 혀로 입술을 핥았다. 깊게 한숨을 쉬고 나서 과수원으로 내려가면서 상규네를 불렀다.

"아침 맛나게 드셨슈?"

상규네가 머리에 쓴 수건으로 얼굴을 닦으며 일어섰다.

"그려, 찌개도 맛있고, 국도 맛있고, 겅거니도 맛있어서 한 그릇 뚝딱 비웠다. 어여 가서 먹고 오니라."

"집이서 아침 먹고 나왔잖유."

"그래도, 어여 진규 델고 가서 더 먹어. 이런 일을 하다보면 밥 먹고 돌아서믄 배가 고픈벱이잖여."

"어머님도 가서 드셨슈?"

"느, 어머 집에서 아침 먹는 거 못 봤냐?"

"철용네 집이서 부를 거라며 몇 술 뜨지 않으시던데……"

"집에 밥이 없냐? 양식이 없냐. 느 어머 걱정은 하지 말고 어여 진규 데리고 가서 샛밥 먹는 셈치고 먹어라."

"할아부지, 저는 안 먹어도 돼유. 어머는 어여 가서 먹고 와. 나는 여기서 일을 하고 있을팅게. 사과나무가 참 실하쥬?"

"그려, 요번에는 묘목이 좋아서 영하 백도가 돼도 끄떡읎겠다."

박평래는 말과 다르게 대꼬챙이처럼 팽팽하게 서 있는 묘목들을 바라봤다. 겨울 날씨는 하느님 밖에 몰라서 걱정이 되지 않을 수 없었다.

"넌도 같이 가자. 오늘은 이래저리 일을 하지 말라는 팔자인가 보다."

상규네는 아침만 뚝딱 읃어 먹고 올 수는 없다고 생각했다. 철용네를 도와서 음식도 만들어 주고, 이런저런 걸 도와주다보면 하루해는 그냥 넘어 갈 것이라는 생각에 진규를 불렀다.

"생각 잘했다. 일하는 날이 있으믄 쉬는 날도 있어야지, 맨날 일만 하믄 그기 사람이 할 것이냐."

박평래는 수건으로 어깨며 치마를 탈탈 터는 상규네를 안쓰러운 표정으로 바라보며 중얼거렸다.

"밥 먹으러 가. 맛있는 겅거니 하고 밥 먹을 껴."

상규네가 해룡네 집 앞을 지나가는데 해룡이 불쑥 나온다. 날이 찬데 춥지도 않은지 여름저고리를 입고 춤을 추듯 어깨를 흔들며 말했다.

"그려, 어여 가자. 오랜만에 해룡이 포식하겄네."

상규네는 해룡이와 함께 둥구나무 거리로 갔다. 둥구나무 밑에는 남정네들이 여기저기 앉아서 이엉을 엮고 있었다. 아이들은 짚단 위를 기어 다니며 위에서 아래로 미끄러지기도 하고, 짚단 안에 푹 파묻히기도 하면서 깔깔거렸다.

"해룡이도 이엉 엮으러 온 겨?"

변쌍출이 용마루를 엮으며 물었다.

"나는 밥 먹어. 맛있는 겅거니하고 밥 많이 먹어."

"그려, 그것도 큰 부조 하는 거여."

순배 영감은 너럭바위 밑으로 다리를 늘어트리고 앉아 있다가 양반다리를 하고 앉았다.

상규네는 너럭바위에 앉아 있는 순배 영감이며 변쌍출에게 가볍게 인사를 하며 진규가 오고 있는지 바라봤다. 진규는 상규는 둥구나무 거리로 들어오지 않고 집 앞으로 걸어가고 있었다.

"어여 와. 그릏지 않아도 해룡네 시켜서 불러 오라고 할 참이었구면."

철용네가 방에서 나와 상규네를 반겼다. 상규네는 황인술이며 오씨에게도 가볍게 고개를 숙여 인사를 했다.

"다, 먹고살자고 하는 짓유. 너무 일만 하시믄 골병 낭께, 오늘 같은 날은 하루 쉬는 거시 좋아유."

김춘섭이 짚단을 한아름 안고 황인술이 있는 곳으로 가며 말했다.

점심을 먹고 나서는 얼추 일이 마무리 되어 갔다. 이엉의 길이는 지붕을 길이에 맞춰서 적당한 길이로 엮어서 똘똘 만다. 그것을 두 손으로 껴안아 땅바닥에 대고 탁탁 쳐서 끝을 반듯하게 맞춘 다음에 풀리지 않도록 짚으로 묶는다. 어른 팔로 한아름이 되는 이엉묶음이 늘어 가니까, 아이들은 키가 큰 갈대숲처럼 서 있는 이엉단 사이를 비집고 들어가서 해해 웃으며 숨바꼭질을 하기 시작했다.

"오늘 참말루 수고들 하시네유. 국시나 한 그릇씩 들고 해유."

점심을 먹은 후에 한 시간 정도는 집에 가서 낮잠을 자거나, 너럭바위에 앉아서 이런저런 잡담을 하며 휴식을 취했다. 다시 일을 시작해서 한 시간 정도 지나니까 새참으로 국수가 나왔다. 품앗이꾼이며 구경을 하고 있던 순배 영감이나 박평래는 종일 마신 막걸리에 붉어진 얼굴로 합죽합죽 웃으며 국수 그릇을 들었다.

이엉을 짜고 용마루를 만드는 일은 오후 네 시경에 끝이 났다. 본격적으로 이엉을 얹기 전에 작년에 올린 이엉이 썩거나, 그냥 두어도 오래가지 못할 것 같은 부분은 걷어 내고 짚을 뭉쳐서 옹이 박는 일을 한다.

"올려!"

오씨가 사다리를 타고 지붕 위로 올라갔다. 황인술은 똘똘 말은 이엉을 불끈 들어서 앞뒤로 흔들다가 어여차! 하는 소리와 함께 지붕으로 던졌다. 지붕 위로 날아간 이엉을 오씨가 재빠르게 낫으로 찍어 잡아당긴다.

"올려!"

김춘섭과 오씨가 말아 올린 이엉을 지붕 위에 피고 나서 바람에 날아가지 않도록 작년에 얹은 이엉에 묶은 다음에 마당을 내려다봤다.

"어여차!"

이번에는 윤길동이 이엉을 가볍게 지붕위로 던졌다. 김춘섭이 지붕 위로 날아온 이엉을 낫으로 찍어 당겼다.

용마루는 부피도 있어서 지붕 위로 던질 수가 없었다. 윤길동이 등 뒤에 메고 사다리를 타고 올라가서 지붕위에서 기다리고 있는 김춘섭에게 넘겨주었다.

지붕에 용마루까지 얹고 나니까 시커멓던 지붕은 노랗게 변했다. 바람이 불면 가지런히 누워있던 이엉들이 산발적으로 일어나서 쑥대머리가 된다. 새끼로 가로세로 눌러서 처마를 지탱하고 있는 서까래에 단단히 묶으면 조개껍질을 엎어 놓은 것 같은 초가지붕이 완성이 된다.

"빳듯빳듯하게 짤라, 그래야 복이 들어 온댜."

지붕 얹기 작업이 모두 끝이 나면 낫으로 처마 끝을 반듯하게 자르는 작업이 남아 있다. 김춘섭은 사다리를 옮겨 가면서 마치 이발사가 머리를 모두 깎은 후에 면도를 하는 것처럼 옆에 있는 이엉보다 크게 튀어 나온 짚을 가지런하게 깎아 나갔다. 순배 영감이 얼큰하게 오르는 취기에 불그스름한 얼굴로 한마디 했다.

"지붕까지 새로 얹었응께 올 한 해도 다 갔구먼."

변쌍출이 입을 짭짭거리며 중얼거렸다.

"세월은 낙화유수인데, 기운은 자꾸 없어져 가니까 참으로 허무하구면."

박평래는 새 옷을 갈아입은 것처럼 보이는 김춘섭의 집을 바라보다 자기 집 쪽으로 시선을 돌렸다. 똑같이 초가집인데도 세월을 먹고 거무스름한 집과 노랗고 싱싱한 김춘섭의 집을 보니까 절로 한숨이 나온다.

"내 참, 해룡네가 그런 말을 하믄 밉지나 않지. 아! 태수 애비가 먼 걱정이 있어. 나 같은 늙은이도 내일이믄 좋아지겠지. 해가 바뀌믄 암만해도 올게 보다는 낫겠지 하고 살아가는데?"

변쌍출이 지금 누구 약 올리느냔 얼굴로 박평래를 노려봤다.

"빨리 와서 저녁 드셔유. 동탯국을 끓여 놨슈."

박평래는 변쌍출에게 한마디 하려고 볼을 실룩거리다가 봉산댁이 부르는 말에 흘끗 째려보며 일어섰다.

겨울비가 주룩주룩 내리고 있었다. 내리는 비에 음지에 얼었던 얼음이 녹고 진흙탕이 녹아서 포장이 되지 않은 골목길은 질퍽질퍽거렸다. 이동하가 그려준 약도처럼 하얀색 타일을 붙인 이층 건물은 종로 3가 단성사 극장 근처에 있는 골목에서 이십여 미터 안쪽에 있었다. 건물 옆에는 단층의 제일여관이다.

건물 일층에는 '무궁화 무역'이라는 나무 간판이 붙어 있었다. 돌출된 현관 처마 밑에는 양쪽으로 문이 열리게 되어 있는 창문 달린 출입문이 있었다.

고현수는 건물 현관에 들어서서 우산을 접었다. 바바리코트에 떨어진 빗물을 털어내고 회색페인트 칠을 한 출입문 유리창에 낀 습기를 문질렸다. 유리 안에 종이를 발라 놓아서 내부가 보이지가 않았다. 주머니에서 이동하가 건네 준 박광호의 명함을 꺼내서 확인하고 다시 안주머니에 집어넣었다.

"실례하겠습니다."

고현수는 조심스럽게 문을 열고 안으로 들어갔다. 책상 앞에 앉아 있던 대여섯 명의 직원들이 일제히 고개를 들었다.

"박 부장님을 찾아왔습니다. 여기서 근무를 하신다고 하던데……"

고현수는 출입문 쪽에서 가장 가까운 책상 앞으로 갔다. 넥타이를 단정하게 매고 있는 자기 나이 또래의 직원에게 조심스럽게 물었다.

"이름이 어떻게 되십니까?"

"종로에서 온 고현수라고 하시면 아실 겁니다."

"그러세요?"

청년은 고현수의 위아래를 빠르게 살펴보고 나서 인터폰을 눌렀다. 작은 목소리로 뭐라고 속삭이고 나서 인터폰을 끊었다.

"저를 따라 오시죠."

청년은 고현수에게 미소를 지어 보이며 앞장서서 이층 계단이 있는 쪽으로 갔다.

"감사합니다."

고현수는 이층으로 올라가기 전에 다시 한번 사무실을 바라봤다. 이상하게 여자 직원들은 한 명도 보이지 않고 모두 남자 직원들뿐이다.

청년이 이층으로 올라가서 아무런 표식이 없는 문 앞에 멈추어 노크를 했다. 곧 문이 열리면서 대머리가 나타났다.

"이런, 여기서 또 만나는군."

고현수는 사무실 안에 서 있는 남자를 보는 순간 온몸이 얼어붙어 버린 것 같아서 움직일 수가 없었다. 남자는 석관동에서 본 박광원이라는 남자였다. 이동하로부터 무궁화 무역의 박광원 부장을 찾아가라는 말을 들었을 때는 백 프로 동명이인이라고 생각했었다.

"박 의원님이 내 사촌형님이거든. 자네 칭찬이 아주 자자하던데."

박광원은 청년에게 그만 나가 보라고 눈짓을 보냈다. 청년이 등을 돌리자 박광원은 이웃집의 마음씨 좋은 아저씨처럼 선하게 웃으며 고현수에게 악수를 청했다.

"놀랐을 거야. 놀라지 않으면 인간이 아니지. 암, 당연히 놀랐겠지. 마음을 진정시키는 데는 이것만큼 좋은 것이 없지."

고현수는 머리가 텅 비어 버린 것 같은 기분으로 박광원이 이끄는 대로 걸어가서 소파에 앉았다. 시바스리걸을 두 개의 컵에 삼분의 일 정도 차오르게 따랐다. 양손이 컵을 들고 부드럽게 웃으며 고현수 건너편에 앉았다.

"나를 원망하는 눈빛은 버리는 것이 좋아. 지금 고현수 씨 앞에 앉아 있는 현재의 내 얼굴만 기억하는 것이 정신 건강에 좋다는 거야."

"한 가지 묻고 싶습니다. 가족이 있습니까?"

고현수는 박광원이 건네주는 시바스리걸을 받자마자 단숨에 비워버렸다. 술이 독해서 목이 콱 막히는 것 같았다. 길게 숨을 내쉬고 나서 박광원의 눈을 똑바로 응시했다

"난 아내를 고등학교 때 만났지. 아내와 나는 교회 성가대원이었거든, 그때는 청년성가대였지만 지금은 청년이라는 딱지를 떼어 버린 성가대원으로 활동을 하고 있……"

"잠깐만요. 제 귀가 이상이 없다면 지금 교회에 다니고 계십니까? 원수를 사랑하라고 설파를 하는 그 교회를 다니십니까?"

고현수가 도저히 믿을 수가 없다는 얼굴로 박광원의 말을 잘라 버리며 빠르게 물었다.

"왜 내가 교회를 다니면 안 되나? 나는 모태신앙인일세. 어머니가 교회집사님이시거든. 내 아들과 딸도 성가대원으로 활동을 하고 있지. 내가 다니는 교회는 신자가 이천 명쯤 되는데, 온 가족이 성가대원으로 활동을 하는 집안은 우리 집 뿐일세. 작년에는 그 공로로 온 가족이 제주도에 사박 오일동안 휴가를 다녀올 수 있는 비행기 표와 숙박권을 선물로 받았지, 자네는 종교가 뭔가?"

"제 심정을 그대로 말씀드린다면, 만약 제가 교회를 다니고 있었다면 이 순간 바로 무신론자가 되고 싶습니다."

"흥분하지 말게. 난 그저 하나님의 종으로 한눈팔지 않고 열심히 내 일에 종사를 하고 있을 뿐이니까. 자네가 나하고 역할을 바꿔서, 나를 고문한다고 해도 나는 자네를 원망하지 않겠네. 고문을 당하는 쪽도 하나님이 주신 역할이니까, 내 말 무슨 뜻인지 알겠나?"

"그만 일어서도 되겠습니까?"

고현수는 박광원과 더 이상 말을 섞고 싶지가 않았다.

"내 말을 듣고 나서 일어나게. 자네를 동정해서 하는 말은 아니고, 자네를 위해서 하는 말인데 자네는 이미 건너가지 못할 강을 건너갔어. 자네가 꼬투리를 준 허준학은 신문에서 봤겠지만 당분간 마음대로 햇빛을 보지 못하게 될 거야. 그렇다고 죄책감을 가질 필요는 없어. 격변의 시대에 살다 보면 오직 강자만이 살아남게 되어 있어. 자네가 아니어도 누군가 자네 역할을 해서 허준학은 어차피 이 시간에 독방을 차지하고 앉아 있을 수밖에 없다는 말일세. 그렇다고 자네가 재수 없게 그 일을 맡게 되었다는 생각을 가지게 되면 안 돼. 자넨 일단 데모대에 합류한 전력이 있으니까, 데모를 전혀 하지 않은 학생들보다 그 일을 하게 될 확률이 높았을 뿐이니까, 한 잔 더 하겠나?"

박광원은 시바스리걸 병을 들고 와서 고현수의 빈 잔을 채웠다. 잔을 들어 박광원에게 건배를 하는 흉내를 내보이고 나서 두 모금 정도 마셨다.

고현수는 박광원이 무슨 말을 하는지 도무지 이해를 할 수 없었다. 이동하로부터 좋은 일자리가 있다며 소개를 받았을 때 단순한 무역회사인 줄 알았다. 하지만 박광원이 있는 것으로 보아서 중앙정보부의 분소가 틀림없는 것 같았다. 박광호가 보냈을 때는 무언가 생각이 있을 것이라는 생각에 너무 흥분해서는 안 된다고 생각하며 시바스리걸을 단숨에 비웠다. 속에 불이 붙은 것처럼 확확 타는 것 같았으나 겉으로 내색을 하지 않고 참았다.

"술을 꽤 마실 줄 아는 군, 한잔 더 하지."

박광원은 부드럽게 말하며 고현수의 말에 다시 잔을 채워줬다.

"한 가지만 묻겠습니까? 여기는 정말 무역회사가 맞습니까? 아니면……"

"자네가 상상하고 있는 그런 곳이지. 하지만 자네도 봤겠지만, 아래층에 있는 직원들 모두 무슨 빨갱이 짓을 하고 있거나 도둑질이나 사기를 치고 있는 것은 아냐. 모두 나라를 위해 충성하고 적당한 대가를 받는 공무원들이라구."

"그만 가보겠습니다."

고현수는 박광원이 따라주는 세 번째 잔도 천천히 비워버렸다. 빈 잔을 테이블 위에 내려놓으며 일어섰다.

"자네는 유능해. 얼마든지 강자 입장에 서 있을 수 있는 자격이 있어. 하지만 이 회사를 빠져 나가는 순간 자네는 다시 약자 편에 설 수밖에 없어. 세상을 움직이는 부류는 절대적인 강자들 뿐이지. 약자는 태어나는 그 순간부터 무덤 안으로 들어가는 그날까지 강자의 그늘을 벗어 날 수 없어. 그 법칙을 정글의 법칙이라고 하지. 서울법대를 나와서 철학자처럼 동네에서 헌책장사나 할 텐가? 아니면 강자 편에 서서 외국을 자유롭게 여행하면서 자유롭게 살고 싶은가. 그 선택은 오직 자네한테 달려 있어."

고현수는 문을 나가기 위해 뒤돌아섰다. 박광원이 바쁠 것 없다는 목소리로 술을 마셔가면서 부드럽게 말했다.

"차라리, 동네 헌책방 주인이 되어 살겠습니다."

고현수는 박광원의 말을 듣고 싶지 않아서 귀를 막고 싶었다. 하지만 나약한 모습을 보이기 싫어서 문 앞으로 걸어갔다.

"자네는 그렇게 살고 싶지만, 자네 어머니는 그렇게 살고 싶지 않으실 거야. 자네 어머니는 이미 설탕의 단맛을 충분히 즐기신 분이 아닌가. 하지만 지금은 설탕 맛을 눈물 나도록 그리워하며 소금만 먹고 있지. 그것도 가축의 사료나 할 수 있는 아주 저급의 소금을."

고현수는 잠깐 멈칫거렸다. 시바스리걸의 취기가 한꺼번에 올라와서 얼굴이 화끈화끈거렸다. 이를 악물고 손잡이를 확 잡았다.

"사촌형님의 특별한 부탁이니까 선물을 하나 주지, 나처럼 현장투입은 절대로 없을 거야. 내근근무만 하는 걸로 채용하겠어. 신입직원이 아니고 경력사원으로 채용하지. 더 이상 양보는 없어."

출입문을 연 고현수가 비틀거리는 몸을 중심잡기 위해 문을 잡고 서 있었다. 박광원은 술이 들어 있는 컵을 내려놓고 담배를 입에 물었다. 성냥을 그어 불을 붙이며 지금까지와 다르게 사무적인 목소리로 말했다.

"생각 할 수 있는 시간은 내일 이 시간까지야. 지금이 세 시 삼십 분이군."

고현수는 손을 뒤로 돌려서 문을 닫았다. 계단 앞에까지 천천히 걸어가서 난간을 잡고 창문 밖을 바라봤다. 창문 밖에는 비가 소리 없이 내갈기고 있었다. 창문 유리에 내갈긴 빗물이 눈물처럼 흘러내리는 것을 바라봤다.

영동에 계신 어머니는 거의 외출을 하지 않았다. 영동 장날 장터에 나가서 닷새 동안 먹을 나물이며 생선을 사 가지고 오면 다음 장날까지는 마당 대문을 나서는 일이 없었다. 언제부터인지 대인기피증까지 생겨서 이웃이 놀러 와도 말대꾸를 하지 않으니까 언제부터 마실 손님도 발걸음이 뜸해졌다.

"어머님, 집에만 계시지 말고 밖에 좀 나댕겨요. 그래야 건강하지…"

"동정 받기 싫구먼. 밖에 나가믄 불쌍하다고 자꾸 이것저것 사 주는 통에 내가 걸어지가 된 거 같은 기분이 드는구먼."

언젠가 왜 하루 종일 집에만 있느냐고 외출을 권유했다. 그랬더니 뜻밖의 말로 당황케 한 적이 있었다.

"없는 사람들끼리 가끔 서로 도움도 주고, 도움도 받는 것이 사람 사는 세상이잖아요."

"내가 왜 읎는 사람이여? 난 오늘 바로 죽어도 남한테 일 전짜리 한 장 신세 지기 싫구먼. 느 아부지도 하늘나라에서 내가 구차하게 살고 있는 모습 보고 싶지 않을 껴. 느 아부지가 뉘여? 영동에서 둘째가라고 하면 서러워 할 사업가에 정치인이셨잖여. 그런 느 아부지 욕 멕일 있냐? 그랑께 니가 하루라도 빨리 출세를 햐. 그래야 이 어머도 옛날처름 큰소리치면서 댕길 수 있응께."

어머니는 아직도 아버지가 살아 계실 때의 평안을 벗어나지 못하고 있었다. 말을 하는 틈틈이 벽에 걸려 있는 아버지의 사진을 바라보고 있는 당신의 얼굴에는 간절한 그리움이 눈물로 축축하게 배어 있었다. 아버지가 살아 계셨다면 어머니는 대인기피증에 걸리지 않았을 것이다. 아버지 또한 권력의 그늘 안에 있었다면 건설회사가 부도나지 않았을 것이다. 대전에서 관광호텔을 건립 할 때에만 해도 권력의 그늘이 있었다. 하지만 권력의 그늘에서 벗어나 땡볕 밑으로 내팽개치는 순간 은행에서는 대출을 거절했고, 필생의 사업인 관광호텔 건립은 중단됐다. 결국 스스로 목숨을 끊은 것도 지금 생각해 보니까 권력의 그늘이 없었기 때문이라는 생각이 들었다.

그래, 어차피 박광원의 말대로 되돌아가지 못할 강을 건너왔어. 도둑질을 하는 것도 아니고, 사기를 치는 것도 아니잖아. 중앙정보부요원이면 정부의 녹을 먹는 공무원이라구……이왕 출세 할 바에는 확실한 줄을 타는 것이 낫겠지. 이 순간부터 옛날의 고현수는 존재하지 않는 거야.

인경이를 위해서도 약자로 살아갈 수는 없어. 내가 힘이 있어야 사랑하는 여자 때문에 인생 경로를 수정하는 약자를 보호할 수 있어…… 힘이 있어야.

고현수는 소리 없이 겨울비가 내리고 있는 창문 밖을 한참 동안 바라보다가 닫혀 있는 박광원의 사무실 문을 향해 천천히 시선을 돌렸다. 회색 철문에는 아무런 표식이 없었다. 일반 회사에는 하다못해 창고라도 '창고'라는 표식이 붙어 있다. 그러나 이곳은 철저하게 자신은 숨기고 일을 하는 곳이기 때문에 표식이 필요 없을 것이다. 오직 같이 근무를 하는 직원들만 알 수 있는 방법으로 서로 통하고 있을 것이다. 그리고 그들은 강자의 울타리에 편입이 된 선택된 사람이라는 생각이 들었다.

"현명하군. 생각 잘했어, 자네는 이 나라의 심장부에 들어와 있는 거야. 처신하기에 따라서 원하는 만큼의 부와 권력을 얻을 수 있어. 이 서류를 보니까 고시 일차에 합격은 몇 번 했지만 이차 운은 없었군."

박광원은 고현수가 다시 문을 열고 들어오는 것을 보고 놀라지 않았다. 그럴 줄 알았다는 얼굴로 읽고 있던 고현수의 이력서를 테이블 위에 내려놓았다.

"제 생각이 짧았습니다. 앞으로 잘 부탁드립니다."

고현수는 박광원의 부하가 되기로 한 이상 과거는 모두 잊어버리기로 했다. 밀림에서 살아남기 위하해서는 철저하게 자신을 속여야 된다고 생각하며 정중하게 인사를 했다.

"최 차장 잠깐 올라오게."

박광원이 테이블 위에 있는 인터폰을 눌러서 짤막하게 지시를 했다.

"이동하 의원하고는 동향이더군."

"네, 그렇습니다."

"그런 인연으로 과외선생도 하고?"

"많은 도움을 받았습니다."

"자네는 원래 그렇게 단발적으로 대답을 하나?"

"죄송합니다."

"아냐, 아주 내 맘에 들어. 원래 이 바닥에서 오래 살아남으려면 가능한 많은 정보를 소유하고 있어야 하거든. 그 정보를 오랫동안 간직하고 있으려면 자네처럼 말수가 적은 친구가 적격이지……"

노크 소리와 함께 최 차장이 들어왔다.

"인사하지, 이쪽은 고시공부를 하다가 우리 회사에 입사한 서울대 법대 출신의 고현수. 아니, 오늘부터 코드네임은 김 과장으로 하지. 이름은 자네가 적당한 걸로 짓게. 그리고 이쪽은 코드네임 최 차장, 본명은…"

"양승찬이라고 하네. 앞으로 잘해 보자고."

박광원의 말이 끝나기도 전에 고현수에게 손을 내밀었다.

"잘 부탁드립니다."

"낮술을 즐기는 모양이군."

양승찬이 고현수가 내민 손을 굳게 잡으며 웃었다.

"나하고 입사주를 미리 마셨지. 김 과장은 앞으로 최 차장하고 같은 일을 하게 될 거야. 당분간은 우리 회사가 어떻게 돌아가는지 한 달 정도는 견습만 하게. 집에는 여기서 완전히 자리가 잡힐 때까지 말을 하지 않는 것이 좋아. 결혼을 아직 안 했으니까 비밀을 지키기에는 좋겠군. 자세한 내부 규정은 최 차장이 말해 줄 거야. 그렇게 알고 내려가 보도록."

고현수는 박광원에게 정중하게 인사를 하고 양승찬을 따라서 아래층으로 내려갔다. 곧바로 책상을 배정 받고, 책상 사이를 돌아다니면서 직원들과 일일이 인사를 나누었다. 얼굴은 웃고 있지만 마음속에서는 세찬 겨울비가 내리고 있었다.

제12장

1
9
6
7
년

편지

화……황금순이라믄?
봉산댁이 놀란 얼굴로 황인술을 바라봤다.
그……금순이한테 편지가 왔단 말유?
아는 사람잉개비군.
편지 배달부는 모산까지 들어가지 않아도 된다는 생각에
웃는 얼굴로 편지를 내밀었다.

종로 3가에 있는 경양식집 유토피아는 2층에 있었다. 실내에는 대낮부터 베토벤의 월광소나타가 흐르고 있었다. 홀은 모두 칸막이가 되어 있어서 어느 룸 안에 누가 앉아서 식사를 하고 있는지 알 수가 없었다. 복도를 조심스럽게 걸어 다니는 웨이터의 발자국 소리, 룸을 드나드는 손님들의 조용한 목소리가 잦아들면 이내 베토벤의 선율이 차올랐다.

창문 밖으로 종로거리가 내려다보이는 룸 안에는 고현수와 애자가 서로를 마주보며 앉아 있었다.

"의원님은 요즘 선거 때문에 정신이 없으시지?"

고현수가 피우던 담배를 끄고 물을 한 모금 마시고 나서 컵을 조용히 내려놓았다.

"오빠? 이제 의원님이 아니고 장인어른이라고 불러야 되는 거잖아요?"

애자는 행복이 가득 찬 눈빛으로 고현수를 그윽하게 응시했다.

"애자는 날 언제까지 오빠라고 부를 건데?"

"그럼 뭐라고 불러요? 오빠라는 말이 입에 뱄는데……운동하는 대학생들처럼 형이라고 부를까요?"

"앞으로 결혼을 하게 되면 우린 부부야. 부부들끼리 부르는 호칭이 있잖아……"

고현수는 또 목이 말랐다. 물컵을 끌어당기려고 하는데 애자가 갑자기 목을 껴안으며 눈을 감고 입술을 내밀었다.

"사랑해요"

"나……나도"

고현수는 엉겁결에 애자의 입술을 받아 들였다. 애자의 입술은 몹시 뜨거웠다. 몸을 찰싹 밀어 붙이며 뜨거운 숨을 길게 몰아쉬고 있을 때 조심스럽게 문을 노크하는 소리가 들려왔다.

"아버지가 오셨나 봐요"

애자는 귀밑까지 빨갛게 물을 들이고 사랑이 깃든 시선으로 고현수를 바라보다 소녀처럼 기뻐하는 목소리로 말을 하며 일어섰다.

"고 서방 오래 기다렸지?"

문이 열리고 웨이터가 먼저 모습을 드러냈다. 옆으로 물러서며 뚱뚱한 체구의 이동하가 정장 차림으로 문 앞에 턱 버티고 서 있다.

"아닙니다. 저희들도 조금 전에 왔습니다."

"한 시간도 더 기다렸어요"

애자가 일어나서 고현수 옆으로 자리를 옮기며 응석을 떠는 목소리로 말했다.

"머여, 애자는 고 서방하고 같이 있는 시간이 심심했구먼."

"아녀, 내가 언지 그랬는데?"

애자는 금방 얼굴을 붉히며 미안한 얼굴로 고현수를 바라봤다.

"아직 점심 전이지. 오늘은 내가 비싼 걸로 사 줄 모양잉께 뭐든 주문해 봐."

이동하의 말이 끝나자마자 옆에 서 있는 웨이터가 얼른 메뉴판을 펼쳐 보였다.

"선거가 얼마 남지 않았죠?"

애자가 메뉴판을 끌어 당겼다. 애자가 메뉴를 고르는 동안 고현수가 입을 열었다.

"유월 팔일이니까 넉 달 남짓 남았구먼. 원래 국회의원은 선거운동을 선거기간에만 하는 것이 아녀. 재임기간인 사 년이라는 세월이 눈 깜짝할 사이에 지나강께, 늘 선거운동을 한다는 정신으로 살아야 하는 거시 이 직업여. 하지만 국회의선 선거는 두 번째로 치고 대통령 선거가 오월 삼일 잉께, 한 달도 안 남았잖여. 대통령 선거 땜시 죽을 판여?"

이동하는 주머니에서 담배를 꺼냈다. 국산담배가 아닌 양담배 켄트다. 담뱃불을 붙이면서 얼굴을 찡그렸다.

"대통령 선거는 투표함을 열어보나마나 이미 결정난 거 아닙니까?"

"서울 인심은 대통령이 아니고 윤보선 쪽이잖여. 전라도 아니고, 경기도도 윤보선이 이길거여. 경북하고 경남이나 어채피 각하 고향 쪽잉께 이기기는 하겠지만, 문제는 충청도여. 지난 오대 선거때도 봉께, 충북에서 사십만오백칠십칠 표가 나왔는데, 윤보선이는 사십구만육백육십삼 표나 나왔단 말여. 서울에서는 더 했지. 윤보선이가 팔십만 표가 나왔는데 각하는 삼십칠만 표 뵈에 안 나왔잖여. 그때는 다행히 전라도에서 이겨서 당선이 되셨지만, 요번에는 김대중이라는 놈이 나와서 전라도 표가 저쪽으로 갈 거란 말일씨. 그랑께 요번에는 충청도 표가 어느 쪽으로 가느냐에 따라서 당락이 결정 된다는 거여. 그랑께, 내가 죽을 판이지."

이동하는 모처럼 얻은 양담배를 고현수 앞에서 폼 좀 잡고 피우고 싶었다. 그러나 너무 독해서 입맛에 맞지가 않았다. 연기도 독해서 눈살을 찌푸리고 재떨이에 담배를 눌러 껐다.

"제 생각에는 이번에도 틀림없이 박정희가 당선이 됩니다."

이동하가 하는 말을 가만히 듣고 있던 고현수는 먼저 물부터 한 모금 마시고 나서 단호하게 말했다.

"워째서 그런 생각이 드는 거여?"

이동하게 요놈 봐라 하는 표정으로 물었다.

"아직은 민주공화당의 해는 지지 않았다고 생각합니다."

고현수는 힘의 원리에 의해 민주공화당이 이길 것이라는 말은 하지 않고, 은유적으로 말했다.

"그려 잘 봤구먼. 아직은 각하가 물러서실 때가 아니지. 난도 그렇게 생각하고 있구먼. 자네는 직장 생활 할 만혀? 내가 누구한테 들어 봉께, 참말루 열심히 한다고 하드만."

애자가 고현수나 이동하의 동의를 얻지 않고 벨을 눌렀다. 웨이터가 들어오자 일방적으로 유토피아 정식에 맥주를 두 병 가져오라고 주문했다. 이동하는 고현수가 중앙정보부에 다니고 있다는 사실을 알고 있었다. 판검사가 못된 점이 아쉽기는 하지만 말 한마디로 날아가는 새도 떨어트릴 수 있다는 권력의 상층부에 속하는 중앙정보부 요원도 꽤 만족한 직장이다. 서울대학교 법대 출신이라서 진급도 빠를 것이다. 그만큼 고급정보를 쉽게 얻을 수 있을 것이라고 생각하니까 고현수가 대견스럽기만 하다. 저절로 웃음이 삐져나오는 것을 느끼며 부드럽게 물었다.

"장인어른을 실망시켜 드리지 않으려고 열심히 일을 하고 있습니다."

"장인어른?"

이동하가 빙긋 웃는 얼굴로 애자를 바라봤다.

"아버지, 그럼 뭐라고 불러야 하는데?"

애자가 사랑스러운 눈빛으로 고현수를 바라보고 있다가 장난스럽게 물었다.

"당연히 장인어른이지. 그람, 내가 우리 고 서방 장인어른이지. 고 서방이 내 사위가 되었다는 걸 할아부지가 직접 봤으믄 얼마나 좋았을까, 하는 생각이 들께 참말로 눈물이 날라고 하는구먼."

이동하는 너무 좋아서 갑자기 이병호의 얼굴이 떠올랐다. 이병호의 넓은 안목이 없었다면 여전히 학산면 부면장이나 면장으로 살고 있을 것이다. 학산 면장으로 살았으면 세상이라는 것이 이렇게 넓은 줄도 몰랐을 것이다. 국회의원 말 한마디에 장관이 쩔쩔매는 줄도 몰랐고, 가만히 있어도 돈보따리를 싸 들고 청탁을 하러 오는 사업가들이 너무 많아서, 이래 재보고 저리 재 본 후에야 돈을 받아야 되는 것도 몰랐을 것이다. 이 모든 것이 이병호의 은덕이라는 생각에 눈물이 날 것 같아서 눈을 가렸다.

"아버지!"

애자는 이동하가 평소에 슬퍼하는 모습을 처음 보았다. 자신도 모르게 울컥 눈물이 날 것 같아서 얼른 손을 뻗어 이동하의 손을 잡았다.

"그려, 내가 오늘 같은 날 눈물을 보이면 쓰겄냐. 그런데도 자꾸 눈물이 나올라고 하는구면."

"장인어른 물 좀 드십시오"

고현수가 일어나서 이동하 앞에 있는 물컵을 두 손으로 들어서 공손하게 권했다.

"그려, 옛말에도 맏사위는 집안의 기둥이라고 했구면. 자네의 책임이 막중하구면. 승우는 안직 국민학생이고, 승철이는 안직 군대도 안 댕겨왔응게. 자네가 우리 집안의 맏아들 노릇을 해 줘야 된다능 거. 내 말 무슨 뜻인지 잘 알겄지?"

"장인어른, 장인어른한테 받은 은혜를 생각해서라도 실망시켜드리지 않겠습니다."

"두고 봐. 자네 앞에 앉아 있는 이동하가 자네를 크게 성공시킬 모양잉게."

이동하는 자신의 가슴을 손바닥으로 치면서 굳은 목소리로 말했다.

"장인어른의 기대에 어긋나지 않도록 열심히 노력을 하겠습니다, 그런데, 승철이는 이 사람 말을 들어 보니 대학을 가지 않겠다고 하든데
……."

애자는 고현수가 자기 이름을 부르지 않고 아내처럼 여겨주니까 가슴이 울렁거리도록 행복했다. 테이블 밑에서 옆으로 손을 뻗어 고현수의 손을 슬그머니 잡았다.

"공부를 잘하나 못하나 대학을 졸업해야 항께 청강생으루라도 올게는

괜찮은 대학교에 집어넣어야지 머. 이럴 줄 알았으면 작년초에 승철이가 재수하는 건 죽어도 싫다고 우길 때 억지로라도 청강생으로 집어넣어야 하는 건데, 시방 생각해 봉께 내가 담임 선생 말만 믿었던 거 가텨."

이동하는 승철을 생각하면 머리가 아팠다. 어릴 때 싹수를 보면 안다고 승철이는 국민학교 때부터 공부하고 담을 쌓은 놈이다. 상대적으로 승우는 옥천댁이 다른 학부형들처럼 학교를 찾아다니지 않는데도 급장 자리를 놓쳐 버린 적이 없을 정도로 공부를 잘한다. 그런 것을 보면 씨라는 것이 있는건가? 하는 생각이 들면서 괜히 승철이 미워지기도 했다.

"청강생으로 집어넣어도 졸업할 때쯤이면 학사 증명서를 받을 수 있다고 합니다."

"그래야지. 사 년 동안 등록금은 등록금대로 받아 처먹고 졸업장만 주고 학사증명서를 안 주면 앞뒤가 안 맞는 말이지. 신혼집은 가 본 겨? 이런 일은 느 어머가 해야 하는데, 당최 서울에는 오기가 싫다고 항깨, 차 보좌관이 요새 애를 먹는 구면. 느덜 결혼식 끝나고 나믄 밥 한 끼 사주면서 뽀너스 좀 줘야겠어."

이동하는 애자 부부가 살 집을 서부이촌동에 있는 신축아파트를 사주었다. 유월이면 입주하게 될 열두 평짜리 태양아파트의 가격은 90만 원인데 일시불로 지불을 했다.

"장인어른, 저희들은 다른 사람들처럼 조그만 셋방 하나만 있으면 됩니다. 아파트는 너무 고급스럽고 비싸서 부담이 너무 큽니다."

고현수도 자신들의 신혼살림이 이루어질 아파트 가격이 90만원이라는 점을 알고 있었다. 요즘 월급이 가장 많다는 은행원들이 월급이 평균

2만 원이다. 은행원이 매달 타는 월급을 한 푼도 쓰지 않고 3년 7개월 동안 모아야 살 수 있는 돈이다. 8천 원씩 월급을 받는 공무원이라면 무려 9년 4개월 동안 월급을 모아야 90만 원짜리 아파트를 살 수 있다. 그러나 이동하라면 푼돈이나 마찬가지라는 생각에 양심에 걸리는 점은 없었다. 오히려 이동하의 딸과 결혼을 하는 것이니까 그 정도는 당연히 받아야 된다고 판단했다. 또 그래야 자신이 출세하기만 기다리고 있는 영동의 어머니에 대한 처세가 된다고 생각하면서도 하면서도 겸손하게 말했다.

"저도, 생각이 같아요. 그냥 종로 같은 데 한 칸짜리 방은 갑자기 손님이라도 오면 곤란하니 두 칸짜리 방 정도면 딱 좋아요. 그 집은 누구 세를 주고 우린 딴 데 구해 주면 좋겠어."

애자는 고현수의 말을 순수하게 받아 들였다. 지금의 호사로부터 벗어나서 고현수의 아내로 소박하게 살고 싶었다. 무역회사에 다니는 고현수의 월급도 많지 않을 것이다. 아파트에 살면 매월 관리비라는 것이 한 달에 삼백 원씩 들어간다고 한다. 일 년이면 삼천 육백 원을 내야 된다는 생각에 고현수 손을 잡고 미소를 지었다.

"그건 느덜 생각이여. 이동하가 맏딸을 시집보내면서 집도 한 채 사주지 않았다는 소문이 돌면, 내 체면이 머가 되겄어. 그랗게 정 부담이 되믄 난중에 돈을 벌어서 갚아. 그러면 될 거잖여. 결혼식은 일단 선거가 코앞에 남았응게 선거가 끝나믄 하는 것이 좋겠구먼. 고 서방 생각은 워떠?"

이동하는 마냥 철부진 줄 알고 있었던 애자가 고현수와 결혼을 약속하고부터 제법 어른이 됐다는 생각에 웃는 얼굴로 물었다.

"저는 장인어른의 뜻에 따르겠습니다. 영동의 어머님도 그렇게 말씀하셨습니다."

"참, 내가 생각나서 하는 말인데 말여. 영동 사돈어른도 서울로 모시고 오는 것이 워뗘. 어채피 영동에서도 혼자 사시잖여."

"아부지, 저도 그라고 싶어. 근데 영동 어머님이 나중에는 몰라도 시방은 혼자 편하게 살고 싶으시다는구먼."

"그려? 그래도 아파트 방이 두 칸잉께 자주 올라오시라고 햐. 암만해도 아파트는 변소도 집 안에 있고, 방에 불을 따로 넣는 것이 아니고 중앙집중식인가, 뭔가 하는 걸로 한다니께 편하잖여."

주문한 음식이 왔다. 이동하는 웨이터가 음식 접시를 각각 앞에 놓는 동안에도 웃음을 감추지 못한 얼굴로 고현수를 바라봤다.

이동하는 서울에 와서 처음으로 가족이라는 테두리 안에서 웃고 말을 하면서 정겹게 식사를 했다. 돈가스 조각과 스테이크 조각이 한 개에 야채가 버무러져 있는 유토피아 정식은 얼큰하고 맵고, 짠 맛이 없어서 입에 맞지 않았다. 하지만 사랑하는 딸 애자와 든든한 사위가 있어서 맥주를 반주 삼아 남김없이 먹었다.

"요즘 하고 있는 일은 뭔가? 설마 장인에게까지 비밀을 지켜야 되는 건 아니겠지?"

식사 후에 애자가 화장실에 간 후였다. 이동하가 고현수의 눈을 응시하며 은근한 목소리로 물었다.

"장인어른은 이 나라의 입법을 하는 국회의원 아니십니까? 국회의원님이 아니시더라도 제게는 아버님 같으신 분이니까 말씀드리겠습니다. 제가 맡은 일은 학생들 데모하고는 상관없는 일입니다. 몇몇 정치인들의 동향정보를 데이터베이스하는 일이 제 임무입니다."

"데……데이터베스라면?"

"정보를 축적시켜 놓는 일을 말합니다. 나중에 필요할 때 사용하려구요."

"그 일이 적성에는 맞는 거여?"

"적성에 맞고 안 맞고는 말씀을 드리기 애매합니다. 하지만 최선을 다하고 있습니다."

"그려, 어뜬 일이든 최선을 다하믄 난중에 때가 오는 뱁이지. 자, 이건 장인이 주는 용돈잉께 받아 두게."

이동하는 지갑에서 미리 준비해둔 만 원짜리 수표 열 장을 꺼내서 고현수 손에 쥐어 주었다.

"아……아닙니다. 용돈은 충분합니다."

"애자가 오기 전에 어여 받아 둬. 원래 사위 사랑은 장모라고 하지만, 자네 장모 되는 사람은 원체 잔정이 읎어서 사랑 받기는 틀려먹었다고 보믄 틀림읎을 겨. 어여 봉창에 집어넣게."

"고……고맙습니다."

고현수는 하는 수 없다는 얼굴로 수표를 양복 안주머니에 넣었다. 하지만 마음속으로는 이동하의 사위로 이 정도 용돈은 충분히 받을 수 있다고 생각했다.

제주도는 사면이 바다라서 통행금지가 없고 충청북도 사면에 바다가 없어서 통행금지가 없다. 영동역에서 내려 읍내로 들어서면 평소에도 골목 안에 드문드문 늦게까지 영업을 하는 식당이나 주점들을 보는 건

어렵지가 않다. 더구나 요즘은 선거철이라서 12시 넘어 영업을 하는 집들이 많았다.

대통령 선거는 끝났지만 6월 8일에 국회의원 선거가 있었다. 밤 1시가 넘었는데도 삼삼오오로 무리를 지어 비틀거리며 길을 걷거나, 전신주를 한 손으로 짚고 오줌을 갈기는 취객이며, 골목 안에 있는 선술집에는 취객들의 목소리가 갈갈갈 터져 나와서 5월 밤의 눅눅한 밤 날씨를 녹였다.

김천식당은 역에서 이수천으로 가는 길의 골목 안에 있는 작은 술집이다. 나이가 서른이 넘는 기생 겸 종업원 해순이는 식당 방에서 웅크리고 자고 있었다. 60대의 여주인 김천댁은 벽에 기대어 가물가물 밀려오는 졸음에 깜박 잠이 들었다가 깨기를 거듭하고 있었다. 미닫이문이 있는 옆방에서 시간 가는 줄 모르고 술잔을 기울이고 있는 손님들이 있었다.

직사각형에 자개를 입힌 검은색 교자상을 사이에 두고 앉아 있는 손님은 유진표와 윤상배였다. 교자상 위에는 소주병 대여섯 개가 어지럽게 서 있고, 안주로 먹고 있는 불고기와, 버섯볶음이며, 두부조림에 꿀에 절인 인삼이며 반찬들이 차지하고 있다.

"위원장님 그래도 제가 정보계통에서 밥 빌어먹고 살던 사람입니다. 제 경험으로 볼 때 말입니다. 원래 여론이라는 것은 살아 있는 생명체와 같아서 돌고 도는 법입니다. 당장 이번 대통령 선거도 박정희하고 윤보선하고 표 차이가 십오만육천 표 밖에 차이가 안 났습니다. 영동에서도 박정희 표하고 윤보선 표가 별로 차이 안 났습니다. 그것이 뭘 뜻하는 겁니까?"

"사무장이 먼 말을 할라고 하는 건 알겠는데 말여. 내가 알기루는 영동은 박정희하고 윤보선하고 표 차이가 팔천이백오십한 표 잖여. 선거인이 오만오백삼십사 명에서 칠천이백오십한 표가 작은 표여?"

"위원장님, 옥천이 어딥니까? 육영수 여사 친정 동네 아닙니까? 거기는 영동보다 선거인수가 이천이백 명이 더 많습니다. 그런데도 표 차가 칠천사백여섯 표입니다. 칠천사백여섯 표 그기 뭘 말해 주는 겁니까? 민심이 돌아올 때가 됐다는 걸 말해 주는 거 아닙니까?"

유진표는 늦은 시간까지 술을 마셨더니 조금은 피곤하기도 하고 졸리기도 했다. 하지만 윤상배와 독대하는 자리여서 정신이 무너지면 안 된다는 생각에 자세를 무너트리지 않았다. 후보자 찬조연설을 하는 것처럼 반듯하게 앉아서 젓가락으로 상을 두들겨 가며 열변을 토했다.

"난 영동만 자세히 알아 봤지, 옥천은 신경도 안 썼네. 사무장 말을 들어 봉께 일리는 있구먼."

"이동하 그 인간, 솔직히 젊은 나이에 그만큼 해 먹었으면 됐지 않냐. 인제 갈아볼 때가 됐다. 요것이 요즘 영동 여론입니다."

"나이 갖고 따지면 안 되지. 나이로 치자면 박정희는 마흔아홉 살 아닌가? 그랑께 나이로 치지 말고 영동 여론으로 봐야지."

윤상배는 이동하보다 나이가 많다는 점이 달갑지 않아서 고개를 흔들며 말했다.

"그 말씀은 맞는 말씀입니다. 제가 볼 때 영동 여론이 옛날 같지는 않은 것 같습니다. 위원장님 자유당 입당 건도 벌써 옛날 야기가 됐응께 요번에는 해볼 만하다고 봅니다."

"나도 같은 생각을 하고 있구먼. 그라고 나를 만나는 유권자들마다 시방 유 사무장이 하는 말과 똑같은 말을 하드만. 인제 갈아볼 때가 됐다고 말여. 내가 볼 때는 조직도 요번이 가장 잘 된 거 가텨. 하지만 아무리 조직이 잘되어 있으면 뭐 하는가? 내가 뼈저리게 느낀 점인데 선거는 뚜껑을 열어 보기 전에는 아무도 장담 할 수 없다는 거여."

윤상배는 이번에 신민당후보로 등록을 했다. 이미 지난 3월에 최종적으로 각 면소재지의 면책까지 모집을 해 놓았다. 소주잔을 들고 술이 얼마나 들어 있는지 바라봤다. 바닥에 살짝 깔려 있는 술을 홀짝 비워 버리고 유진표에게 술잔을 권했다. 소주병을 들었으나 빈 병이었다.

"해순아! 술 떨어졌다."

유진표가 가겟방으로 통하는 미닫이문을 손바닥으로 탁탁 쳤다.

"또 소주!"

해순이 잠결에 반문했다.

"그려, 아싸리 두 병 갖고 오니라. 오늘 아주 밤을 새워 보자."

윤상배가 취기에 젖은 목소리로 말을 하고 나서 유진표를 바라보며 히죽 웃었다.

"저는 위원장님을 만나는 그 순간부터 시방도 마찬가지고, 앞으로도 마찬가지지만 한 수레를 탔다는 각오로 사는 사람잉게, 밤을 새워 마실 준비가 되어 있는 사람입니다. 위원장님 절호의 찬스라는 말이 무슨 말씀인지 아십니까? 찬스는 찬스인데 가장 좋은 찬스를 말합니다. 딸꾹! 어! 위원장님 죄송합니다. 하지만 참말로 대단하십니다. 그렇게 마셔도 끄떡없으십니다."

유진표는 자신도 모르게 실언을 했다는 생각이 들어서 입을 다물었다. 물이 어딘가 있을 건데 보이지가 않았다. 술이라도 마셔야겠다며 술잔을 들었는데 비어있다. 하는 수 없이 김치 한 조각으로 갈증을 달랬다.

"중요한 것은 이번에 만약 또 낙선을 하게 되면 내 정치인생은 끝이라는 거지?"

윤상배도 가물가물하게 졸음이 밀려올 만큼 취했다. 하지만 정신이 무너질 정도는 아니었다. 이 밤이 새도록 마시며 무언가 획기적인 방법을 생각해내는 것이 중요하다는 생각이 자꾸 들었지만 초저녁부터 다람쥐 쳇바퀴 돌 듯 계속 원론적인 문제만 되풀이 되고 있어서 자꾸 갈증이 날 뿐이었다.

"위원장님, 이런 말씀을 드리는 것을 싸가지 없다고 하실지 모르겠지만, 의원님을 향한 충정감에 꼭 말씀을 드려야겠습니다. 떨어질 선거에 왜 출마를 하십니까? 초등학교에서 그냥 반장 뽑는 선거도 아니고, 어디 학산이나 모산 같은 데서 구장 선거 하는 것도 아니고, 돈 없는 놈은 아무리 똑똑하고 잘났어도 감히 출마 할 꿈도 못 꾸는 국회의원 선거를 말입니다."

미닫이문이 열렸다. 밤 열 시까지 술을 같이 마신 해순이 눈꺼풀에 졸음이 덕지덕지 묻은 얼굴로 소주와 조기구이를 들고 들어왔다. 유진표는 잠시 말을 끊었다.

"아직 안 끝났슈?"

"뭐가?"

윤상배는 유진표의 잔에 술을 따르느라 말을 안 했다. 유진표가 해순의 엉덩이를 툭 치며 물었다.

"중요한 야기라는 거유?"

"그래, 위원장님하고 갈 때가 되면 갈 테니까. 해순이 너는 김천댁하고 퍼질러 자고 있어라."

해순이가 그럴 줄 알았다는 얼굴로 하품을 하며 가겟방으로 건너갔다. 윤상배가 스스로 잔을 따라서 유진표 앞으로 내밀었다.

"나는 바보가 아닐세. 반드시 이길 수 있다는 게임에만 베팅을 했지. 하지만 자유당 시대에만 게임에서 이겼지. 아니 그때도 게임에서 이겼다고 볼 수가 없지. 내가 잠시 권력에 눈이 멀었지. 정치를 하려면 깨끗하게 정치만 해야 되는데, 그놈의 장관자리 때문에 눈이 멀었었지……"

윤상배는 지금도 잠을 자다가 깨어서 유진표와 이동하에게 속아서 자유당에 입당했던 것을 생각하면 벌떡벌떡 일어난다. 다시 잠을 자려고 해도 잠이 오지 않아 캄캄한 천장을 멀뚱멀뚱 쳐다보고 있으면 오만가지 잡생각이 다 든다. 이놈을 생각하면 생간을 꺼내 씹어 삼키고 싶고, 저놈을 생각하면 자근자근 밟아 죽이고 싶다가 결국은 권력의 유혹에 넘어가 버린 자신이 원망스러울 뿐이다. 오만풍상 다 겪은 구순 노인이 마지막으로 떨어지는 낙엽을 보고, 내 참 허무하게 살았노라고 한탄하는 목소리로 말하며 고개를 숙였다.

"위원장님 그때는 죄송했습니다. 하지만 과거는 미래를 위한 자양분이라고 생각합니다. 과거가 없는 미래는 존재 할 수 없다는……그런 말입니다. 아! 막말로 말씀을 드려서 문기출 같은 배신자는 과거에 왜놈들 앞잡이였습니다. 하지만 시방은 태평관이라는 기생집을 운영하면서 떵떵거리며 살고 있지 않습니까?"

유진표는 말을 하고 나서 생각해 보니까 비유를 너무 잘못한 것 같았다. 침을 꿀꺽 삼키고 나서 다시 입을 열었다.

"그러니까, 제 말씀은 문기출 같은 놈은 과거가 더러우니까 아무리 출세를 해도 제우 기생집 사장이지만, 위원장님처럼 청렴결백한 정치인의 과거는 반드시 아름다운 꽃향기를 피워 낼 수 있다. 바로 이 말씀을 드리고 싶습니다."

"나도 미래가 중요하기 때문에 유 사무장과 이 시간까지 같은 방에 앉아서 술을 마시고 있는 걸세. 하지만 내 입장은 선거를 안 나갈 수도 없고, 나가봐야 승산이 육 대 사 밖에 안 된다는 거지?"

"위원장님이 육입니까? 사입니까? 만약 위원장님이 사라면, 위원장님의 무능이나 잘못이 아니고 이 시대의 잘못입니다. 잘못된 시대와 싸우려면 우리도 무기를 들어야 합니다. 무기를 든 시대와 싸우려면 당연히 우리도 무기를 들어야 한다고 봅니다."

"무기? 좋은 말이지. 나도 무기가 필요햐. 하지만 무기가 없잖아."

윤상배가 술을 단숨에 비워 버리고 교자상 앞으로 바짝 붙어 앉아서 도무지 대책이 서지 않는다는 얼굴로 말했다.

"제가 이 정치판을 볼 때 말입니다. 서울이나 대도시처럼 똑똑한 유권자들이 많이 살지 않는 영동 같은 지방정치판에서는 페어플레이라는 것이 존재하지 않다고 봐야 합니다. 솔직히 페어플레이를 할 상대가 없지 않습니까? 이동하가 반칙을 해도 심판은 팔짱끼고 구경만 하고 있지 않습니까?"

"허어! 이 사람 취했구먼. 시방 나한테 솜바지와 솜저고리를 준비해서 감옥가라고 부채질 하고 있는 건가? 이동하는 반칙을 해도 괜찮지만, 우리가 반칙을 하니까 당장 유 사무장이……"

"지난번에는 문기출 놈을 믿었던 치명적인 실수가 있었지만 이번에는 제가 나갑니다. 제가 지난번에 서울 올라가서 들레 자식을 만났습니다.

마침 공터에서 놀고 있더라구요. 그놈을 만나서 느 어미가 들레라고 알려 줬습니다."

"그랬더니?"

"아! 이놈이 즈 애비를 닮았는지 냉정하기가 짝이 없더라구요. 하지만 충격을 받았을 겁니다. 당장 효과는 나지 않지만 조만간 모산에 있는 이동하 마누라하고 대판싸움이 나던지 무슨 일이 일어날 것으로 판단합니다."

"그건 페어플레이에 어긋나는 거 아닌가? 들레 아들이 고등학생이라고 안 했나?"

"에이, 빨갱이하고 싸울 때 페어플레이가 통합니까? 그렇다고 이동하가 빨갱이라는 말은 아니지만, 빨갱이보담 더한 놈입니다. 그런 놈한테는 들레가 쥐약입니다. 들레를 찾아와서 서울에 있는 자식하고 붙여 놓으면 대형사건이 터질 겁니다. 그래서 이 유진표가 직접 들레를 찾으러 가보겠다 이 말씀입니다."

"자네 충정은 이해를 하겠는데, 만약 거기 들레가 없으면 말짱 헛일 아닌가? 내 말은 문기출 그 쥐새끼 같은 놈이 배를 갈아 탄 것이 들레를 찾지 못했기 때문이라 이걸세."

윤상배가 구미는 당기지만 희망이 있느냐는 표정으로 진지하게 물었다.

"중요한 것은 현재로는 들레를 빼놓고는 대안이 없다는 겁니다. 제 생각에는 들레가 흑산도에 안 들어간 것만큼은 사실인 것 같습니다. 왜냐하면 만약 들레가 흑산도에 들어갔다면 문기출 그놈이 못 찾을 리는 없다고 봅니다. 그놈이 왜정 때 독립군을 잡으려고 만주까지 들락거리던 놈입니다."

"그럼, 흑산도에 들어갔다면 충분히 뒤를 밟을 수 있는 능력이 있다는 말인가?"

윤상배는 갑자기 술이 깨는 것을 느끼며 자세를 바로 잡고 유진표의 얼굴을 지그시 응시했다.

"흑산도는 섬입니다. 풍랑이 오거나 파도가 높으면 갈 수가 없는 섬입니다. 날씨가 안 좋으면 열흘이고 한 달이고 들어갈 수도 없고, 나올 수도 없는 섬입니다. 제가 알아보니까, 들어갔다가 나오는 배편도 하루 한 편 밖에 없다고 합니다. 첨에는 흑산도로 데리고 갈 생각으로 목포까지 갔을 겁니다. 왜냐? 이동하한테 받은 돈이 있으니까요. 하지만 배편이 묶인다면 문기출 성질에 생각이 바뀔 수도 있을 겁니다."

유진표는 윤상배가 자신을 빤히 바라보고 있으니까 목이 말랐다. 스스로 술을 따라서 훌짝 비워 버리고 나서 다시 말을 하려고 하는데 윤상배가 잔기침을 하며 입을 열었다.

"충분히 가능성이 있는 가설이구먼. 그럼 들레가 목포에 있다고 치자. 목포 인구가 영동만 하는가? 내가 볼 때는 십오만은 될 걸세. 그라고 반드시 목포에다 버리고 왔다는 보장은 할 수 없는 거 아닌가?"

"들레를 데리고 상행선 기차를 탔을 확률은 더 희박합니다."

유진표는 잔이 비었는데도 윤상배가 따라 줄 생각을 안 하자 술병을 들었다. 연거푸 자작하기가 민망해서 술잔을 비우라는 표정으로 윤상배를 바라봤다.

"이런, 사무장 술잔이 볐는지도 몰랐구먼. 사무장 말대로 목포에 있다고 치세. 경찰에 아는 사람이라도 있는가?"

윤상배가 유진표가 내미는 술병을 받아서 잔에 따르며 물었다.

"현직 경찰은 모르지만 하일도라고 옛날에 수사과장하던 친구를 잘 알고 있습니다. 그 친구도 사일구 끝나고 짤려서 지금은 목포 중심가에서 비어홀을 하고 있는데 깡패들을 많이 알고 있는 것 같습니다. 깡패들을 풀면……"

"그렇지, 충청도 사투리를 쓰는 삼사십대 여자를 찾으면 되겠구먼. 말씨가 그쪽하고 다르니까 찾는 건 어렵지 않겠구먼."

윤상배는 술잔을 들어서 유진표 앞으로 내밀며 잘게 웃었다. 들레, 들레만 찾으면 이번 선거는 자신 있었다.

학산장날이다.

황인술은 특별한 볼일도 없으면서 일찌감치 장에 나갈 채비를 하기 시작했다.

광일이는 올해 1월 1일자로 영동군청으로 발령이 나서, 영동에서 혼자 방을 얻어 자취를 하고 있었다. 그래서 요즘은 면사무소에 가면 면직원들이 광일이가 근무할 때보다 더 깍듯하게 모신다. 그중에서 강 서기는 만날 때마다 노골적으로 이동하에게 부탁을 해서 군청으로 보내 달라고 노래를 불렀다.

"암만, 내가 딴 사람은 몰라도 강 서기는 틀림없이 군청으로 올려 보내달라고 부탁을 할 거구먼. 근데 인사라는 것이 암만 국회의원이라도 맘대로 되는 거시 아니잖여. 그 머여, 담뱃갑이라도 들고 가야……"

황인술은 강 서기를 군청으로 보내주고 싶은 마음은 추호도 없었다. 당장 강서기가 군청으로 가면 다른 직원이 모산을 담당할 것이다. 만에 하나 비료대 미수를 정리하라고 독촉장이라도 집으로 보내는 날이면 좋을 것이 하나도 없다. 그런데도 시치미 뚝 떼고, 시시때때로 담뱃값이며, 태화루에서 탕수육에 고량주를 얻어 마시고 있는 중이다.

"모 심을 생각은 안 하고, 맨날 밖으로만 돌아 댕기면 워틱한데유?"

광일네가 양말을 황인술 앞으로 내놓으며 물었다.

"망종이 안직도 두 장 도막이나 남았는데 벌써부텀 걱정여?"

황인술의 말에 광일네는 또 무슨 말인가 하려고 황인술을 바라봤다. 그러나 황인술이 화가 난 얼굴로 입술을 깨무는 모습을 보고 슬그머니 고개를 돌렸다.

망종이라는 말은 까라기 종자라는 뜻인데, 까라기는 충청도 사투리로 꺼끄래기라고 한다. 꺼끄래기는 보리에 난 수염을 뜻하기도 하고 보리 타작을 할 때 생기는 보릿대 부스러기를 뜻한다. 망종을 넘기면 모내기가 늦어지고, 바람에 보리가 넘어져 수확하기가 어려워진다. 특히 보리는 '씨 뿌릴 때는 백 일, 거둘 때는 삼 일'이라 할 정도로 모내기와 맞물려 있어서 수확기간이 촉박했다. 보리를 수확한 후에는 보리깍대기를 태워야 모내기하기에 편리하다. 그리고 모를 심어도 빨리 뿌리를 내린다. 그래서 보리수확이 끝난 논마다 보리깍대기 태우는 연기로 장관을 이루게 된다.

망종은 또 다른 말로 농사일이 끊이지 않고 연이어져 일을 멈추는 것을 잊는다는 뜻으로 '망종(忘終)'이라고 한다. 농촌에서는 이맘때쯤이면 보리수확과 모내기가 연이어져 눈코 뜰 사이도 없이 바빠서 '발등에 오줌 싼다'고 말한다. 또 '불 때던 부지깽이도 거든다, 별 보고 나가 별 보고 들어온다.'는 말까지 생기게 되었다.

"참, 당신도 아는지 모르겠구면. 양산 우체국 차석을 하다 시방은 농사를 짓고 있는 김상수라고 말여?"

황인술이 양말을 신고 일어나서 벽에 걸려 있는 와이셔츠를 걷어 걸치며 갑자기 생각났다는 얼굴로 물었다.

"그 양반 모리 사람이잖유. 우리 동리 모리댁하고 무슨 일가가 되든 거 같은데. 그 사람은 왜유?"

"학산면사무소 강 서기 있잖여. 모산 담당하는 면서기 말여. 강 서기가 모리도 담당하잖여. 그 사람이 그라는데 김상수한테 딸이 있댜. 올게 및 살이라고 하드라? 좌우지간 시집 갈 때가 된 딸이 있는 모냥여."

"위매? 시방 우리 광일이한테 중매가 들어 온 거유?"

광일네가 듣던 중 반가운 말이라는 생각에 짝 소리가 나도록 박수를 치며 물었다.

"내 말 끝까지 들어 봐. 중핵교를 나오고 시방 부산에서 무슨 고무신 공장인가 하는 데를 댕긴다고 하드만."

"중핵교를 나온 아가 제우 고무신 공장에 댕긴데유?"

"그람 워딜 댕겨야 하는데? 광배처름 농사를 져야 하능 겨?"

황인술이 벽에 걸려 있는 거울 앞에서 빗으로 머리를 끌어 올리며 물었다.

"허긴, 고딩핵교를 나와여, 워디 경리라든지 사무실에서 사무를 보는 데 들어갈 수 있응께, 중핵교를 나왔다믄 어중간하구면. 그래서 위틱했슈?"

"광일이만 좋다면 언지 날을 잡아서 즘심이나 같이 먹자고 했구면."

"광일이는 제우 국민핵교를 나왔잖유. 찌울지 않을까?"

"젠장, 중핵교 나와서 고무신 공장 댕기는 거 하고, 국민핵교 나와서 군청 서기하는 거 하고, 어느 쪽이 똑똑햐?"

"그야……"

광일네는 그래도 중학교를 나왔으니 장차 아들딸을 낳아도 국민학교 나온 거 하고는 차이가 날 것이라는 생각에 선뜻 대답을 못했다.

"오늘 강 서기 만나믄 양산이나 학산 어디서 한 번 보자고 할 모냥잉께. 그쯤만 알아 둬."

황인술은 만족한 미소를 지으며 거울 앞을 떠났다. 방문 밖으로 나가서 마루에 걸터앉아 구두의 먼지를 걸레로 닦았다.

"오늘이 학산 장날잉께, 의원님 선거 운동하러 나오실 거잖유. 의원님 만나면 우리 광배 좀 워디 취직 시켜달라고 해유. 상규처럼 양산면사무소 임시직원은 심들어도, 중학교 졸업장이 있응께 전화국이나 우체국 배달부 같은 거는 워티게 안 되유?"

의정부에 있는 의무대에서 근무를 하던 광성은 작년 10월 초에 제대를 했다. 광성이는 원래 다니던 양복점으로 갔고, 상규는 이동하가 양산면사무소 임시직원으로 취직을 시켜주었다. 광일네는 아침을 먹는 둥 마는 둥 감자를 캐러 간 광배만 생각하면 한숨 밖에 안 나왔다. 국민학교만 졸업한 광일이는 넥타이 매고 군청에 다니는데 광배는 똥지게나 지고 있다는 걸 생각하면 안타깝기만 했다. 마루에 앉아서 습관처럼 걸레를 찾아 들어 닦으면서 말했다.

"쪼끔 있으면 군대 영장 나올 아를 워디 취직시켜 달라는 거여?"

"광배가 하는 말이, 단 한 달을 댕겨도 농사짓다가 군대 온 아 하고, 워디 회사나, 그런데 댕기다 군대 온 아하고 대우 해 주는 거시 다르대유. 그래서 하는 말이잖유."

"알았구먼. 장에서 의원님을 만난다고 되는 거시 아니라. 요새 영동 계실 거니께, 은제 영동 한 번 나가 봐야지. 그런 문제는 사무실에서 즁히 부탁을 해야 하는 거여. 장바닥에서 만나 그런 부탁을 하기에는 의원님 체면이 있잖여."

황인술은 잔기침을 하며 삽짝문을 나섰다. 올해 여름은 유난히 빠르다. 오늘도 날은 오지게 더울 것 같았다. 골목을 나가니까 너럭바위 위에 변쌍출과 박평래가 앉아서 두런두런 말을 주고받으며 담배 연기를 날리고 있었다.

"아여, 구장, 선거 운동 하러 가는 질여?"

황인술이 걸음을 멈추고 그들에게 건성으로 인사를 했다. 박평래가 빙긋이 웃으면서 살갑게 물었다.

"아이구! 선거 운동 할 필요가 있남유? 요번에도 선거 운동하나마나 의원님이 당선 되실 건데. 우리 광일이가 그라는데, 영동 읍내 사람들도 거진 의원님한테 표를 준다고 하데유."

황인술은 모리댁이 선거 운운했을 때는 별로 실감이 나지 않았다. 이동하의 집사나 마찬가지인 박평래의 말을 듣고 나서야 오늘 학산 장에 가서 공돈이 생길 일이 생길지도 모른다는 생각에 합죽 웃으며 말했다.

"근데, 아까 기팔이 그 사람이 장에 감서 하는 말이 요번에는 막상막하라고 하든데?"

너럭바위에 앉아 있으면 둥구나무가 실바람에 몸을 흔들어도 시원했다. 변쌍출이 저고리를 끌어 올리고 옆구리를 득득 긁으며 황인술을 바라봤다.

"에이, 시훈이 아부지가 하는 말은 촌사람 몇몇이 하는 말이겄쥬. 읍내 사람이 학산까지 염색하러 올리는 읎잖아유. 더구나 딴 동리는 몰라도, 학산면 사람은 당연히 의원님한테 표를 찍어야 하다못해 비료 한 주먹이라도 더 받고, 일월에 영농자금을 다문 십 원이라도 더 받는 것이 하늘의 이치 아니겄슈?"

황인술은 자신도 모르게 장기팔이 집이 있는 날망을 노려보았다. 시훈이가 서독에서 송금해 오는 돈을 한 푼도 쓰지 않고 모아서 영동 읍내에 버스 정류장 근처에 가게가 딸린 집을 한 채 샀다. 올해는 세를 줬지만 연말이나 내년 초에 시훈이가 귀국을 하면 영동에서 신발 장사나, 쌀장사를 할 계획이라며 틈이 날 때마다 입술이 마르도록 자랑이다. 영동에 집 한 채 사 놓더니 눈에 뵈는 것이 읎나? 하는 생각에 침을 칵 뱉어 버리고 나서 변쌍출을 향해 시선을 돌렸다. 내가 언제 날망을 노려봤냐는 것처럼 이내 표정을 바꾸고 혓바닥이 살랑살랑 부채질을 하는 목소리로 말했다.

"암만, 두말하면 잔소리지. 어여 가 봐, 선거가 두 장 도막뼉에 안 남았응께, 오늘은 막걸리 잔이나 돌아 댕길 겨."

박평래는 밤송이처럼 나 있는 수염을 더듬으며 어깨를 반듯하게 펴고 들판을 바라봤다. 모를 심기 위해 물논에 쟁기질을 하거나, 보리를 베는 사람도 보이고, 논둑을 다지는 사람도 보였다. 한 장 도막은 닷새마다 열리는 장을 기준으로 한 단위라서 5일을 뜻한다.

황인술은 우선 학산 면책 수리조합장 허명구를 만나보면 막걸리잔 값이나 주머니에 찔러 줄 것이라는 생각에 가볍게 둥구나무 거리를 떠났다.

태수 그놈은 대관절 먼 복을 안고 태어났기에 마누라가 악착같이 일을 한다.

방천길에 올라서니까 과수원이 한눈으로 들어왔다. 삼천 평의 과수원에 봄에만 해도 사과꽃이 드문드문 피어 있던 사과나무가 부드럽게 바람을 맞고 있다. 광일네는 밥 먹고 하는 일이 바가지 긁는 일 밖에 없는데, 상규네는 밥 먹고 하는 일이 돈 벌 궁리만 하고 있다. 게다가 박태수가 방앗간에서 받는 월급이 한 달에 쌀이 세 가마니다. 쌀 세 가마니면두 달만 일을 하면 혼자 한 마지기 반 농사를 짓는다는 꼴이다. 씻나락을 심어서 모를 심는 것도 아니고, 피를 뽑고 잡초를 뽑는 것도 아니다. 농약이 들어가는 것도 아니고, 비료가 들어가는 것도 아니다. 순전히 혼자 몸뚱아리 하나만 있으면 되니까 원가로 치면 혼자 한 달에 한 마지기 농사를 짓는 꼴은 된다. 되는 집안은 개가 나가도 새끼를 배서 들어온다고 하더니, 어리벙벙하기로 소문난 상규가 월남을 갔다 오더니 백팔십도 변해서 들어 왔다. 오죽했으면 순배 영감이 '워녕 그려, 상규 자가 지 어머 빼다 박았잖여. 그런 아가 물에 물 탄 듯 술에 술 탄 듯 싱겁게 사는 것이 참으로 요상하다 했는데 인제서야 본 승질이 나오는구먼'이라고 했을까. 의무대에서 근무를 한 광성이는 제대하면서 미제 마이신 백여 알에 붕대 몇 개만 가지고 왔는데 상규는 월남에서 탄 월급을 한 푼도 헛되게 쓰지 않은 모양이다. 월남에서도 매달 송금을 하더니 제대를 할 때도 삼만 원이나 들고 제대를 했다. 제대한 다음 날부터 상규네를 도와 열심히 일을 하다니 직접 이동하를 찾아가서 양산면사무소에 임시직원으로 취직시켜 달라고 청탁을 했다. 다른 사람의 부탁도 아니고 박태수의 아들의 청탁을 이동하가 거절 할 리가 없었다. 제대를 하고 딱 한 달 쉬더니 작년 11월 1일부터 임시직원으로 출근을 하기 시작했다.

젠장, 작년 겨울에 봉산댁을 데리고 영동에만 안 나갔어도 비료대 싹 청산하고 학산에다 쪼맨한 가게라도 낼 수 있었을 건데……

해장부터 남 잘되는 것만 생각했더니 입 안이 몹시 쓰다. 날까지 머리를 바늘로 콕콕 찌르는 것처럼 햇볕이 뜨겁다. 어디 나무 그늘 밑에서 땀이나 말리고 가려고 해도 방천길이라 그 흔한 버드나무 한 그루 보이지 않는다.

저 여자 봉산댁 아녀?

황인술은 모산에서 나오는 길과 국도하고 연결이 되는 지점에 있는 다리를 향해 걸어가고 있는 여자를 바라보며 고개를 갸웃거렸다. 나일론 치마에 블라우스를 입고 날씨가 더워서 세월아 네월아 궁둥이를 실룩실룩 흔들며 걷고 있는 여자의 뒷모습이 봉산댁과 흡사했다.

"아여!"

"워매, 이런 데서 구장님을 만난데유?"

봉산댁은 등 뒤에서 누군가 부르는 남정네 목소리에 걸음을 멈췄다. 뒤를 돌아다보니 황인술이 더위에 얼굴이 빨갛게 익은 가재 꼴로 걸어오고 있었다. 반가운 마음이 목구멍을 환하게 적시는 것을 느끼며 함박웃었다.

"장 보러 가는 길인감?"

"예, 참깨 씨도 좀 사고, 이런 저런 볼일땜시……"

봉산댁은 가까이 다가서는 황인술을 바라보며 말꼬리를 흐렸다.

"참깨를 얼매나 심을라고 장에 까지 간댜. 태수네나 길동이네 집에 가서 가을에 깨 털어 주기로 하고 꾸면 될 걸.”

“어이구, 이렇게 눈치가 읎는 양반이 바람은 워티게 핀댜?”

봉산댁이 손바닥에 말아 쥐고 있던 손수건을 들고 사방을 살폈다. 보는 눈이 하나도 없다는 것을 알고 얼른 황인술의 얼굴이며 목에 흐르는 땀을 닦아주며 갈망하는 눈빛으로 흘겨봤다.

“그라고 봉께 작년에 읍내 나가서 금반지 사 준 후로는 뜸했구면.”

“나는 바람만 세게 불어도 구장님인기? 비 오는 날 발자국소리만 들려도 구장님인가? 장날 가면 구장님을 볼 수 있지만 매 장마다 가고 싶어도 과부가 바람났다는 소문 돌께비……”

봉산댁은 눈물이 핑 도는 것 같아서 말을 잇지 못하고 국도를 향해 돌아섰다.

“어이그! 그랬구면. 난도 정신읎이 바빴단 말여.”

황인술은 봉산댁이 목이 메이도록 자신을 그리워했다는 말에 아랫도리가 묵직해지는 것을 느끼며 자신도 모르게 그녀의 엉덩이를 콱 움켜잡았다.

“이 양반, 여기가 어디라고!”

봉산댁은 황인술의 억센 손길에 다리가 후들거리는 것을 느끼며 얼른 사방을 두리번거렸다. 양산 쪽 국도에서 편지 배달부가 자전거를 타고 오는 모습이 보였다.

“저 이가 못 봤겄쥬?”

“누구?”

“저기, 편지 배달부가 오고 있잖유.”

봉산댁이 더워서만은 아닌 빨갛게 달아 오른 얼굴로 팔을 살짝 들어 올려서 편지 배달부를 손짓했다.

"봤으며 워떠. 하지만 못 봤을 껴. 나 시방 급한디, 학산 태화루까지는 너무 멀어, 그릿고개로 올라가 볼까? 우리가 전에 재미 보던 뽕밭으로 갈까?"

"그러다 사람 있으믄 워틱한데유?"

봉산댁이 싫지만은 않은 얼굴로 반문했다.

"아따, 왜정 때 누에 농사 안 져 봤남? 봄누에 농사는 뽕잎이 나기 시작 할 때부터 짓는 거니께, 시방은 누에가 고치를 만들 때여. 가을누에를 치기 전까지는 요새는 뽕 밭에 노루나 산토끼밲에 웂을 껴. 까짓것 노루가 보믄 어떠? 산토끼도 같이 귀경하라고 하지 머. 우리 봉산댁 고걸 말여."

황인술은 모처럼 봉산댁과 호젓한 뽕밭에서 즐길 것을 생각하니까 너무 좋아서 저절로 노래가 나올 것 같았다. 가까이 다가오는 편지 배달부만 아니었다면 봉산댁을 와락 껴안고 입을 맞추고 싶은 욕정을 참느라 몸을 부르르 떨었다.

"엄머머, 그릏게 보고 싶은 사람이 그동안 워티게 참았데유?"

봉산댁은 황인술을 곱게 흘겨보다가 편지 배달부가 다리를 돌아오는 모습을 보고 시치미를 뚝 떼고 걸었다.

"어이구, 여기서 모산 구장님을 뵙는구먼."

제복을 입고 모자를 쓴 편지 배달부가 자전거를 세우며 반가운 얼굴로 황인술을 바라봤다.

"우리 집에 오는 신문 있으믄 집에 갔다 줘유. 학산 장에 볼일 보러 가는 사람이 신문 들고 댕길 수는 읎잖유."

각 동네 구장들에게는 농협신문이 무료로 배포되고 있었다. 정기적으로 오는 것도 아니다. 어느 때는 똑같은 신문이 두 부씩 올 때도 있고, 또 어느 때는 몇 개월 간 오지 않는다. 황인술은 변소 갈 때나 들고 가서 휴지로 사용하는 신문이라는 생각에 심드렁한 목소리로 말했다.

"신문이 아니고, 편지 왔슈. 황금순이라고 하는 사람이 보냈는데, 이상하게 발신인 주소가 없슈, 황금순이라는 여자를 알아유?"

편지 배달부는 일단 자전거를 세웠다. 핸들에 매달려 있는 빨간색 편지 배달부 가방에서 편지 한 장을 꺼내서 발신인 주소 쪽을 황인술에게 보여주었다.

"화······황금순이라믄?"

봉산댁이 놀란 얼굴로 황인술을 바라봤다.

"그······금순이한테 편지가 왔단 말유?"

"아는 사람잉개비군."

편지 배달부는 모산까지 들어가지 않아도 된다는 생각에 웃는 얼굴로 편지를 내밀었다. 황인술이 편지를 받자마자 자전거를 돌려서 도로 국도 쪽으로 향해 페달을 밟았다.

"이거시 살아 있기는, 살아 있었능개비구먼. 가······가만 있어봐, 열불나 죽겠구먼. 어디 션한 데 읎나?"

"저기, 다리 밑에 가서 읽어 봐유."

봉산댁이 다리 밑을 손짓했다. 다리 밑이라 시원한데도 냇물까지 흐르고 있어서 모산 사람들이 가끔 쉬어 가는 곳이다.

"그려, 저기가 좋겠구먼."

황인술은 금방 이마에 땀이 송골송골 맺혔다. 손등으로 땀을 닦으며 냇가로 내려갔다. 빠른 걸음으로 다리 밑으로 들어갔다. 모산 사람들이 여기저기서 주워 다 놓은 넓적한 돌들이 여러 개 있다.

"이 땀 좀 봐."

황인술이 넓적한 돌 위에 앉았다. 손가락이 덜덜 떨려서 얼른 편지봉투를 찢을 수가 없었다. 그 사이에 봉산댁이 손수건을 냇물에 빨아서 황인술의 이마며 얼굴의 땀을 닦아주었다. 다리 위로 완행버스가 지나가면서 뿌연 흙먼지를 냇물로 떨어트렸다. 손가락에 침을 묻혀서 편지봉투를 개봉했다. 얇은 편지지에 볼펜으로 눌러 쓴 편지 내용은 길지가 않았다. 편지지를 펼치니까 무슨 종이 한 장이 바닥에 툭 떨어진다. 그것을 주워 보니까 우편환 증서라고 써 있었다. 오만 원이라는 도장이 찍혀 있었으나 자세하게 볼 여유가 없었다.

부모님 전상서

아버님, 어머님 그동안 별고 없으셨는지요. 오빠하고 동생들도 잘 있는지요. 불효막심한 금순이 인제서 필을 들게 된 점 넓으신 아량으로 용서를 빌어유. 그동안 자주 편지를 디려야 하는데 죽어라 일만 하느라 인제서 편지를 쓰는 불효자 금순이를 다시 한번 용서 바랍니다. 진작 편지를 드려야 하는데, 그럴만한 사정이 있어서 성공을 한 다음에 편지를 낼라고 시방까지 참고 있었슈.

그렇다고 시방은 성공을 해서 편지를 쓰는 것은 절대로 아닙니다. 우선은 불효자식 금순이가 워디 물 같은 데 가서 빠져 죽지 않고 몸 성히 잘 살고 있다는 점을 알려 줄라고 편지를 내는 것입니다. 그랑께, 그렇게 아시고 이 금순이에 대한 걱정은 더 이상 하지 마시기 바랍니다.

다시 한번 말씀을 드리는데 저는 잘 먹고 잘 살고 있습니다. 빠른 시간 내에, 서울로 모실 것을 약속드리며 이만 총총 줄입니다. 안녕히 계십시오.

1967년 5월 18일

불효자 금순이 드림

추신 : 동봉한 돈 오만 원은 아버님께서 요긴하게 쓰시고, 남은 돈은 생활비에 보태쓰길 바랍니다. 주민증하고 도장 들고 우체국에 들고 가면 현금으로 바꿔준데유.

황인술은 무슨 내용인지는 알겠지만 명쾌하게 이해가 되지 않았다. 분명한 것은 봉투 안에 들어 있던 종이 쪼가리가 돈이라는 점이다. 적은 돈도 아니다. 몇 년 동안 편지 한 장 없던 금순이가 오만 원이라는 거금을 편지 봉투에 넣어서 보냈다. 그런데도 발신인 주소도 없다. 발신인 주소가 없다는 점은 아직은 자기를 찾지 말라는 말과 같다.

"대체 이기 뭔 일여?"

"금순이가 보낸 거 맞쥬?"

봉산댁은 황인술처럼 한글을 능숙하게 읽지를 못했다. 한참을 뜯어 봐야 겨우 앞뒤를 뜯어 맞춰서 내용을 알 수 있는 수준이다. 황인술이 몇 번이나 읽은 편지지를 든 손을 축 늘어트리자 편지지를 받아서 펼쳐 들며 물었다.

"그려, 우선 우체국부텀 가 보자. 이기 진짜 돈이라는 것이 분명해 지믄 뭔가 생각이 나겠지."

황인술은 봉산댁이 들고 있는 편지지를 빼앗아서 다시 봉투에 넣었다. 우편환증서까지 봉투 안에 넣고 길 위로 올라갔다.

"워디로 간데유?"

"나, 시방 양산우체국에 가 볼 모양잉께, 워틱할까? 둘이 양산을 같이 갈 수는 읎고, 그 뽕밭에서 내가 갈 때까지 기다리고 있을 껴? 아녀. 그럴 것이 아니라 양산까지는 반 오리도 안 되는 거링께 여기서 쫌 기달려. 그람 내가 휑하니 댕겨 올 모냥잉께."

"여기서 기달리다 동리 사람들이라도 만나믄 워쩐데유? 구장님을 기다리고 있다고 말 할 수도 읎고, 뽕밭에서 혼자 기달리다 남정네라도 만나믄 워쩐데유? 그라지 말고 학산 삼거리서 만나유. 거기서는 동리 사람들을 만나도 둘러 댈 말이 많잖아유."

"그려. 그럼 이따 삼거리서 봐."

황인술은 마음이 급했다. 봉산댁이 미진해 하는 얼굴로 무슨 말인가 하려고 입술을 달싹거리든 말든 양산가는 방향으로 휑하니 돌아섰다.

다리거리서 양산 우체국까지는 반 오리도 되지 않는 거리다. 황인술은 땀으로 목욕을 한 것처럼 와이셔츠가 축축하게 젖어서 등짝에 착 달라붙는지도 모르고 바쁘게 걸었다.

금순이가 보낸 우편환증서라는 것이 정말로 현금 5만 원이라면 적은 돈이 아니다. 군청으로 들어가면서 주사로 승진을 한 광일이가 군청에서 받는 월급이 한 달에 1만 원도 안 된다. 그것도 지난 4월에 오른 금액이다. 요즘 쌀 공판장에서 파는 가격이 3천 6백 원 돈이다. 시중에서 사려면 4천 3백 원은 주어야 한다. 5만 원이면 얼추 열한 가마니를 살 수 있는 돈이다. 요즘처럼 춘궁기에 쌀 열한 가마니가 있다면 이동하가 부럽지 않다.

대관절 그 큰돈을 워티게 모았다는 겨.

금순이가 공장에 다녀봤자 한 달에 오천 원을 받으면 많이 받는 월급이다. 기숙사에 있어도 기숙사비로 천 원은 내야하고, 변두리나 판잣촌에서 사글세를 살면 최소 천오백 원은 내야 한다. 여자니까 화장품도 사야하고 철따라 옷도 사 입어야 한다. 서울에서 혼자 살려면 돈 이삼천 원 저금하기가 힘들다는 결론이다. 물가 비싸고 사기꾼들이 많은 서울에서 일가붙이 하나 없이 살면서 삼만 원이라는 돈을 모은다는 것은 아무리 생각해도 쉽지는 않을 것 같았다.

혹시, 술집에?

멀리 양산면소재지가 시야에 들어왔다. 낮게 엎드려 있는 초가집이며 기와집이 길 양쪽으로 쭉 늘어서 있다. 파출소 앞에 우뚝 솟아 있는 오포대가 보였다. 우체국은 그 어디쯤 있을 것이다. 손수건이 없어서 손등으로 턱 밑에서 떨어지는 땀을 닦다가 문득 보따리 하나 달랑 싸들고 서울로 올라간 처녀들이 갈 데가 없으면, 술을 팔고 웃음을 팔고 심지어 몸까지 파는 술집에 많이 취직을 한다는 말을 들은 적이 있었다. 얼굴이 반반하면 무교동 같은 데 있는 비어홀에 취직을 하고, 시골뜨기들은 변두리 무슨 기생집으로 팔려간다는 소문을 바람결에 들었었다.

영동 읍내에 몇 군데 있는 비어홀이나 대전에나 가야 있는 바나 카바레 같은 데서는 시중에서 백오십 원하는 맥주를 삼백 원, 비싼 곳은 오백 원씩 받는다고 한다. 맥주 값을 두 배, 세 배 이상 받는 데는 그만한 이유가 있다. 성주옥의 기생들보다 어리고 예쁜 아가씨들을 옆에 앉혀 놓고 먹기 때문이라는 말을 들은 것 같았다. 술값만 비싼 것이 아니고 과일 몇 조각 접시에 올려놓고 천 원씩 받는 것은 보통이고, 술을 마시고 나갈 때는 아가씨들한테도 오백 원에서 천 원 정도의 팁을 주어야 한다고 한다. 그래서 비어홀에서 술을 마시려면 최소한 이천 원은 있어야 된다고 한다. 불행하게도 금순이는 어릴 때부터 예쁘장한 것이 미운 편은 아니다.

그려, 그것이 그런데 있지 않으면 절대로 돈을 모을 수 없을 껴.

우체국 앞에 도착하니까 가만히 서 있어도 더운 날씨에 반오리길을 단숨에 걸어 왔더니 숨이 턱까지 턱턱 차올랐다.

"여기, 이거 돈으로 바꿔 주남유?"

우체국 안에는 네다섯 명이 한가하게 앉아 있었다. 창문을 모두 열어 놔서 그런지 바깥 보다 한결 시원했다. 황인술은 창구 앞으로 갔다. 편지봉투를 꺼내서 그 안에 들어 있는 편지와 우편환 증서를 꺼냈다. 우편환증서만 내놓고 편지는 다시 봉투에 집어넣었다.

"주민증하고 도장 줘유. 근데 이걸 여기다 넣어서 부쳤슈?"

여직원이 황인술이 들고 있는 편지봉투를 바라보며 물었다.

"젠장, 사람을 워치게 보고……분명히 여기다 넣어서 부쳤슈. 이 편지에도 써 있슈. 이걸 우체국에 들고 가면 돈하고 바꿔 준다는 내용이."

황인술은 금순이 비어홀이나 바, 혹은 카바레 같은 곳에 일을 하고 있을 것이라는 생각에 기분이 몹시 안 좋았다. 우체국 여직원의 말이 마치 자신을 사기꾼 취급하는 말로 들려와서 화가 난 얼굴로 편지봉투 안에 들어 있던 편지지를 다시 꺼냈다.

"누가 머래유? 내 말은 우편환증서는 보통우편에 부치면 큰일 난단 말유. 이렇게 큰돈은 등기우편으로 보내야 중간에 새지 않는단 말유. 만약 편지 배달부나 누가 돈 들어 있는 줄 알고 뜯어보면 워쩔래유? 이 편지를 부쳤다는 증거가 있슈? 그래서 하는 말잉께 오해는 하지 마셔유."

"난 또……"

황인술은 여직원이 차근차근 하는 말에 머쓱한 얼굴로 뒤통수를 긁었다. 손가락에 땀이 흥건하게 묻었다.

그려, 이 돈은 분명 비료대를 갚으라고 조상님이 보내 준 돈여.

오백 원짜리 한 뭉지를 신문지에 싸 들고 나오니까 현기증이 났다. 비틀거리다 우체국 벽을 잡고 하늘을 바라봤다. 어린 금순이 서울로 올라가던 날 밥상 앞에서 눈물을 흘리던 얼굴이 떠올라서 눈물이 났다. 눈물을 닦으며 학산 방향을 향해 걷는데 리어카에 요소 몇 포대를 실고 가는 사람이 보였다. 순간, 이 돈으로 비료대를 갚아야 한다는 생각이 번쩍 떠올랐다.

맹호부대

누가 그짓말이랴?
승우가 금방 얼굴을 빨갛게 물들이며 반문했다.
나도 너 좋아하는구먼. 좋아하는 사람끼리 누가 일등을 하면 워뗘?
인숙은 승우의 눈을 응시했다.
승우가 마주바라 보지 못하고 고개를 운동장 쪽으로 돌렸다.
좌우지간 너한테는 무슨 말을 못 한당께.

유진표는 머리가 깨져 버릴 것처럼 아팠다. 목은 타는 것처럼 갈증이
나서 침을 삼킬 때마다 목젖이 쩍쩍 달라붙는 것을 느끼며 눈을 떴다.
커튼이 처져 있는 창문 밖은 환했다.

여기가 어디지?

못 보던 커튼이며 커다란 창문이 낯설어 천장을 바라봤다. 천장의 벽
지 무늬도 처음 보는 것이라는 생각이 드는 순간 옆에 물컹한 감촉이
살아났다. 고개를 돌려 보니까 이십대 초반의 여자가 허연 젖통을 이불
밖으로 드러내고 잠들어 있다.

아하!

어젯밤에 통금에 쫓기듯이 여자와 함께 여관으로 들어왔던 기억이 어

슬푸레 살아났다. 옆에 잠들어 있는 여자종업원은 하일도가 경영하는 비어홀 남도(南道)에서 코가 비틀어지도록 마실 때 파트너였다. 여관에 들어와서 여자와 재미를 봤는지 안 봤는지는 기억이 나지 않았다. 이불을 슬쩍 들어서 여자의 아래를 내려다봤다. 홀랑 벗고 있는 걸 봐서는 재미를 본 것 같기는 한데 어떻게 했는지는 기억이 캄캄했다.

"일어났어요?"

여자가 이불을 들썩이는 기척에 눈을 뜨고 물었다.

"그려, 말만한 여자가 웬만하면 옷을 입고 잘 일이지? 몇 살여?"

"어젯밤에 열 번도 더 말했잖아요. 스물한 살이라고."

"참말로 스물한 살이여?"

유진표는 스물한 살이라는 말에 잠자고 있던 아랫도리가 뻐근해지는 것을 느끼며 다시 이불을 들췄다.

"참, 속고만 살아 왔나?"

"어이구, 너무 이뻐서 그렇지."

유진표는 더 이상 참을 수가 없었다. 여자를 와락 껴안으며 올라탔다.

"자……잠깐만요. 오줌 좀 놓고……"

여자가 유진표를 밀어내며 벌떡 일어섰다. 방 안이 환한데도 실오라기 하나 걸치지 않고 엉덩이를 실룩실룩거리면서 여관방 구석에 있는 화장실 안으로 들어갔다.

젠장, 금방 죽어 버리는구먼.

유진표는 홀랑 벗은 여자가 부끄러워하지도 않고 젖가슴을 덜렁거리면서 화장실에 가는 것까지는 참을 만했다. 방귀를 붕 끼고 나서 오줌 갈기는 소리를 듣고 나니까 아랫도리가 힘없이 주저앉았다. 일어나 앉아서 담배를 찾았다.

"안 해요?"

여자가 수건으로 아래를 닦으며 나와서 물었다.

"일 없응께, 어야 가서 볼일 봐."

"팁을 줘야 가죠."

여자가 안 할 테면 하지 말라는 표정으로 방구석에 있는 옷 앞으로 갔다. 팬티를 껴입으며 유진표를 바라봤다.

"팁이라니?"

"제가 이차 안 나간다고 하니까 팁을 준다고 했잖아요."

"내가, 그랬나? 얼매를 주면 되능 겨?"

"천 원짜리 한 장만 줘요. 사장님 친구분이라고 하니까 더 받고 싶어도 그것 밖에 못 받겠네요."

여자는 한눈에 봐도 촌사람처럼 보이는 유진표의 얼굴은 바라보지 않았다. 옷을 껴입으면서 지나가는 말처럼 말했다.

젠장, 옴팡 바가지 쓰는 구먼.

유진표는 사장의 친구라서 천 원만 받겠다는 데는 할 말이 없었다. 또, 팁을 주니 안 주니 하면서 종업원과 싸운 걸 하일도가 알게 되는 것도 창피한 일이라는 생각에 오백 원짜리 두 장을 군말하지 않고 내밀었다.

"사장님, 정말 안 할래요?"

종업원은 어제 옷을 벗기 전에 이미 팁을 이천 원이나 받았다. 천 원을 더 받고 나니까 너무 바가지를 씌운 것 같아서 유진표의 얼굴에 쪽! 소리가 나도록 키스를 하고 물었다.

"그람 한 번 할까?"

유진표는 아침부터 두 눈 똑바로 뜨고 사기 당한 기분이 들어서 억지로라도 한번 재미를 봐야 직성이 풀릴 것 같았다. 하지만 막상 하려니까 물건이 주인의 말을 들어 주지 않고 딴생각만 했다. 종업원이 온갖 기술을 다 동원 한 뒤에야 겨우 사정을 하고 나니까 온몸이 땀으로 흠뻑 젖었다.

"그래도 아저씨 정력이 쎈데?"

여자는 오줌을 누러 갈 때처럼 실오라기 하나 걸치지 않고 엉덩이를 실룩실룩거리며 화장실로 들어갔다. 요란하게 물소리를 내는 동안 유진표는 담배를 피웠다. 후회가 목포 앞바다의 파도처럼 밀려왔다. 어젯밤 늦도록 술을 마신데다 아침에 새파랗게 젊은 여자한테 온몸의 힘을 쏟았더니 아무 생각 없이 한 숨 푹 자고 싶었다. 하지만 아홉 시에 역전에 있는 다방에서 하일도를 만나기로 했다. 아무리 기운이 없어도 어디 가서 해장국이라도 챙겨 먹고 약속장소로 나가야 된다고 생각하며 테이블 위에 있는 주전자를 들었다.

망할!

목이 너무 말라서 주전자의 물을 컵에 따르고 자시고 할 것 없이 주둥이를 입에 물었다. 주전자에는 물이 딱 한 모금 정도 밖에 없었다. 오히려 안 마신 것보다 더 갈증이 밀려와서 저절로 욕이 나왔다.

"아저씨, 내 이름 알지? 혜영이. 최혜영이라고 했잖아. 담에 가게에 놀러 오면 꼭 최혜영을 찾아요. 알았죠?"

여자는 침대에 걸터앉아서 물건을 축 늘어트리고 담배를 피우는 유진표에게 쌩긋 윙크를 해 주고 밖으로 나갔다.

유진표는 대충 몸을 씻고 밖으로 나갔다. 여관은 골목 안에 있었다. 큰길로 나가서 보니까 멀리 목포역이 보였다. 역전에서는 선거 연설을 하고 있었다. 십여 개의 스피커에서 왱왱거리며 찬조연설을 하는 연사들의 목소리가 미지근한 바람으로 얼굴을 스쳐간다.

"역전에서는 누가 연설을 하는 겁니까?"

제법 규모가 큰 해장국집 안에는 아침인데도 손님들이 많았다. 유진표가 자리를 잡고 앉아서 주문을 받으러 온 주인에게 물었다.

"이따 아홉 시 반에 박정희 대통령이 찬조 연설을 한다네요"

"그럼, 공화당의 후보로 나선 김병삼인가 하는 그 후보 찬조연설인가요?"

"박정희 대통령이 아니라, 박정희 할배가 와도 승부는 났지라. 여그 사람은 죄다 김대중 표요"

유진표는 자신 있는 목소리로 말을 하는 주인을 부럽다는 표정으로 바라보고 나서 미지근한 보리차를 한 모금 마셨다. 영동 민심이 목포 같았으면 영동에서 기차를 타고 대전역에 내려서, 다시 택시를 타고 서대전으로 갔다, 세 시간 동안이나 대합실에서 기다리다 호남선을 타고 목포에 오지는 않았을 것이기 때문이다.

해장국을 국물도 남기지 않고 마셨더니 머리 아픈 것이 좀 사라지는 것 같았다. 생각 같아서는 해장술 한 잔만 마시면 두통이 깨끗하게 사라질 것 같았으나 중요한 만남을 앞두고 그럴 수는 없었다. 하일도와 만나기로 한 다방은 직선으로 광장을 가로 질러 가면 일 분도 안 걸리는 거리다. 선거유세를 듣기 위해 모인 관중들 때문에 빙 돌아서 가니까 이십 분도 넘게 걸렸다.

하일도는 다방에 도착해 있지 않았다. 사람들은 모두 박정희 대통령 연설을 들으러 갔는지 다방 안은 한산했다.

"어디에서 오셨어예?"

보리차를 얹은 쟁반을 들고 온 레지가 옆자리에 앉으며 살갑게 물었다.

"너는 어디서 왔는데?"

유진표는 레지를 향해 고개를 돌렸다. 서른은 안 되어 보이고 이십대 후반으로 보이는 여자가 짧은 치마를 입었다.

"대구에서 안 왔능교. 혼자 왔어예?"

레지가 유진표 옆에 앉아서 코맹맹이 소리로 물었다.

"혼자면?"

"내는 경상도 아재들만 무뚝뚝한 줄 알았는데 아제는 더 하네요. 커피 한 잔 사 줄 수 있능교?"

"이따 목포 경찰서 수사과장님 오시기로 했응께, 그분 오시면 사달라고 햐."

유진표는 아침에 빈속으로 하도 헛심을 쏟았더니 여자라면 미스코리아가 와도 신물이 날 지경이다. 레지가 허벅지에 얹는 손을 매정하게 떨쳐 버리고 역 광장 쪽으로 시선을 돌렸다. 와와! 하며 환호를 하는 소리와 함께 사회자가 박정희 대통령이 무대로 올라오실 것이라고 소개를 했다.

"참말잉교?"

"내가 첨보는 너한테 왜 공갈을 쳐야 하는데?"

유진표는 놀라서 일어서는 레지를 바라보지도 않고 창문턱에 팔을 얹고 광장을 향해 돌아앉았다. 다방의 창문을 열어 놓아서 박정희 대통령이 카랑카랑한 목소리로 연설을 하는 것이 여과 없이 들려왔다.

유진표는 보리차를 한 모금 마시고 창문 밖으로 시선을 돌렸다. 얼추 몇천 명은 되는 목포시민들이 수수밭에 서 있는 수수들처럼 광장을 꽉 매우고 박정희 대통령이 연설을 듣고 있다.

"지난 선거 때 육대 대통령에 뽑아준 데 대단히 감사합니다, 앞으로 사 년간 국민의 기대에 어긋나지 않게끔 대통령으로서의 소임을 최선을 다해 완수하겠습니다.

보다 더 살기 좋은 사회를 만들기 위해서는 먼저 정부가 성실히 일해야하겠지만 국회에 안정 세력을 구축하는 것이 뒷받침 되어야 합니다.

우리나라는 민주주의라서 국회가 찬성을 해 주지 않으면 대통령 혼자서는 아무 일도 할 수가 없습니다. 공화당 출신을 많이 보내야만 정책수행을 할 수 있으며, 공화당 대통령을 뽑은 이상 공약 실천을 위해서도 정부에 협조를 할 수 있는 국회가 되도록 밀어주셔야 합니다.

물론 어느 정도의 야당 의원도 필요합니다. 하지만 야당 의원이 너무 많으면 정부안을 모두 반대해서 대통령으로 일을 할 수 없습니다. 지난 삼 년 반 동안 본인은 헌법에서 규정한 대통령의 테두리 안에서만 일을 해왔습니다.

야당에서는 학생 데모를 막는다는 등 비난하고 있지만 법과 질서를 유지하기 위해서 데모를 막은 것입니다. 앞으로도 데모가 있으면 법대로 이를 강력하게 저지할 것입니다.

야당은 공화당이 국회에 많이 나오면 종신대통령제를 위한 개헌을 할 것이라는 비방을 하고 있습니다. 하지만 이것은 터무니없는 주장입니다.

저는 그런 생각을 전혀 갖고 있지 않습니다. 그리고 무엇보다 정국안정을 위해서는 공화당국회의원을 많이 뽑아 국회에 내보내야 합니다……"

유진표는 누군가 앞자리에 앉는 것을 느끼며 시선을 돌렸다. 하일도가 손을 번쩍 들어 보이며 의자에 앉았다.

"충청도 거그는 공화당세가 강하제?"

하일도는 유진표를 바라봤다. 어제 여자에게 얼마나 시달렸는지 얼굴이 반쪽이다. 싱긋이 웃는 얼굴로 말을 걸었다.

"싱거운 말은 일절로 끝내고, 그 누구여. 상언가 하는 그 깡패를 만나봤나?"

레지가 주춤거리는 몸짓으로 다가와서 하일도를 유심히 바라본다. 유진표는 담배를 꺼내서 하일도에게 내밀며 말없이 웃었다.

"여기 아그하고 머 거시기한 일이 있는가 보네. 괜히 실실 쪼개는 걸 봉께."

"신소리 그만하고 나 급햐. 선거가 얼마 남지 않아서 빨리 올라가 봐야 한다구. 상언가 하는 그 친구 오늘 아침 일찍 만난다고 했잖아."

유진표는 한가하게 하일도와 시간을 보낼 수가 없었다. 눈앞에서 박정희 대통령까지 내려와 공화당 찬조연설을 하고 있는 광경을 보니까 마음이 더 급했다. 커피를 주문하고 나서 하일도를 다그쳤다.

"그랑께, 전화를 받은 그날 바로 동생뻘 되는 상어한테 지시를 했다고 했잖은가. 어젯밤에도 야기한 것처럼 그 동생은 목포바닥은 손바닥에 올려놓고 사는 친구라 이 말일씨. 어제는 초저녁부터 곯아 떨어져서 만나봐야 소용없었지만 아침에 안 만났는가. 그 동생이 하는 말이 한 육년 전에 오거리 다방 근처에 있는……"

"들레라는 여자를 봤단 말인가?"

유진표는 단 일 분이 급해서 견딜 수가 없었다. 하일도의 말이 끝나기도 전에 바쁘게 물었다.

"들렌가, 하는 거시기는 모르고, 충청도 여자가 한 명 살았기는 하드만. 키가 요만하고, 몸이 야리야리한데 항시 한복을 입고 다녔다고 하드만."

"그려, 그 여자가 점쟁이들처럼 맨날 한복만 입고 다녔어. 시방도 그 동네에 살고 있는가?"

"아녀, 시방은 아니고 날라 버렸다. 영세한 선주들을 상대로 돈놀이를 하든 표재철인가 하는 형님이, 그 여자를 첩으로 데리고 살았다드만. 그래서 그 동생이 표재철인가 하는 그 양반을 찾아가 봤다고 하데."

"표재철? 그 사람이 어디에 사는 줄 알고 찾아가?"

"아따, 우리 동생이 목포바닥은 부처님 손바닥이라고 하지 않았는가? 오거리에 있는 다방이며 술집을 저인망식으로 훑어 버리면, 술 한 병 비울 사이에 찾아 내지 머. 이름이 들레가 맞고, 충청도 영동에서 온 어떤 놈한테 샀다드만. 얼매를 주고 샀냐고 물어 봉께 그때 돈으로 십만 환, 요새 돈으로 치면 만 원이제. 십만 환을 주고 샀는데 아쉽기는 하지만 본전은 뽑았다드만. 그만큼 그 간나구가 거시기 했다는 말이 겄제. 근디, 마누라한테 들켜서 대판 얻어터지고 있는 사이에 날라 버렸다는 거여. 딱! 거기까지여. 한 가지 정확한 거는 들렌가 하는 그 여자가 목포 바닥에는 없다는 거."

레지가 커피를 들고 왔다. 하일도의 눈치를 살피면서 조심스럽게 커피 잔을 내려놓았다. 하일도가 아그야, 꽃 좀 한번 볼까? 라고 말하며 엉덩이를 우왁스럽게 잡았다.

"와! 와케요."

레지는 하일도가 갑자기 엉덩이를 움켜쥐는 통에 쟁반에 들고 있던 커피 잔을 바닥에 떨어트리고 말았다.

고현수는 오랜만에 와 보는 대전역 앞 풍경이 오늘은 쓸쓸하게 와 닿았다. 땡볕이 내려쬐고 있는 아스팔트 광장에는 수많은 사람들이 오고 가고 있었지만, 처음 와 보는 외국에 와 있는 것처럼 사람들이며, 길 건너편으로 보이는 건물들, 차도를 오가는 차량들마저 낯설게만 보였다. 광장에서 역전 사거리로 가기 전 골목에는 포장마차와 음식점이 줄지어 있었다.

그는 시계탑의 시계를 바라봤다. 시계바늘이 오후 3시 10분을 가리키고 있다. 백인경이 오려면 20분 정도 시간이 남아 있다. 땡볕 밑을 천천히 걸어서 포장마차 골목을 향해 갔다.

포장마차 골목 안에는 대낮인데도 중년의 펨푸 서너 명이 긴 나무 의자에 앉아서 담배 연기를 모락모락 날리고 있었다.

"참한 색시 있는데 한번 보고 가유?"

"싸게 해 줄 팅께 한번 하고 가유?"

"오늘 새로 들어 온 색씬데 쭉 빠졌어. 오백 원만 내면 얼매든지 해도 괜찮여."

고현수가 골목 어귀에 도착하자 펨푸들이 몰려와서 후덥지근한 목소리로 한 마디씩 했다. 고현수는 그녀들의 말에 대꾸를 하지 않고 첫 번째 포장마차 안으로 들어갔다.

"소주 한 병하고……"

육십대의 여자 주인은 포장마차 앞 의자에 앉는 고현수를 멀거니 바라보기만 했다. 고현수는 술부터 주문하고 유리 상자 안에 들어 있는 안주거리를 바라봤다. 얼음 위에 조개류며, 돼지갈비, 꽁치며 고등어 등이 누워 있다.

"대합이 싱싱한데, 대합 줄까?"

여주인이 유리상자 뚜껑을 열고 손바닥 절반 크기의 대합을 들어 보였다.

"술부터 줘요"

고현수는 비단실처럼 가는 아지랑이가 아물아물거리며 하늘로 기어 올라가는 역 광장을 바라봤다. 서울에서 맹호특급열차를 타고 내려오면서 백인경을 만나면 무슨 말을 할까, 라는 한 가지 생각만 했었다.

뭐라고 말을 하지?

뭐라고 말을 하지?

대관절 뭐라고 말을 하지?

특급열차는 기세 좋게 대전을 향해 달려가는데 백인경에게 뭐라고 말을 해야 할지 생각이 나지 않았다. 창문 밖을 스쳐가는 푸른 숲이며, 도시의 풍경, 들판, 아스팔트 도로가 눈앞으로 달려 와도 그 생각뿐이고, 기차 뒤로 밀려가도 그 생각뿐이었다. 신탄진에 도착했을 때는 더 이상 스스로에게 묻는 말도 생각나지 않았다. 머릿속에 찰흙을 착착 이겨 놓은 것 같은 답답함에 와이셔츠 단추가 우두둑 튕겨 나가도록 찢어 버리고 가슴을 쥐어뜯고 싶은 충동에 눈을 꼭 감고 꽉 쥔 주먹을 부르르 떨었다.

너무 가슴이 답답해서 미쳐 버릴 것 같은 생각이 들면서 갑자기 내가 왜 이렇게 괴로워하며 백인경과 헤어져야 하는 생각이 들었다. 문득 석관동에서 고문을 받을 때가 떠올랐다.

"좋은 생각이 났어. 백인경 그 가시나 이 새끼 애인이니까 사상도 불순할 거잖아. 그년을 끌어다 족치면 되겠군. 보나마나 이 새끼 데모하고 다닐 때 뒷바라지 했을 거잖아. 끌어다 족쳐보고 나올 것이 없으면 창신동 창녀촌 같은 데 팔아먹어 버리면 되잖아……"

흰색 와이셔츠가 귀에 입김을 불어넣으며 속삭일 때의 오싹했던 감촉이 되살아나서 이를 악물었다.

그래, 내가 인경이를 버리려는 것이 아니고, 나는 인경이에게 버림을 받은 거야.

흰색화이셔츠가 백인경을 창녀촌에 팔아 버리겠다는 협박을 하지 않았다면, 아니 백인경이라는 존재를 처음부터 모르고 있었다면 그들에게 굴복하지 않았을 것이다. 놈들에게 굴복을 하지 않았더라면 동료들을 배신하지도 않았을 것이다. 백인경, 백인경만 없었다면, 아니 그녀를 사랑하지 않았더라면 원하지 않는 길을 가지 않았을 것이다. 백인경을 너무나 사랑했기 때문에, 프락치가 될 수밖에 없었고, 사랑하는 여자 앞에서 프락치로 살아 갈 수가 없어서, 헤어질 수밖에 없었다. 고로 백인경에게는 양심에 거리낄 것 없다는 생각이 들면서 조금은 죄책감에서 벗어나 답답함이 풀렸지만 여전히 우울했다.

"다 됐구먼."

여주인이 대합을 고현수 앞에 내려놓았다. 조갯살을 잘게 썰고, 풋고추를 썰어 넣었다. 생마늘을 길쭉하고 잘게 썰고, 초고추장을 뿌리고 통깨를 살짝 뿌려 놓은 요리가 대합 껍데기에서 부글부글 거품을 내며 끓고 있다.

고현수는 엉거주춤 일어나서 유리상자 옆에 있는 맥주 컵을 가져왔다. 오프너로 소주 뚜껑을 땄다. 술이 오래 되었는지, 날씨 탓인지 뚜껑을 따니까 나사 모양의 병 모가지에 황토색 녹이 슬어 있었다. 평소 같았으면 주인에게 소주병을 보여주고 다른 걸로 바꿔달라고 했을 것이다. 오늘은 그마저 귀찮았다. 맥주 컵에 넘치도록 소주를 따랐다.

"젊은 양반이 먼 일이 있는 모양이구먼."

여주인은 의자에 앉아서 꽁초에 불을 붙였다. 광장 쪽을 바라보고 있다가 고현수가 얼굴을 찡그리고 맥주 컵 가득 담겨 있는 소주를 단숨에 마셔 버리는 모습을 바라보고 마른 목소리로 중얼거렸다.

고현수는 아무런 대꾸를 하지 않고 남은 술을 마저 컵에 따랐다. 나무 젓가락으로 대합을 먹을까 하다가 그만두고 노란단무지 한 조각을 입에 넣었다. 단무지가 몹시 시다. 탄력도 없어서 마치 누군가 입으로 빨다가 내놓은 것처럼 미지근한 단무지를 땅바닥에 뱉어 버렸다.

"한 병 더 줘요."

고현수는 소주 한 병을 단숨에 비워버리고 단무지도 먹지 않았다. 여주인이 오이를 썰어서 소주병과 함께 내놓았다.

그는 옆을 더듬어 오프너를 찾았다. 소주 뚜껑이 열리는 소리는 경쾌했지만 얼음에 담겨 있던 소주병의 감촉은 미지근했다. 다시 한 컵을 따랐다. 반 컵 정도 마시고 나니까 얼굴이 화끈화끈 달아올랐다. 여주인의 얼굴이 둘로 보이기도 하고 셋으로 보이기도 했다. 하지만 자세는 흐트러지지 않았다. 미지근한 오이를 초장에 찍어서 물이 되도록 씹으며 유리상자 안에 있는 안주들을 노려보았다. 꽁치며, 고등어가 눈앞으로 빨려 왔다가 희미하게 멀어지기도 했다.

"사……사이다 한 병 줘요"

변변한 안주도 없이 소주를 한 병 반이나 마셨더니 목이 말랐다. 속이 쓰리기도 하고 금방 눈물이 터져 버릴 것처럼 몹시 슬프기도 했다. 가슴이 들썩이도록 길게 심호흡을 하고 눈을 꼭 감았다가 떴다. 여주인의 모습이 둘로 셋으로 보이다가 한 명으로 보일 즈음에 취한 목소리로 말했다.

"현수 씨가 이 시간에 왜 여기 있어야 하는데요"

사이다를 마신 고현수는 한 손으로 포장마차 모서리를 붙잡고 사정없이 밀려오는 졸음에 고개를 꺾었다. 아스름하게 잠 속으로 빠져 들고 있는데 등 뒤에서 귀에 익은 목소리가 들려왔다.

인경이? 아냐……인경이가 여길 올 리가 없지. 아냐, 세 시 반에 인경이를 대전역 앞에 만나기로 했잖아……그래도 여긴 대전역 앞이 아니잖아…….

혼곤하게 잠이 밀려오는데 누군가 옆에 앉는 기척이 들렸다. 이어서 앞에 있는 소주병을 가져가는 소리가 났다.

누구지? 누가 내 술을…….

고현수는 고개를 흔들며 눈을 떴다. 천천히 옆 자리로 고개를 돌렸다. 백인경처럼 생긴 여자가 맥주 컵에 술을 따르는 모습이 희미하게 보였다. 손등으로 눈을 문지르고 좀 더 자세하게 바라봤다. 푸른색 투피스에 머리카락을 말총머리로 단정하게 묶은 여자가 소주잔을 기울이고 있다.

"여기 소주 한 병 더 주세요"

고현수가 듣기에는 여자가 빈 컵을 내려놓고 아득하게 멀리서 들려오는 목소리로 주인을 향해 말했다. 여주인이 소주병을 내미니까 받아서 거침없이 뚜껑을 땄다. 다시 소주잔에 절반 정도 따라서 맹물을 마시듯 마시다가 목구멍이 막혔는지 옆으로 고개를 돌리고 캑! 하며 토한다.

"이……인경아!"

고현수는 여자가 고개를 들고 술을 따르는 모습을 가만히 지켜보았다. 의식이 말갛게 살아 오르면서 백인경의 모습이 눈앞으로 다가왔다. 깜짝 놀란 목소리로 부르며 자신도 모르게 술병을 잡고 있는 손목을 잡았다.

"가자, 여긴 현수 씨가 있을 곳이 아니잖아."

백인경은 고현수가 잡은 손목을 조용히 풀었다. 갑자기 마신 취기에 몸이 비틀거리기는 했지만 정신을 잃을 정도는 아니었다. 핸드백을 열어서 술값을 지불했다. 아직 상황이 정확히 파악이 되지 않는다는 얼굴로 앉아 있는 고현수의 팔짱을 끼고 일으켜 세웠다.

"어떻게 알았어?"

"역 앞으로 가다 우연히 바라보니까 현수 씨 비슷하게 생긴 남자가 앉아 있었어. 처음에는 내가 잘못 봤는 줄 알고 그냥 지나쳤어. 하지만 기차는 벌써 도착했는데 현수 씨 모습이 보이지 않길래 다시 와 봤더니……"

백인경은 역 광장까지는 나왔지만 어디로 가야 할지 얼른 생각이 나지 않았다. 말을 끊고 도로 쪽을 향해 섰다.

"그랬었군."

고현수는 술이 말갛게 깨는 것을 느끼며 백인경을 바라봤다. 언제 봐도 아름다운 눈이다. 서늘한 눈매로 도로를 바라보고 있는 얼굴의 볼에 빨갛게 물이 들어 있다. 하지만 더 이상 사랑해서는 안 될 여자라는 생각이 들면서 다시 가슴이 답답해지기 시작했다.

"애자 씨한테 전화가 왔었어. 결혼한다는 전화였어……"

"잘됐군."

고현수는 꽉 막혀 버린 것 같은 답답했던 가슴이 어이가 없을 정도로 허물어지고 슬픔이 차오르는 것을 느꼈다. 팔짱을 끼고 있는 백인경의 팔을 풀어 버리고 자세를 바로 잡고 시계탑을 향해 돌아섰다.

"뭐가?"

백인경은 도로를 향해 서서 터져 나오려는 눈물을 참으려고 양손으로 핸드백을 잡은 손에 힘을 주었다.

"나, 성공 할 거야. 인경이가 놀랄 정도로 성공할 거야. 그것으로 인경이한테 빚진 것을 갚아 줄게."

고현수는 눈물이 날 것 같은데 눈물이 나지 않았다. 오히려 슬픔이 빠져 나가고 가슴이 텅 비어 가고 있었다.

"어떤 것이 성공한 모습인데?"

백인경은 참고 있었던 눈물이 주르르 흘렀다. 얼굴 위로 흘러내리는 눈물이 너무 뜨거워서 헉! 하고 울음을 토해 버릴 것 같았지만 소리를 내지 않았다. 눈물을 닦지도 않았다. 차도를 지나가는 차량들이 강물 속에서 달려가고 달려오는 것처럼 보였다.

"어떤 것이 성공인지는 아직 몰라. 하지만 난 성공하겠어."

"내가 볼 때 지금도 어느 정도 성공한 거 같네. 국회의원 사위가 됐으니까. 그것도 삼선 국회의원이니까 대단한 분이잖아. 나도 현수 씨가 성공하는 모습을 보고 싶어. 그래야 내가 덜 슬퍼 할 거 같애."

"미안하다는 말 하지 않겠어."

"내 실수였어. 현수 씨를 이동하의원 댁에 소개시켜 주지 않았다면 애자를 만나지 못했을 거잖아⋯⋯전화를 받고 쭉 그 생각만 했어. 왜, 내가 양보를 했을까⋯⋯하는."

"그걸 숙명이라고 하기에는 억울하다는 생각이 드네⋯⋯"

"왜?"

"그냥 그런 생각이 들어."

고현수는 너를 평생 내 마음속에서 지울 자신이 없다는 말은 입 밖으로 꺼낼 수가 없어서 백인경을 바라볼 수가 없었다. 다른 쪽을 바라보며 젖은 목소리로 중얼거렸다.

"잘 가라는 말도 하지 않겠어."

애자는 고현수가 말 못할 그 무엇인가 있을 생각이 들었지만 물어보고 싶지 않아서 가슴이 들썩거리도록 한숨을 내쉬었다.

"살아 있으면 또 만날 기회가 있겠지."

백인경은 소리가 나지 않게 핸드백을 열었다. 손수건을 꺼내서 눈물을 말끔히 닦았다. 또 눈물이 나려고 해서 입술을 깨물며 천천히 오른발을 앞으로 내밀었다.

인숙은 종례 시간을 앞두고 변소에 갔다. 소변을 보고 막 일어서려고 하는데 바깥에서 누군가 문을 잠그는 소리가 났다. 히히힛! 웃으며 화장실 밖으로 뛰어나가는 목소리는 남학생 목소리였다. 그것도 처음 듣는 목소리가 아니다. 김만복인가? 박수동, 송영배, 정찬봉? 같은 학급 남학생들 중에서 여학생들을 자주 짓궂게 괴롭히는 얼굴들이 빠르게 스쳐갔다.

김만복이나 박수동은 여학생들이 고무줄놀이를 할 때, 면도칼로 고무줄을 끊어 도망을 치거나, 아이스케키! 하면서 여학생들의 치마를 들추고 도망가는데 선수급들이다. 그 애들이라면 여학생을 골탕 먹이기 위해서 문을 잠그고 도망가고도 남을 아이들이라는 생각이 들면서 화가 치밀어 올랐다.

김만복은 지난봄에 박미자의 미제 샤프 펜을 훔쳤던 전력이 있다. 점심시간이 끝날 무렵 김만복이 연필처럼 생긴 것을 종이에 싸서 교실 뒤에 있는 화단에 묻는 것을 목격한 것은 우연이었다. 그것이 박미자의 샤프펜 일 것이고 짐작한 것은 5교시 수업이 시작되자마자 박미자가 담임 선생에게 샤프펜의 분실을 알린 후였다.

"전부 눈 감아. 선생님은 누가 샤프펜을 훔쳐갔는지 알고 있구먼. 시방이라도 아무도 모르게 조용히 손을 들면 선생님 혼자만 알고 용서 해줄껴."

담임이 책상 사이를 왔다 갔다 하면서 조용히 말을 했지만 어느 누구 하나 손을 들지 않았다. 십 분쯤 시간이 지난 후에는 모두 책상 위로 올라가서 무릎을 꿇고 손을 드는 기합으로 변했다.

"안되겠구먼. 남 걸 훔치믄 얼매나 양심의 가책을 받는지 직접 눈으로 보고, 양심으로 느끼게 해 줘야겠구먼. 시방부터 양심의 가책을 느끼는 시간을 딱 오 분 줄텨. 오 분이 지나도 양심의 가책을 못 느끼면, 일 번부터 나와서 손바닥을 열 대씩 맞는다. 알겠지. 전부 손 내려."

담임의 말이 끝나자마자 남학생들 사이에서 분노가 흘러 나왔다. 어떤 새끼여. 빨리 자수해서 광명 찾아. 누가 훔쳐갔는지 지옥이나 가 뻐려라. 훔쳐 간 놈은 빨리 손 들어, 괜히 엄한 사람들만 맞게 하지 말고" 남학생들이 작은 목소리로 술렁이는 동안 마음 약한 여학생들은 두려움에 휩싸여 홀쩍거리며 울었다.

인숙은 김만복이 절대로 자수를 하지 않을 것이라는 판단이 들어서 조용히 손을 들었다. 눈을 뜨지 않았지만 담임선생이 흠칫 놀라는 얼굴이 눈에 보이는 것 같았다.

"좋아. 아까 손을 든 학생은 언지든 선생님한테 찾아오길 바란다. 그라고 박인숙은 교무실에 가서 선생님 책상 서랍을 열고 수첩 좀 갖고 와라."

담임의 말이 끝나자마자 여기저기서 안도의 한숨소리가 교실 천장을 들썩거릴 정도로 흘러 나왔다.

"무슨 수첩유?"

"책상 서랍 열어 보믄 있어. 그걸 갖고 와. 딴 학생들은 다시 눈 깜고 반성의 시간을 갖는다. 실시."

인숙은 담임선생이 무얼 원하는지 알 것 같았다. 교실을 나가서 김만복이 화단에 무언가를 파묻는 지점으로 갔다. 예상했던 대로 샤프펜이 나왔다. 그것을 들고 교무실로 가서 담임선생의 서랍 안에 넣어 두었다. 거기에 있는 수첩을 들고 교실로 돌아갔다.

"샤프펜을 찾아 줬으믄 됐잖아유. 그걸 땅에 파묻은 아 이름은 절대로 말해 줄 수 읎슈."

이튿날 인숙은 우연히 누가 샤프를 땅에 묻는 광경을 목격했다고 말했다. 담임은 그 학생의 이름을 밝히라고 했지만 인숙은 한사코 고개를 흔들며 김만복의 이름을 말하지 않았었다.

만복이가 나를 알고 있을까?

인숙은 김만복도 그 사실을 알고, 일부러 골탕을 먹이는 것은 아닐까 하는 생각이 들었다. 그러나 이내 고개를 흔들었다. 만약에 김만복이 알고 있었다면 그날 자신을 바라보는 눈빛이 달랐을 것이라는 판단이 들었기 때문이다.

"밖에 누구 없능 겨!"

인숙은 문을 흔들며 다급한 목소리로 말했다. 밖은 고요하리만큼 조용했다. 뒤로 돌아서서 창문을 바라본다. 창문의 크기로 볼 때 키가 크고 팔 힘이 있는 남학생들이라면 타고 넘을 수 있을 것 같았다. 야속하게도 창문 밖으로 푸른 하늘에 떠 있는 뭉게구름만 보일 뿐이지, 창문을 통해 빠져 나가기는 불가능하게 보였다.

"문 좀 열어 줘! 밖에서 문이 잠겼단 말여!"

인숙은 좁은 화장실 안에 갇혀 있는 것이 두렵지는 않았다. 이미 종례는 시작되었는지도 모른다. 다른 아이들은 모두 앉아 있는데 자신의 자리만 비어 있을 것이라는, 누군가에 와서 화장실 문이 열린다 해도 빈 복도를 걸어서 학급 전체 학생들의 시선을 받으며 교실로 들어가야 한다는, 어쩌면 담임 선생님이 어디서 놀다 오는 것 아니냐며 혼을 낼지도 모른다는 생각들이 부끄러워서 자존심이 상해서 눈물이 났다.

"인숙아, 인숙이 여기 있냐?"

인숙은 문 앞에서 소리 죽여 울고 있다가 누군가 찾는 목소리에 고개를 들었다.

"박인숙, 박인숙 어디 있는지 문을 두들겨 봐."

"여기……"

인숙은 일학년 화장실부터 차례로 문을 열고 확인을 하는 목소리가 승우라는 걸 알았다. 반갑기도 하지만 창피해서 기어들어가는 목소리로 문을 두들겼다.

"내 이럴 줄 알았다니께."

인숙은 승우가 문을 열기 전에 얼른 눈물의 흔적을 닦았다. 승우가 문을 열어주며 화가 난 목소리로 하는 말에 눈물이 글썽거렸다.

"선생님이 오셨어도 니가 안 보이잖여. 그래서 선생님한테 내가 말했어. 박인숙은 변소 안에 있을 때 누군가 심술을 부리느라 밖에서 문을 잠가서 안직 못 오고 있는 것 같다고 말여. 그 말을 항께 김만복 그 자식이 실실 웃더라. 그 자식이 문을 잠근 모양여. 내 오늘 이 자식 가만히 안 둘텨."

승우는 인숙이 울고 있는 모습을 보니까 화가 나서 견딜 수가 없었다. 교실 쪽을 노려보며 씩씩거렸다.

"그래봤자 소용 읎어. 외려, 급장이 뭔데 박인숙 편 드냐. 박인숙하고 연애하냐, 라고 더 놀려 될 껴."

인숙은 돌아서서 치맛말기로 눈물을 닦았다. 코가 막혀서 맹맹거리기는 하지만 눈물은 더 이상 나오지 않았다.

"그렇다고 그냥 참고 있으란 말여?"

"안 참으면 싸울 텨? 급장이 공부도 못하는 아들하고 뒤지비통 해봐. 선생님들이 알게 되면 뭐라고 말씀하시겄어. 그랑께 니가 참을 수밖에 없는 거여."

"그래도 이번에는 그냥 못 넘어가."

승우는 인숙의 얼굴에서 눈물이 말랐다는 걸 확인하고 앞장서서 걸었다. 인숙은 승우보다 몇 발자국 떨어져서 고개를 푹 숙이고 걸었다.

복도는 텅 비어 있었다. 인숙은 발자국 소리가 울릴 것 같아서 뒤꿈치를 들고 조심스럽게 걸었다. 그래도 복도 쪽 창문 옆에 앉은 학생들이 바라보는 것 같아서 죄인처럼 푹 숙인 고개를 들지 못하고 걸었다.

"선생님 다녀왔습니다."

승우는 당당하게 교실로 들어가서 담임인 박 선생에게 인사를 했다. 자기 자리로 돌아가면서 김만복과 박수동을 노려봤다. 인숙은 고개를 푹 숙이고 자기 자리를 찾아갔다.

"급장은 역시 똑똑하구먼. 선생님은 어떤 놈이 못된 장난을 쳤는지 다 알고 있어. 오늘은 시간이 없어서 그냥 넘어 가지만, 담에 또 한번 이런 짓을 했다는 것이 발각되면 그때는 그놈뿐만 아니라, 급장을 제외한 딴 놈들 모두 단단히 혼날 줄 알면 틀림없을 거여. 급장."

박 선생은 김만복과 박수동, 소영배의 표정을 빠르게 살폈다. 세 놈 중에 한 명이 말썽을 피웠을 것이라고 판단하며 승우에게 눈짓을 보냈다.

"차렷!"

승우가 맨 뒷자리에서 벌떡 일어섰다. 승우의 구령소리에 학생들이 일제히 허리를 반듯하게 세웠다.

"경례!"

"에, 오늘 종례 시간에 뭘 하기로 했지?"

박 선생은 학생들이 경례를 할 때는 답례를 하지 않았다. 교탁을 양손으로 잡고 누가 인사를 하지 않는지 지켜 본 후에 입을 열었다.

학생들은 종례 시간에 중간시험 결과를 발표하기로 한 것을 모두 알고 있었다. 어느 누구 하나 일어서거나, 손을 들고 대답을 하지 않았다. 시험을 못 본 학생들은 일제히 고개를 숙이고, 시험을 잘 본 학생들은 약속이나 한 것처럼 자신의 경쟁 상대 표정을 살폈다. 공부 잘하기를 포기한 학생들만 고개를 빳빳하게 새우고 박 선생을 바라봤다.

"급장, 오늘 종례 시간에 뭘 하기로 했지?"

"중간시험 본 걸 발표하신다고 하셨습니다."

승우가 벌떡 일어서서 또렷한 목소리로 대답을 했다. 승우가 자리에 앉자마자 여기저기서 한숨을 쉬는 소리가 퍼져 나왔다.

"급장 혼자만 기억하고 있었구먼. 한심한 것들. 하여튼 공부도 못하는 것들이 기억력도 없어. 하긴 선생님의 말씀을 잘 기억하면 공부를 못 할 리가 없지. 에, 시험 성적을 발표하기 전에 선생님께서 여러분들에게 굉장히 훌륭한 학생에 대한 이야기를 잠깐 하겠다. 에! 여러분들 중에서 작년에 신문을 보고 혹시 아는 사람이 있을지도 모르겠다. 설령 신문을 보고 이미 알고 있더래도 선생님께서 말씀을 하실 때는 아는 척 하지 말고 가만히 듣고만 있도록. 내 말 무슨 뜻인지 알겠지?"

박 선생이 묻는 말에 학생들이 일제히 예! 하고 대답을 했다. 박 선생은 창문 앞으로 천천히 걸어가면서 다시 입을 열었다.

"먼 일이 있었느냐 하면 전라남도 함평국민학교에 다니던 육학년 일반 학생의 숭고한 희생정신에 관한 이야기다. 이 야기는 선생님이 지어 낸 일이 절대 아녀. 작년 오월 이십칠일 날 실제로 있었던 일이다. 먼 야긴가 하면, 이름이 이종남이라고 하는 학생은 친구가 물에 휩쓸려서 허우적거리는 모습을 보고, 그 상황이 굉장히 위험한데도 한시도 망설이지 않고 물에 뛰어 들었다. 그래서 간신히 친구는 구해냈지만 불행하게도 이종남 학생은 급류에 휩쓸려 목숨을 잃어버리고 말았다고 한다. 이얼마나 훌륭한 학생이냐. 그래서 함평국민학교에서는 그 숭고한 희생정신을 널리 알리고자 위령탑을 세우기로 했다는 것이다. 김만복, 선생님이 지금 무슨 정신이라고 했냐?"

창문 밖으로 보이는 운동장에는 햇볕이 내려 쬐고 있었다. 멀리 느티나무 그늘 밑에는 일찍 수업을 끝낸 저학년 학생들이 맹호부대 노래를 배우기 위해 줄을 지어 앉아 있다. 자신의 말을 잘 듣고 있는지 확인하기 위해 갑자기 휙 돌아섰다. 김만복이 고개를 숙이고 있다. 종례시간이라서 졸고 있을 리는 없다. 만화책을 보거나 딴 짓을 하고 있을 것이라고 판단하며 물었다.

"무……무슨 정신유?"

김만복이 금방 얼굴을 빨갛게 물들이며 더듬거렸다.

"선생님이 아까 무슨 정신을 널리 알리고자 무슨 탑을 세우기로 했지?"

김만복은 대답을 못해 입술만 달싹달싹 거리고 있다. 다른 아이 몇 명이 안타까운 얼굴로 입모양만으로 위령탑! 이라고 힌트를 줘도 알아듣지 못하고 옆자리 짝을 바라본다. 옆자리 짝은 야속하게도 딴 데를 보고 있다.

"앞으로 나와. 이놈의 새끼, 공부는 지독하게도 못하는 놈이면 선생님 말씀이나 잘 들을 일이지."

김만복은 박 선생이 분명히 손바닥을 때릴 것이라고 짐작했다. 양쪽 어깨를 잔뜩 웅크리고 고개는 잔뜩 조아린 자세로 손바닥을 쓱쓱 비비다 호호 입김을 불면서 교탁 앞으로 나왔다.

"손바닥 내놔."

김만복이 얼굴을 잔뜩 찡그리고 양쪽 손바닥을 내밀었다. 박 선생은 이를 악물고 손바닥이 허벅지에 닿도록 야멸차게 때렸다.

"하여튼, 지 애비를 보면 다 안다니께. 지 애비가 장바닥에서 냄비나 때우고 있응께 자식이 공부를 잘 할 수 있나?"

박 선생은 김만복이 눈물이 쏙쏙 빠지도록 다섯 대를 때렸다. 그래도 성이 안차서 제자리로 들어가는 김만복의 뒤를 따라가서 뒤통수에 혹이 나오도록 내려치고 나서야 교탁 앞으로 갔다.

"시방부터 시험 본 성적을 발표하겠다. 미리부터 말해두지만 꼴찌부터 시작해서 다섯 놈은 한 달 동안 변소청소를 해야 한다. 먼저 일등부터 부르겠다. 평균 점수 구십팔 점 이승우! 이승우 일어나길 바란다."

"예……"

승우는 일등을 했는데도 얼굴이 빨개져서 일어났다. 중간시험을 보고 일주일에 세 번씩 집에 와서 과외지도를 하는 영동농업고등학교 일학년인 조경식과 함께 문제지를 풀어 보았다. 그랬더니 평균으로 환산해서 인숙이가 5점이 많게 나왔다. 중간쯤에 앉아 있는 인숙의 표정을 살펴본다. 인숙은 고개를 숙이지 않고 박 선생만 바라보고 있다.

"이승우는 박인숙보다 평균이 이 점 많이 나와서 이번에도 일등을 했다. 모두 이승우에게 박수!"

박 선생은 자신의 아들이 일등이라도 한 것처럼 활짝 웃으면서 손바닥이 아프도록 박수를 쳤다. 하지만 학생들은 박수를 치다가 만다.

"요런 싸가지 없는 놈들. 선생이 하는 말을 개같이 알아듣고 있구면.

이래서 조선 놈들은 맞아야 정신을 차린다는 말이 생긴 거여."

원래는 이십 등까지 잘라서 손바닥을 때렸었다. 오늘은 십오등 이하는 무조건 손바닥을 다섯 대씩 때려야겠다고 생각했다.

육학년 일반 교실에서는 잠시 후부터 손바닥 때리는 소리와 함께, 아얏! 아! 아파! 윽! 하는 소리가 끊이지 않았다.

"니덜은 때리는 선생님을 야속하게 생각하고 있겠지만 난중에 졸업을 해서 생각해 보믄, 내가 그때 왜 선생님 말씀을 안 듣고 공부를 안했을까 하고 후회를 할끼다. 그렇게 알고 담 기말고사 때는 좋은 성적을 내서 손바닥을 안 맞도록. 에! 그라고 아침 조회 때도 야기를 했지만 내년부텀은 의무교육이라 기성회비를 안 내도 되지만, 올게까지는 기성회비를 내야 된다. 그랑께, 부모님께 사정을 잘 설명해 드리고 낼까지는 미수금을 전액 내야한다. 그리고 오늘은 청소 끝나고 나서 사오육 학년이 맹호부대 노래를 배우기로 했다. 그러니까 청소당번은 가능한 빨리 청소를 하고, 청소 당번이 아닌 학생들은 운동장 둥구나무 밑으로 모여야 한다. 이상 종례 끝."

육학년 일반 학생 정원은 61명이다. 열다섯 명을 제외하고 있는 힘을 다하여 손바닥을 다섯 대씩 때렸더니 어깨가 뻐근하고 기운도 없다. 박선생은 기운 없는 목소리로 승우에게 눈짓을 보냈다.

다른 반은 청소를 끝내고 나면 급장이 담임한테 청소를 끝냈다고 보고를 한다. 그러면 담임은 그날 기분에 따라서 청소검사를 하기도 하고, 그냥 집으로 가라고 한다. 하지만 육학년 일반은 승우한테 청소검사권을 위임했다.

"오늘은 청소검사 안 할 텨. 그랑께 내일 급장이 선생님한테 욕 읃어 먹지 않도록 해야 햐.”

오늘 청소 당번은 2분단이다. 청소당번을 제외한 다른 아이들은 책보를 어깨에 메거나 허리에 메고 운동장으로 뛰어 나갔다. 승우는 2분단장을 불러서 지시를 하고 가방을 서둘러 어깨에 멨다. 인숙이를 찾아 봤다. 인숙이는 여학생에게 에워싸여서 웃는 얼굴로 무슨 말인가 하고 있었다.

“그거 내 빵여! 내 동생 줄라고 안 먹었단 말여.”

청소를 하려면 일단 책상 위에 걸상을 올려놓는다. 두 명이 양쪽에서 책상을 들거나, 밀어서 교식 뒤쪽으로 모두 옮겨 놓은 다음에 비질을 하고 걸레질을 하는 것이 순서였다. 박수동이 책상을 뒤로 밀고 가던 중에 점심때 나누어 준 급식빵이 툭 떨어졌다. 그것을 본 박수동이며 다른 아이 몇 명이 달려들었다. 김만복이 울상을 지은 얼굴로 달려들어서 빵을 뺏으려고 했다.

“이기 니 꺼라고 써 있냐?”

박수동이 횡재를 했다는 얼굴로 김만복 앞에 빵을 흔들어 보였다. 이 년 전에만 해도 점심을 싸가지고 온 학생들은 옥분죽이라고 부르는 옥수수 가루 죽을 빈 도시락에 나누어 줬다. 그러던 것이 밀가루 구십 프로에 전지분유를 십 프로 정도 섞은 빵을 읍내에 있는 빵집에서 만들어서, 점심을 싸 가지고 오지 못하는 결식 학생들에게 한 개씩 나누어 주는 빵이다.

“내 책상에서 떨어졌잖여.”

“난 니 책상에서 떨어진 거 안 봤고, 교실 바닥에 떨어진 걸 봤단 말여.”

박수동이 빵을 절반으로 툭 쪼갰다.

"박수동!"

승우가 인숙이가 있는 곳으로 가려던 걸음을 돌려서 박수동 앞으로 갔다.

"왜?"

"그 빵 이리 냐."

승우가 화 난 얼굴로 손을 내밀었다.

"이건 내가 주섯단 말여."

박수동이 빵을 뒤로 감추며 두어 걸음 물러섰다.

"너, 니덜 집 방바닥에서 돈 주수면, 그 돈이 니 돈여?"

"그……그건 아부지나 어머 돈이지."

"이것도 교실에서 떨어진 거니까 우리 반 아 빵이란 말여, 빨리 안 내놓으면 선생님한테 이를 껴. 김만복이 동생 갖다 줄라고 지가 먹지도 아껴 둔 빵을 박수동이 뺏어 먹었다고 말여."

"그……그람 이왕 쪼갠 겅께 반천만 먹으면 안 될까?"

박수동이 재수 옴 붙었다는 표정을 지으며 뒤로 감추고 있던 빵을 앞으로 옮기며 승우의 눈치를 살폈다.

청소를 하던 아이들이나, 운동장으로 나가려던 아이들이 걸음을 멈추고 구경을 하거나, 박수동과 승우를 에워쌌다.

"너는 점심때 급식빵을 먹었잖어. 김만복은 니덜이 빵을 먹을 때 얼매나 먹고 싶었겠어. 하지만 집에서 굶고 있을 동생을 생각해서 꾹 참고 맹물로 배를 채웠잖어. 그런 김만복한테 니가 먹을 때 쪼금 노와 주지는 못할망정 뺏아 먹으면 되겠어? 넌도 양심이 있으면 생각해 봐."

승우의 목소리가 커지는 것을 보고 인숙이 다가갔다. 인숙은 김만복이 변소 문을 잠갔을 것이라고 생각하면서도 박수동을 노려봤다.

인숙의 말이 끝나자 다른 아이들은 일제히 박수동을 바라봤다. 하나같이 물건을 훔치다 들킨 아이를 바라보는 눈빛이다.

"아······알겠구먼."

박수동이 승우에게 빵을 내밀었다. 승우는 밀가루에 우유를 섞어서 만든 급식빵을 김만복에게 돌려 주었다.

"차······참말로 고마워. 그 대신 반천 줄게."

김만복의 눈썹에는 눈물이 맺혀 있었다. 절반으로 자른 빵 중 한쪽을 인숙에게 슬그머니 내밀었다.

"아녀, 난 즘심 먹었잖여. 그렁께 어여 책보에 싸 놔."

인숙은 웃는 얼굴로 손을 흔들며 승우 곁으로 갔다.

"인숙아 나 좀 봐."

승우는 교사 밖으로 나갈 때까지 말을 하지 않았다. 인숙이도 잠자코 가방끈을 만지작거리며 측백나무 울타리 옆으로 갔다.

"내 생각에는 암만해도 선생님이 채점을 잘못한 거 가텨."

승우는 측백나무 잎새를 뜯었다. 손가락으로 측백나무 잎을 문지르며 걸었다.

"아녀. 내 생각은 그 반대여. 경식이 오빠하고 우리가 풀어본 것이 틀렸다고 생각햐."

인숙이는 승우가 측백나무 잎새를 문지르고 있는 것을 보고 자신도 모르게 측백나무 잎새를 뜯어서 문질렀다.

"내가 생각할 때는 안 그린 거 가텨. 증거는 없지만 선생님이 역부러

나한테 일등을 준 거 같단 말여."

"승우야, 왜 그런 생각을 하는 겨. 그라고 누가 일등을 하든지 머가 중요햐. 나는 딴 아들보다 승우 니가 일등 했다는 말을 듣고 낭께 기분만 좋던걸."

"너는 맨날 왜 그랴?"

"내가 뭘?"

"솔직히 말해서 체육 빼놓고 뭐든지 니가 나보다 잘 하잖여. 그런데도 맨날 내가 잘하면 기분 좋다는 말만 하능기 안 이상하다능 겨? 꼭 자존심도 없는 아처럼 말여."

"승우야. 너 나 좋아한다고 했지?"

인숙이 걸음을 멈추고 승우를 가로막았다.

"내가 언제?"

승우가 금방 얼굴이 빨개지며 반문했다.

"사학년 개학식 하는 날 나한테 필통선물 하면서 말한 거는 그짓말이란 말여? 그냥 해 본 말이란 말여?"

인숙이가 기도 안 막힌다는 얼굴로 빠르게 물었다.

"누가 그짓말이랴?"

승우가 금방 얼굴을 빨갛게 물들이며 반문했다.

"나도 너 좋아하는구먼. 좋아하는 사람끼리 누가 일등을 하면 워뗘?"

인숙은 승우의 눈을 응시했다. 승우가 마주 바라보지 못하고 고개를 운동장 쪽으로 돌렸다.

"좌우지간 너한테는 무슨 말을 못 한당께."

"선생님이 종례 시간에 한 말 기억나지? 함평초등학교 육학년짜리 이

종남이라는 학생이 친구를 구하고 죽었다는 말 말여?"

"그걸 내가 벌써 잊어 버렸다고 생각하는 거여?"

승우가 어이가 없다는 얼굴로 반문했다.

"넌도 친구를 위해 죽을 수 있을 거 가텨?"

"그걸 말이라고 하능 겨? 니가 물에 빠졌는데 내 목숨이 중요햐? 죽는 한이 있드래도 물속으로 뛰어 들어서 너를 구해야지."

"참말여?"

"내가 언지 그짓말 하는 거 봤어? 참말이란 말여. 참말!"

승우는 가슴이 두근거려서 인숙이와 같이 걸을 수가 없었다. 둥구나무 밑으로 뛰어 갔다.

둥구나무 밑에는 일이삼 학년을 제외한 500여 명의 학생들이 학급별로 앉아 있었다. 느티나무 그늘 밑에 있는 시멘트 벤치 위로 교장선생이 올라갔다. 교감이 학생들의 시선을 집중시킬 때까지 기다렸다.

"어린이 여러분, 여러분들은 편하게 공부를 하고 있는 이 시간에도 우리의 용감한 맹호부대 용사들은 먼 이억만 리 월남 땅에서 베트콩들과 싸우고 있다는 것을 잊어뻐려서는 안 된다는 거요. 맹호라는 말은 맹수의 왕 호랑이를 말한다는 걸 모르는 학생들은 없는 걸로 알고 있습니다. 신문에서 보니까 맹호부대는 맹수와 같이 가는 곳마다 용맹을 떨치며 승리를 거듭하고 있다고 합니다. 어느 정도나 하면 월남 국민들은 우리 맹호부대 용사들을 보면 따이한 넘버원이라며 환영이 대단하다고 합니다. 넘버원이라는 말이 영어로 무슨 말인지 아는 사람? 옳지, 오학년 일반 이승우가 한번 말해 봐."

"최고라는 말입니다."

"이승우는 국민학생인데도 중학생들처럼 영어를 잘하는구먼. 맞는 말입니다. 우리 맹호부대는 월남에서 최고로 잘 싸우고 있습니다. 그러나 맹호장병들은 언제나 고국의 소식을 목마르게 기다리고 있습니다. 우리는 위문품을 보내지는 못할망정 맹호부대 노래를 열심히 배워서 마음속으로나마 응원을 해 주길 바랍니다. 그런 뜻에서 배우는 노래니까 오학년 이반 담임 선생님이 가르쳐 주는 대로 열심히 배워야 합니다."

교장은 만족한 표정으로 승우를 바라보며 시멘트벤치에서 내려갔다. 이어서 오학년 이반 담임인 임 선생이 벤치에 올라섰다. 박 선생이 얼른 맹호부대 가사가 적혀 있는 괘도를 벤치 옆으로 옮겼다.

"우리 자랑스러운 맹호부대 노래는 모두 삼절까지 있어요. 먼저 선생님이 삼절까지 부르고 나서 한 구절씩 따라서 배우도록 해요"

임 선생은 지휘봉으로 가사를 집어 가며 맹호부대 노래를 부르기 시작했다.

자유통일 위해서 조국을 지키시다
조국의 이름으로 님들은 뽑혔으니
그 이름 맹호부대 맹호부대 용사들아
가시는 곳 월남 땅 하늘은 멀더라도
한결같은 겨레마음 님의 뒤를 따르리다
한결같은 겨레마음 님의 뒤를 따르리다
　　　　　　　　—2, 3절 생략—

임 선생은 3절까지 노래를 부르고 난 후에 기침을 하며 목을 다듬었다. 이어서 지휘봉으로 가사를 지시하며, 자유통일 위해서 조국을 지킵시다. 라고 선창을 했다. 학생들이 일제히 '자유통일 위해서 조국을 지킵시다'라고 합창을 하는 소리가 구월의 하늘로 울려 퍼졌다. 점심을 굶은 김만복도 주린 배를 움켜잡고, 코를 후비고 있던 박수동도 주먹을 불끈 쥐고 아래위로 흔들면서 악을 쓰듯 노래를 따라 불렀다.

해룡이

어디 얼굴 좀 한번 보자. 이왕이면 부모님도 함께 오시지 않구선,
불쌍한 것이 워티게 홀몸으로 왔냐?
니가 이렇게 된 거시 하늘의 뜻이지 워찌 네 뜻이겄냐.
친정동네붙이라도 따라와서 밥이라도 한 끼 자시고 가는 거시 도리인데,
니가 뭔 죄가 있다고 강아지 팔려가듯 너 혼자 쫄쫄 걸어 왔냐.

박평래는 방천길에 앉아서 과수원을 내려다본다. 상규네가 사과 묘목
사이에 심어 놓은 콩밭을 매고 있는 모습이 한눈에 들어온다. 삼천 평의
과수원을 채우고 있는 묘목은 모두 3년생이다. 3미터 간격으로 심어 놓
는 3백 주의 홍옥 품종 묘목 가격만 해도 주당 150원씩 해서 45,000원이
들었다. 게다가 옥천 이원에서 여기까지 실고 온 운임에, 구덩이를 파고
거름 값이며 5만 원은 족히 들어갔다.

봄에는 사과꽃이 드문드문 피어서 동네 사람들이 시간만 나면 구경을
나오기도 했다. 멀리는 양산이나 학산들도 일부러 일삼아 와서 당당하
게 서 있는 사과나무를 만져 보기도 하고, 어떤 사람들은 일부러 둘레를
한 바퀴 돌아보기도 하면서 부러운 눈빛을 감추지 못했다. 올해는 사고

가 드문드문 매달릴 것이다. 내년에는 올해보다 더 많은 사과를 딸 수 있을 것이라는 생각이 들면서 한숨이 새어 나온다.

"먼 생각을 하고 있길래 한숨을 쉰댜?"

청산댁은 새참으로 소쿠리에 담아 가지고 온 감자를 까먹다 말고 박평래를 바라본다. 올해 들어서 박평래의 얼굴에 검버섯이 부쩍 늘었다. 작년만 해도 쉬는 참에 깜박깜박 조는 모습을 보지 못했다. 올해 들어서는 일을 하다가 잠깐 쉴 참이나, 너럭바위에 영감들과 앉아서 이야기를 하다가도 깜박깜박 조는 모습이 자주 보인다. 저이가, 안 쉬던 한숨을 쉬고 그런댜. 오늘 따라 눈가에 눈물까지 고여 있어서 밭고랑처럼 깊게 주름이 진 갈색 얼굴이 처연하게 보였다.

"명년에도 내가 우리 과수원에서 나는 사과를 먹을 수가 있을지 모르겄구먼."

"그 나이가 되도록 말이 씨가 된다는 말도 못 들어 봤나 벼. 마른 명태가 십 년 간다는 말도 못 들어 봤남? 팔순이 다 되어가는 순배 영감도 올겨울을 못 넘기네, 내년 봄에는 창꽃 귀경을 못하겠네, 해 쌓면서도 잘도 살아가는데 먼 걱정이 있다고 올게를 못 넘긴다는규."

"몰라 그냥 그런 생각이 드는구먼."

박평래는 곰방대를 꺼내서 봉초담배를 재며 들판을 향해 돌아앉았다. 둥구나무 거리 앞의 일곱 마지기 번듯한 논이 한눈에 들어온다. 땅 냄새를 맡은 벼가 꼿꼿하게 서 있다. 바람이 부니까 파도처럼 출렁거렸다가 바람이 멈추면 이내 시치미를 뚝 떼고 송곳처럼 단단하게 서 있다.

"자식 돈 잘 벌어. 며느리 똑똑해서 삼천 평짜리 과수원 만들어 놔. 큰 손자 군대 갔다 오드니 누가 시키지 않는데도 지 심으로 면사무소에 턱 취직햐. 작은 손자는 학산면에서 한둘이나 있을까 말까 한 대학생여. 손녀들은 핵교 잘 댕겨. 대관절 머가 걱정이라고 한숨이나 폭폭 쉬고 있는지 모르겠구먼."

"아! 집에서 내내 놀다가 샛밥으로 가지고 나온 감자를 혼자 다 처먹을 샘여. 며느리 불러서 감자라도 먹을 동안 다른 한 골이라도 매 줄 생각은 안 하고, 저 혼자 다 처먹고 있구먼."

"어이구, 흔해 빠진 감자 두어 개 먹은 걸 가지고 아주 개 잡듯하고 있는 걸 봉께 북망산천 갈 날은 안직 멀었구먼. 야는 내가 내동 소쿠리를 들고 옴서 감자 먹고 하라고 했는데도 멀 하고 있는 거여."

청산댁은 먹던 감자를 들고 끙 소리를 내며 일어섰다.

"진규는 방학을 했을 텐데 왜 안 내려 오능 겨?"

박평래는 손바닥으로 차양을 만들어 둥구나무 밑을 바라본다. 둥구나무 덩치가 하도 커서 너럭바위 끝만 보인다. 순배 영감과 변쌍출이 나와 있을 것이라는 생각에 일어섰다. 구부정한 허리에 새마을 담배를 입에 물며 일어섰다.

"얼추 올 때가 된 거 갸튜. 진규 내려오믄 공부하느라고 애 먹었응께 닭이라도 한 마리 잡아 줘야 하는데 며느리가 내 말을 들을지 몰라."

박평래와 다르게 아직 허리가 굽지 않은 청산댁은 꼿꼿하게 허리를 피고 과수원으로 내려갔다.

들판은 모가 땅 냄새를 맡기 시작하면 한가하다. 논에는 잡초를 초벌 매기 해 주고 나면 별로 할 일이 없다. 콩밭을 매거나, 고추밭에 물을 주거나, 비 오는 날 잡아서 들깨 모종을 심는 일은 거의 여자들이 하고 남정네들은 둥구나무 밑에서 낮잠을 자고나, 둠벙을 퍼서 미꾸라지를 잡아 추어탕에 막걸리를 추렴하며 세월을 보낸다.

"난도 그 생각을 하고 있었는데 당신도 그런 생각을 하고 있었구먼."

박평래는 청산댁과 반대 방향으로 내려갔다. 둥구나무 거리를 향해서 천천히 걷고 있는데 해룡이가 집에서 뛰어 나왔다.

"사……상규 할아부지!"

해룡이가 반가운 얼굴로 불렀다.

"오냐."

"이……일루 와서 탁주 한 잔 하고 가유."

"시방 나한테 하는 말이냐?"

박평래는 해룡의 뜻하지 않은 말에 주변을 두리번거렸다. 주변에 아무도 없는 걸 보니 나한테 하는 말이라고 생각하면서도 물었다.

"빠……빨리 와유. 타……탁주 한 잔 줄 팅께유."

해룡은 술청 뒤로 돌아가서 막걸리 단지 뚜껑을 열었다. 한 바가지를 떠서 바가지 채 술청 위에 올려놓았다. 안주를 찾아서 설강을 기웃거리다가 깍두기 접시를 술청 위에 올려놓고 히! 웃었다.

"세상 오래 살고 볼 일이네, 내가 죽을 때가 됐나? 해룡이 술을 다 은어 마시네 그려."

박평래는 그렇지 않아도 출출하던 참이어서 가게 안으로 들어갔다. 막상 술청 앞에 앉아서 바가지에 담긴 막걸리를 바라보니까 해룡네 얼굴이 보이지가 않는다. 입 싸기로 소문난 해룡네가 등신 아들 꼬여서 술 빼앗아 먹었다는 말이 나올지 모른다는 생각이 불쑥 들어서 입을 열었다.

"느 어머는 워디 간 겨?"

"하……학산 갔어."

"그람 나 그냥 갈란다. 너한테 술 은어 마셨다고 난중에 무슨 욕을 은어 먹을지도 모르는데."

박평래는 막걸리 한 잔을 들이키면 배가 불룩 일어설 것 같기는 했지만 하찮은 막걸리 한 잔 때문에 우세를 당할 필요는 없다고 생각했다.

"내……내가 한턱내는 거란 말여."

"어이구, 니가 한턱낸다는 말이 뭔 말인지 알기나 하냐?"

"어……어머가 그라는데 공짜로 수……술 주고 바……밥 주는 거시 한턱내는 거랴."

해룡이는 뱅글뱅글 웃으면서 술청 모서리를 잡고 허리를 좌우로 바쁘게 흔들었다.

"그놈 알아듣기는 지대로 알아들었구먼. 하지만 한턱낼 때는 그만한 이유가 있는 거여. 해룡이 니가 상규 할애비한테 한턱낼 이유라도 있능겨?"

박평래는 요놈 봐라 하는 표정으로 해룡이를 바라봤다. 그러고 보니 오늘은 옷차림이 다르다. 배가 허옇게 드러나는 저고리 차림이 아니고 깨끼조끼를 입었다. 그것도 다림질 자국이 선명한 옷이다. 바지도 광목바지가 아니고 학산장날에 옷장사들이 파는 기성복 바지를 입었다. 이놈이 오늘 뭔 일이 생겼나? 자신도 모르게 술바가지를 들어 한 모금 마시고 나서 진지한 표정으로 물었다.

"자……장가간다. 해룡이 오……오늘 장가 가지롱."

"너 시방 머라고 했냐?"

"장가! 장가 몰라? 마……마누라 하고……히!"

"이놈이 지 에미 없는데 저 혼자 쥐약을 처먹었나? 누가 너같은 놈한 테 시집을 온다고……아니지, 해룡아 장가간다는 말이 먼 뜻인지 알기 냐 하냐? 장가간다는 말이 뭐여?"

"왜 몰라? 색시하고 같이 자는 거여. 인제 어머하고 안 자고 새……색 시하고 뽀뽀하고……음, 애……애기 낳는 거란 말여."

해룡은 몸을 비비꼬며 좋아죽겠다는 얼굴로 침을 손가락을 빨았다.

"어려? 이 자식 봐라. 진짜로 장가를 가기는 가는 모양이구면. 색시는 워딨냐?"

박평래는 비로소 막걸리바가지를 들었다. 천천히 바가지를 비우고 나 서 손으로 깍두기를 집어 우적우적 씹었다.

"바……밤에, 와. 구……구장이 데리고 와."

"오라, 그라고 봉께 구장이 워디서 너 같은 여자를 한 명 구했는 모양 이구먼. 인제야, 니가 장가를 간다는 말이 믿어지는구먼. 하지만 장가 갈 라면 방이 있어야 할 거 아녀? 워디다 신방을 차린댜? 시어머씨하고 합 방을 할 수는 없는 노릇이고……"

박평래는 또 다시 해룡의 말이 믿어지지 않았다. 눈을 감고 있어도 단 칸방의 구조를 알고 있으면서 방 앞으로 갔다. 눈짐작으로 방 가운데 이 불보를 쳐 본다. 너무 적다. 이번에는 삼분의 이 지점에 이불보를 쳐본 다. 가능은 할 것 같지만 자고로 남녀가 합궁을 할 때는 교성이 튀어나 오기 마련이다. 해룡이 지 어미가 과부라는 걸 알고 교성을 참을 리는 없고, 해룡네가 그 점을 미리 염두에 두고 자식 놈과 며느리의 입에 재 갈을 물린 채 합궁을 시킬 리는 없을 것이다. 거참! 이해가 안 되네. 해 룡이 하는 말을 들어 보면 장가를 가는 것이 맞기는 맞는 것 같은데 신혼방을 어디다 차릴지가 문제라는 생각에 고개를 갸웃거렸다.

"아무도 없는 방 앞에서 뭔 기도를 하는 거여?"

박평래는 등 뒤에서 들려오는 변쌍출의 말에 돌아섰다.

"아까 봉께 분명히 걸어오고 있기는 했는데 갑자기 안 뵈기에 혼자 술 마시고 있나 해서 살살 걸어와 봤더니 구들장 새로 놀 일이 있는 거여? 그기 아니면 먼 생각을 하고 있기에 고개를 요짝으로 조짝으로 흔들며 서 있는 거여."

순배 영감이 가게 안으로 들어와서 의자에 앉으며 물었다.

"아! 글씨 해룡이 이놈이 내가 요 앞을 지나가는데 한턱내겠다면서 날 부르잖유. 그래서 마침 배도 출출하기에 얼떨결에 들어 왔지 머유. 근데 해룡이가 퍼주는 술을 마실라고 하다 가만히 생각해 봉께, 등신 같은 놈한테 술 뺏어 먹었다는 소문이 돌 것 같다는 말일씨. 그래서 왜 술을 주는 거냐고 물었더니, 아. 해룡이 이놈이 장가를 간다잖유."

"그렇지 않아도 쌍출이 이 사람하고 그 야기를 하고 있었구먼. 구장이 해룡이하고 짝이 맞는 반편이를 학산에 구해 논 모냥여. 그래서 짝을 지 위줄 모냥여."

"저도 거기까지는 이해를 했슈. 근데 신방을 워디다 꾸미냐 이거유."

"그래서 방 안을 살폈구먼. 설마 하니 해룡이가 암만 등신이라고 해도 여기다 신방을 꾸미겄어? 즈 어머가 있는데? 우리 집에 빈 방이 있잖여. 거기다 신방을 차리기로 했어."

"암만, 원래 등신들은 아무 생각 없이 살아서 원래 물건은 장대한 거여. 해룡이도 십중팔구 물건은 대단할 걸. 생각난 김에 해룡이 잠지 좀 볼까? 해룡아 너 오늘 장가간다며?"

변쌍출이 장난기 어린 표정으로 물었다.

"자……장가 가. 오늘."

"너, 장가 갈라면 워떡해야 하는지 알고 있기는 하는 거냐?"

"새……색시하고 뽀……뽀뽀하는 거여."

해룡이가 생각만 해도 좋아죽겠다는 얼굴로 몸을 비틀며 대답했다.

"얼추 알기는 알고 있구먼. 그건 난중에 하는 거고 먼저 해야 할 것이 있는데 그건 아냐?

"내……내가 한턱낼 껴. 어머가 하……한턱내야 한다고 했구먼."

해룡이는 사기대접 두 개를 올려놓고 넘치도록 술을 채우고 나서 해 죽해죽 웃었다.

"내 말은 한턱내는 것도 좋지만, 장가를 갈라면 어른들한테 잠지를 보 여 줘야 하는 겨. 네가 장가를 갈라면 잠지가 좋아야 하능 겨. 그랑께 잠 지 좀 한번 보자."

변쌍출이 막걸리를 마시기 전에 입맛부터 다시며 말했다.

"아……안 돼. 어……어머가, 자……잠지 보여주면 안 된다고 했단 말 여."

"쯔쯔, 해룡이 장가가기 싫은 모양이구먼. 해룡아, 원래 장가가는 날 은 잠지를 보여 줘야 하능 겨. 잠지를 안 보여주면 색시가 도망 간단 말 여. 해룡이는 색시가 도망가면 좋겠어?"

순배 영감은 해룡이를 바라보며 막걸리 마신다. 변쌍출은 손가락으로 막걸리를 대충 젖고 나서 잘게 웃으며 해룡이를 바라봤다.

"차……참말로, 색시가 도망 가?"

"그람."

박평래가 짭짭 소리가 나도록 입맛을 다시며 거들었다.

"어……어머가, 보……보여 주면 안 된다고 했는데……"

해룡이는 혼란스러운 표정으로 기성복 바지 허리띠를 풀었다.

"되, 됐다. 그만큼만 보여줘도 색시가 안 도망갈팅께 안심하고, 술이나 한 잔 더 따라 봐라."

박평래가 웃음을 참으며 손을 내저었다.

"참말여?"

해룡이가 해죽해죽 웃으며 물었다.

"그려, 그려. 허리띠를 푸른 것만 해도 됐응께 어여 한잔 쳐 봐라."

박평래는 거나하게 취기가 오르는 것을 느끼며 술청 앞에 앉았다.

"내가 죽을 때가 됐나벼. 해룡이 술을 다 읃어 마시는 걸 봉께."

"형님 막걸리잔 비우시는 걸 봉께 앞으로 못 살아도 십 년은 사시겠구면."

변쌍출은 입술에 묻은 막걸리를 손바닥으로 닦아 내고 크윽 트림을 했다.

해룡네가 도착하기 전에 한말짜리 술통을 여섯 개나 포개어 실은 천수의 자전거가 도착했다. 나이 마흔이 넘어도 여전히 천수라고 불리우는 그는 술통과 함께 돼지고기며, 두부며, 국거리채소가 들어 있는 박스도 내놓고 되돌아갔다.

잰걸음으로 걸어오느라 땀으로 목욕을 한 해룡네는 잠시도 쉴 틈이 없었다. 곧장 집 앞에 화덕을 내놓고 잔치 때나 사용하는 가마솥을 내걸었다. 장작불을 지펴 놓고 돼지고기를 듬성듬성 썰어 넣었다. 작년 가을에 말려 두었던 시래기며 대파에 풋고추에 고춧가루를 풀어서 얼큰하게

국을 끓였다.

"해룡이는 좋겠네?"

"해룡네만 좋은 거시 아니고 해룡네도 며느리를 보게 됐응께 소원 풀었구먼."

두부로 전을 부치는 고소한 냄새를 맡고 온 봉산댁과 철용네가 합류를 했다. 해룡네를 도와서 동네에서 공용으로 사용을 하는 그릇을 황인술의 집에서 가져 온다, 쪽파로 전을 부친다, 얼갈이배추로 겉절이를 만든다, 부산을 떠는 사이에 해가 서산에 허리를 걸쳤다.

해룡네 집 앞에 처마에 닿을 정도 크기의 기둥 네 개가 세워지고 호야불이 걸렸다. 멍석이 깔리고 두레상이 자리를 잡았다. 둥구나무 밑에서 입맛을 다시며 앉아 있던 동네 사람들이 농사일은 한가하겠다, 몸이 편하니까 잠을 자도 쉽게 오지 않는 계절이라서 심심하던 차에 잘 됐다는 얼굴로 슬금슬금 걸어왔다.

"해룡이 워디 갔어. 새신랑 얼굴 좀 보자."

"새신랑 옷차림이 그기 머여. 사모관대는 못할망정 넥타이 매고 양복을 입어야지."

"어허! 시방 옷이 문제가 아녀. 해룡이가 여자를 아는지 모르는지가 문제지. 장가만 가면 뭐햐? 저녁마다 공기놀이만 하고 있으면 말짱 황아녀."

"해룡이가 아무리 등신이라고 하지만 그걸 모르겄어. 사람도 짐승이나 마찬가지라서 누가 갈켜주지 않아도 나이만 차면 저 혼자 깨우치는 것이 그 짓인데."

"아녀, 해룡이 하는 짓을 봐서는 양귀비가 옷을 벗고 앉아 있어도 혼자 달밤에 딱지치기 할 놈여."

"그람 한번 시험 해 볼까. 어이, 해룡아. 일루 와봐."

남정네들이 국밥에 막걸리를 마시면서 객쩍은 농담을 주고받다가 급기야는 해룡이를 불렀다.

"왜?"

이 사람 저 사람이 따라주는 술에 얼큰하게 취한 해룡이는 저고리에 깨끼조끼를 받쳐 입었다. 깨끼조끼 주머니에 양손을 넣은 채 자랑스럽게 걸어왔다.

"너, 장가가면 워턱해야 하는지 알고 있냐?"

"응."

"거 봐. 자가 암만 등신이라고 해도 그걸 모를까?"

"참말이네. 해룡아 장가가면 워턱해야 하는데?"

남정네가 호기심 어린 표정으로 묻는 말에 해룡은 해죽 웃으며 허리띠를 풀었다. 술에 취한 해룡네가 허리띠를 푸는 모습에 아낙네들이 지금 뭐를 하려고 저러느냐 하는 얼굴로 국밥을 먹다가, 막걸리를 마시다 말고, 옆 자리의 아낙네와 수다를 떨다 말고 바라봤다.

"으메!"

"얼릉 치워!"

해룡이가 허리띠를 풀고 물건을 보여주며 해죽 웃었다. 순간 남정네들은 박장대소를 하고 아낙네들은 손가락 사이로 장대한 물건을 바라보며 비명을 질렀다.

"시방 머 하는 짓여. 다 큰 아를 데리고"

멍석에서 터져 나오는 웃음소리와 비명소리에 밖으로 뛰어 나온 해룡네가 서둘러 바지를 끌어 올리며 사람들을 노려봤다.

"색시 오는면."

방천길에서 헤드라이트 두 개가 어둠을 밝히며 달려오고 있었다. 누군가가 하는 말에 사람들은 일제히 방천길을 바라본다. 순배 영감과 변쌍출도 마주 앉아서 막걸리를 마시다 말고 시선을 돌렸다.

"해룡이가 장가를 가기는 가는 모냥이구면."

변쌍출이 감회가 서린 표정으로 중얼거렸다.

"장가가는 건 좋지만, 저 지랄로 제 앞가림도 못하는 놈이 워티게 가정을 꾸려 나갈까 걱정이구면."

순배 영감이 젓가락으로 얼갈이 배추겉절이를 뒤적거려서 작은 조각을 집으며 말했다.

"아따, 형님 닥치면 다 하게 되어 있슈. 설마 산 입에 거미줄 치겠슈."

박평래는 아예 택시가 오는 쪽을 향해 돌아앉았다.

택시가 도착하고 황인술이 먼저 앞자리에서 내렸다. 바쁘게 뒷문을 열고 택시 안을 바라보며 밖으로 나오라고 손짓을 한다.

"워매? 참하게 생겼구면."

"글씨 말여 얼른 봐서는 모르겄구면."

봉산댁과 철용네가 택시 앞으로 다가가서 한복을 차려 입은 여자를 양쪽에서 부축했다.

"어따, 워디서 구해 온 색시인 지는 모르겄지만 참하게 생겼네."

"해룡이도 머리가 모자라서 그렇지 생기기는 잘 생긴 얼굴이잖여."

"아여! 구장 워디 사람여?"

"무주 안성인가 하는데서 왔다는데 더 이상은 잘 몰라."

황인술은 모여든 사람들을 헤치고 여자를 가게 안으로 안내했다. 방은 깨끗하게 치워졌다. 방 가운데는 정성껏 차린 밥상이 준비가 되어 있었다. 불빛 아래에서 보는 여자의 얼굴은 멀쩡하게 생겼지만 눈동자가 약간 사시다.

"눈이 사팔이 아녀?"

"해룡이도 눈이 짝짝이잖여."

"그라고 봉께 천생연분이구먼."

"그래서 짚신도 짝이 있다는 말이 있잖여."

아낙네들이 여자와 해룡이를 두고 얼굴 평을 했으나 누구 하나 나무라지 않았다.

"어허, 개돼지 접붙이는 것도 아니고 대관절 시방 머 하자는 거여. 얼릉 밥상 치우고, 새로 상 내와서 찬물 한 그릇 떠와."

순배 영감이 느릿한 걸음으로 가게 안으로 들어가서 혀를 찼다.

"그려, 암만 등신들이라지만 최소한 예를 갖춰야지."

"맞는 말여. 피 한 방울 섞이지 않는 남녀가 만나서 부부가 되는 경께, 맞절은 해야지."

순배 영감은 사람들이 주고받는 말을 한 귀로 흘려들으며 방 안으로 들어갔다. 봉산댁과 상규네가 여자를 양쪽에서 부축하여 따라 들어갔다.

"신랑! 해룡이는 워디 갔어?"

"아까 여기 있었는데?"

"변소 갔나 벼."

"저기 오는 구먼."

해룡이가 해죽해죽 웃으며 술청 안으로 들어왔다. 사람들 틈에 섞여 있던 해룡네가 눈물을 글썽이며 해룡이를 방 안으로 밀어 넣었다.

"해룡이 잘 살아야 한다. 알겠지?"

상규네가 깨끗한 대접에 물을 담아서 쟁반에 얹어 가져왔다. 급하게 밥상에 있는 국이며 반찬들이 치워지고 물대접이 얹어졌다.

"이런, 신랑은 동쪽에 서야 하고 신부는 서쪽에 서야 하는 겨. 그렇게 서로 자리를 바꿔."

순배 영감의 말에 해룡이는 신부의 얼굴을 쳐다보고 있느라 움직이지 않았다. 봉산댁과 철용네가 자리를 옮기면서 해룡이를 반대쪽으로 밀어 냈다.

"돈 안 들어가는 경께 세숫대야에 물 좀 떠와. 교배례는 해야 할 거 아녀."

순배 영감의 말에 아낙네 한 명이 급하게 찌그러진 양은 세숫대야에 물을 떠 왔다.

"해룡이하고, 이쪽은 뭐라고 불러야 하는지 모르겄구면."

"안성이 집이라고 항께 안성댁이라고 부르면 되겄네유."

순배 영감의 말에 급하게 막걸리 한 대접을 들이키고 난 황인술이 입술을 닦으며 대답했다.

"그려, 그러면 되겄구면. 처자는 앞으로 안성댁이 되는 거여. 내 말 알아 들겄어?"

순배 영감이 묻는 말에 봉산댁과 철용에 사이에 서 있는 여자가 무슨 말인지 모른다는 표정을 지었다.

"모질라기는 모지란 모양이구면."

"구장님이 어련히 알아서 데리고 왔을까."

아낙네들이 수군거리기 시작했다. 해룡네가 좀 조용히 하라고 낮은 목소리로 꾸짖었다.

"오늘부터 저 앞에 있는 해룡이하고 부부가 되는 거여. 그랑께 뭐라고 설명을 해야 하는 거여?"

봉산댁이 말을 하다가 말고 철용네에게 물었다.

"이짝하고 저짝에 있는 남자하고 앞으로 한집에서 사는 거여. 이짝은 마누라고, 저짝은 신랑이 된다는 말여. 그랑께 앞으로는 이짝 이름이 안성댁이 되는 거여. 내가 안성댁하고 부르면 예, 하고 대답을 해봐. 안성댁."

"예……"

안성댁이 모기만한 목소리로 대답을 하며 얼굴을 붉히고 배시시 웃었다.

"엄머머, 얼굴 빨개지는 걸 봉께 뭘 알기는 아는 모냥이구먼."

"아까 누군가 하는 말 못 들었어? 사람도 짐승잉게 나이가 들면 다 알게 되는 것이라고 했잖여."

"입 좀 다물어. 시방 식을 올리고 있잖여. 영감님 어여 계속하세유."

해룡네가 방문 앞에서 치맛말기로 눈물을 찍어내고 나서 말했다.

"그려, 해룡이하고 안성댁……아니지 안직은 신부지. 신부는 여기 물에다 손을 씻어. 앞으로 몸과 맘을 깨끗이 해야 한다는 표시로 하는 경께."

순배 영감의 말에 봉산댁이 안성댁의 손을 잡아서 물에 두세 번 행궜다. 순배 영감이 해룡이를 바라보며 너도 손을 씻으라고 말했다.

해룡이는 안성댁의 얼굴에서 시선을 옮기지 않고 손을 내렸다. 세숫대야 안이 아니고 엉뚱한 곳에 대고 손을 씻는 흉내를 내는 통에 사람들이 와르르 웃었다. 순배 영감이 한심하다는 얼굴로 해룡의 손을 잡아서 세숫대야에 담았다.

세숫대야가 치워지고 밥상 위에 물 한 대접이 올려졌다. 수군수군 거리던 아낙네들은 비로소 입을 다물고 여느 집안 결혼식에 참석한 하객들처럼 진지한 표정으로 지켜보기 시작했다.

"사람들이 시집장가 가는 걸 첨보는 것도 아닌데, 왜 이리 정신이 읊댜. 춘섭이하고 길동이 일루 들어와서 해룡이 절잡이 좀 해 줘.

순배 영감이 갑자기 생각났다는 표정으로 하는 말에 김춘섭과 윤길동이 시뻘겋게 취한 얼굴로 방에 들어가서 해룡이 양쪽에 섰다.

"우선 신부는 신랑한테 두 번 절햐."

봉산댁과 철용네는 경건한 얼굴로 안성댁을 부축하여 해룡에게 두 번 절을 했다. 그 다음에 김춘섭과 윤길동이 해룡이한테 한 번 절을 하게했다. 순배 영감이 해룡네에게 표주박을 가져오라고 했다.

"우리 집에 표주박이 없는데?"

"우리 집에 있구먼. 내가 가서 얼릉 가져 올게."

"상규네가 부자 된 것은 다 이유가 있어. 하여튼 저 집에는 없는 것이 없당께."

상규네가 잰걸음으로 집으로 향하는 모습을 바라보며 아낙네 한 명이 중얼거렸다. 박평래는 그 말이 기분 좋게 들려서 소리 없이 합죽 웃었다.

상규네가 가지고 온 두 개의 표주박에 술이 따라지고 해룡네와 안성댁에게 주어졌다. 안성댁은 입술만 축이는 것으로 술 마시는 흉내를 냈고, 해룡네는 김춘섭이 먹여주는 걸 거절하고 직접 받아서 다 마셔 버렸다. 각각의 표주박에 따른 술을 마시는 이유는 표주박 두 개가 합쳐져 하나가 되었을 때 부부가 되는 것을 의미한다.

"원래는 합배주를 마셔야 하지만 해룡이 술 마시는 걸 봉께 그건 생략하는 것이 좋을 거 가텨. 하지만 시어머니가 되실 분하고 조상들한테하고 하객들에게 인사는 드려야지. 해룡네는 얼른 들어와서 절 받아."

"그래야쥬. 당연히 그래야쥬."

해룡네는 눈물을 뿌리며 방으로 들어갔다.

"오늘처럼 좋은 날 왜 눈물을 뵈이는 거여. 얼릉 눈물 딲아. 내 평생 신부가 친정어머 보고 우는 모습은 많이 봤지만 시어머니가 며느리 될 사람보고 눈물 뿌리는 꼴은 츰보는 구먼."

순배 영감이 해룡네가 우는 이유를 알고 있으면서도 점잖게 나무랬다.

"영감님 말씀처럼 좋아서 나오는 눈물유. 나는 향숙이가 우리 해룡이도 언진가 장가를 가게 될 것이라는 말을 꼭 믿고 있기는 했지만……"

해룡네가 눈물을 닦으며 하는 말에 왁자지껄 떠들며 웃던 분위기가 갑자가 찬물을 덮어 쓴 것처럼 착 가라앉았다. 사람들은 감전이라도 된 것 같은 얼굴로 윤길동과 모리댁을 바라봤다. 윤길동은 잠시 동안이라도 가슴에서 내려놓아 본 적이 없는 향숙의 놀라운 예지력에 눈물이 콱 치솟아 오를 것 같아서 눈을 질끈 감고 돌아섰다. 모리댁은 잠시 잊고 있었던 향숙의 얼굴이 떠오르면서 눈물이 순간적으로 뜨겁게 흘러내렸다. 치맛말기를 접어서 눈물을 닦아도 샘물 솟듯이 자꾸 넘쳐흘러서 슬그머니 바깥으로 나갔다.

아낙네들은 이미 향숙의 영험하다는 점은 내림굿을 받을 때 지켜봤다. 향숙이, 해룡이도 결혼을 하게 될 것이라는 예언을 했지만 자신들의 일이 아니라 까마득하게 잊고 있었다. 놀라움과 경이로운 표정으로 바깥으로 나가는 모리댁을 바라보며 벌린 입을 다물지 못했다.

"어여 눈물 닦으라니께."

"예……예."

해룡네는 치맛말기로 눈물과 콧물을 닦아내며 어색하게 웃었다. 봉산댁과 철용네가 안성댁을 부축해서 해룡네에게 절을 시켰다.

"어이구! 니가 진짜로 내 며느리여!"

해룡네가 안성댁을 꽉 껴안으며 통곡 비슷한 울음을 토해냈다. 순배 영감은 이번에는 해룡네를 내버려 두었다.

"어디 얼굴 좀 한번 보자. 이왕이면 부모님도 함께 오시지 않구선, 불쌍한 것이 워티게 홀몸으로 왔냐? 니가 이렇게 된 거시 하늘의 뜻이지 워찌 네 뜻이겠냐. 부모가 얼굴 뵈기 챙피했으면 친정동네붙이라도 따라와서 밥이라도 한 끼 자시고 가는 거시 도리인데, 니가 뭔 죄가 있다가 강아지 팔려가듯 너 혼자 쫄쫄 걸어 왔냐. 이 불쌍한 것이 뭔 죄가 있다가 야속하게도 혼자 보냈더냐. 하나를 보면 열을 알 수가 있다고, 친정동네붙이 한 명 따라 붙이지 않고 너 혼자 보냈을 때는 집안에서 얼매나 찬밥 대접을 받았겠냐. 하지만 인제부터는 걱정하지 마라. 내가 시어머니가 아니고, 친정어머라고 생각하고 우리 같이 한세상 살아 보자. 네가 아프면 이 어머가 약을 사다줄께, 명절 때는 어 어머가 새 옷을 사 주고, 네가 떡이 먹고 싶다면 이 어머가 해 줄 터이고, 네가 빨래를 하기 싫다면 이 어머가 해 줄 것이고, 네가 밥 하고 겅거니 맨드는 방법을 모른다면 이 어머가 하루고 백날이고 쉬지 않고 갈쳐 줄 팅게 암 걱정하지 말고 우리 한번 이 험한 세상을 슬기롭게 살아 보자.”

해룡네가 눈물을 뿌리며 타령조로 안성댁을 다독거렸다. 분위기가 숙연해지면서 아낙네들 중에서 치맛말기나, 저고리고름으로 눈가를 찍어내는 이도 있었다. 남정네들은 괜히 어험! 헛기침을 하며 천장을 바라보거나, 썰렁한 멍석위에 차려진 국이며 반찬들을 바라보는 척 했다.

“어머니!”

해룡네가 다독거리는 말에 어깨를 들먹이던 안성댁이 갑자기 큰 소리로 해룡네를 부르며 껴안고 아이처럼 으앙 소리 내어 울기 시작했다.

“저……저런! 저것도 생각이 있었구먼.”

“어쨔, 어쨔, 저걸 어쨘댜.”

“암만 등신이지만 지가 시집 왔다는 걸 모르겠어?”

“그려, 안성에서 그 먼 길을 오면서 겉으로 표현은 못하고 맘속으로 얼매나 울었겄어.”

“말하면 뭐햐. 말 못하는 강아지도 팔려오면 몇 날 며칠 동안 낑낑 대면서 울어쌌는데, 하물며 사람의 탈을 쓰고 왜 가슴이 안 찢어 지겄어.

아낙네들이 눈물을 흘리느라 코맹맹이 소리로 한마디씩 할 때였다. 멀뚱히 서 있던 해룡이도 해룡네와 안성댁을 껴안고 큰 소리로 울기 시작했다.

“에이, 오늘 같은 날은 울면 안 되는데……”

“춘섭이 좀 달랴. 신랑까지 울면 워틱하겠다는 거여.”

“봉산댁도 신부 좀 달랴. 신부가 시집가는 날 울면 딸 난다고 하잖여.”

구경꾼들이 못 볼 것을 보고 있다는 얼굴로 말을 던졌다. 그때서야 눈물을 찍어내고 있던 봉산댁과 숙연한 표정으로 바라보고 있던 철용네가 안성댁을 일으켜 세웠다. 해룡은 저 혼자 일어서서 눈물을 닦으며 김춘섭과 윤길동 가운데로 갔다.

해룡이와 안성댁이 조상에게 한 번, 하객들에게 한 번 절을 하는 것으로 혼인식은 끝이 났다. 사람들은 언제 우리가 눈물을 뿌리며 해룡네를 지켜봤다는 표정으로 깔깔 웃으며 자기 자리로 돌아갔다.

"대관절 워티게 구했슈?"

멍석에 앉기가 바쁘게 김춘섭이 황인술에게 물었다.

"내가 비록 모산 촌구석에 살고 있지만 마당발 아녀. 압치하고 무주하고 고개 하나 사이라는 건 알고 있남?"

황인술이 안성에 좀 모자란 여자가 살고 있다는 걸 알게 된 것은 노름판에서였다. 요즘 들어서 장터에 있는 '무주집'이라는 작은 선술집에서 도리짓고땡이나 섰다를 치는 날이 많다. 며칠 전에 밤을 새워 화투를 치고 나서 아침에 해장국을 먹는 밥상 앞에서 주인인 무주댁이, 워디 모자란 남자 한 명 있으면 소개 좀 해봐, 라며 입을 열었다. 그 말을 계기로 해룡이를 소개했고, 궁합이며 날 잡을 필요도 없이 일사천리로 진행이 됐다. 그 덕분에 해룡네한테 안성댁을 소개해 준 사람에게 줘야 한다며 거마비로 이만 원을 받아 챙겼다. 거짓말을 그럴듯하게 하려면 뜸을 들일 필요가 있다는 생각에 샐쭉 웃으며 막걸리를 마셨다.

"거기가 압치고개 아뉴?"

"내 말은 압치 사람들이 암만해도 우리들 보다는 무주 쪽으로 왕래가 잦단 말여."

"압치 사람이 소개를 해 줬구먼. 누군지 모르지만 착한 일 했네. 아까 해룡네 우는 얼굴을 봉게 괜히 내 가슴이 찡하더구먼. 근데 안성댁 나이가 몇 살유. 내가 볼 때 서른은 안 넘어 보이든데?"

윤길동은 아직도 가슴에 담아두고 사는 향숙이 얼굴이 부쩍 떠올라서 몇 잔을 연거푸 마셨더니 취기가 돌았다. 두부전을 젓가락으로 자르며 물었다.

"스물여덟 살이라고 하드만. 올게 해룡이가 한 살 빠지는 마흔 아녀. 띠동갑은 못 돼지만 즈덜끼리 사는 데는 문제 읎을 거잖여. 평소 해룡네가 주둥이만 싼 줄 알았드만, 해룡이를 저리도 끔찍하게 사랑하고 있는 줄은 나는 참말로 몰랐네. 내가 비록 소개를 해 주긴 했지만 기분이 얼매나 좋던지 암만 생각해 봐도 백번 잘했다는 생각이 들더라고."

황인술은 한 달에 해룡네 같은 건이 한 건씩, 아니 두 달에 한 건씩만 생겨도 노름 밑천 걱정은 없을 것이라는 생각에 흐흐흐 웃었다. 지난 5월에 금순이가 송금해 준 돈으로 비료대는 일 원짜리 한 장 미수도 없이 갚아 버렸다. 비료대 미수금을 갚고 나니까 천하 부러운 것이 없었다. 남은 칠천 원 돈은 금순의 정성을 생각해서 쌀 한 가마니와 보리 한 가마니를 사서 보릿고개 때 끼니 걱정 없이 보냈다. 또 2만원이 생겼으니 올 한 해는 돈 궁한 줄 모르고 살아 갈 것을 생각하니까 자꾸 웃음이 나왔다.

"장가는 해룡이가 가는데 왜 자꾸 구장이 실실 웃능 겨?"

변쌍출이 막걸리 잔을 들고 입술에 대다 말고 별일도 다 있다는 얼굴로 물었다.

"아! 구장 역할을 단단히 했다는 생각을 항게 자꾸 웃음이 나오네유."

"그려, 큰일 했구먼. 내가 생각할 때도 구장 요번에 참말로 큰일 했다고 봐."

순배 영감은 요즘 들어 막걸리 한 잔을 한꺼번에 비울 수가 없었다. 찔끔찔끔 마셔도 취하는 것은 예전과 같았다. 붉어진 얼굴로 고개를 입을 쩝쩝 다셨다.

"지난번 국회의원 선거 때도 큰일 했잖여. 오죽했으면 선거 끝나고 의원님이 구장을 불러서 별도로 사례를 했을까?"

"신민당의 윤상배하고 제우 삼백 표 차로 이겼응께 구장님한테 사례를 할만도 하쥬 머."

윤길동이 양반다리를 하고 편하게 앉아서 김춘섭에게 술을 따라주며 말했다.

"근데, 옛날 경찰서 정보과장을 하던 이는 왜 또 감옥을 간 겨? 학산 장날 누가 그라는데, 영동에서 태평관인가 하는 술집을 하던 문기출이라는 사람이 잡아 넣다고 하든데?"

구석에 앉아서 말없이 술잔만 기울이고 있던 오씨가 그 답지 않게 관심을 보였다.

"문기출이라면 옛날 자유당 때 학산 면책하던 사람아녀, 지난번 선거 때도 문기출 땜시 감옥을 갔다 왔다고 하지 않남? 요번에는 또 뭐여?"

"문기출이가 명예훼손죄로 고소를 했다고 하데유. 지도 자시한 이유는 모르겄고, 좌우지간 문기출이 명예훼손죄로 고소를 했는데 워낙 죄질이 나빠서 실형을 산다고 하드만유."

김춘섭은 유진표가 문기출의 무슨 약점을 잡아서 선거에 이용하려다 도리어 뒤집어썼다는 소문만 들었지 자세한 내용은 알지 못했다.

"그 사람은 문기출하고 전생에 무슨 악연이 있는 모양이구면. 한 번도 아니고 두 번씩이나 문기출 땜시 감옥을 가는 걸 보믄……"

"뻔할 뻔자여. 문기출하고 둘이서면 엮인 일이라믄 감옥까지 갔겄어. 이동하 의원님도 상관이 있는 일잉게 괘씸죄에 걸려서 감옥에 간 거겄지. 상대를 보고 싸워야지, 미꾸라지가 메기보고 싸우자고 댐비믄 되나. 백 번이믄 백 번, 천 번이믄 천 번 다 잡혀 먹게 되어 있는 것이 세상 돌아가는 이치여. 형님 지 말이 틀렸슈?"

"암만, 태수 애비 말이 맞는 말여."

박평래가 자기 일이나 되는 것처럼 침을 튀기며 하는 말에 순배 영감은 고개를 끄덕이며 밤하늘을 바라봤다. 구름을 벗어난 달이 빠르게 흘러가고 있었다.

하늘은 눈이라도 뿌려댈 것처럼 잔뜩 웅크리고 있다. 겨울바람에 둥구나무가 울부짖을 때마다 휘몰아친 낙엽이 콩새 떼처럼 우수수 하늘로 치솟아 올라갔다가 맥없이 흩어졌다.

"구장님 워딜 가는 거유?"

쉬는 날이라 집에서 잠을 잔 박태수가 양복을 입고 둥구나무 거리에 서 있는 황인술을 바라보며 허연 입김을 날렸다.

"우리 광일이 맞선 보는 날이잖여. 이놈의 여편네는 내동 따라 나오다가 왜 기어들어간 겨?"

황인술은 양복에 넥타이를 매기는 했지만 코트를 입지 않아서 입술이 새파래지도록 떨며 골목을 바라봤다.

"아따, 벌써 광일이 장개 갈 때가 됐구면. 며느리 감은 누구유?"

"양산우체국 차석하다 정년퇴직한……"

"모리 사는 김상수 씨 말씀하시는구먼. 그 양반 참 착하쥬. 딸도 착할 거유."

황인술의 말이 끝나기도 전에 박태수가 알만하다는 얼굴로 고개를 끄덕였다.

"인제사 기어 나오는구먼, 아! 빨리 와. 얼어 죽겄어."

골목 안에서 모리댁이 한복에 겨울 스웨터를 걸치고 목도리까지 한 차림으로 종종 걸어 나왔다. 황인술은 고함을 지르고 홱 돌아서서 방천 둑을 향해 걷기 시작했다.

"오늘 광일이 맞선 본다면서유. 언간하면 택시라도 불러서 타고 가시지, 학산까징 언제 걸어 가실라고."

"내가 하는 말이 바로 그 말유. 엉뚱한 데는 돈을 팡팡 써재끼면서, 오늘 같은 날은 꼭 옰는 티를 낸당께유."

광일네는 박태수의 말에 대꾸를 하는 둥 마는 둥 종종걸음으로 황인술을 따라 붙었다.

"비봉산에 올라가서 영동에 있는 택시를 오라고 하면 쌩하니 달려 오는 겨? 즌화를 해야 택시가 오든지 말든지 할 거 잖여. 이 인간아?"

"아! 어제 학산 가서 뭐 했슈. 우체국에 가서 택시회사에 즌화를 해설랑, 몇 시까지 모산 둥구나무 밑으로 오라믄 길을 몰라서 못 와유? 거리가 멀어서 못 와유?"

"그렇게 잘났으믄 당신이라도 양산 우체국에 가서 즌화 할 생각은 왜 못했는데?"

"허! 집안의 가장이 학산에 가서 술 퍼마시고 있는데, 안사람이 머하러 양산까지 간대유?"

"젠장, 내가 말을 말아야지……"

방천길에 올라서니까 숨을 쉴 수 없을 정도로 바람이 몰아쳤다. 어제만 해도 겨울 날씨 치고 제법 포근해서 학산까지 걸어갈 만하다고 판단했었다. 이렇게 오랄지게 찬바람이 불 줄 알았다면 우체국까지 갈 필요도 없이 태화루에서 전화를 했어도 백 번은 할 수 있었다.

"금순이한테 편지가 왔을 때만 해도 그려. 금순이가 소식이 끊어진지 몇 년 만에 편지가 온 거여, 얼추 오 년은 됐잖아. 반 십 년 만에 편지가 왔으면 만사를 제쳐 놓고 집으로 올 일이지. 다리거리서 편지 배달부를 만났단 사람이 학산까지는 왜 걸어가, 마누라는 뼈가 빠지게 일을 하고 있는데 췽일 술 마셔, 종일 삭신이 노곤하도록 일을 하고, 누가 업어 가도 모를 만큼 자고 있는데 그때서야 사람을 깨워서 편지를 내민다는 것이 사람이 할 짓여. 남부끄러워서 누구한테 말도 못햐. 시방도 금순이 편지 온 날을 생각하믄……"

광일네는 귀때기가 떨어져 나가는 것 같았다. 손바닥으로 귀를 덮고 가다가 목도리를 벗어서 머리에서 턱으로 둘러싸며 걸었다.

"이런! 내가 그때 뭐라고 했어? 편지 보낸 금순이 주소가 없길래 대관절 워디서 부친 편진지 알아볼라고 학산우체국에 갔었다고 했잖여. 내가 그 말을 할 때는 머? 봉천동에서 부친 편징께, 당장 낼이라도 서울을 댕겨오시라고, 차비는 당신이 얼매를 원하든 상규네 집에 가서 빌려 올 팅게……머라고, 머라고 잘도 쥐끼던 년이 인제 와서 딴소리 하네."

황인술은 오늘 따라 광일네가 종종걸음으로 따라 오면서 쉬지 않고 바가지를 긁어 대니까 화가 나서 견딜 수가 없었다. 광일이 선보는 날만

293

아니라면 정신이 번쩍 들도록 보기 좋게 귀쌈을 올려 버렸을 것이다. 화를 꾹꾹 눌러 참으며 걸으니까 추운 줄도 모르고 다리거리에 도착했다.

"내가 돈을 짝게나 빌려 왔슈. 내가 참말로 남부끄러워서 누구한테 말은 못하고, 금순이가 위티게 번 돈인지도 모르는데, 오 만원씩이나 부쳐 온 돈을 나하고 한마디 상의도 안 하고 면사무소로 쪼르르 달려가서 비료대 미수금을 덜렁 갚아 버려! 남은 돈으로 제우 쌀 한 가마니 하고 보리 한 가마니 들여 놓고, 인제 내가 할 일은 다 했다면서, 머라더라? 머! 그놈의 비료미수대 땜시 밤잠 지대로 못 잔 날을 작기장에 일일이 적으면 일 년 삼백육십오일은 넘을거라고?"

"야, 이 여핀네야. 내가 그 돈으로 술을 마셨어? 아니믄 지집질을 했어. 바깥에서 면서기 만나고, 조합서기 만나서 한두 푼 쓰다가 봉께, 가랑비에 옷 젖는 줄 모른다고 그렇게 됐다고 수십 번이나 읊펐잖어."

"그 돈은 그렇게 썼다고 쳐. 내가 눈물을 뿌리며 상규네한테 가설랑, 죽은 줄만 알았던 우리 금순이한테 반 십 년 만에 편지가 왔다. 근데 부친 주소가 없이 왔다. 광일이 아부지가 우체국에 가서 알아 봉께 서울 봉천동이라는 동네에 있는 우체국에서 보낸 편지라고 하드라. 그래서 날이라도 봉천동이라는데 올라가서 찾아볼랑게 돈이 없다. 다믄 위티게 천 원이라도 빌려 달라고, 내가 눈물 콧물 섞어감서 하소연을 항께…… 그래도 우리 동리서 상규네만큼 경우에 밝은 여자는 없어. 자기는 고무신이 걸레가 되도록 실로 꿰맨 것을 심고 댕기면서 하는 말이. 어이구 사람 명줄이 그렇게 쉽게 끊어지남유? 원래 좋은 일은 잔뜩 뜸을 들여야 온다는 말이 있잖유. 오늘처름 좋은 일이 있을라고 그렇게 뜸을 들였구먼. 내가 생각해 볼 때 봉천동이라는 데가 학산 면소재지만 한 것도 아니고, 명색이 서울인데 영동읍 만하겄냐. 그라믄 몇 날 며칠 여인숙을 정해 놓고 찾아 봐야 할 경께, 돈 천 원 가지고는 어림도 읎다. 금순이를 찾다가 돈이 떨어져서 기냥 내려 오믄, 외려 찾지 못한 것 보다 더 가슴이 찢어 질 거이 아니냐. 그랑께 최소한도로 삼천 원은 있어야 할 거다. 그람서 삼천 원을 내밀길래. 내가 생각할 때는 돈이 많기는 하지만, 상규네 말도 틀린 말은 아니라는 생각에, 쓰고 남으면 돌려 줄 요량으로 삼천 원을 빌려 왔잖유."

"허! 저 지랄로 생각하는 것이 짝아서 여자는 턱쪼가리에 섬이 안 나나벼. 삼천 원이 아니라 삼만 원을 들여도 찾을 수만 있다믄 내가 왜 안 가? 달랑 봉천동 우체국에서 보냈다는 편지봉투 한 장만 갖고 올라갔다가 돈은 돈대로 쓰고, 사람은 사람대로 축나믄 당신이 책음질 텨?"

"어이구! 끔찍이도 몸 생각하는 양반이 툭하면 노름방에서 밤새고 오는구먼."

광일네는 가파른 그럿고개를 올라가니까 어느 틈에 추위가 사라졌다. 손만 시려울 뿐 몸이 춥다는 것은 느낄 수가 없었다.

"자꾸 쥐끼면 광일이 선이고 머고 팍 엎어 버리는 수가 있어."

황인술이 더 이상 대꾸를 할 말이 없어서 화가 치밀어 올랐다. 도저히 참을 수 없다는 얼굴로 걸음을 멈추고 광일네에게 주먹을 흔들어 보였다.

"개 버릇 소 줄까……"

"이, 썅!"

"아……알았슈. 시방부텀 암말 안 할 팅게 어서 가유. 이러다 영동 가는 버스 놓치겄슈. 광일이 야는, 학산 태화루 같은 데도 좋은데 이 추운 날 영동까지 나오라고……"

황인술이 금방이라도 주먹으로 휘갈겨 버릴 것처럼 험악하게 나오자 광일네는 얼른 꼬리를 내렸다.

"저 지랄로 소견머리 읎다는 걸 꼭 티내고 싶을까. 아! 명색이 군청 공무원인데, 어디 대전 같은 데 가서 선을 못 볼망정, 학산으로 내려와서 선을 봐? 그러다 면서기나 아는 사람을 만나믄 그기 무슨 유세여?"

"하긴, 광일이가 이 추운 날 영동으로 나오라고 할 때는 그만한 이유가 있었을 껴."

광일네는 황인술 말이 맞다는 생각에 더 이상 대꾸를 하지 않고 총총걸음으로 걸었다. 다리 거리가 코 앞으로 다가 올 무렵 양산 쪽에서 버스가 나온다.

"저, 저기 뻐스 오네. 얼릉 뛰어! 아여! 자……잠깐만유!"

금산에서 오는 버스인지, 양산에서 출발한 버스인지는 모른다. 평소 같았으면 버스비 20원 내고 편하게 앉아서 가느니, 학산 가서 뜨거운 국밥 한 그릇 먹는 것이 좋다. 황인술은 침을 꿀꺽 삼키고 나서 손을 번쩍 들었다.

"기……기사 양반! 우리 좀 태워 줘유!"

뒤늦게 버스를 발견한 광일네도 치마가 흘러내리지 않도록 치맛단을 움켜쥐고 찬바람 속을 뛰기 시작했다. 찬바람이 얼굴을 때릴 때마다 입 안으로 숨이 막히도록 바람이 들어온다. 헉헉거리며 뛰었지만 버스를 야속하게 다리 위를 지나서 유유히 달려간다.

"에이, 평생 대대로 운전이나 해 처먹어라!"

황인술은 맥이 빠져서 더 이상 뛸 수가 없었다. 헥헥거리며 걸음을 멈추고 가쁘게 숨을 몰아쉬었다.

"우리를 못 봤나?"

뒤늦게 달려 온 광일네가 허리를 굽히고 학학 숨을 내쉬며 중얼거렸다.

"여핀네가 집구석에서부터 그릏게 울어 됭게, 기어이 한겨울에 체조했구먼. 에이, 이래서 암탉이 울면 집안이 망한다는 말이 생겨 났당께."

황인술은 버스가 멈추지 않은 것을 광일네 탓으로 돌려 버렸다. 뒤늦게 손이 너무 시려웠다. 양손을 바쁘게 문질러서 호호 입김으로 녹이며 걷기 시작했다.

"잘난 자전거 한 대도 못 장만하는 이가 안 되면 죄다 내 탓이랴……"

광일네는 너무 갑자기 힘을 썼더니 황인술과 다투고 싶은 힘도 없어졌다. 힘없이 걷고 있는데 뒤에서 차가 오는 소리에 신작로 가운데서 걷다가 뒤로 돌아보면서 가장자리로 비켜섰다. 택시 한 대가 먼지를 날리면서 달려오고 있었다.

"광일이 아부지, 저 택시 영동서 나온 택시잖유. 빈차로 올라가는 차는 싸다고 하든데 한번 세워 봐유."

"그럴까?"

황인술은 광일네보다 한 걸음 앞으로 나와 손을 들었다. 흙먼지를 꼬리에 물고 달려오던 차가 요란하게 브레이크 밟는 소리를 내며 멈췄다.

"어이구, 마침 잘 만났네유. 어서 타유."

택시 뒷좌석 문이 열리면서 오늘 영동에서 만나기로 한 모리 김상수가 중절모에 검은색 모직코트를 입은 차림으로 내려서 꾸벅 인사를 했다.

"어이구, 걸어가도 괜찮은데……"

황인술을 자신도 모르게 말을 했다가 택시를 세우려고 손을 들었던 것이 떠올라서 슬그머니 입을 다물었다.

"에이, 모르는 처지도 아닌데 어여, 타세유."

택시 뒷자리에 앉아 있던 김상수 아내가 뒷문 쪽으로 엎드려 황인술을 올려다보며 손짓을 했다.

"이렇게 반가운 인연이 있을 수 있을까. 어채피 대절한 택싱께 어여 타유."

김상수가 광일네를 먼저 아내 옆으로 밀어 넣었다. 체면이 상해서 얼굴이 벌겋게 달아 오른 얼굴로 서 있는 어정쩡하게 서 있는 황인술을 광일네 옆으로 밀어 넣고 자신 조수석에 올라탔다.

"우리 아주 사돈 맺읍시다. 이렇게 만나는 것도 엄청난 인연 아뉴?"

김상수가 고개를 뒤로 돌려 황인술을 바라보며 말했다.

"나야, 좋지만 당사자들이……"

황인술은 택시를 타고 가는 것이 조금도 편하지가 않았다. 다른 사람도 아닌 사돈이 될지도 모르는 김상수는 모리에서 대절택시를 타고 가는데, 모산 이장이라는 사람은 버스도 안 타고 마누라와 벌벌 떨면서 신작로를 걷다가 마주쳤으니 체면이 말이 아니었다. 그런 일이야 일어날 리 없겠지만, 학산장날 전날 술에 취해 삼거리에서 쓰러져 자다 이튿날, 오전 열 시쯤에 깨어나도 지금처럼 얼굴이 화끈거릴 정도로 체면이 구겨지지는 않을 것 같았다.

좌우지간 암탉이 울면 집안이 망한다고 하드니, 그냥 생긴 말은 아녀.

광일네는 이게 웬 횡재냐는 얼굴로 김상수의 아내와 어쩌고저쩌고 말을 섞느라 정신이 없었다. 가만히 보니까 김상수의 아내는 김상수 못지않게 잘 차려 입었다. 여우목도리에 제법 비싸 보이는 한복두루마기를 입고 있었다. 현직의 우체국 차석도 아니다. 퇴직을 한 우체국 차석이 월급을 얼마나 많이 받아 모아놔서 저 지랄로 부부가 비싼 옷을 걸치고 있을까, 하는 생각이 들면서 광일네가 얄밉기만 했다.

"워녕, 이른데서 파는 옷이 아는 거 가튜. 그람, 이 두루마기하고 여우목도리며 한복을 죄다 딸내미가 부산서 사 준 거란 말유?"

광일네는 황인술이 마음속으로 이빨을 갈고 있든 말든, 김상수 아내가 입은 두루마기를 만지작거리며 부러움을 흘렸다.

"순영이 아부지 코트랑 양복도 다 우리 순영이가 해 준 거유. 저 양복하고 모직코트도 영동에서 산 것이 아니고 부산에 가서 샀슈."

"양복을 사유? 맞추는 거시 아니고?"

광일네가 김상수 아내에게 묻는 말에 황인술은 귀가 번쩍 열렸다. 옳다구나, 저것들이 뭔가 있구나. 하는 생각에 김상수의 뒤통수를 바라보면서도 김상수 아내 쪽으로 귀를 활짝 열었다.

"아이구, 요새는 서울이나 부산 사람들은 맞춤 양복보다 기성복을 많이 사입어유."

"기성복은 워디서 맞추는 거유?"

"맞추는 것이 아니라 양복을 전문적으로 맨들어 내는 공장에서 한꺼번에 수백 벌씩 맨들어서 양복가게에서 파는 걸 기성복이라고 하는 거유."

"양복가게?"

"양복점은 옷을 맞춰서 맨들어주는데 지만, 양복가게는 그냥 팔기만 해유. 공장에서 맨든 거니께, 가봉을 할 필요도 읎이 그냥 가서 몸에 맞는 걸 사 입으면 되는 거유. 우리 순영이 아부지가 입은 동복은 제일모직이라는 유명한 건데, 한 벌에 삼천오백 원유. 겉에 입은 오바는 혼방인데 일제유. 순영이 아부지, 그 오바 이름이 뭐유?"

"오바가 아니고, 코트여. 구레다 코트"

김상수가 점잖게 대답했다.

"맞아, 구……구르마."

"구르마가 아니고 구·레·다."

김상수가 한 자, 한 자 또박또박 말했다.

"그려, 구리무……구리무가 아니지. 난도 어릴 때 일본말 다 배웠는데 안 쓰니께 다 까먹었구먼. 좌우지간 순영이 아부지가 말하는 구레 머라고 하는 건데 삼천오백 원 벶에 안되유. 양복하고 오바하고 합쳐서 칠천 원 줬슈. 저 모직 모자는 학산장 같은 데는 오십 원이면 살 수 있지만, 양복가에서 오백 원 줬구유."

"참말로, 세상에……공장에서 사람 몸을 보고 맞춘 것도 아닌데, 워짜믄 저렇게 잘 맞는댜. 세상은 돈만 있으믄 참 살기 좋은 세상여. 딸내미가 월급을 한 달에 얼매씩이나 받는데유?"

"얼매 못 받아유……"

김상수 아내는 광일네의 갑작스러운 질문에 슬그머니 말꼬리를 흐렸다.

"우리 집에는 광일이 바로 밑에 있는 딸이 있슈. 금순이라고 하는 안데, 서울에서 무슨 회사를 댕겨유. 지난 오월에 즈 아부지 꼭 필요할 때만 쓰라고 글쎄 우체국으로 오만 원을 부쳐왔지 뭐유. 요새는 사람 편에 돈을 안 보내고 우체국에서 편지에 넣어서 보내는 법이 생겼슈. 광일이 아부지, 금순이가 편지 안에 넣어서 보낸 오만 원짜리 그것을 뭐라고 했쥬?"

"응, 그거. 우편환증서. 여기 앞에 계신 차석님이 잘 알고 계실 텐데 머."

황인술은 노름판에서 손 털고 일어설 속셈으로 마지막으로 바닥으로 던진 패가 삼팔광땡이 나온 표정으로 씩 웃었다.

광일이가 말을 해 준 중국음식점 만리장성은 학산 삼거리에 있는 태화루와 비교를 할 수 없을 정도로 컸다. 홀의 면적도 그렇고, 테이블이 며 의자도 고급스러웠다. 태화루는 방에서 방석을 깔고 앉아 먹는데, 만리장성은 칸막이가 되어 있는 방에 신발을 신고 들어가서 의자에 앉아 먹도록 되어 있었다.

"오시느라 고생 많았쥬?"

먼저 와서 기다리고 있던 광일이가 황인술과 광일네를 반갑게 맞이했다.

"아녀, 그릿고개 밑에서 색시 부모를 만나서 택시타고 편하게 왔구면. 어여 인사 햐. 모리에 사는 색시 부모님여."

광일네가 얼른 광일이를 김상수 부부 앞에 인사를 시켰다.

"안녕하셔우. 시방 저 안에서 기달리고 있슈."

"우리 순영이가?"

김상수의 아내가 뜻밖이라는 얼굴로 반문했다.

"예, 혼자 들어 오길래 혹시 모리에 사시는 분이냐고 했더니 맞다고 해서 우선 저 안에서 기다리고 있으라고 했슈. 아가씨 혼자 홀에 앉아 있는 것도 거시기 하잖아유."

"젊은 사람이 우짜든, 이릏게 맘이 넓댜."

김상수의 아내는 광일의 말에 선을 보고 말 것도 없이 합격이라는 얼굴로 김상수를 바라보며 웃었다.

"넌, 그 색시가 맘에 드냐?"

황인술이며 김상수 부부가 앞장서서 걷고 있을 때였다. 광일네가 광일이 손을 잡고 대견하다는 얼굴로 바라봤다.

"도시 사는 여자라 그런지, 군청 안에서나 이런 데서 보는 여자하고 틀려유. 살도 뽀얀 것이……"

"학교도 중핵교를 나왔댜?"

"츠, 내 밑에 고등학교 졸업한 직원이 세 명이나 있슈."

광일이는 광일네가 조심스럽게 속삭이는 말에 코웃음을 치며 칸막이 안으로 들어갔다.

"날도 춥고 해서 여기, 순영 씨하고 상의를 해서 짬뽕하고 탕수육을 시켰슈."

테이블을 사이에 두고 황인술 가족과 김상수 가족이 나란히 앉았다. 순영이 맞은편에 앉아있던 광일이가 김상수를 바라보며 말했다.

"순영아, 너하고 상의한 겨?"

김상수의 아내가 순영이를 바라보며 작은 목소리로 물었다.

"아까, 광일 씨가 묻데. 부모님들 오시믄 뭐를 시켰으믄 좋겠냐고 나는 광일 씨 좋으실 대로 하라고 했구먼."

순영은 얼굴이 빨갛게 물드는 것을 느끼며 광일이를 흘끗 바라보고 나서 고개를 숙이며 기어들어가는 목소리로 말했다.

"이왕이면 고량주도 한 병 시켜라. 오늘 같은 날은 짬뽕 국물에 고량주가 최고여."

황인술은 김상수의 딸과 광일이 서로 바라보는 눈짓을 보니까 격식을 갖추어 근본을 들춰 낼 필요까지 없다고 생각했다. 순영이 얼굴도 모난 구석이 없고 이름 그대로 순박해 보였다. 그 아버지인 김상수의 인간 됨됨도 모난 구석이 없고, 집안에 빨갱이가 있다는 소문도 못 들어봤다. 이 정도면 무난하다는 생각이 호기를 부렸다.

"가만히 봉께 즈덜끼리 이미 오간 말이 있는 모양유. 순영아 내 말이 맞냐?"

김상수도 황인술과 생각이 같았다. 그러나 시집을 가면 출가외인이다. 아들을 가진 황인술보다 조심은 해야 된다는 생각에 순영에게 물었다.

"몰라유."

순영이 몸을 비비꼬며 얼굴을 붉혔다.

"광일이 너는 어뗘?"

광일네가 입 밖으로 삐져나오려는 웃음을 참으며 물었다.

"지는 순영 씨만 좋다믄……"

광일이 순영의 얼굴을 빤히 바라보고 있다고 고개를 숙였다.

"그려, 그람 나이가 한 살이라도 더 먹기 전에 음력 설 전에 날 잡지 며. 어뗘유 사돈?"

광일이는 음력설을 세면 집 나이로 서른두 살이다. 순영의 나이도 적지 않다. 여자 나이 스물여섯 이면 혼기에 찼다. 황인술은 더 이상 체면 차릴 필요가 없다는 얼굴로 화끈하게 말했다.

"그럽시다. 조만간 날을 잡아서 보낼 팅께 음력 설 전에 식을 치르는 걸로 결정해유."

순영의 얼굴을 가만히 지켜보고 있던 김상수는 황인술의 말이 끝나기도 전에 맞장구를 쳤다.

제13장

1
9
6
8
년

무적자

근본이라는 것은 나무의 뿌리나 마찬가지여.
뿌리가 없는 나무가 있을 수 있는가?
사람도 저 혼자 세상에 태어난 것이 아녀.
비록 무슨 사정 때문에 부모의 얼굴을 모르고 사는 팔자래도,
부모가 있응께 세상에 태어난 거잖여.

키 작은 잔디에 맺힌 이슬이 땅바닥에 떨어지는 소리가 이러할까? 개미가 하품을 하는 소리가 이러할까? 분명 무슨 소리가 들리는 것 같기는 한데 숨을 죽이고 가만히 들어 보면 아무런 소리도 들리지 않았다.

들례는 지금까지 이 나이가 되도록 살면서 이처럼 고요한 정적에 쌓였던 적이 없었던 것 같았다. 주변은 먹물을 뿌려 놓은 것처럼 캄캄했다. 천장도 보이지 않고 벽도 보이지 않고 문종이에 풀을 팽팽하게 매겨 놓은 방문도 보이지 않았다. 관 속에 누워 있으면 이처럼 캄캄하고 아무 소리도 들리지 않을 것 같았다. 지금 몇 시나 됐는지 알 수도 없었고, 언제 잠이 들었는지 기억도 나지 않았다. 시간도 기억도 정적에 잠겨 들어서 방바닥에 누워 있는 몸조차 정적에 쌓여서 세상에는 아무것도 존재

하지 않는 것 같았다. 오직 정적 그 자체 일뿐 일 것 같았다.

돌이켜 보면 지난 44년 동안 참으로 허무하게 살았다. 그렇다고 앞으로는 뜻 깊게 살아갈 것이라는 희망이 있는 것도 아니다. 물이 위에서 아래로 흐르는 것처럼 세월이 흐르는 대로 살아 왔다. 계곡의 물이 흐르다 하찮은 나뭇잎에 막혀서 흘러가지 못하면 또 다른 물이 흘러와서 나뭇잎을 밀어 버릴 때까지 조용히 머물다 또 다시 아래로 흘러가는 것처럼 44년을 살아왔다.

얼마나 시간이 흘렀을까 덩! 덩! 덩! 범종을 울리는 소리가 어둠을 조용히 깨트리고 들려왔다. 지금이 몇 시인 줄 알 수가 없었고, 몇 시에 범종을 울리는지도 알 수가 없었다. 또, 절에서 잠을 자게 되면 범종이 울리는 소리에 눈을 뜨고, 예산보살에게 언젠가 절에서 잘 때는 새벽기도가 중요하고, 새벽 예불 때 백팔 배를 드려야 한다고 들었는데 그때가 지금인지, 아니면 스님이나 보살이 새벽예불을 드리라고 깨우러 오는 건지도 몰라서 가만히 누워 있었다.

어제 이곳 계룡산 기슭에 있는 원통사에 초저녁의 어둠을 밟으며 도착했다. 두 칸짜리나 될까, 작은 대웅전에는 불이 꺼져 있어서 대웅전이 어떻게 생겼는지도 자세하게 알 수가 없었다. 풍경소리가 들리는 처마 지붕과 몸체가 윤곽만 드러내고 있을 뿐이었다. 대웅전 옆으로 대나무 밭을 배경으로 요사가 있었다. 얼른 보아서 두 칸의 방에는 불이 켜져 있었고, 나머지 한 칸은 어둠에 쌓여 있었다.

"시님."

들례가 승방으로 생각되는 들마루 앞에서 조용하게 불렀는데 옆방의 문이 먼저 열렸다. 무언가를 꿰매고 있던 공양주의 손에는 헝겊 조각이 들려 있었다.

"뉘슈?"

공양주가 말없이 밖으로 한 발을 내미는데 승방문이 열렸다. 등잔불을 등지고 있어서 얼굴을 자세히 볼 수는 없지만 뚱뚱한 체구의 스님이 묵직한 목소리로 물었다.

"대전 사는 사람인데 하룻밤 자고 갈라고 일부러 왔슈."

들례는 초면에 발길 닿는 대로 여기까지 왔다는 말을 할 수가 없었다.

"여기는 워티게 알았슈?"

"대전 사는 누가 여기 주지시님이 좋으신 분이라고 소개를 해 줘서……"

"허! 날 좋다는 사람도 있는 걸 봉께 헛살지는 않았구먼. 정 보살, 건넛방에 사람 잘만 허지?"

"시님께서 손님이 오실지 모른다고 해서 뜨끈뜨끈하게 불을 넣어 놨슈."

공양주가 손에 들고 있던 헝겊을 방바닥에 내려놓고 불이 꺼져 있는 옆 방 앞으로 갔다.

"저녁 공양은 하셨슈?"

"요 아래 동네에 있는 가게에서 빵 하나 사 먹었슈."

들례는 말과 다르게 점심도 먹지 않았다. 점심 장사가 끝나고 3시쯤이나 되었을까. 순길이 엄마와 늦은 점심을 먹으려고 하는데 갑자기 대사동의 선녀보살이 절에 가서 정성껏 불공을 드리라는 말이 생각났다. 그래서 나, 아는 절에 가서 하룻밤 자고 내일 점심 장사 전에 오겠다는 말만 남기고 중앙로로 나갔다. 무조건 공주 방향으로 가는 차를 타고, 가다

보니 차 안에서 멀리 절처럼 보이는 건물이 보여서 중간에서 내렸다. 절이 있는 산봉우리가 노을에 고개를 묻고 있는 것을 보고 어둡기 전에 빨리 가야한다는 생각에 정신없이 올라오다 보니 날이 캄캄해졌다.

"그람, 어여 가서 주무셔."

스님은 더 이상 이렇다 할 말을 하지 않고 이내 방문을 닫았다. 거의 동시에 공양주 옆방의 등잔불이 켜졌다.

"어여 들어 와유."

"고마워유."

들례는 승방의 닫혀 있는 방문 앞에서 자신도 모르게 두 손을 합장하고 반배를 올리고 옆 방 앞으로 갔다. 방 안에는 이불과 요와 베개만 있을 뿐 아무것도 없었다. 태어나서 지금까지 많은 곳을 다녀보지는 않았지만 방 안에 옷 한 벌 걸려 있지 않고 이불만 달랑 있는 방을 보지 못했다. 그래서일까, 방이 방처럼 보이지 않고 무슨 상자처럼 보였다.

"무슨 사정이 있어서 오신 모양인데, 오늘은 일단 주무셔. 날 아침에 깨우러 올게유."

들례가 보기에 정 보살의 나이는 육십대 중반으로 보였다. 고생한 흔적이 없는 얼굴은 참 곱게 늙었다는 생각이 들었다. 검정치마에 무명 저고리를 입었지만 쉽게 대할 수 없는 그 어떤 힘 같은 것이 서려 있었다.

정 보살이 나가고 나서 방 안에 우두커니 앉아 있었다. 방문 밖과 들창문에서는 겨울바람에 나뭇가지들이 아우성치는 소리가 쉴 사이 없이 들려와서 마치 겨울 숲 가운데 앉아 있는 것 같은 기분이 들었다. 잠이 오지 않을 것 같아서 방문을 무심히 바라보다가 언젠지 모르게 겉옷을 벗고 잠이 들었던 것 같았다.

덩! 덩! 덩!

들례는 끊임없이 이어지는 범종 소리에 마치 귀신에 홀린 것처럼 일어나 앉았다. 어둠 속을 기어서 소리가 좀 더 가깝게 들리는 쪽으로 가서 앉았다. 범종 소리가 어둠만 조용히 흔들어 놓는 것은 아니었다. 언제부터인지 들례의 가슴도 조용히 흔들어 놓기 시작했다. 가슴을 흔들어 놓는 파문이 넓게 퍼져 나가면서 까닭을 알 수 없는 눈물이 흐르기 시작했다.

들례는 어둠 속에 앉아서 아무런 까닭도 없이 울고 있다는 것을 몰랐다. 덩! 하고 범종 소리가 어둠을 흔들며 귓전에 내려앉을 때마다 얼굴이 번들거리도록 눈물이 났으나 느낄 수가 없을 정도였다. 28번째의 범종 소리가 토해낸 여운이 끝을 알 수 없는 정적의 늪 속으로 빨려 들어갔을 때쯤에야 비로소 소리 없이 울고 있다는 것을 알았다. 왜 눈물이 나는지 이유를 알 수가 없었다. 그런데도 눈물은 마치 이 순간을 위해 존재하고 있었던 것처럼 쉴 사이 없이 흘렀다. 얼굴을 타고 흘러내린 눈물이 턱에 툭툭 떨어지기도 하고 목을 타고 가슴으로 흘러들어가기도 했다. 어느 순간 하얀 소복을 입은 여자의 얼굴이 희미하게 떠올랐다. 처음 보는 여자였다. 나이는 서른 몇 살쯤? 어딘지 모르게 자신을 닮았다는 생각이 들었다.

여자는 산길을 가고 있었다. 야트막한 야산에 나 있는 여자의 걸음은 나비처럼 가벼웠다. 노란 나리꽃이 보이고, 분홍색의 엉겅퀴꽃이 보였다. 산길은 작은 고개로 이어지고 있었다. 여자가 고갯마루에서 돌아섰다. 눈이 시릴 정도로 하얀 옥양목 한복을 입은 여자의 머리에는 푸른 옥비녀가 꽂혀 있었다. 여자는 울고 있었다. 얼굴 가득이 눈물이 유리창에 빗물이 번들거리는 것처럼 흘렀다. 소리 내어 울지 않고 한참동안 동네를 바라보며 울던 여자가 돌아섰다.

산마루 아래 눈이 부시도록 푸른 물이 보였다. 물가에 수련이 떠 있고, 부평초가 떠 있었다. 들례는 가슴이 두근두근거리기 시작했다. 마치 죄를 지은 것처럼, 죄를 짓다가 누구에겐가 들켜 버린 것처럼 가슴이 두근두근거려서 자신도 모르게 가슴을 짓눌렀다.

여자가 옥고무신을 저수지 물가에 벗었다. 버선을 신지 않은 발 한쪽이 물속에 잠겼다. 들례는 두 손을 꼭 잡고 고개를 흔들었다. 제발! 제발! 눈물이 마구 흐르기 시작했다. 여자가 두 발을 물속에 담갔다. 물결이 어른거리면서 하얀 발 위에 부평초 한 잎이 맴을 돌다 발목에 찰싹 달라붙었다.

가지마! 가지마유! 그렇게 가믄 나는 어쩌라고!

들례는 벌떡 일어났다. 캄캄한 허공중 두 손으로 허우적거리며 가슴이 찢어져 버린 것 같은 무서움에, 입 안이 바짝바짝 타 버리는 것 같았다. 여자의 허리가 물에 잠겼다. 하얀 옥양목 치마가 물 위에 연잎처럼 퍼졌다.

제발! 갈라면 나를 데리고 가, 나 혼자는 못 산단 말여!

여자의 젖가슴에 물이 찰랑찰랑거렸다. 여자가 뒤를 돌아다보았다. 어디선가 많이 보았음직한, 너무 많이 보아서 들례는 마치 자신처럼 느껴지는 여자를 붙잡으려고 허우적거렸다.

"가지마!"

이윽고 여자의 입술에 물이 찰랑거리는가 했더니 비녀가 떨어져 나가고 검은 머리카락이 물 위에서 수초처럼 떠돌다가 흔적도 없이 사라져 버렸다. 누군가 돌멩이를 던져 놓은 것 같은 수면에 물여울이 둥글게 둥글게 퍼져 나갔다. 들례는 온몸을 쥐어짜는 목소리로 어둠을 날카롭게 잘라버리며 혼절을 하고 말았다.

들례는 언제 다시 잠이 들었는지 기억이 나지 않았다. 눈을 떠 보니 공양주 정 보살이 옆에 앉아 있었다. 그녀의 손에는 물에 젖은 수건이 들려 있었다. 그러고 보니 이마에 묵직하게 와 닿는 감촉은 물수건이었다.

"인제, 정신이 들었능개비구면."

정 보살이 솜털처럼 부드러운 목소리로 물으며 물수건을 차가운 것으로 바꾸어주었다.

"지가 왜?"

"스님이 새벽 예불을 드리고 있는데 보살 방에서 비명 소리가 들리더라. 쫓아가 보니 땀으로 목욕을 한 것처럼 흠뻑 젖어서 기절해 있더랴."

"그랬구먼유. 시방 밀 시나 됐슈?"

"얼추 점심 공양을 할 때가 된 거 같구면. 사바세계에서 뭔 놈의 한이 그렇게 많길래 입술이 다 터지도록 깨물었댜."

정 보살이 손수건을 접어서 들례의 입술을 자근자근 눌렀다. 명주 손수건에 빨갛게 피가 묻었다.

"하나도 모르겠슈. 꿈인가 싶기도 하고, 생신가 싶기도 한데 머가 먼지 모르겠슈."

들례는 그때서야 손으로 입술을 만져봤다. 정 보살의 말처럼 입술이 터졌는지 아팠다. 방문 밖은 눈이 부시도록 밝았다.

문 밖에서 큼! 하며 인기척이 들리는가 했더니 방문이 열렸다. 푸른빛이 돌도록 민둥머리 뒤로 푸른 하늘이 보였다. 고개를 들어서 하늘을 가린 주지의 얼굴에 미소가 물여울처럼 번지고 있었다.

"아! 그냥 둔너 있어요. 둔너 있어."

일도는 들레가 일어서려고 하자 손을 흔들며 방 안으로 들어와서 정 보살 옆에 앉았다.

"죄송해유."

들레는 일어서려고 하니까 온몸의 기운이 다 빠져 나가는 것 같았다. 이를 악물고 방바닥을 짚으며 앉아서 자신도 모르게 일도 앞에 합장을 했다. 정 보살과 얼굴이 비슷해 보이는 일도의 나이는 사십대 중반으로 보였다.

"뭣 때문에 여길 찾아왔는지 모르지만 듣고 싶지는 않구먼. 부담감 갖지 말고 있고 싶을 때까지 있어도 괜찮네."

"아녀유. 장사 땜시 아침에 일찍 내려갔어야 하는데 이런 꼴을 보이고 말았구만유. 참말로 죄송해유."

"여긴 누구 소개로 왔슈?"

정 보살이 물었다.

"어짓밤에는 둘러댈 말이 읎어서 그랬지만 누구 소개로 받고 온 것이 아녀유. 어제 오후에 갑자기 절에 가 봐야겠다는 생각이 들어서 대전역에서 뻐스를 타고 요 아래 동네까지 왔슈. 거기서 봉께 이 절이 보이길래, 암 생각 읎이 올라 왔슈."

"워녕 그려. 이 절을 소개 핼 줄만한 사람은 안직까지 못 봤는데 이상하다 생각했지."

일도는 이미 짐작하고 있었다는 목소리로 말을 하고 소리 내어 웃었다.

"요 밑이라믄 월암리를 말하는 개비구먼. 어쨌든 잘 왔슈. 뭔 장사를 하는지는 모르겄지만, 이 몸으로 월암리까지 내려 가는 건 어려운께, 뭣 좀 드셔야겄어."

정 보살은 물수건과 대야를 챙겨 들고 일어섰다.

"난 일도라는 중인데, 이 절을 책임지고 있네. 그러고 봉께 책임지고 있다는 말이 이상하구먼. 절 식구라고 해봐야 나하고 공양주 보살인 정 보살하고 달랑 둘 뿐이니께 말여."

정보살이 방문을 여니까 찬바람이 우르르 밀려 들어왔다. 정보살이 얼른 문을 닫아 주었다. 일도가 웃음을 감추지 않은 얼굴로 자기 소개를 했다.

"지는 목척시장에서 콩나물해장국을 파는 들례라고 해유."

"들례?"

"예."

"성씨는?"

"호적이 있어야 성이 있쥬. 지는 호적도 읎슈. 그냥 어릴 때부터 들례로 살아왔고, 마흔이 넘는 이 나이도 들례로 살아가고 있슈."

"저런……어떤 사정이 있어서 호적도 읎이 살아왔는지는 모르겄지만, 당장 호적부텀 맨들어야겄군."

일도는 비로소 들례의 얼굴을 자세히 바라봤다. 관상에서 이마는 초년을, 광대뼈가 있는 부분은 중년을 보고 턱을 말년을 본다. 들례는 초년 운도 빈약하고 부모운도 없어서 부평초처럼 떠돌 신세다. 양쪽 광대뼈가 눈꼬리 바깥으로 나와 있어 남자 운이 지독하게 없을 운을 안고 태어났다. 눈주름이 많은 것을 보니 열 남자 싫어할 성격이 아니고, 인

315

당이 발달되어 있으니 마음은 후하다. 귓불이 두둑한 것을 보니 인심은 후하고 덕을 베풀 줄도 안다. 남은 여생동안 편안하게 살려면 부평초처럼 떠도는 운을 항구에 정박시키는 것이 좋을 것 같았다. 또 뾰족한 턱이 두툼해지기 시작한 것을 보니 재물을 모으고 있는 중이다. 그 재물을 온전히 보존하려면 당장 호적부터 만드는 것이 중요하다는 판단이 들어서 부드럽게 말했다.

"호적이 뭔 필요가 있겠슈. 남자하고 혼인신고라는 걸 할라믄 호적이 있어야 한다는데, 그럴 일이 벌어질 것도 아니구. 딸린 아가 있어서 학교 보낼 걱정에 호적을 만들 일이 있는 것도 아니구, 일본이나 그런 나라에 갈라믄 여권이라는 걸 맨들어야 된다는데, 여권을 맨들라믄 신원조회를 한다고 하든데 그런 걸 대비해서 호적이 필요한 것도 아니구. 시방까지 호적이 읎어도 잘 먹고 잘 살아 왔슈."

"더 이상 긴말을 안 해도 잡초처럼 살아 왔다는 걸 잘 알겠구먼. 허지만 그럴수록 근본이라는 것이 있어야 하는 걸세. 부처님 말씀에 억겁이라는 것이 있구먼. 이 절에서 하룻밤 묵은 것도 보통 인연은 아닐세. 그래서 하는 말인데 점심 공양을 단단히 하고 같이 아랫동리로 내려가세, 거길 가믄 계룡면사무소가 있구먼. 내가 계룡면 면장을 잘 알고 있응게, 거기 가서 상의를 하면 무슨 방법이 나올 거여."

"근본이라는 것이 무슨 말유?"

들례는 근본이라는 말이 이상하게 가슴에 와 닿는 것을 느끼며 물었다.

"근본이라는 것은 나무의 뿌리나 마찬가지여. 뿌리가 없는 나무가 있을 수 있는가? 사람도 저 혼자 세상에 태어난 것이 아녀. 비록 무슨 사정 때문에 부모의 얼굴을 모르고 사는 팔자래도, 부모가 있응게 세상에 태어난 거잖여."

"그려유. 부모가 있응게 세상에 태어 났슈. 부모가 읎으면 워티게 세상에 태어날 수 있겠슈. 그 부모가 아무리 부평초처럼 세상을 떠돌며 살아도 부모는 부모쥬. 근데 스님은 절 첨 보는데 왜 이렇게 신경을 써 준데유? 스님 말씀대로라면 근본도 읎이, 바람이 이짝으로 불면 이짝으로 가고, 저짝으로 불면 저짝으로 살아가는 여잔데?"

들례는 손기문의 얼굴이 떠올랐다. 그 어린 것이 어딘가 살아 있다면 나를 얼마나 원망하며 살까하는 생각이 들면서 눈물이 툭툭 떨어졌다. 떨어지는 눈물을 닦을 생각도 안하고 일도를 바라봤다.

"근본이야 시방부터라도 뿌리를 내리면 되는 거고, 내가 보살을 도와주는 것이 아니고, 보살이 이 절로 왔기 때문에 말을 해 주는 것 뿐일세."

"지는 원래 배운 것도 읎고, 세상을 살아가는 이치도 모르는 여자라서 스님이 하시는 말씀이 뭔 말씀인지 통 모르겠구면유. 이 무식한 중생이 알아들을 수 있도록 쉽게 말씀해 주시믄 좋겠어유."

"무슨 장사를 하신다고 했던가? 해장국 장사를 한다고 했던가? 사흘을 굶은 남자가 갯주머니에 가진 돈은 일 전도 읎는데 해장국 한 그릇만 달라고 하면 보살은 냉정히 쫓아 버릴 것인가?"

일도가 정좌를 한 자세에서 왼발을 허벅지 안쪽으로 더 깊숙이 잡아당기면서 점잖게 물었다.

"장사라는 것이 다 먹고살자고 하는 짓인데, 내 입만 입이라고 생각하믄 먹는 장사를 못 하쥬. 더구나 사흘을 굶은 사람을 워티게 내쫓은데유? 그까짓 콩나물해장국 원가가 을매나 한다고?"

"내 눈에 보이는 보살은 평생을 정에 굶주려 왔구먼. 이게 대답일세."

"스……님!"

들레는 정(精)이라는 말에 가슴이 터져 나가 버릴 것 같은 슬픔이 그물이 되어 온몸을 덮어 버렸다. 정의 그물에 갇혀서 빠져 나가려고 몸부림을 쳤다. 그럴수록 그물이 온몸을 옥죄서 손가락하나 움직일 수가 없었다. 목까지 조여서 말도 나오지 않았다. 목이 조여서 꺽꺽거리며 주르르 흐르는 눈물 밖으로 일도만 바라봤다. 집에서 기르던 강아지도 남의 집에 팔려 나가면, 어미를 그리워하며 몇 날 며칠 동안 깨깽 깨갱거리며 운다고 한다. 송아지도 어미에게서 떨어져 나가지 않으려고 온몸을 다하여 몸부림을 친다고 한다. 동물의 탈을 쓰고 태어난 미물도 정을 알고 있는데, 지붕으로 하늘을 가린 방바닥에 앉아서 숟가락으로 하루 세끼를 먹는다는 사람의 탈을 쓰고 이 세상에 태어나서 단 한 번도 정을 받아본 적이 없었다. 세상 물정을 모를 때는 다나까에게 받은 것이 정이라고 여겼다. 그러나 나이 들어 생각해 보니 그건 정이 아니고 집에서 기르는 개에게 좋은 먹이를 준 것에 불과했다. 만약에 그것이 정이라면 집안이 몰락해도 자식을 버리는 사람은 없는 것처럼, 최소한도로 자신의 피를 이어 받은 기문이를 일본으로 데리고 갔어야 할 것이다. 이동하하고는 십 년을 살았어도, 따뜻한 목소리로 밥 먹었냐는 말 한마디 들어보지 못했다는 생각이 폐부를 태우는 서러움의 강물로 변해서 온몸을 적시기 시작했다.

"스님, 보살 공양을 이리로 가지고 올까유?"

정보살이 방문을 삐죽이 열고 일도에게 물었다. 소리 내지 않고 꺽꺽거리며 울고 있는 들레를 바라보며 무슨 연윤지 대강 이해를 할 수 있

다는 얼굴로 혀를 차다 고개를 숙여 합장을 하고, 관세음보살나무아미
타불이라고 읊조렸다.

"날씨도 찬데 내 방에서 우리 모두 같이 먹는 것이 안 좋겠슈?"

"그람, 스님 방에 상을 차릴팅게 어여 건너 오셔유."

"자, 어여 눈물 닦고 일어나서 점심 공양하러 가세. 그리고 좀 쉬었다
가 나하고 같이 내려가세. 이왕이면 돌아오는 구정 전에 호적을 만드는
것도 의미가 깊겠지."

"예……"

들례는 눈물을 닦으며 근본 따위는 필요 없다고 생각했다. 하지만 보
문산 밑에 있는 선녀보살 말대로 언젠가 만나게 될지 모르는 기문을 위
해서라면 호적이 필요하다고 생각했다. 일어서려고 했지만 몸이 말을
들어주지 않았다.

"이런……이런."

일도가 얼른 손과 어깨를 잡고 부축을 해 주었다.

"저기가 대웅전유?"

환한 낮에 보는 절의 규모는 생각했던 것보다 훨씬 작았다. 절에 비교
해서 마당이 넓어서 그런지 대웅전은 무슨 단칸집만한 것이 태풍이라도
몰려오면 흔적도 없이 날아가 버릴 것처럼 낡았다. 요사채는 명색이 절
인데 초가지붕이다.

구정 날 아침 라디오에서 대간첩 본부는 서울로 잠입을 한 무장공비
수색사건은 일단락되었다고 발표했다. 아직 사살하지 못한 잔당 5명은
얼어 죽었거나, 이미 사살된 것을 공비들이 땅속에 묻었거나, 일부는 부

상당한 몸으로 산 계곡의 외딴 집에 숨어 있을 것을 보고 시체 수색 및 외딴집 수색은 계속 할 것이라고 발표했다.

앞서 지난 21일 북한의 특수부대인 124군부대 소속 31명이 휴전선을 넘어 야간을 이용하여 수도권까지 잠입하는 데 성공하였다. 그들은 청와대 습격과 정부요인 암살지령을 받고, 한국군의 복장과 수류탄 및 기관단총으로 무장을 했다. 그러나 세검정고개의 자하문을 통과하려다 비상근무 중이던 경찰의 불심검문을 받고 그들의 정체가 드러나자 검문경찰들에게 수류탄을 던지고 기관단총을 무차별 난사했다. 이 사고로 37살의 종로 서장이 순직을 했다. 정종수 순경과 수사계 박훈태 순경이 부상을 당했다.

그곳을 지나던 시내버스에도 수류탄을 던져 귀가하던 시민들 중에 윤점순, 이용선, 김형기, 홍우경, 정사영 등이 살상당했다.

군인과 경철은 즉시 비상경계태세를 확립하고 현장으로 출동, 28명을 사살하고 1명을 생포했다고 발표했다. 이 사건으로 많은 시민들이 인명 피해를 입었으며, 그날 밤 현장에서 그날 유일하게 생포된 김신조(金新朝)는 그동안 김일성의 허위선전에 속아 살아왔음을 깨닫고 한국으로 귀순했다.

무장공비 청와대 사건이 터지고 이틀 후인 23일 오후 1시 45분에 동해 공해상에서 4척의 북한 해군 초계함정과 2대의 미그기의 위협 아래 미해군 정보수집함 푸에블로호가 납치되었다. 장교 6명과 수병 75명, 민간인 2명을 포함하여 총 83명이 탄 프에블로호는 납치 당시 북한 원산항으로부터 40km 떨어진 공해상(公海上)에 있었다. 공해에서 미군 함정이 납치되기는 미 해군역사상 사상 106년 만에 처음 있는 일이었다.

새해 들어서 연이어 터진 북한의 불법 남침 사건의 여진은 구정에도 전이가 되고 있었다. 아이러니하게도 1·21 사태에 생포가 되어 남한으로 귀순을 한 김신조의 얼굴은 민족의 명절 구정 날에도 빠지지 않고 텔레비전에 나왔다.

"대한민국에서 살고 싶습니다."

올해 26살인 김신조는 군인부대에서 떡국을 먹고 둘러싼 기자들에게 대한민국은 지상 낙원이라고 말했다.

거리는 세배를 가는 어른이 한복에 두루마기를 걸치고 색동옷을 입은 아이의 손을 잡고 걷는 모습이 드문드문 보일 뿐 비교적 한산했다. 거리를 매운 차량들은 거의 보이지 않고 영업용 택시들이 세배 가는 손님들을 태우고 바쁘게 달려가고 달려왔다. 상가는 대부분 철시를 했고, 선물용 사과나 배를 파는 과일점이나 잡화점은 문을 연 곳이 많았다.

구정 특수를 노린 명보극장은 총천연색 영화 '한(限)' 간판이 붙어 있었고, 대한극장에는 김수용 감독에 신성일 주연이 박노식 조연의 청춘(靑春)이라는 간판이, 아카데미 극장에도 신성일 주연의 '청춘고백'을 총천연색으로 상영한다고 했지만 손님들은 별로 없고 모처럼 포근한 겨울 바람만 서성거리고 있었다.

지난 1961년부터 신정을 명절로 규정을 한 정부 방침에 따라서 평상시처럼 출근을 한 은행이며 관공서는 문을 열었다. 은행원들인 손님이 없어서 한가한 얼굴로 잡담을 하거나, 차장급이며 대리들은 숙직방으로 올라가 화투장을 돌리거나 바둑이며 장기로 시간을 보냈다.

서울 풍경은 어항 속에 가라앉아 있는 수초들처럼 조용했지만 모산의 이동하 집은 생기가 넘쳐흘렀다. 옥천댁이 기거하는 안방에는 영동 읍내의 각 기관장들이며 유지들이 보내온 선물들이 윗목에 차곡차곡 쌓여 있었다.

서울 같았으면 상품권이 선물로 많이 들어왔을 텐데 영동이며 학산은 시골이라서 현물 선물이 많이 들어왔다. 선물들은 거의가 동일 품목 중에서는 가장 비싼 것들만 들어 왔다. 6백원짜리 설탕이며, 9백원짜리 조미료 세트, 420원씩 하는 정종이며 천 원이 넘는 와이셔츠도 5벌이나 들어왔다. 비교적 가격이 저렴한 1백원에서 3백원 이내의 넥타이도 많이 들어왔고, 귤이며 내복에, 양말도 많이 들어왔다. 영동농협장으로 발령을 받은 조승배는 1만 5천 원짜리 석유난로와 옥천댁에게 딱 맞을 것 같은 3천 원짜리 스웨터를 보내왔다.

아침 차례를 지내기가 무섭게 광일이가 아내 순영을 데리고 제일 먼저 세배를 왔다. 한 해가 가기 전인 작년 12월 하순에 결혼을 한 광일은 새신랑답게 두루마기에 바지저고리를 입었고, 순영도 곱게 한복을 차려 입고 와서 이동하에게 정중하게 세배를 했다.

"오늘 정상으로 출근을 해야하기 땜시, 국회의원님 바쁘신 줄 알고 빨리 왔슈."

광일이 세배를 하고 나서 어떻게 앉아야 될지 몰라 우물쭈물하다 양손을 바닥에 짚은 채, 마치 조선 시대 천민이 사또에게 읍소를 하는 자세를 취했다. 광일의 자세가 어정쩡하니까 아내도 같은 자세를 취할 수밖에 없었다.

"편히 앉게. 편히 앉아두 괜찮아."

이동하 옆에 앉아 있던 옥천댁이 보기가 민망해서, 이동하의 옆구리를 찌르며 눈짓을 했다. 이동하는 그때서야 웃는 목소리로 말했다.

"그려, 내가 장가간다는 말은 들었지만 정치하느라 바빠서 부줏돈만 보내서 미안하구먼. 인제 봉께 색시가 참말로 참하구먼. 친정이 멀지도 않고 산 넘어 모리람서?"

옥천댁이 광일에게 대접을 할 음식을 가지고 밖으로 나간 후였다. 이동하가 보료에 비스듬히 기대어 앉으며 순영을 바라봤다.

"의원님도 잘 알고 계시는 분유. 양산 우체국 차석을 하시다, 시방은 집에서 농사를 짓고 계시는……"

광일은 단정하게 무릎을 꿇고 앉아서 두 손을 허벅지에 나란히 얹고 말했다.

"그려, 난도 잘 알고 있구먼. 선거 때마다 번번이 도움을 받고 있어서, 내 어디 적당한 자리가 읎나 알아보고 있는 중여. 명색이 우체국 차석을 하던 양반이 지게 지고 농사를 지을 수는 읎잖여. 안 그려?"

"그……그릏게만 해 주신다면, 참말로 그 은혜는 평생 동안 못잊쥬."

광일이 이게 웬 횡재냐는 얼굴로 순영을 바라봤다. 순영도 깜짝 놀라는 눈치다. 자신도 모르게 두 손으로 방바닥을 짚고 절을 꾸벅하며 더듬거렸다.

"언지, 영동 지구당 사무실로 한번 들리라고 햐. 내가 읎더라도 사무장은 항상 사무실을 지키고 있응게."

옥천댁이 다과며 생선 부침 조각에 시루떡과 정종주전자를 얹은 상을 들고 들어왔다. 이동하 옆에 상을 내려놓고 한쪽 무릎을 세워 점잖게 앉았다. 이동하가 순영을 바라보며 점잖게 미소를 지었다.

"이번 주 반굉일날 이 사람하고 모리 넘어가기로 했슈. 장인어른이 의원님 말씀을 전해 들으시믄 엄청 좋아하시겠네유. 더 앉어서 국회의원님

좋으신 말씀 듣고 싶지만 출근을 해야 항께 그만 가 보겠슈.”

광일은 순영에게 눈짓을 하고 나서 얼른 일어섰다. 순영과 함께 허리를 반쯤이나 꺾을 정도로 인사를 했다.

“그려, 열심히 근무만 하믄 출세하는 데는 지장이 읎을 껴. 그렇게 알고 얼릉 가봐.”

이동하도 어차피 광일이를 붙잡고 있을 생각이 없었다. 광일의 말이 떨어지기 무섭게 손을 내저었다.

“올해는 애기도 낳고 좋은 일만 일어나길 빌어유.”

옥천댁은 대청마루 아래까지 내려가서 광일 부부에게 덕담을 했다.

광일이 대문을 나서려는데 골목에서 누군가 올라오고 있는 사람들이 보였다. 군수와 신사복을 입은 경찰서장이다. 깜짝 놀라서 어디론가 피하려고 했지만 군수가 먼저 알아보고 손을 번쩍 들었다.

“구……군수님, 어여 인사 드려. 군수님이셔.”

“그래, 황 주사 집이 이 동리였지. 의원님은 계신가?”

광일이가 쥐구멍이라도 있으면 들어가고 싶은 얼굴로 쩔쩔매고 있을 때 군수가 가까이 다가왔다. 광일이 아내는 바라보지도 않고 광일에게 마치 집안 아저씨나 되는 것처럼 부드럽게 물었다.

“예, 시……시방 세배하고 출근 할라고 빨리 내려오는 길유.”

“그려, 어여 가 봐.”

군수는 광일의 어깨를 친근하게 툭툭 쳐 주고 나서 경찰서장에게 어서 가자고 눈짓을 보냈다.

“다……다녀오십쇼.”

광일이는 진땀이 날 지경이었다. 군수의 등 뒤에 대고 큰 소리로 인사를 하고 허리를 폈다. 군수가 저만큼 가고 있는 모습을 보고 나서야 순영을 바라보며 씩 웃었다.

박태수의 집 안방은 아침에 떡국을 끓이며 불을 넉넉히 넣어서 뜨거울 정도로 후끈거렸다. 인숙이와 인자는 윗방으로 건너 방에 있고, 상규와 진규는 어른들과 함께 앉아서 이런저런 이야기를 나누며 과일을 먹고 있었다.

"인자는 올게 고등학교를 졸업하잖아. 저는 대학에 가고 싶다고 하지만, 우리 형편에 그기 당키나 햐. 워디 취직이나 하라고 항께, 지가 돈 벌어서 워턱하든 대학 가겠다고 하드라. 상규는 아직 안늦었응께 어머 말대로 올게부텀이라도 검정고시 준비를 햐. 그래야 난중에 행세를 할 수 있응께."

상규네가 부엌칼로 사과를 가능한 껍질이 얇도록 천천히 깎다가 상규를 바라보며 말했다.

"어머, 꼭 좋은 학교를 나와야 잘 산다는 법은 없다고 생각해유. 어머 말대로 무조건 학교를 댕겨야 한다믄 대한민국에 있는 사람들은 죄다 중학교를 졸업하고 고등학교를 졸업하고 대학을 가야 하잖아유. 저는 중학교 졸업장이 읎어도 잘 살아 나갈 자신이 있슈."

"그래도, 공무원 사회라는 것이 졸업장 크기에 따라서 승진인가 머를 하는 거 아녀?"

박평래는 요놈 봐라, 하는 얼굴로 흐뭇하게 상규를 지켜봤다. 박태수는 윗목 벽에 기대어 앉아서 배를 한 입 덥석 물다가 바라봤다. 상규네가 조용한 목소리로 상규의 말을 반박했다.

"어머는, 좋은 학교를 나와서 또랑가에 과수원을 맨들 생각을 했슈?"

상규의 결정적인 말에 상규네는 할 말을 잊어버리고 사과와 부엌칼을 들고 있던 손을 힘없이 내렸다.

"난도, 형 말이 맞다고 생각햐. 형처럼 생각이 뚜렷한 사람은 얼매든지 잘 살아갈 수가 있구면. 중요한 것은 졸업장이 아니고, 세상을 워티게 살아가야 하는 철학이 있어야 하능 겨. 대학교를 졸업하고도 취직도 못하고 집안에서 방 안 풍수로 살아가는 사람들도 얼매든지 있구면."

"우리 집은 인제 걱정 읎다. 난 당장 오늘 죽는다고 해도 여한이 읎어. 우리 집안 장손주가 저리도 똑똑하고 생각이 확실한데 먼 걱정이 있겄어. 진규야, 어릴 때부텀 싹수가 있던 아라서 긴말이 필요 읎는 말이잖여."

"어이그, 오늘은 나하고 입장이 바뀌었구면. 정월 초하루부텀 자식들이나 손주들한테 덕담은 못하고 죽는다는 말은 왜 해유?"

청산댁은 정월 초하루부터 노망이 들렀냐는 말은 차마 하지 못하고 박평래를 흘겨봤다.

"그려, 인제부텀 어머는 우리 상규하고 진규한테는 이래라, 저래라는 말을 절대로 안 할 껴. 어채피 앞으로 이 집안을 이끌어 갈 사람들은 느이 형제들잉께 앞으로는 모든 것을 느이 형제들아 알아서 햐. 어머는 느덜이 하라고 하믄 일절 암말 않고 따라서 할 팅께."

"아! 아부지가 계신데. 아부지가 하라는 대로 해야지, 안직 장개도 안 간 아들한테 멀 맥기겠다는 거여?"

상규네의 말이 끝나자마자 박태수가 가만히 듣고 보니까 꼴 사나와 못 봐주겠다는 얼굴로 쏘아 붙였다.

"언지, 며느리 말이 맞구먼. 난 이 나이가 되도록 살아옴서, 며느리가 경우에 읎는 말 하는 거 못 봤다. 시방도 며느리 말이 맞는 말여. 과수원도 어채피 상규가 책음을 지고 농사를 져야 하잖여. 그랄라면 공부를 열심히 해서 면장이 되는 것도 좋지만, 집 일을 열심히 해서 과수원을 늘리는 것도 면장 못지않게 잘하는 일여. 내 생각은 그렇구먼."

상규네가 박평래의 말이 끝나기를 기다렸다가 깎은 사과 한 조각을 손에 들려주고, 박태수를 향해 시선을 돌렸다.

"아! 그걸 누가 몰라유. 과수나무라는 것이 고추나 가지나 토마토처럼 봄에 심었다가 가실이면 캐내는 것이 아니고 한 번 심으믄 몇십 년 가는 거잖유. 그랑께 언진가는 상규가 이어 받아서 농사를 짓겄쥬. 하지만 당장은 아니라 이거유. 엄연히 집 안에 어른이 계신데, 아들도 아니고 손자가 설치믄 되겄슈?"

박태수는 상규네가 뭐든 제 마음대로 일을 해 나가는 것이 영 마땅치 않았다. 더구나 자신이 버젓이 살아서, 한 달에 쌀 세 가마니씩 척척 들여 놓은 가장 노릇을 톡톡히 해 내고 있는데 쏙 빼놓으려는 처사가 미워서 목에 핏대를 세우며 말했다.

"인숙이 아부지가 무슨 생각을 하고 그런 말을 하는지 잘 알겄슈. 내가 앞으로 상규나 진규가 집안을 이끌어 가라고 했다고, 자들이 당장 위티게 하는 거는 아뉴. 또, 진규야 대학을 졸업하고, 대학원을 들어가서 석사 박사가 되믄 어채피 객지에서 살아야 하는 거고, 상규가 과수원을 꾸려 나간다고 해도 당신이 시퍼렇게 살아 있는데 지 맘대로 하겄슈. 하다못해 사과나무 사이에 콩을 심거나, 배추 농사를 져도 인숙이 아부지한테 일단 상의를 할거유. 그랑께 괜한 걱정은 안 해도 돼유."

상규네는 목에 핏대를 세우고 쏘아붙이는 박태수를 어르고 달래는 목소리로 말했다.

"그람, 그람. 그래도 이 동리서는 우리 상규하고 진규가 효자라고 소문이 났는데, 애비를 그런 식으로 모른 척 할 수 있남?"

"내 참 개떡같이 말을 하믄 찰떡같이 알아들으라는 말이 왜 생겼는지는 알겠구먼. 아! 애비가 한두 살 먹은 아유? 그런 경우도 모르게. 아까 애비가 하는 말은 손자들이 버릇이 없다는 말이 아니잖유. 엄연히 당신도 건강하고 애비도 돈 잘 벌고 있는데 쓸데 읎는 말을 하지 말라는 뜻으로 하는 말이잖유."

청산댁이 사과를 오물오물 먹고 있다가 끼어들었다.

"아부지, 지가 이런 말씀을 드리믄 싸가지 읎는 놈이라고 욕 하실 줄 모르겠슈."

청산댁의 말에 상규네는 잘 알겠구만유, 라고 순순히 대답했다. 진규가 박태수를 바라보며 입을 열었다.

"싸가지 읎는 말은 아싸리 안 하는 거이 좋지."

박태수가 농담 반 진담 반인 목소리로 대꾸했다.

"올게도 사과를 다믄 몇 개씩이라도 따잖유. 내년부텀은 올게 보담 두 배 이상은 딸규. 그걸 어머하고 할아부지 두 분이 감당하기는 쉽지 않다고 생각하느만유. 그래서 드리는 말씀인데유. 정미소 일은 그만 두시고 사과나무 밑에 걸음이라도 한 삽 더 주는 것이 난중으로 보면 훨씬 이익일 것이라는 생각이 드느만유."

진규의 말이 끝나자 상규도 진규의 말이 맞다는 표정을 지으며 박태수에게 시선을 돌렸다.

"아녀, 그런 걱정은 안 해도 된다. 느 아부지가 옛날처름 가대기질을 하믄 내가 벌써 그만두고 나하고 과수원 농사나 짓자고 했을 껴. 하지만 시방은 소장이잖여. 나락가마니가 들어오고, 쌀가마니가 나가는 거 하고 직원들 관리만 하믄 되는 건데. 왜 그 좋은 직장을 그만 둬."

"어머, 가대기질만 문제가 아니고 먼데기가 얼매나 많은지 어머는 몰라유. 지는 아부지한테 몇 번 가 봤잖유. 거기 한번 들어갔다 나오면 완전히 먼데기를 하얗게 뒤집어쓰고 나와유. 그 먼데기를 계속 먹으믄 사람 몸에 굉장히 안 좋아유."

박태수는 진규의 말이 가슴 저리게 와 닿았다. 하지만 아직은 정미소를 그만두고 싶지가 않아서 벽에 기대고 있다가 반듯이 앉았다. 막 말을 하려고 하는데 박평래가 먼저 입을 열었다.

"그려, 올게 사과를 얼매나 수확할지는 몰라도 최소한도 십 만원 넘게는 하겠지. 내년에 올게 보담 사과가 많이 열려도 걱정 읎다. 정 바쁘면 이 동리에서도 품을 얼매든지 얻을 수 있응게. 시방부텀 그런 걱정은 안 해도 된다. 애비 니 생각은 어뗘?"

"맞아유. 당장 일손이 필요하다믄 저 사람이 가만히 있었겠슈. 정미소에 찾아와서 난리굿을 치는 한이 있드래도 못 댕기게 했을규. 그라고 의원님이 올해부텀은 봉급을 쌀 네 가마니씩으로 올려준다고 했슈. 당장 이 달에 네 가마니를 받았잖유."

"하여튼, 우리 집안은 동리 사람들이 뭐라고 하든 돌아가신 면장님 은혜를 잊으면 안 되는 거여. 요새도 의원님이 내 말이라고 하믄 팥으로 메주를 쓴다고 해도 믿으시잖여. 그래서 난도 신용을 잃지 않을라고 의원님댁 일이라믄 내 일이 암만 바빠도 먼저 달려가고 있지만 말여."

박평래는 차례를 지내고 정종을 많이 마셨더니 은근히 취기가 밀려왔다. 졸음이 아련하게 밀려와서 아랫목 벽에 바짝 붙어 앉으니까 너무 뜨거웠다. 방문 쪽으로 물러나 앉으며 자랑스럽게 말했다.

"할아부지, 의원님댁이 우리 집을 다른 집보다 쪼금 신경 써 준 것은 맞는 말씀유. 하지만 가는 정이 있어야 오는 정이 있다는 말이 있잖유. 할아부지가 뭔 일이든지 몸을 애끼지 않고 열심히 해 드렸응께, 그 보답을 받으시는 거지. 가만히 있는데 옛날 면장님이나 의원님이 우리를 도와주는 거는 아니잖유. 그래서 드리는 말씀인데유. 앞으로는 시방처름 너무 힘들게 하시지 말고, 찬찬히 하세유."

"오냐, 이 할애비도 다 생각이 있응께 그런 세세한 거까지는 말 안 해줘두 다 안다, 바깥에 누가 온 거 아녀?"

박평래의 말에 문 앞에 앉아 있던 상규네가 방문을 열었다. 김춘섭과 윤길동이 한복을 입고 서 있었다. 김춘섭이 말은 안 하고 사랑방을 손짓하며 지금 계시냐는 표정을 지어 보였다.

"아버님한테 세배하러 오셨나뷰. 지가 상 차려 갈팅께, 어여 사랑방으로 가셔유."

상규네는 깎은 배를 먹기 좋게 토막을 내서 접시에 담았다. 접시를 박태수 앞으로 밀어 놓고 일어섰다.

오후가 되자 포근하던 바람이 제법 거세지기 시작했다. 오전에만 해도 둥구나무 밑에서 놀던 아이들은 모두 집으로 들어갔고, 골목에는 개들만 어슬렁거렸다. 순배 영감의 옆방에 신혼살림을 차린 해룡이만 신이 나서 집으로 둥구나무 거리로 왔다 갔다 하며 부침이며, 시루떡 조각에, 오징어 전이며, 사과며 밤을 먹으며 즐거워했다.

방천길을 달려 온 택시 한 대가 둥구나무 밑에 멈춘 것은 해룡이 윤길동의 집에서 얻어 마신 막걸리 안주로 가오리 조각을 질겅질겅 씹으며 너럭바위 앞에 도착했을 때였다.

"저 위가 이동하 국회의원 집입니까?"

택시에서 머리가 짧은 이십대 중반의 남자와 흰머리가 희끗희끗한 사십대 후반의 남자 두 명이 내렸다. 흰머리가 택시 운전사에게 대기료는 얼마든지 줄 터이니 여기서 기다리라고 말을 하는 동안 짧은 머리가 해룡에게 물었다.

"응, 저기 면장님 집여."

"뭐라고?"

짧은 머리는 히죽히죽 웃으며 대답을 하는 해룡의 위아래를 살폈다. 기성복 바지에 솜을 넣은 저고리를 입은 차림이 왠지 좀 모자라 보여서 반문했다.

"면장님, 면장님 집이 저 집여."

"반편이를 데리고 뭐 하고 있능 겨. 의원님 아버님 장례식 때 내가 와봤다고 내동 말했잖여."

사십대 후반의 남자는 학산면 부면장으로 근무를 하다 5·16때 사표를 내고 영동 시장 안에서 건어물상을 하고 있는 양기표다. 그는 유진표의 아들인 유철수의 옆구리를 툭 치고 택시 뒤로 갔다.

"대기료를 암만 많이 줘도 두 시간 이상은 못 기달려유. 오늘 같은 날은 솔직히 대기료 받는 것이 아닌데, 사장님이 특별히 부탁을 해서 밑져 가면서 기다린다는 것만 알아 둬유."

턱수염이 텁수룩한 운전사가 트렁크를 열고 빨간색 보자기로 싼 곶감과 정종병을 꺼내주며 말했다.

"아따, 일만 잘되면 대기료를 곱빼기로 준다고 해도 그러네."

양기표는 유철수에게는 정종병을 들게 하고 자신은 곶감상자를 들고 골목을 오르기 시작했다.

이동하는 세배하러 오는 사람들이 올 때마다 정종이며 막걸리에 소주를 한두 잔씩 딸꼭딸꼭 마셨더니 얼큰하게 취했다. 서울에서 양주며 맥주에 소주를 마구잡이로 섞어 마시던 주량이 있어서 곯아떨어지지는 않고 승철과 승우를 앞에 앉혀 놓고 장황하게 훈계를 하고 있었다. 승우는 곁다리고 주로 승철에 대한 훈계였다.

"그랑께, 최소한도로 대학은 졸업해야 하는 겨. 공부는 잘하고 못하고는 둘째로 치고, 니가 대학을 가야 대학 동창들이 생긴다 이 말여. 내 말 무슨 말인지 알아 들겠냐?"

"아부지, 제가 실력이 있어서 졸업을 할 수 있다면 얼마든지 해 낼 수 있다고 했잖아요. 하지만 청강생으로 졸업하면 인간 대접을 못 받는데요. 그럴 바에는 차라리 일찌감치 맘 잡고 만화를 배운다든지, 무슨 장사를 하는 것이 속편해요."

승철은 말과 다르게 만화도 배우고 싶지가 않고 무슨 장사도 하고 싶은 생각이 없었다. 대학을 때려치우고 졸업하면 정처 없이 어디로 여행이나 떠나고 싶었다. 그도 아니면 부산으로 내려가서 원양어선을 타고 싶었다. 그것도 힘이 들면 해병대에 입대해서 온몸의 진이 다 빠질 때까지 고된 훈련에 매달리고 싶었다. 하지만 이동하의 성격을 잘 알고 있어서 대놓고 말을 할 수가 없었다.

"승철아, 내가 차근차근 말 할 테니께 똑똑이 새겨들어. 니가 잘 되믄 청강생도 동기가 되는 거이고, 니가 잘못 되믄 니 동기들이 너를 보고 청강생 출신이라고 업신여길 껴. 그게 세상사는 원리다 이거여. 아까도 말했지만 니가 장차 장사를 하든, 아니면 니가 좋아하는 만화 가게를 하든, 그것도 아니믄 정신 차려서 사업을 하든, 그건 대학을 졸업하고 난 다음의 문제라 이거여. 왜냐? 그래도 명색이 삼선 국회의원인 이동하의 자식이 제우 고등학교 출신이라믄 남들이 뭐라고 하겠냐?"

승철은 삼선 국회의원 아들이 청강생으로 대학 다니는 것은 자랑할 이냐는 말을 못하고 입만 꾹 다물고 앉아 있었다.

"자식 앞에서 못하는 말이 읎구먼. 승철아 아부지가 하시는 말씀은 그런 뜻이 아녀. 어떤 집 자식들은 대학을 가고 싶어도 돈이 읎어서 못 가잖여. 하지만 우리 집은 승철이만 원하믄 외국 유학도 보내 줄 수가 있어. 그랑께 시방부텀이라도 맘 단단히 먹고 공부를 열심히 햐. 우리 승철이가 원하는 건 머든지 해 줄 껴. 시방 약속하자믄 약속해도 좋아."

옥천댁은 승철을 볼 때마다 어렸을 때 하도 경기를 많이 해서 까딱만하면 금방 숨이 넘어 갈 것처럼 파르르 떨어서 가슴 조이던 때가 생각났다. 병원이나 보건지소도 없는 동네라서 순배 영감이 아니면 이 세상 목숨이 아닐 수도 있었다. 그렇게 어렵게 큰 승철이 공부에는 취미가 없고 바깥으로만 도는 것 같아서 가슴이 아팠다. 승철의 손을 잡고 새끼손가락을 걸었다.

"엄마, 나도 공부 열심히 하고 싶어. 근데 책만 보면 머리가 아프단 말여. 그랑께 제발 나한테 공부하란 말 좀 안했으면 좋겠어."

"승철아, 오늘이 설이라서 내가 큰 소리는 안 치겠는데, 아무리 공부에 취미가 없어도 대학은 반드시 나와야 하능 겨. 알겠지?"

이동하는 지금까지 거의 한 시간이나 승철이를 붙잡고 한 말이 말짱 도루묵이 된 것 같아서 화가 났다. 정초부터 험한 말을 차마 할 수가 없어서 화를 꾹 눌러 참는 목소리로 말했다.

"아부지, 학산에서 살 때 안방에서 살던 여자 이름이 들례라는 여자유"

"누가 그랴?"

이동하는 자신이 잘못 들었냐는 얼굴로 옥천댁을 바라봤다. 옥천댁이 깜짝 놀란 얼굴로 물었다.

"가만히 생각해 봉께, 아부지가 그 여자를 부를 때 들례라고 부른 거 같아요"

승철은 이동하와 옥천댁이 동시에 놀라는 표정을 보니까 이상하게 기분이 착 가라앉는 것을 느꼈다.

"니가 뭔가 잘못 알고 하는 말 같응께 어여 일어서 안방으로 가자. 가서 어머가 맛있는 거 해 줄게 어여 가자."

옥천댁은 승우도 지켜보고 있고, 이동하의 입에서 예측을 할 수 없는 말이 나올지 모른다는 생각에 승철의 손을 잡고 일어섰다.

"느 엄마는, 시방 니 손을 잡고 있는 엄마뿐에 읎어."

이동하는 승철이 언젠가는 출생의 비밀을 알게 될 것이라고 예측을 하고 있었다. 옥천댁이 승철이를 서울이나 무슨 섬 같은 데서 모르게 데려온 것도 아니다. 학산 사람들은 죄다 알고 있는 사실이기 때문이다. 마음속으로 그 밭의 그 씨라는 생각에 못이기는 채 옥천댁을 따라 일어서는 승철을 바라보지 않고 휑하니 돌아앉았다.

"아부지, 나는 대학 갈거여. 그랗게 가도 돼지?"

"어이구, 우리 승우야 핵교서 맨날 일등만 항께 아부지가 걱정도 안 햐. 얼른 가서 누나들하고 놀아."

이동하는 승철을 바라볼 때와 다르게 정이 흠뻑 젖어 있는 목소리로 말을 하며 일어서는 승우의 엉덩이를 툭툭 쳐줬다.

"사모님, 의원님! 의원님 계십니까?"

옥천댁은 안방으로 들어가려다 마당에서 누군가 부르는 소리에 멈췄다. 마당 가운에 처음 보는 남자 두 명이 서 있다.

"계신데, 워디서 오셨다고 할까유?"

옥천댁이 승철을 안방으로 밀어 넣고 대충 마루 끝으로 걸어가서 물었다.

"학산 부면장을 하던 양기표라면 의원님께서 잘 아실 겁니다."

양기표는 옆에서 긴장한 얼굴로 서 있는 유철수의 옆구리를 찌르며 허리를 숙여서 인사를 했다.

"그람, 얼릉 올라오셔유."

양기표는 유철수를 데리고 대청마루 앞으로 갔다. 신발을 얌전히 벗어서 마당쪽으로 돌려놓고 대청마루로 올라섰다.

"어이구, 부면장님이 우리 집까지 웬일유?"

이동하는 옥천댁으로부터 양기표가 왔다는 말을 듣고 의아해 하던 중이었다. 나이는 몇 살 적지만 세배를 올 정도는 아니라는 생각에 고개를 갸웃거리고 있었다. 양기표가 방으로 들어오자 얼른 표정을 바꾸고 반갑게 물었다.

"의원님께 세배를 왔습니다. 어여 세배를 드리자."

"같이 늙어가는 처지에 먼 놈의 세배는……"

이동하는 말과 다르게 점잖게 앉아서 세배를 받았다. 세배를 하고 나서 무릎 꿇고 앉는 유철수를 바라봤다. 시선을 양기표에게 옮기고 눈짓으로 누구냐고 물었다.

"의원님, 뒤늦게나마 재선을 축하드립니다. 요번에가 삼선쨌께, 다음 후반기 국회 때는 국회부의장님을 하시든지, 장관을 하시든지 해야쥬. 제가 알고 있는 사람들도 죄다 그렇게 알고 있습니다."

양기표는 뜸을 들일 필요가 있다는 생각에 즉답을 피하고 너스레를 떨었다.

"시방 반성하고 있구면."

이동하는 지난 선거 개표하던 날을 생각하면 두 번 다시는 국회의원에 출마하고 싶지가 않았다. 윤상배의 표가 정신없이 앞질러 갈 때는 천 길만길 낭떠러지로 추락하는 것 같았고, 자신의 표가 앞장서가면 몇 표나 차이가 나는지 가슴이 바짝바짝 조여지는 것 같아서 개표하는 동안 소주를 두 병이나 비웠는데도 정신이 말짱할 지경이었다. 선거가 끝나도 겨우 삼백 표 차이라서 안심을 할 수가 없었다. 하늘은 스스로 돕는 자를 돕는다고 했던가. 때마침 움켜쥐고 있던 유진표라는 히든카드가 있었다. 재검을 하면 판세가 뒤바뀔 수도 있다는 생각에, 감옥에 집어넣을 기회가 오길 기다리고 있던 유진표를 문기출에게 시켜서 법정에 서게 했다. 명예훼손죄라서 집행유예로 끝날 정도였지만 전력이 있는데다 상대후보를 떨어트릴 속셈으로 비방을 했다는 죄를 덧붙여서 30개월을 구형을 받게 손을 써서 실형을 살게 했다. 그 탓인지 윤상배 쪽이 재검

표 운운하지 않고 입을 다물고 있는 상황이라서 벼룩도 낯짝이 있다고 삼선을 축하한다는 말이 달갑게 들리지는 않았다.

"그래도, 의원님한테 표를 준 사람들은 죄다 최소한도로 무슨 상임위 원회 위원장은 하실 것이라고 생각하고 있습니다."

"부면장은 중앙 정치판을 안직 몰라, 서울에 가면 날고 뛰는 인재들이 수두룩햐. 하지만 그릏다고 전혀 꿈이 없는 건 아녀. 이왕 정치인의 길을 걷고 있응께, 나를 믿고 국회로 내보내준 영동군민들을 위해서라도 담에는 국회 부의장 정도는 할 생각이구먼. 내가 부의장이 되믄 영동을 확 바꿔 버릴 셈여. 그릏다고 시방까지 영동 발전에 심을 안 쓴 건 아녀. 당장 세무서를 옥천으로 뺏길 뻔한 걸 내가 막았잖여. 그것 뿐이 아녀. 내가 영동 발전을 위해 국회에서 예산을 따 온 돈이 대충 계산해도 일 억은 될 거여."

이동하는 갑자기 원희룡이 '국회의원은 당장 내일 들통 나는 한이 있더라도 무조건 큰소리를 쳐야 표가 몰려오게 되어 있다'라는 말이 생각났다. 원희룡의 말이 아니더라도 자고로 정치인은 큰소리쳐서 손해 볼 것 없다는 점은 이미 경험으로 축적을 한 터였다. 더구나 술까지 마신 뒤라서 자신이 생각해도 말이 술술 나왔다.

"그래서, 저도 제가 알고 있는 사람들은 죄다 우리 영동을 살릴 사람은 이동하 국회의원님뿐이라고 선전하고 댕겼슈. 좀 아쉬운 점은, 저도 시방은 영동 읍내 살고 있지만 말유. 읍내 사람들 표가 딴 데로 갔다는 점입니다."

"아녀, 난도 이번에 많이 반성했구먼. 국회의원이라는 것이 나라 일에만 신경 쓴다고 전부는 아니라는 걸 알았구먼. 나를 국회로 보내준 지역

주민들한테도 신경을 써야하는데, 나라 발전에만 힘쓰다 봉께 그렇게 됐잖여. 시방은 많이 반성하고 있응께, 앞으로 두고 보면 여기 앉아 있는 이동하가 어떤 정치인이라는 걸 잘 알 걸세."

"잘 알겠습니다. 그라고 여기 옆에 같이 온 청년은 작년 십이월에 군대에서 제대를 한 유철수라는 사람유. 다시 한번 정식으로 인사 드려라, 내가 영동에서 젤 존경하시는 국회의원님이셔. 이 사람은 저하고는 이웃에 살고 있습니다."

"의원님 처음뵙겠습니다. 저는 유자, 진자, 표자 함자를 쓰는 분의 아들인 유철수라고 합니다."

유철수는 무릎을 꿇고 앉았다가 벌떡 일어섰다. 정중하게 고개를 숙여 인사를 하고 또박또박 말했다.

"유자, 진자, 표자라면?"

이동하가 어디서 많이 들어본 이름이라는 표정을 지으며 반문했다.

"네, 의원님 시방 감옥에 가 있는 유진표 씨가 이 청년 아버집니다."

"뭐라고?"

이동하가 놀란 얼굴로 반문을 하는데 문이 열렸다. 옥천댁이 술상을 들고 들어오다가 놀란 얼굴로 우뚝 멈췄다.

"아! 암것도 아닝께 어여 가지고 들어 와."

"아! 예⋯⋯."

옥천댁은 술상을 가운데 두고 일어섰다. 차린 것은 없지만 천천히 드시고 가르는 인사를 하고 밖으로 나갔다.

"의원님, 제가 한 잔 따라 올리겠습니다."

양기표가 무릎걸음으로 술상 앞으로 다가갔다.

"아니지, 우리 집 손님인데 내가 먼저 따라 줘야지."

이동하는 양기표가 영동시장 안에서 건어물상을 하고 있다는 점은 알고 있었다. 그러나 유진표 아내가 하는 포목점 옆이라는 점은 미처 생각하지 못했다. 유진표가 이웃에 살고 있다면 윤상배에게 표를 줬을 확률이 크다. 한 놈은 윤상배에게 선거를 한 놈이고, 또 한 놈은 자신을 함정으로 몰아넣은 것도 부족해서 끈질기게 앞길을 가로막고 있는 유진표의 아들놈이다. 정초부터 반갑지 않은 손님이 두 명씩이나 눈앞에 앉아 있다는 것을 생각하면 기분 나쁜 일이다. 하지만 놈들이 왜 정초부터 찾아왔는지 이유를 알 것 같았다. 상대방이 품고 있는 생각을 알고 있는 이상 승부는 결정난 것이다. 내가 언제 유진표의 아들이라는 말에 깜짝 놀랐느냐는 얼굴로 매끄럽게 말하며 정종 주전자를 들었다.

"자네도 군대를 갔다 왔으니 술 한 잔 정도는 할 줄 알겠구먼."

이동하가 양기표의 잔에 술을 따라주고 나서 유철수를 바라봤다.

"죄송합니다. 저는 술을 못합니다."

"그래도 오늘 같은 날은 한잔 하는 법여. 자, 어려워 말고 한잔 받아."

"감사합니다."

유철수는 술상 앞으로 바짝 다가앉아서 두 손으로 공손하게 술을 받았다.

"의원님, 설 전에 저하고 여기 철수하고 같이 청주 구치소에 면회를 갔다 왔습니다. 구정도 다가오고 해서 차입금을 넣어 줄라고 간 것은 아닙니다. 유진표 씨가 교도관을 통해서 저한테 면회 좀 꼭 와달라고 간절하게 부탁을 해서 일부러 날을 잡아 면회를 갔다 왔습니다."

"그 말을 왜 나한테 하는가?"

양기표가 말을 하는 동안 천천히 정종 잔을 기울이고 난 이동하가 싸늘하게 물었다. 유진표와는 전생에 악연이 있었던 것이 분명하다. 놈은 자유당 시절부터 함정에 빠트렸는가 하면, 기어이 목포에 찾아가서 문기출이 들례를 팔아먹었다는 사실을 알아내왔다. 그것으로 문기출에게 양심고백을 하지 않으면 이동하에게 고해바치겠다고 협박을 했던 모양이다. 궁지에 몰린 문기출은 이삼일 동안 고민하다가 이래죽으나 저래 죽으나 마찬가지라는 생각에, 한밤중에 은밀하게 찾아와서 그 사실을 털어 놨다. 그 말을 듣는 순간 들례를 흑산도로 보내지 않은 문기출이 그렇게 고마울 수가 없었다. 마치 오래전부터 짐 지고 있던 빚을 어느 정도 갚은 기분이 들어서 손을 덥석 잡고 악수라도 하고 싶을 정도였으나 겉으로는 배신자를 바라보는 눈빛으로 노려봤다. 유진표는 명예훼손죄와 부정선거법으로 당장 집어넣고 싶었다. 이유는 충분했다. 문기출 쪽에서는 들례라는 여자를 팔아먹은 적은 결단코 없다. 증거를 대라고 공격하면 된다. 들례를 샀다는 고리대금업자도 돈 주고 사람을 산 것은 죄가 되니까 당연히 꽁무니를 뺄 것이다. 두 번째로 없는 사실을 협박하여 거짓 양심고백을 하게 했다는 것은 명백한 선거법위반이다. 그러나 또 집어넣었다가는 선거 때마다 유진표를 감옥에 보냈다는 안 좋은 소문이 나서 표가 떨어져 나갈 것 같아서 일단 참았다. 그래서 일단 선거나 끝난 후에 보자는 생각으로 참았었다.

"의원님! 제가 아버님을 대신해서 용서를 빌겠습니다. 아버님께서 추운 곳에서 지내시다보니 몸이 말이 아닙니다. 원래, 저혈압에 지병이 있던 분이라서 몸무게가 십 킬로 이상이나 빠지셨습니다. 몸도 약하신 분이 뼈가 저리게 후회를 하고 있습니다. 한순간의 잘못된 생각으로 큰 죄를 치르고 계시다면서 꼭 좀 의원님을 만나서 말씀을 드리라고 하셨습니다."

유철수가 이제 내가 나설 차례라는 얼굴로 고개를 길게 늘어트리고 울먹이는 소리로 말했다.

"부면장, 시방 이 사람이 뭔 야기를 하는 건가? 난 통 이해를 못하겠구면. 유진표 씨가 구치소에 있는 거 하고 나하고 뭔 관계가 있는 것도 아니잖여. 내가 알기로는 문기출이 하고 얽혀 있는 문제로 알고 있는데 왜 나한테 와서 개인 사정사를 야기하는 거여?"

이동하가 빈 잔을 내려놓자 양기표가 얼른 잔을 채웠다. 이동하가 담배를 입에 물었다. 양기표가 재빠르게 주머니에서 성냥을 꺼내 불을 붙여 주었다. 이동하는 담배 연기를 길게 내뿜으며 도통 이해를 할 수 없다는 표정을 지었다.

"의원님, 저도 인간이고, 한때는 의원님이 재직하시던 학산면의 부면장으로 근무를 했던 사람이유. 제가 정초부터 의원님의 심사를 상하게 하려고 일부러 찾아온 것은 아닙니다. 오히려 의원님께 도움이 될 것이라고 판단이 돼서, 염치불구하고 이렇게 찾아 왔슈."

"난 당최 무슨 말을 하고 있는지 모르겄구먼."

"아까도 말씀을 드렸지만 유진표 씨가 꼭 좀 면회를 와 달라고 기별을 하길래 갔다 왔습니다. 그랬더니 그 사람이 하는 말이 의원님이 힘을 좀 써서, 밝은 햇볕을 보게만 해 주신다면 그 은혜는 백골난망 할 때까지 잊지 않겠다고 약속을 했슈. 당장 유진표 씨가 하는 말이 의원님께서 어떻게 힘을 쓰셔서 감옥에서 나갈 수만 있다면, 윤상배가 두 번 다시는 정치에 정자도 못 끄내게 할 자신이 있다고 신신당부를 하드만유."

"내가 머리가 나쁜 건지, 부면장이 핵심은 빼고, 빙빙 돌려 말을 하는 건지 잘 모르겄구먼."

이동하는 겉으로는 빈정거리면서도 속으로는 차갑게 웃었다. 유진표가 밖에 나오면 윤상배가 더 이상은 출마하지 못하도록 막겠다고 한 말을 바꾸어 보면, 다음 선거에 또 출마를 하겠다는 뜻이다, 전혀 예측하지 않은 말은 아니다. 국회의원 출마하는데 나이 제한이 있는 것도 아니고, 겨우 삼백 표 차이로 낙선을 했다. 돈도 있겠다, 그동안 꾸준히 가꾸어 놓은 지지자들도 있겠다. 벽에 똥오줌을 바를 정도로 노망이 걸리지 않는 이상 출마를 할 것이다. 문제는 유진표의 말을 믿을 수가 없다는 점이다. 변소 갈 때와, 갔다 왔을 때 생각이 다르다고 놈이, 정신을 못차리고 또 엉뚱한 짓을 하지 말라는 법은 없어서 담배 연기를 내뿜으며 누마루 쪽으로 시선을 돌렸다. 저녁나절에 눈이 오려는지 문종이에 투영되는 바깥 날씨가 흐리다.

"아버지 말씀은 의원님이 손을 써 주셔서 형집행 정지라든지, 재심청구라든지 그런 방법으로 출감하실 수만 있다면, 한 달 이내에 윤상배 위원장이 스스로 정치판에서 물러나겠다는 기자회견을 하게 만들 자신이 있으시답니다. 만약 한 달 이내 약속을 못 지키면 전 재산을 내놓겠다는 각서를 써드리겠습니다."

유철수가 두 손으로 방바닥을 짚으며 간곡하게 말했다.

"이 사람들, 남들이 들으면 자네 춘부장이 감옥에 들어가 있는 것이 꼭 내가 워티게 한 걸로 알아듣겠구먼. 그런 말 더 이상 듣고 싶지 않은께, 어여 술이나 한 잔씩 햐. 술 마시기 싫으면 신소리 그만 듣고 싶응께, 어여 가서 볼일들 봐."

"의원님, 유진표 씨가 나오면 어채피 의원님을 위해서 일을 하게 되어 있습니다. 그 사람이 가지고 오는 표는 곱빼깁니다. 백 표를 가지고 오면 이백 표를 가지고 오고, 삼 백표를 가지고 오면 육백 표를 가지고 오는 결과가 됩니다. 그 점은 제가 연대보증을 할 수 있습니다."

양기표가 은근한 목소리로 말했다.

"이 사람들 정초부텀 날 갖고 노는구먼. 아! 유진표가 나오게 되믄 윤상배가 정치를 그만둔다는 기자회견을 한담서. 누구 표를 가지고 온다는 거여?"

"의원님, 윤상배는 은퇴를 해도 신민당은 살아 있슈. 저는 정치판의 생리를 잘 모르지만, 여태껏 지켜보면 하다못해 당원들은 있는데 후보자 자리가 비면, 하다못해 동네 강아지가 나와도 나오게 되어 있는 것이 정치판인 걸로 알고 있습니다. 유진표 씨는 두 번씩이나 뜨거운 꼴을 당했으니 두 번 다시는 엉뚱한 일을 벌이지 않을 것이라고 믿습니다."

"내, 참 부면장은 시방 날 우습게보고 있구먼. 내가 딱 두 가지만 말하지. 우선 난 유진표 그 사람이 표를 곱빼기가 아니고 서너 배로 가지고 온다고 해도 마땅치 않은 사람여. 왜냐? 내가 지난 선거 때는 중앙정치에 매달려 있느라 영동군에 신경을 덜 쓴 거는 사실여. 그랑께 표가 덜 나왔던 것이고, 하지만 말여 요번에는 사정이 틀려. 이동하가 영동을 얼마나 확 바꿔 놓는지는 앞으로 지켜 보믄 부면장도 잘 알 껴. 고로, 유진표 그 사람이 표를 안 도와줘도 자신이 있다는 거지……"

이동하는 담배를 재떨이에 눌러 *끄*느라 잠시 말을 끊었다가 마른 입맛을 다시고 나서 하던 말을 다시 하기 시작했다.

— 3부 7권에 계속 —

대하장편소설 **금강** 제6권

초판 1쇄 발행 2014년 3월 28일

지 은 이 한만수

펴 낸 이 최종숙
펴 낸 곳 글누림출판사

책임편집 이태곤
편   집 권분옥 이소희 박선주 이양이
디 자 인 이홍주 안혜진
마 케 팅 박태훈 안현진
관   리 이덕성

주   소 서울시 서초구 동광로46길 6-6(반포4동 577-25) 문창빌딩 2층(우137-807)
전   화 02-3409-2055(대표), 2058(영업), 2060(편집)
팩   스 02-3409-2059
전자메일 nurim3888@hanmail.net
홈페이지 www.geulnurim.co.kr
등록번호 제303-2005-000038호(2005.10.5)

정   가 13,000원
ISBN 978-89-6327-243-6 04810
       978-89-6327-237-5(전15권)

표지 디자인 · 디자인밥 **출력/인쇄** · 성환C&P **제책** · 동신제책사 **용지** · 에스에이치페이퍼

* 이 도서의 국립중앙도서관 출판시도서목록(CIP)은 서지정보유통지원시스템 홈페이지(http://seoji.nl.go.kr)와
  국가자료공동목록시스템(http://www.nl.go.kr/kolisnet)에서 이용하실 수 있습니다.(CIP제어번호: CIP2014007700)